VARGSKINNET

Kerstin Ekman

Skraplotter

ALBERT BONNIERS FÖRLAG

www.albertbonniersforlag.se

ISBN 91-0-010651-8

Första utgåva 2003
Bonnierpocket 2005
Printed in Denmark
Nørhaven Paperback A/S
Viborg 2005

Byn vintersov i snön. I orörligheten steg rök ur skorstenen på ett vitt hus. Därinne skymtade ett gammalt par, två skuggor som ljuset snart skulle lysa igenom. Fönstret bakom dem vette ut mot en stor isbelagd sjö.

Nedanför förstubron låg granris att torka fötterna på. I en björk var en fläsksvål fastspikad åt talgoxarna. Det satt en virkad gardinkappa i fönstret mot vägen.

Allting var så smått. Kunde det vara hela människoliv?

Ingen människa hade gått ner till huset. Man såg bara märken efter tassar i nysnön. På en uthusvägg stod det om en dragspelsfestival. Men det var nog länge sen. Affischen var saffransgul och lyste på långt håll.

Allt var som om det hade hänt för länge sen. Men det var nu.

Hon steg ur bilen och gick nästan på tå i det vita, där bara katten hade gått förut.

*

Det var allhelgonaafton hon kom. Underligt nog.

Från allhelgona är det riktig vinter. Då har snön lagt sig. Det går inte längre att krafsa fram tranbärsrevor i myren. Frostklara dagar sätter sig tjädern i topp och haren har ömsat päls och tagit den vita på. De klara isarna på tjärnar och pluttar är översnöade, ja, allt som är svart och allt som har ruttnat i hösten är borta. De döda har frid och den erbjuds också åt de levande.

Jag skulle åka med kyrkskjutsen till Röbäck på allhelgonadagen för att lägga en vitmossekrans på Myrtens grav. I högmässan fick jag väl gå för att vänta in Reine som skjutsar de gamla med taxi. Men jag tålde inte prästen. Hon bara röker och babblar, sa Elias och det hade han rätt i.

Denna afton i skymningen satt Elias och jag i mitt kök med varsin kopp kaffe. Det var så tyst. Det hade snöat hela eftermiddagen och Elias spår var för länge sen borta. Nu föll snön bara flinga för flinga. Då hörde vi en bil. När vi märkte att den inte körde förbi utan stannade på landsvägen ovanför huset kikade vi förstås. Elias frågade vem det var men jag visste inte. Det var en liten röd bil.

Ett fruntimmer. Hon steg ur och innan hon drog ihop kappan hann jag se kragen.

Dä ä en präst, sa jag.

Å fan, sa Elias. Marianne skulle ju inte sluta förrän te nyår.

Det var vad vi trodde. Att nya prästen var ute och hälsade på de äldre som vi kallas. Då hörde vi henne knacka på. Inte så värst försynt.

Dom ä som dammsugaragenter, sa Elias. Få dom in foten så ha du dom här. Bju'na inte på kaffe.

Jag sa att jag gatt gå och öppna i alla fall. Och där stod hon, barhuvad i kylan. Men hon hade bra kängor.

Det var en liten kropp med stadiga ben i tjocka svarta strumpor. Ansiktet var omålat. På sätt och vis såg hon ut som en flicka fast hon måste vara gott och väl i femtioårsåldern. Fötter och händer var barnsligt små. Hon var alldeles allvarlig. Man kunde tro att hon var rädd. Ögonen var ljust blå och satt ganska tätt ihop. Hon pressade ihop läpparna och stirrade. Säg nånting människa, tänkte jag. Det man efteråt mindes bäst i hennes ansikte var näsan. Den var bred och böjd och alldeles för stor för det åldrade flickansiktet.

Goddag, sa hon.

Ja, det var ovanligt. Elias brukar klaga över att det bara är hej och hejdå nuförtiden.

Om hon nu var präst, sa han efteråt. En skjorta med rundkrage kan väl vemsomhelst gå in och köpa sig. Han ville ha det till att hon kom för att luras, att hon var en sån som åkte runt och stal från åldringar.

Hon sträckte fram handen och sa ett namn som ingen av oss förstod. Vi hade aldrig hört det förr.

Jag har kommit för att min mor ska vara född i det här huset, sa hon.

Ja, då ha du komme fel, sa jag.

Myrten Fjellström, bodde hon inte här?

Sen minns jag inte riktigt. Det vart väl tyst. Jag tror jag backade mot kökssoffan och satte mig. Jag sa antagligen att det var nåt fel. Ett missförstånd. Myrten Fjellström hade inga barn. Eller om jag inte sa nånting alls. Jag vet inte.

Att hon tog fram ett kuvert ur kappfickan kommer jag ihåg. Jag var kall om fingertopparna när jag skulle ta i det och jag fumlade så att Elias tog det i stället.

Ingefrid, sa han. Ingefrid Mingus. Skulle dä va namne?

Jag kallas Inga men jag är döpt till Ingefrid. Brevet fick jag från en advokat i Östersund, sa hon. Jag har ärvt min mor.

Vi satt bara och såg på henne, kom oss inte för med att säga nånting på en lång stund. Till slut fick Elias ur sig:

Der hvor åtselet er, vil gribbene samles.

Man kunde ju hoppas att hon inte förstod norska.

Jag började tycka att alltihop var befängt. Myrten och jag stod varandra nära ville jag säga. Vi visste allting om varandra. Det här är alldeles galet. Men jag fick inte fram ett ord. Det var Elias som höll låda, han som inte hade med saken att göra.

Var skulle du vara född nånstans då? sa han.

I Stockholm. Min mor var skriven i Gustaf Vasa församling och jag föddes på Södra BB.

Alltihop väckte minnen som gjorde ont och kändes ömtåliga om vartannat. Jag mindes hur genomledsen Hillevi varit när Myrten flyttade till Stockholm och skrev sig där. Och Södra BB var det barnbördshus där Hillevi själv fått sin utbildning och som hon alltid talade så respektfullt om. Det var som om den där människans ord sipprade in i våra liv och la sig i välkända hålor. Men det fyllde det förflutna med en främmande lukt.

När skulle dä ha vöre då? sa Elias.

Jag föddes tjugoförsta april nittonhundrafyrtiosex. På påskdagen.

Hade hon inte lagt till det, så hade jag inget förstått. Men nu insåg jag hur galet alltihopa var. Skulle inte jag komma ihåg hur ledsen Hillevi blev när Myrten skulle vara borta den första påsken efter kriget. Jag kunde äntligen resa hem till Svartvattnet. Likadant hade det varit till jul. Myrten kom inte då heller. Och Hillevi grät.

Myrten Fjellström var inte i Stockholm på påsken förtisex, sa jag. Hon var i Frankrike. Så det är ett missförstånd bara. Det är bara att skicka tillbaka brevet till den där advokaten.

Jag har varit hos honom, sa hon. Det är inget missförstånd. Myrten Fjellström har skrivit ett testamente. Där ateln är, dit skola rovfåglarna samla sig tror jag det står i vår bibel, sa hon och log snabbt mot Elias. Och han såg road ut den gamle dummern.

Jag brydde mig inte om dem utan gick in i salen och började riva i lådorna i klaffen. Jag blev ännu kallare om fingrarna för det var oeldat därinne och inte hittade jag vad jag sökte heller. Jag var tvungen att gå tillbaka ut i köket.

Ja har brev, sa jag. Myrten skrev dom från Frankrike te sin mamma och pappa. Dä va på vintern å våren nittonhundraförtisex. Påsken också. Ja ska leta på dom å så ska ja tala mä advokaten.

Det är snart femton år sen Myrten Fjellström gick bort, sa Elias. Konstigt att du inte har hört av dig förut. Riktigt konstigt. Om du har fått för dig att hon var din mor.

Jag fick brevet för en vecka sen, sa hon. Dom kunde inte hitta mig förut. Mina föräldrar bytte namn. Vi hette Fredriksson från början. Och på den tiden fanns det inga personnummer.

Pernelius, advokaten, dog inte han nyligen? sa Elias åt mig och jag la märke till att han tvärt hade slutat tala jämtska. Han satt och läste i brevet.

Det här är nog efterträdarn, sa han. Det är ju samma firma, det ser man på brevhuvet.

Vad var han ute efter? Pernelius var urgammal när han dog. Han hade varit god vän med Hillevi. Det flög för mig att det kanske inte varit alldeles omöjligt att spåra opp en människa som bytt namn, men att det varit dåligt med viljan hos gamle Pernelius. Jag skulle inte heller ha velat att det kom ut rykten att Myrten haft ett barn. Men Elias hade en annan tanke.

Det var ju lönsamt för byrån, sa han. Dom har väl kört sterbhus i alla dessa år och förvaltat tillgångarna?

Dä ä klart, sa jag. Ja ha bara nyttjanderätten till huse. Ja ärvde Myrtens del i pensionate. Resten skulle skiftas sen. Te Dag Fjellströms barn kanske. Eller i alla fall Roland. Ja vet inte.

Den där människan såg uppmärksamt på oss men sa ingenting. Hon stod mitt på köksgolvet och jag tänkte inte be henne sätta sig. Jag såg hur hon kikade in i salen. Jag hade glömt att stänga dörrn och det kom ett kalldrag därifrån. På skänken stod Myrtens porträtt men det kunde hon nog inte se från köket. Jag kände hur hon ville in i våra liv.

Jag kan inte åka tillbaka i kväll, sa hon. Finns det nåt hotell?

Gudihimlen. Vart trodde hon att hon hade kommit? Jag fick lov att hjälpa henne så jag ringde till Mats. Sen var det ju bara att be henne sätta sig, för det skulle ju dröja innan han hade värmt opp ett rum på pensionatet. Jag gick och stängde dörren till salen och så frågade jag om hon ville ha kaffe. Man får ju bära sig anständigt åt i alla fall.

Vi hade svårt att hitta på nånting att säga. Men hon började fråga om byn, hur många som bodde här. Jag sa hundra fast vi är åttiofyra. Hon frågade vad folk levde på och Elias var förstås kvick att säga bidrag.

Ja skogen mest, sa jag.

Men det var väl inte riktigt sant det heller.

Det gick trögt att prata. Jag blev så trött. Ibland svindlade det för mig och jag frös hela tiden. Till slut kom Mats. Jag hade velat att han körde hem Elias på en gång. Det enda jag önskade var att bli ensam. Men han skulle komma och hämta honom sen, sa han.

Den främmande kvinnan som var präst, frågade efter brevet hon haft med sig. Men vi kunde inte hitta det.

Du ha nog stoppa't på deg, sa jag.

Men hon visade att kappfickorna var tomma. Det var obegripligt.

Du la förstås in det i spisen i misshugg, sa Elias åt mig.

Men jag hade ju inte lagt in i spisen på hela tiden. Det var därför det var så kallt. Vi fick ge opp. Hon gick utan sitt brev.

När hon gett sig iväg blev vi sittande utan att säga nånting alls. Kallare och kallare vart det i köket. Till slut knakade Elias opp och tog sig fram till spisen. Det gick inte att få liv i glöden så han måste börja om från början och det tyckte jag såg så ynkligt ut att jag reste mig i alla fall. Han är nittioett. Fast ibland säger han att han är nittiotre. Han har svårt att böja knäna.

Jag värmde på kaffet också. Sen satt vi där mittemot varandra som vi hade gjort från början men nu var allting annorlunda.

Tro om hon va präst, sa Elias.

Han tog fram ett kuvert ur innerfickan. Det var hennes brev från advokaten. Jag sa att det inte var rätt av honom att snilla undan det.

Ä, sa han. Ma må underschök saka.

Nu var han jämte igen. Gubben kan svänga från det ena till det andra. Han är som nättjen, man vet aldrig var man har honom riktigt.

Brevet var adresserat till Ingefrid Mingus och det var personnummer med och en adress i Stockholm. Elias läste högt:

> *Då jag utgår från att meddelandet om Er mors död inte på annat sätt nått Er, ber jag att som den förste få beklaga förlusten.*

Förlusten? sa jag men Elias fortsatte utan att bry sig om mig.

> *Myrten Fjellström avled på jubileumskliniken i Umeå den 28 november 1980. Dödsorsaken var cancer i skelettet.*

Det var åtminstone riktigt.

> *1980 upprättade Myrten Fjellström med min företrädares bistånd sitt testamente enligt vilket hennes samtliga tillgångar tillfaller Er. Vi har på grund av Ert namnbyte och vissa ofullständigheter i folkbokföringen inte kunnat spåra Er förrän nu.*

Det är angeläget att Ni sätter Er i förbindelse med mig. Kvarlåtenskapen består, förutom av ett innehav av aktier och andra värdepapper samt en mindre del i likvida medel, av fastigheten Svartvattnet 1:3 med skogsskiften samt följande skogsskiften i Röbäcks socken: Svartvattnet 1:2, 1:17, 1:24 och 25, Boteln 2:13, 2:22 och Skinnarviken 1:11. Till stamfastigheten hör boningshus med åbyggnader i centrala Svartvattnet. Enligt testatrix' önskan har Er mors fostersyster Kristin Klementsen erhållit nyttjanderätten under sin livstid till dessa byggnader med inventarier.

Sen tog Elias papper och penna ur köksbordslådan och började räkna.

Va gör du? sa jag.

Ja räkner ut när hu ska ha komme te, sa han. Om hu ä född den tjugoförsta april förtisex så skedde dä tjugeförsta juli förtifem. Eller så omkring.

Jag var så förvirrad att jag inte förstod vad han menade.

Hu må ha en far, sa han.

Det också, tänkte jag.

*

Den gamla kvinnan som var hennes mors fostersyster hade sagt att det inte fanns något hotell som var öppet under vintermånaderna. Det närmaste låg i Byvången och dit var det sju mil.

Roland då, sa gubben.

Ja det förstås.

De satt och teg. Gubben tittade stint på henne. Då sa Kristin Klementsen:

Mats kan kanske värma opp ett rum på pensionate. Ja menar mä strålkamin. Dä ä inte öpet på vintern annars.

Öpet sa hon.

Inte på sommarn heller just, sa gubben och han lät småelak.

Vem var Mats? Och Roland för den delen. De här människorna talade om folk och hus i sin närhet som om alla borde känna till dem. De tycktes bo i världens mitt.

Det blev inte varmt i pensionatsrummet, bara hett nära elkaminen. Kylan kröp som djur och trevade henne i ryggen.

Huset var stort och hon var alldeles ensam i det. Det var en gammal träbyggnad högt oppe i en backe. I rummet fanns ett skrivbord och en lampa med gul skärm som gav en trång krets av ljus. Allt annat var mörker och knakande trä. Huset rörde sig. Det måste vara efter gamla steg och rörelser. Ingenting hade försvunnit här. Det hade bara förflyttat sig.

Hon var rädd för det och hon bad ordlöst.

Klockan tre var det ännu lika mörkt och då steg hon upp och klädde sig. Hon packade ner de få saker hon tagit upp ur väskan. En lång stund stod hon med fingrarna om rumsnyckeln innan hon kunde besluta sig för att vrida om den och öppna dörren. Hon tvingade sig vidare, hela tiden beredd på någonting som hon inte kunde föreställa sig. På väggen i hallen hittade hon efter långt trevande en stor gammalmodig kontakt att skruva runt. Då blev det i alla fall ljust i korridoren. Trappljus hittade hon också. Hon sprang med väskan nerför trappan och tog femhundralappen som hon lagt i beredskap i fickan och la den på disken. Sen sprang hon ut i snön och hittade bilen.

Lättnaden kom så fort hon hade låst dörrarna och startat motorn. Hon åkte nerför backen och ut på landsvägen, bort från stugorna som kurade och de spökiga högarna av stretande gärdsgårdsvirke på snöslätterna.

Hon åkte i ett litet blankt hus med nattradion på och körde alldeles för fort för den krokiga vägen. Men hon tycktes turligt nog vara ensam i universum eller Jämtland. Värmen kom när motorn gått en stund, radion spelade ett vänligt och ibland patetiskt skval. Hon var hemma hos sig och rädslan hade lämnat henne men gjort kroppen trött och slak. Det värkte i ryggen där spänningen och kylan kramat hårdast.

Skogen var svart med vita strimmor. Den for baklänges in i mörkret men det var ingenting som angick henne.

*

När både Elias och den där människan hade gett sig av, gick jag till sängs och försökte somna. Men det var alldeles omöjligt. Timmarna gick. När det är natt och man inga krafter har kvar, när man plågar sig själv bara genom att vara och känna, då måste man försöka stiga in i sin vakna människa igen som man stiger i ett par skor. Det är nödvändigt om man vill behålla förståndet. Men man orkar inte.

Myrtens rum står tomt. Hon är död. Det går aldrig över.

Klockan var tre om morgonen, men svart natt rådde. Jag ville sova för att få glömma, men vakenheten fortsatte att pina mig. Då gjorde jag som jag gjort många nätter förut sen Myrten dog. Jag gick ut i fårhuset.

När jag tände lampan som sitter ovanför foderlåren hörde jag katten kurra till. Hon låg inkrupen i höet. Från början var hon vild och hon går aldrig in i huset utan stannar på bron och ser om det finns nånting utlagt. Jag ger henne mjölk på ett kaffefat. Hon tycker också om pannkaka i små bitar och uppblött vetebröd. Vi är goda vänner fast jag inte får ta i henne.

Tackorna är tre stycken. De låg nu med stora, liksom utflutna våmmar på den varma ströbädden. Kanske sov de när jag kom in. Nu reste de sig på sina smala stakar till ben och kom fram till timret som i fem varv gränsar av deras utrymme mot fähusporten. Där har jag hö och kornkross och där ligger kattan och blinkar. Hon väntar på att råttorna ska komma fram. Tackorna knuffades lite och la hakorna mot den översta stocken som är blanknött av vårt umgänge. Från alla tre hördes det låga ljud som är deras hälsning. Ett muttrande, ett litet kurrande, grövre än kattans men för svagt för att kallas bräkande.

Jag stod och kliade deras pannor. Natten då jag kom hem från Umeå och jubileumskliniken och Myrten var död hade jag stått härinne hos fåren och rört vid deras ull. Nu som då steg den goda doften av ullfett opp. Jag var innesluten i den. Den fick mig att minnas hur Hillevis händer luktade.

Hon hade små men starka händer som hon smorde med en hudkräm som hette Lanolin. Den var gjord på ullfett och vatten, ingenting annat. Om vintern gned hon in salvan i våra nariga händer och en lång stund framöver luktade de som hennes.

*

Bilen stannade. Den stoppade av sig själv när Inga kört i kanske tjugo minuter. Naturligtvis försökte hon starta igen. Allting lyste och spelade så det var inget fel på det elektriska. Då mindes hon att hon skulle ha tankat vid affären i Svartvattnet. Men den hade varit stängd när hon kom fram.

Hon satt kvar och försökte tänka ut någonting. Om hon skulle våga gå in någonstans och fråga efter bensin. Men hon kunde inte komma på att hon sett något hus.

Det blev kallt i bilen. Hon måste lämna den och komma i rörelse. Men det var ingen mening i det, för vart skulle hon gå egentligen? Hon öppnade resväskan i baksätet och krånglade på sig en extra tröja under kavajen. Sen tömde hon handväskan på plånbok, nycklar och körkort och la sakerna i kappfickorna. I vänstra fickan kände hon en tung klump. Det var rumsnyckeln till pensionatet. Hon hade glömt att lägga den på disken tillsammans med femhundrakronorssedeln. Den var av mässing med en gummiring som en sfär omkring ett klot. I botten stod *N:o 3* instansat. Den såg ut som en antikvitet och värden skulle säkert tro att hon tagit den som souvenir. Men hon ville inte minnas någonting från det där pensionatet. Eftersom hon aldrig tänkte komma tillbaka fick hon väl skicka den.

Hon började gå rätt fort för hon frös. Efter en stund vände hon sig om för att titta på Golfen som stod som en liten mörk hög alldeles för långt ute på den vita vägen. Sen måste hon gå vidare och det kom en krök. Nästa gång hon vände sig om var den försvunnen.

Den här gången kom rädslan sakta. När det blev en öppning i skogen såg hon en sjö som var isbelagd och vit eller kanske vitgrå. Sen slöt sig skogsväggarna igen och hon fick gå mellan mörker och mörker länge. Vägbandet av isig, packad snö kröktes, det steg och sjönk. Kroppen började stelna.

I början flaxade tankarna: När jag kommer fram, när jag ser ett hus. Hon hade infall om mat, om en varm säng. Men var? Lårmusklerna värkte. Tankeräckorna klipptes av, blev små stumpar som läckte ut minne och tid. Medvetandet hade blivit så torftigt.

Allt blod i benen, tänkte hon. Gå gå gå. Bara gå. Röra ben. Hon gick utan mycket medvetande om annat än tyngden och värken i benen. Och rädslan.

Tills skylten kom. Med stenskott på S, N och E, så många att det stod VARTVATT T. Och ljus, tillräckligt mycket för att läsa vita bokstäver mot blå grund. Skogen klättrade på ett berg, spretade mot himmel i grått. Det var nog förgryning nu. Hon hade värkande ben och möra fotsulor.

Sen var det som om himlen lyfte. Det hade blivit ännu ljusare. När hon tittade på klockan kunde hon urskilja visarna. Tröttheten kom som en tyngd; det hade tagit över tre timmar.

Det var gryning när hon kom in bland husen. Det rök faktiskt ur en och annan skorsten. Men inte hos Kristin Klementsen. Inte heller i pensionatet. Hon hade riktigt svårt att komma uppför backen och trapporna. De ömma lårmusklerna började låsa sig. Innan hon tog trappan upp till andra våningen och rummet hon hyrt, satte hon sig på ett av de nedersta trappstegen. Hon var urholkad av hunger och mycket törstig.

Då kom Mats.

Det var en stor frukost han gav henne. Han hade skalat kokta potatisar, antagligen från föregående dags middag, och stekt dem i margarin. De var hårt saltade och pepprade. Till potatisen hade han stekt korvar som var blanka av fett. Han hade lagt upp alltsammans på en stor kantstött tallrik med mönster av flygande måsar. Hon kände igen dem från sin mammas antikaffär. Han hade skurit en tomat i klyftor och lagt två av dem invid korvarna. På något okänt sätt hade han också fått tag på en persiljekvist. I en liten skål bredvid tallriken fanns en sallad av rödbetstärningar i en majonnäskräm som blivit skär. Hon fick en hel kanna kaffe att dricka till, två pepparkakor och en mazarin. Mazarinen hade fortfarande cellofan omkring sig och låg på ett litet kakfat av pressglas med fot som hennes mamma skulle ha tagit hundrafemtio kronor för. Det fanns också tunnbröd och margarin och en plastask med en brun massa som han sa var mesost. Hon åt upp alltsammans.

Det kom en slöhet efteråt som var berusning. Jag är kropp, tänkte hon och ordet var lika påtagligt som kroppkaka. Jag är en kropp och jag är inte rädd längre.

Hon sov i två timmar och vaknade när Mats kom tillbaka och knackade på rumsdörren. De hade gjort upp om att han skulle skjutsa henne till bilen och ta med en reservdunk.

De åkte den väg hon gått om natten. Nu såg skogen sliten och risig ut. Hans Isuzu med skåp skumpade på och hon satt och tittade på honom från sidan. Han var nog över femtio och hade en kort och muskulös kropp. Man såg inte mycket av håret under mösstovan, men hon trodde att det hade varit mörkt. Hon tyckte att ansiktet verkade finskt.

När de kom fram till bilen såg den ut som om den stod och sov. Den hade aldrig någonsin förut sett ut som ett djur men nu gjorde den det. Den kluckade när Mats pytsade i bensin genom en tratt.

Hon satte sig på det kalla sätet och vred om startnyckeln. Det hände ingenting.

Vafan nu då, sa Mats.

Hon försökte igen men djuret var dött.

Han gick och öppnade motorhuven och hon hörde honom svära.

Dom ha löfta ur batteri, sa han.

När han sa *dom* tänkte hon inte på människor utan på en sorts varelser.

Dä va då fan, sa han och tog fram en rund snusask ur bakfickan på jeansen och fingrade ihop en liten svart tott som han petade in under överläppen. Det var nog till tröst; hon såg att han var uppriktigt ledsen.

Dom hade tagit hennes resväska också. Och radion och reservhjulet.

Men dom ha inte bröti opp låse, sa han.

Jag låste nog aldrig.

Då slog han igen dörren och sa åt henne att låsa. Sen gick han till Isuzun och hämtade en verktygsbox ur skåpet. Utan ett ord bröt han omsorgsfullt upp låset med hjälp av en skruvmejsel och en grov järntråd. Han förklarade att skruvmejseln var onödig men att han tog i lite extra för att det skulle synas ordentligt.

Du få aller nåt på försäkringa om dörrn inte ä oppbröten, sa han.

Han bröt upp bakluckan också.

Dom tänkte hon. Och han sa det som om han var van vid dom. Som om *dom* bodde i skogen här runtomkring och kom skuttande utsvultna när de fick se en övergiven bil.

När de for tillbaka bogserade han Golfen. Inne i byn körde han inte upp till pensionatet utan tog av vid affärn.

Vi far ner till morsan, sa han.

På det sättet fick hon veta att han var Kristin Klementsens son.

Jag vet inte om man kan säga att tjuven som härjade borti sommarstugorna vid gränsen åkte fast precis. I alla fall såg Kalle Mårsa att Ivar Brådalens båt låg vid bortersta stugan och där hörde den ju inte hemma. Den var knappt och jämnt oppdragen på land.

Det här var i början av november. Vattnet var svart och kallt och båten som är av aluminium låg och skvalpade och gnagde i stenarna och nyisen. Det låg en mikrovågsugn i den och en röjsåg, en borrmaskin och så lite sånt som man väl får kalla antikt.

Kalle begrep ju att nånting var på tok. När han kom opp till stugan märkte han att nån hade micklat med låset. Han gick runt och kikade in genom rutorna men såg inget särskilt. Då tog han en stadig plankstump med sig och steg på.

Tjuven låg och sov. Han låg i Maj-Britt Perssons säng och hade dragit över sig ett fårskinn och ett par draperier som han hade ryckt ner.

Det var utkylt förstås.

Kalle stod där med plankstumpen höjd och röt att han skulle stiga opp och följa med. Vafan gör jag mä karln, hade han tänkt, jag kan ju inte binda'n. Han ville inte precis slå honom i huvet heller. Men det behövdes inte för han var alldeles borta. Det lät illa när han andades. Kalle fick så pass mycket liv i honom att han tittade opp. Men det var som om han såg rakt igenom Kalle på nåt annat.

Ja, han var sjuk. Doktor Torbjörnsson sa sen att han hade lunginflammation och att det hade gått för långt. Han fick penicillin på Byvångens vårdcentral men han dog efter två dygn på lasarettet i Östersund.

Polisen kom ut och tog reda på tjuvgodset. De fick fara många vändor för hela tiden hittade folk saker som låg gömda här och var. Eller om han bara hade glömt dem. Han hade nog varit rätt omtöcknad på slutet och i en av stugorna hade han fått tag på en plastdunk som var halv med norskt hembränt.

Bilen som förstås var stulen hittade Per Ola Brandberg på andra sidan sjön, längst ute på basvägen och inte långt från Lunäset. Per Ola hade en avverkning vid gränsen där. Det var väl opplagt så att ingen skulle se bilen i byn. Men det kan inte ha varit nåt vidare att ta sig över Svartvattnet i båt de där novemberdagarna, då isen höll på att lägga sig och sen bröts opp igen av en storm.

Det var mera stöldgods gömt i hallonsnåren nedanför vändplan där bilen stod. Där fanns den där Ingefrid Mingus batteri och hennes resväska.

Först sa polisen att de visste vem tjuven var och att han var fyrtiosex år och hade suttit i fängelse minst halva sitt liv. De sa att när vintern kommer, går en del såna där småtjuvar och lägger sig i hopp om att bli tagna och komma in i värmen på en anstalt. Men sen kom Wennerskog hit, det är han som de kallar Sista polisen för att man sällan ser nån annan här. Älglaget hade skjutit en björn fast länskvoten var fylld. Han skulle se om det var i självförsvar som de påstod. Mycket riktigt blev Arnold Jonssa åtalad sen. Men i alla fall berättade Wennerskog att de hade haft fel om karln. De visste inte alls vem han var. Han hade haft en annan karls körkort på sig. Men det kunde stämma att han var mellan fyrtio och femtio. I tumgreppet hade han haft det där luffarmärket intatuerat, så nog var det en gammal tjuv allt sa Wennerskog.

Man kan ju undra vad det var för en krake och vad han haft för sorts liv. Att fara runt i utkylda sommarstugor och samla på sig en massa rat som folk inte vill ha hemma i stan. Ligga sjuk i ett oeldat rum. Ensammen.

Han må inte ha känt sig bättre än en räv, sa jag till Elias när vi satt och pratade om det.

En räv kan nog känna det fint han, sa Elias. Rävkänslan den är inte så dum den.

Rävar!

Alla djur som är vilda lever på svältgränsen och i största beredskap för fara.

Här är trappan upp till lägenheten på Parmmätargatan. En gammal tant hasar trappsteg för trappsteg uppåt framför Inga. Tanten är ansiktslös i minnet. Hon vänder sig om och säger:

Jaså är det du. Ja, du har fått det bra du.

Minnet gör sig tydligare: det luktar brynt kål i trapphuset. Inga tål inte kål. Tarmarna bullrar och hon får gaser som är väldigt svåra att hålla instängda. Det värsta är att de kommer i skolan dan efter. Hon har dåliga tänder också. De blir jämt maskätna. Mamma säger så. Men det är förstås inte mask. Det har hon i stjärten. De heter springmask och kliar infernaliskt. När det blir outhärdligt får hon hänga över soffkarmen medan mamma plockar små vita maskar ur ändtarmsöppningen. Det lindrar.

Det som stiger upp kommer från ett skymningsland där man inte har någon makt.

Tanten har en nätkasse i vänster hand. I den ligger en fisk i ett vitt omslagspapper. Fukten har trängt igenom pappret och gjort det skört. Det brister. Tanten får ett ansikte. Hon har fiskögon och hennes skalle är platt som en koljas. Nu säger hon:

Det är inte alla fosterbarn som får det så bra.

Hon vänder sig om och blir ansiktslös som ett spöke igen.

Jag är ju fosterbarn. Är jag inte det?

Hon minns inte när hon vågar slå fram med det och inte heller hur mamma ser ut när hon säger det. Men att det blir sant kommer hon ihåg. På något vis. Inte helt och hållet. För mamma försvarar sig:

Du är inte fosterbarn för du är adopterad. Du är precis som vårt eget barn.

Som.

Sen dröjer det länge innan hon vågar ställa en direkt fråga. Hon är femton eller sexton år då.

Vem var hon egentligen?

Hon vågar inte säga min mamma. När hon blir tvungen att förklara sig säger hon försiktigt:

Ja, hon som födde mig alltså.

Jag vet inte riktigt.

Mamma står vid diskbänken eller spisen. Vänder i alla fall ryggen till.

Hon var från Jämtland, säger hon. Det är det enda jag vet.

Fattig. Ja, det måste hon ha varit. Farmor talar fortfarande om Norrlandsnöden. Det är nog då Inga börjar tänka på att hon måste ha haft en far också. Han var inte från Jämtland, det är hon säker på. Han var nog bara där och åkte skidor.

Den där människan kom tillbaka. En januarieftermiddag stod hon där igen när jag öppnade. Det var i skymningen. Du är väl troll tänkte jag, eftersom du inte törs visa dig i dagsljus. Hon sa att hon hade åkt opp för att hämta sitt bilbatteri och radion. Men jag undrade. Över åttio mil för att hämta ett batteri som nästan var slut. Det hade Mats sagt i alla fall. Och radion kunde dom väl ha skickat.

Nej, jag förstod nog hur det var. Hon var nyfiken och ville in i våra liv. Nöjde sig inte med pengarna. Jag tänkte att nu är du dum, för om du teg stilla skulle du få dina pengar. Men börjar du riva i det ska du se att du blir bet.

För jag trodde inte ett enda ögonblick att Myrten hade haft en dotter. När Ingefrid Mingus stod där med sitt brev och sin prästkrage hade jag förstås vacklat. Men det var ju chocken. Man kunde ha lurat i mig vadsomhelst just då. Sen tänkte jag igenom alltihop över jul och nyår och alla helgerna då det är stilla. Jag sa åt Elias att låta bli att prata om det. Han är så nyfiken, gubben. Det fanns annars inte en människa i byn som hade hört nånting, för jag hade sagt åt Mats att tiga. Jo, handlarn visste att det hade bott en präst i pensionatet på allhelgonanatten och att hon hade varit hos mig. Han frågade förstås. Men jag sa att hon hade hört sig för om vägen och att hon inte hade stannat hela natten. Det var ju för kallt i pensionatet.

Sökte hon tjänsten? sa han.

Men jag sa att jag inte visste.

Nu stod hon där och såg ut som en liten flicka igen, fast med ett gammalt ansikte. Hon undrade om det gick bra att stiga på. Hon ville gärna se fotografier. Och kanske om jag hade brev.

Jag vart alldeles kall av ilska.

Ja varsågod, sa jag. Stig in bara. Jag ska lägga fram allting.

Bre ut Myrtens liv, tänkte jag. Lägga opp det för en främmande människa. Hon som var så förtegen om sitt. De där korta barnsliga fingrarna skulle plocka i Myrtens papper. Men varsågod! Det fanns ju advokatpapper på den saken. Vad hade jag att säga till om?

Jag gick rakt in i salen och tände takljuset och började lägga opp fotografialbum och brevbuntar på bordet. Det var utkylt därinne och jag tänkte att det var tjänligt åt henne. Då märkte jag att hon inte hade följt med.

Jag gick ut för att säga till henne att komma. Hon stod kvar i farstun med huvudet nerböjt. Jag kan inte påstå att hon grät men långtifrån var det inte. Då kom det opp ett minne.

Jag är nygift och har kommit opp i Skårefjell med Nila. Hans bror Aslak har satt opp vår gåetie och jag känner stor förväntan när jag stiger in i den. Ingen eld brinner i aernie men längst in skymtar jag en orörlig figur. När mina ögon vant sig vid ljusförändringen ser jag att det är min svärmor. Jag hälsar på henne och tycker att jag får sticka handen in i ett mörker. Min vuanove sitter med alla kärl och redskap omkring sig och jag ber henne att räcka mig kaffepannan, så att jag kan gå ut och hämta vatten i den medan Nila gör opp eld.

Ta den, säger hon och så kommer kaffepannan farande. Ta allting! Här! Ta bara.

Hon slänger kopparkärl och slevar framför mig, laggade byttor av trä och värst av allt en kniv. Man ska ju aldrig ge någon ett eggverktyg, en sax eller en nål, inte något som sticker och skär. Men hon stack den gången mitt hjärta och skar i det. Jag minns ännu hur olycklig Nila var. Ingenting förmådde han säga heller. Min vuanove gav sig av och bodde sen hos Aslak. Det var väl rätt och riktigt. Men att det skulle ske på det sättet hade jag aldrig drömt om.

Jag höll ett fotografialbum i händerna nu och hade tänkt slänga fram det åt den där Ingefrid Mingus. Men jag gick in i köket igen och la det på köksbordet. Jag kände mig lite darrhänt. Minnena är ibland så starka.

Kom in, sa jag.

Jag menade inte att tränga mig på, sa hon.

Kom in så tittar vi tillsammans, sa jag.

Nej, jag menade inte nu. Nångång när det passar. Jag kan i alla fall inte stanna nu. Jag har min pojke uppe vid affärn.

Det är så underligt att både tro och inte tro. Men när hon sa att hon hade ett barn trodde jag. För min första tanke var: Han är Myrtens barnbarn.

Kan han inte komma ner hit? sa jag. Vi kunde få oss lite kaffe.

Ett barnbarn är något annat. Alldeles oskyldigt.

När hon gick och hämtade honom vid affärn var jag tvungen att sätta mig. Benen var darriga. Jag var glad att jag var ensam en stund. Och jag får lov att säga att det var nog bra att jag satt när hon kom tillbaka med pojken.

Tala om troll.

Han var svart. Inte som en neger precis men väldigt mörk. Han hade långt svart hår som nådde över kragen på täckjackan. Ögonen var brunsvarta och glänste. Liten var han. En nio, tio år gissade jag.

Var kommer han ifrån? sa jag.

Han svarade själv:

Jag vet inte. Men jag växte upp bland...

Då sa hans mamma:

Såsåså...

Han hade talat alldeles riktig svenska. Stockholmska förresten. Men nu kommer det underliga. Hans mamma lät som Myrten. Precis. Det var som att höra hennes röst. När Myrten inte ville höra nånting, hundskall eller gälla barnröster, då sa hon på det där viset: såsåså...

Nu sa Ingefrid Mingus Indien. Hon måste ha sett att jag var förvirrad för hon sa det igen:

Han kommer från Indien från början. Han är adopterad och har varit hos mig sen han var tre år.

Ja vad säger man? Jag gick mot spisen och började ordna med kaffepannan.

Vad heter du? sa jag till grabben.

Anand.

Va?

Tala lite högre, sa mamman.

Jag heter Anand!

Anand... Anand...

Jag trodde knappt det var sant.

Nu ska du få höra en märkvärdig sak, sa jag åt pojken. Jag hade en morbror. Vet du vad han hette?

Nä.

Han hette Anund.

Nu ska du sätta dig vid bordet, Anand. Jag ska göra kaffe och ta fram kakor. Vill du ha saft?

Kaffe, sa han.

Får han dricka det?

Anand är fjorton år, sa Ingefrid Mingus och jag ville knappt tro det.

*

Det fanns en lukt från torr kall snö. Elis visste om den men han kunde inte längre känna den. Han hade joggingskorna när han gick från föreningshuset på sina nyansade fötter. Först hade den där jävla människan filat torrt och sagt att homsken rök. Hon trodde visst han rådde för att det växte horn på hälarna.

När han blev ensam med fötterna nerstoppade i det varma tvåliga vattnet tänkte han alltid på farsan. Eller på gubben för den delen. Vad skulle de ha sagt om fotvård? Han kände en senkommen gemenskap med dem vid tanken på hur roligt de skulle ha haft åt detta: att få fötterna ansade av ett särskilt avdelat fruntimmer. Klövarna skulle gubben ha sagt. Lägg opp klöven här du, så få hu verka'n åt deg.

Verka klövarna. Så hette det. Han såg korna framför sig. De hade förväxta vinterklövar, kunde knappt stappla sig ut ur fähuset på dem. Krokiga koklövar färserade med intrampad dynga. Mamma tog flisor när verkarn var där. Det var en särskild karl. Men va fan hette han?

Han var från Skinnarviken i alla fall. Mamma la flisor av koklövar i blomkrukorna för de gödde visst.

De tre sista årtiondena hade allt som var dött börjat växa på honom. Tånaglarna förtjockades och gulnade och blev långa så snabbt som han inte kunde minnas att de blivit förr. De krökte sig inåt och smärtade. Han fick hornpucklar under fötterna. Bruna fläckar förmerade sig på handryggarna. Det växte hårbuskar ur näsborrarna och öronen. På ögonbrynen hade han fått långa spetsar, som på looron. Kroppen ville inte ge sig. Den alstrade gravrost på händerna, vårtor, styvt hår, kartnaglar och valkar av horn. Det var en obscen härmning av livskraft, en död och okänslig frodighet som skulle fortsätta ett tag när hans hjärta hade stannat.

När förhårdnader och inväxta naglar börjat vålla smärta hade han blivit tvungen att acceptera fotvården, fast han aldrig hört talas om nånting löjligare. I alla fall på karlar. Han kunde inte ta sig nerför backen med hornvalkar under fötterna, det gjorde för ont. Och ner ville han. Hämta tidningen, sitta hos Kristin Klementsen en stund. Ja, numera blev det mer än stunder för han måste ju åka tillbaka med Reine. Uppförsbacken var för dryg. Och Reine hämtade posten sent; han hade så mycket körningar.

Den där människan Mingus for sin väg. Hon tyckte väl inte hon var skyldig dem några förklaringar. Eller också hade hon inga. Brått hade hon i alla fall. Hon var präst. Vigd och allting.

Tro vad hon tror på? Inte en gestalt i himlen i alla fall, det är omodernt. En kraft antagligen. Hon går omkring i uniform och tror på en kraft. Inte olik en signalist i armén som signalerar till basen. Jävla högfärd egentligen. Vi är alla i gruset. En del påstår sig inte vara det.

Fast vi går och letar efter esmeraldor och margeriter. Petar med käppen i fruset grus.

1981 hade han kommit tillbaka till Svartvattnet, på försommarn. Trodde då att det bar rakt åt helvete men tyckte det gjorde detsamma bara han fick tag på den där skissen. Så vart det rena idyllen. Ma må grine. 1945 likadant. Fast då var det högsommar och idyll kan man väl inte kalla det.

Inte som nu. Kanelbullar och bingolotto. Och tänk – det passar.

När kvinnor blir gamla börjar de längta efter stickstrumpan, hur kavata de än varit. Gamla gubbar längtar efter en vrå i en kökssoffa. Och att få gå och peta. Äntligen.

Det var gudskelov inte halt. Kärvt och bra på det hårdpackade vita. Ordentligt skottat hos Risten. Mats gjorde det åt sin morsa. Hon är inte så ung hon heller, tänkte han.

Han hade börjat stiga opp på bron när dörren öppnades och den där kvinnan som han hade tänkt så mycket på kom ut. Hon hade kommit tillbaka och nu hade hon en pojke med sig, en svart och underlig en. Elis fick flytta käppen till andra sidan för att få högerhanden fri och kunna lyfta på hatten. Sen tog de i hand. Han hälsade på grabben också men hon gav ingen förklaring.

Nej, varför skulle hon ge förklaringar till honom? En karl som råkade passera. En gubbe bara.

Därinne luktade det kaffe, det kände han. Fast han var inte säker. Han visste inte om han skulle ha känt kaffelukten om han inte sett kopparna och pannan.

Vem va grabben?

Dä ä hennes.

Men han va ju alldeles mörk. Svart nästan.

Ja, han si ut som nå troll, sa Risten. Men dä ä hennes i alla fall.

Ä han fosterbarn?

Nejdå. Hu ha adoptér. Han ä rolig må du tro. Han tro att'n ha växt opp blann vargan. Men dä va för att han las Djungelboka när han va liten. Hu nästan ångra på att hu gett'n boka sa hu. Han ä från Indien.

Dä ä då fan va folk fär ikring nuförtin. Småbarna mä.

Åja, du ha allt fäare du mä.

*

Ibland blev min morbror Anund så där tyst. Då var han kanske på Ishavet en stund. Vad han nu såg där. Skorven av grov is på linorna. Fisken när den kommer opp i näten, slingrande och myllrande som inälvor dragna ur havsbuken. Eller hur det var. Bara han kunde veta. Elias säger att han är i Venedig ibland. Den staden var en labyrint påstår han. Men han berättar aldrig nånting därifrån.

Va?

Ja fråga om du ville ha kaffe?

Jag hade kaffepannan i ett fast grepp. Tyckte att jag behövde den. En del svävar i Ishavet, andra springer i den stenlabyrint som är Venedig.

Nu ställer ja käppen hännen. Du må inte luta'n mot stoln. Han ramle ner hele tia.

Elias hade slutit ögonen. Han satt upprätt och han sov inte. Jag tänkte på morbror igen. Han kunde sitta så där och man visste inte om han sov eller var vaken. Han var inte äldre än Elias, så han kunde ha levt än. Men han har varit död i snart tjugo år.

Dä va en sak ja ville fråga om, sa Elias. Om den där människan Mingus.

Ingefrid heter hu.

Ja, dä va ju också ett namn. Va kan hu ha fått dä ifrån?

Ja tror Myrten tog'et ur en roman.

Hur kan du veta att hu ä Myrtens dotter? Ha du fått bevis?

Dä kan man lugnt säje.

Jag gick och hämtade kortet som jag hade stoppat under duken på skänken inne i salen.

Här.

Det var en kortbent karl i uniform. Vit skärmmössa med snodd, blanka knappar. Byxorna var inte pressade, de hade tydliga knän.

Titta på ansiktet. På näsan. Titta så små fötter han har. Dä ä Ingefrids näsa. Ser du inte dä?

Jo, han såg nog. Jag hade petat ut fotografiet ur de små hörnfickorna i ett album. Nu lutade jag det mot julstjärnans kruka mitt på bordet.

Har du visa henne korte?

Neej. Dä har ja inte.

Nä dä kanske va lika bra. För dä va ju en jävla kran. Hennes ä lite mindre. Men lik. Fast vem ä dä där egentligen?

Jag svarade:

Dä ä Ingefrid Mingus mormors far. Han va sjökapten å hette Claes Hegger.

Nästa dag la jag fram fler fotografier åt Ingefrid. Hon stirrade som om hon trodde att människorna på korten skulle få liv av hennes blick. Men när livet var varmt i dem var deras ansikten obevakade. Händerna höll inte silverkryckan på en sextioårskäpp eller den snidade karmen på en stol i fotografens ateljé utan rörde sig över vanda ting och kroppar. Jag borde hellre ha visat henne locket till vedlåren som Hillevi lyfte så många gånger om dan under alla år. Låren är ommålad och ommålad igen. Men ingen målning kan ta bort nötgropen efter händerna, hur de till slut verkat på trät, hur omsorgens vana nött ner kanten och gjort den vänlig som en kropp.

Här vid bänken tog hon av sig vigselringarna, hon la dem alltid i morteln när hon skulle tvätta händerna. Du skulle se Hillevi tvätta sina händer ville jag säga till Ingefrid. Det var en hel konst med nagelborste och ljumt vatten och glycerintvål. Härnere i mortelns stengrop låg de breda vigselringarna när hon tog en oppjäst deg ur bunken för att knåda den. Två gånger under livets lopp fick hon lov att låta göra om ringarna, för det mjuka guldet hade nötts ner. Trond kunde inte tänka sig annat än att hon skulle ha 23 karat. De nöttes tunna av det liv du stirrar efter i ansiktet på ett pappkort.

Myrten är ett märkvärdigt namn, sa Ingefrid Mingus. Kan det vara ett engelskt flicknamn som är förvrängt?

Sen tyckte jag hon sa Mörtel och jag sa att så var det inte. Men jag ville inte säga hur det var. Hon var för främmande. Jag sa i stället:

Här står din morfar Trond Halvarsson framför huset med Sotsvarten.

Sotsvarten var en hög och tung häst. På kortet har han grimma och Trond stiger så långt åt sidan som möjligt, när han håller grimskaftet. Han vill att allting av denna stora, svarta kropp ska synas på kortet. Den som drog så många lass när han tjänade oss men inte var ovetande om ett annat liv. För han hade sommarn, sommarn på skogen då hans hovslag fick dåna i en mark som var genomstigad av hästtramp och människominne.

Elias Elv har en tavla med hästar på. Hästar på skogen. Den skulle jag vilja visa henne. Han köpte den när Aagot Fagerli hade dött. Här är hon. Stilig kvinna ända in på ålderdomen. Hon var Ingefrids morfars syster. Svarthårig från början. I ungdomen var hon i Amerika. Hon dog på 1981. Myrten hade dött hösten innan, bara femtinio år gammal. Och Aagot överlevde sin bror Trond med över tretti år.

Kan du se nån mening i det? Fast det säger jag inte till henne. En präst ska väl inte behöva stå till svars för allting. I alla fall inte här hemma hos mig.

Sitt här, sa jag åt henne och visade på paneldivanen. På salsbordet hade jag lagt fram kort och brev efter Myrten. Jag hade satt på de elektriska elementen redan på morgonen så hon inte skulle bli kall. När hon trevade över högarna såg jag att hon var generad och kanske rädd. Handen darrade lite.

*

Den gamla kvinnan hade alldeles för stora fötter till sin lilla kropp. De blev nog ännu större av joggingskorna. Lite hjulbent var hon. Det syntes så väl i de smala crimplenebyxorna hon bar. Nu höll hon på att ta på sig en täckkappa över den vita koftan. Hon sa att hon skulle gå ut ett ärende. Hon hade frågat påtagligt lite och Inga förstod att hon ville lämna henne ifred.

Huset kändes annorlunda omkring henne när Kristin Klementsen gått ut. Det trängde sig på. Hon fick en obehaglig, lite kliande lust att se resten av det. Oppepå som den gamla kallade det. Myrtens rum. Så hade hon sagt. Stod det som ett sanktuarium?

Det var ett måttfullt hus. Konstigt egentligen att en förmögen kvinna som Myrten Fjellström hade nöjt sig med att bo i en stuga. Köket hade fönster både åt den stora sjön och åt vägen och det upptog mer än halva nedervåningen. Här fanns också detta tämligen kyliga rum som hon nu stod i. Kristin Klementsen kallade det för salen. Säl'n sa hon förresten. Hade Myrten Fjellström talat så? Hennes ateljéfoto stod på skänken bland kristallvaserna och nysilverpjäserna och såg flott ut.

Kristin Klementsen hade lagt fram många fotografier från olika åldrar. Många utstyrslar: jumperset och pärlhalsband, klänning med draperat axelparti, vit blus och en norsk lusekofta, dräkt med violbukett i knapphålet.

Hon tog fram ett vykort ur brevhögen och läste några rader:

> *eftersom jag ändå är här kan jag gå till Harald Löfberg och se vad de har. Helst skulle jag vilja ha någonting blommigt, men diskret.*

Hon skrev med jämn, behagligt flytande handstil. Texten tycktes rinna fram utan att ge en aning om vilket humör hon var på när hon skrev brevet. Harald Löfberg hade legat på Kungsgatan förr. Vyn visade Stadshuset och brevet var daterat 20 mars 1954. Hon hade alltså inte haft nånting emot att åka till Stockholm efter 1946.

Fotografiet log.

Det var svårt att härda ut med det. Nysilver och kristall blänkte. Sniderier i mörkt trä omramade skänkens ovala spegel. En underlig rakryggad soffa stod vid väggen, en sån som kallades paneldivan och som inte ens Linnea skulle ha kunnat sälja.

Varför hade de inte burit ut alltsammans och forslat det till en auktionist? I stället hade de knölat in en teveapparat intill en klaffbyrå som kunde tjäna som skrivbord och ställt två moderna fåtöljer på den lilla golvyta som fanns kvar mellan pelarbordet och fönstret.

På bordets spetsduk låg fotografierna utbredda. Ansiktet genom åldrarna. Det där ansiktet. Här skymtade en blus med axelklaffar. En fyrtiotalsmundering? Kanske var bilden tagen *innan.*

Brevbuntarna låg på klaffbyråns utfällda skiva. Hon petade upp ett kuvert, kikade ner i det och läste:

Känn ingen rädsla. Mitt liv är så ljust, så upplyst av kärleken till Dig. Där finns inga mörka hemligheter i något hörn. Allt detta är utplånat. Jag vill att Du skall se rakt igenom mig.

Min far, tänkte hon. Det rörde sig i magen. Inte olikt en fisk som vänder sig. Men det gjorde ont.

Var det jag som var den mörka hemligheten? Bortlämnad och utplånad.

Din röst i telefon var så liten och späd. Persikokind!
Jag vill inte att Du skall behöva vara ensam.
Tänk ofta på gamle
Dag

Hon kände ett lätt äckel över att stå och glutta på deras gemensamma larv. Detta måste vara skrivet av Dag Bonde Karlsson, som egentligen hette Fjellström och som Myrten hade gift sig med 1953. Urscenen. Inte en brutal och obegriplig akt som det skrämda barnet stirrar på utan ett larvigt par som kvittrar mot varandra. Fast hon hittade inget reciprokt kvitter från Myrten, bara instruktioner om vad som skulle inhandlas i Östersund. Hade det här paret fått ett barn som de lämnat bort därför att han var gift med en annan? Enligt Kristin Klementsen blev han änkling, men först senare. Efter urscenen som ingen fick ana.

Varför skulle hon annars ha döpt mig efter en av hans romanfigurer?

Om man vill vara barmhärtig och förlåtande så kanske det var för sent att ta hem mig när han blev änkling. Linnea hade blivit min mamma och Kalle Mingus min pappa.

Om man vill vara barmhärtig.

Hon gick tillbaka till bordet och såg på fotografierna. En människa som hade så många bilder av sig själv där hon tog sig oföränderligt fördelaktig ut, kunde hon gå över ett golv utan att samtidigt se sig själv gå där? Måste hon inte ha varit en kvinna som levde sitt rätta liv i spegeln och lät en snabb skugga avsöndra det som var av kropp: tårarna som gjorde ögonlocken svullna och grävde fåror i persikokinden, svetten i armhålorna och under brösten och morgonens ofrånkomliga resultat av att magen skötte sig.

Allt tycktes ha skött sig. Man kunde inte se nånting mera välvårdat.

Hon tänkte: Jag är besatt. Jag är inte mig själv. Det som river i mig är nånting utifrån, nåt som inte är jag. Jag måste sätta mig ner i den här idiotiska paneldivanen och böja huvudet och be. Be om befrielse.

Men hon gjorde det inte. Hon började dra ut lådor och riva bland papper som Kristin Klementsen inte hade lagt fram. Hon hade en känsla av att Kristin hade smusslat och ljugit och bara lagt fram det presentabla. Men hon hittade ingenting mer som hade med Myrten Fjellström att göra.

Hon rafsade bland sakerna på skänken och fann ett styvt fotografi under duken. Det var bara av en artonhundratalsgubbe i uniform. Men det verkade faktiskt som om hon hade gömt det.

Näsan.

Det är min näsa. Fast värre. Hon är snäll. Tyckte förstås att hon skulle gömma denna förfärliga utväxt.

När hon såg på ansiktet med skäggkransen och den rukiga uniformsmössan, kroppen med de för långa armarna och benen som verkade krokiga förstod hon att hon var fast.

Hon hade haft Linnea och hennes välmenande exercis att göra sig fri ifrån. Den hade aldrig tagit ända ner. På djupet hade hon varit en fri varelse. En individ som kunde se på Linneas skatter som skräp. Fri att söka Gud. För Linnea var en lampkrona i jugend mer värd att spåra upp. Lika fri var jag från min älskade rara Kalle Mingus. Jag behövde inte försöka bli det han var – musikalisk. Och jag behövde inte ta livet lätt.

Allt detta var normalt och gick smärtfritt om inte utan friktioner.

Men här är det slut på friheten. I ett rum med klaffbyrå och paneldivan i en liten avkroksby i nordvästra Jämtland stirrar ansikten på mig. Ett par ögon känner jag igen om jag lyfter blicken till spegeln i skänkens överstycke. En hand på en kjolvåd kunde vara min hand. En näsa som alltid har varit mitt bekymmer, var det uppenbarligen inte för en uniformsklädd karl med långa armar och krokiga ben.

Här står och sitter en hel spökarmé, en ockupationsstyrka som jag inte kan göra det minsta motstånd mot, för jag tillhör den. Gjorde den mina val? Är det den som berättar sig själv i mitt liv?

Hon petade tillbaka fotografiet under duken och tittade på breven som låg framlagda på klaffbyråns skiva. Det fanns en bunt som hade utländska frimärken. Franska. De var adresserade till Köpman och Fru Trond Halvarsson. Morföräldrarna. På en del av kuverten syntes stämplarna mycket tydligt. Hon såg att de var från våren 1946. När *det* redan hade skett. Jag var i Frankrike, tänkte hon och kände sig lite fnissig. Det var sant som Kristin Klementsen sa. Myrten Halvarsson som hon hette då var där och jag måste ha varit med henne. Det stämde åtminstone. Om man hade råd åkte man förstås utomlands när man blivit gravid utan att vara gift. Föräldrarna måste ha vetat om det, vad än Kristin Klementsen sa.

Hon fick en känsla av att hålla något i handen som hon verkligen varit med om. *Vi har varit i Kerlagouëso och jag har strövat på stranden.* Detta var skrivet i slutet av mars. Inte precis av nån lycklig människa, det kunde man utläsa. Men fattad. *Monsieur Canterels vän bor i Kurmelen året runt. Det är svårt att förstå, för där var ganska ödsligt.* I mars 1946 strövade hon på en ödslig strand med ett tungt foster i magen.

Sen gjorde Inga det som hon velat hela tiden. Halvsprang uppför trappan för att se hur det såg ut på övervåningen. Hon kunde ha bett Kristin Klementsen om det, men hon hade inte lust att tillstå att hon ville se rummet. Dessutom ville hon vara ensam där.

Det var som om hon vetat vilket rum som var Myrten Fjellströms. Rakt fram från trappan. Sängen hade ett överdrag av chintz. Rosa och ljusblå syrener på bengul botten. Rynkad kappa. Två prydliga kuddar med volang runt kanten.

Men något sanktuarium var det inte. Det luktade inrökt. På nattygsbordet låg ett par glasögon med grova skalmar, en halvt ifylld tipskupong och en kulspetspenna. En pipa i en askkopp och en medicinburk. Nån bor här ibland, tänkte hon. Kan det vara gubben? Men skinnbyxorna på stolen kunde inte tillhöra honom och inte de slitna skoterkängorna.

Det fanns ett fönster mot vägen och affären, men inget på den andra sidan. Där tycktes det löpa en lång garderob. Vid väggen stod ett litet skrivbord av björk som Myrten Fjellström tydligen använt som toalettbord. Fast kristalluppsatsen såg äldre ut. Det fanns kamask, puderburkar och flakong. Ovanför flickskrivbordet satt en tredelad spegel. Man kunde svänga de båda flygeldelarna och se sig själv bakifrån och från sidan. Som andra såg en.

I en liten bokhylla vid sängen stod flera av Elsa Beskows bilderböcker och en flickbok som hette En liten sprakfåle till. En ruschig och lycklig mamma drog en barnvagn med en trind och rödmosig unge. Det var fyrtiotal av hatt och dräkt att döma. Kanske såg hon ut så där. Men hon drog nog aldrig min barnvagn.

Sen fick hon syn på sitt dopnamn. Ingefrid på Högåsa stod det på en bokrygg. Det var fler romaner ur Dag Bonde Karlssons produktion i hyllan. Boken med namnet Ingefrid på var dedicerad till Myrten Halvarsson 1952 *från tillgivne vännen författaren.* Skrev man så om man hade ett barn ihop? Det kanske man gjorde. Om man ville maskera förhållandet.

Hon satte sig på sängen och läste i romanen.

När sol'n går upp i sky varslar han styggvä'r, sa han och hans svarta skägg skälvde. Han steg mödd ut på tunet.

Mödd?

Jag har ingenting med det här att göra, tänkte hon och ställde in boken i hyllan. Deras kroppar kanske. Men inte det här.

Hon tänkte gå ner igen. Det vore lite genant om Kristin Klementsen kom hem medan hon var häruppe. Men först öppnade hon garderobsdörren. Därinne fanns en lång stång med kläder som löpte längs hela rummets längd. Alldeles innanför dörren hängde en fleecejacka och ett par överdragsbyxor. Sen blev det kvinnokläder. Tätt, tätt. Så urfallna de såg ut. Slankiga och ofräscha. Fast man kunde inte påstå att de var smutsiga. De hade bara hängt för länge och varit kroppslösa. Men när hon tog på dem verkade de alltför kroppsliga. Äckliga och främmande.

Hon gick inåt som i drömmen, skavde sig förbi tyglagren. Längst bort satt ett litet fönster, format som en romboid. Det var kallare härinne. Hon strök med handen över kläderna, fick tag på ett tunt tyg. Organdi? Nej, då skulle det ha varit stelt. Hon mindes ett ord för det här slankigt tunna: voile. En blus i gul voile med mönster av blommor i brunt och orange. En obegriplig skärning kring halsen. Man måste kanske ta den på sig för att förstå hur den skulle sitta. Mjukheten i tyget fick henne att tänka: persikokind. Hon hade tyckt att ordet var fånigt. Men tänk om hon hade haft en mjuk kind? Slät, fyllig, fjunig.

I spegeln hade hennes bild funnits. Nu var det en vinterdags ljus och tomhet i den.

När hon kom ner från övervåningen satt gubben i kökssoffan. Hon hade inte hört honom komma in. Nu satt han orörlig med båda händerna på käppkryckan. Hon måste gå in i köket. Det gick inte att komma undan. Motståndet mot det intrång hans blick utgjorde var starkt. Och ändå gick hon rakt in, leende. Det var yrkesmässigt; hon kunde inte annat. Inuti låg ordpaketen färdiga. Hon var just färdig att leverera ett då han sa:

Vad letar du efter?

Han rörde sig inte. Hans hud var vit, skäggstubben silvrig. Nedanför de ljusblå ögonen hade huden krängt ut en skarpröd slemhinna och där låg vätska samlad. Än rann den inte. Handen var knotig och knölig. Knäna var också grova benknölar på varsin sida om käppen. Det fanns ändå nånting av stilig karl hos honom, kanske ett minne hos honom själv som kom honom att hålla nacken rak. Eller var det fientlighet?

Vad letar du efter? Hon stod där med tre, fyra obrukbara meningar. Kände sig förnärmad. Och för första gången: Det här är mitt. Hela huset. Alla fotografierna och breven. Till och med kläderna. Jag behöver inte redovisa inför dig gubbe.

Min mor, sa hon. Jag vill veta.

Han teg ihärdigt och släppte henne inte med blicken. Till slut sa han:

Jaja. Barnen är våra domare.

*

Hon gick. Elis tyckte det var lika bra. Han hade känt sig främmande för henne. Om natten hade han tänkt på sitt barn. Då var han förstås inte riktigt vaken. I vakenheten visste han ju så väl att barnet inte var hans. Dä va e stårs å hu va tillkommen på en sillskuta eller i ett prång. En ryss och en förrymd torparhustru i sillrensningen hade varit fulla och klådiga och gjort e lita stårs.

Men om natten hade han i alla fall tänkt på henne. För någon annan bild av det barn som verkligen varit hans, hade han inte. E lita mager stårs med finaste vitmossa i stjärten. Som söker med blicken och finner en annan blick. Hon vet ju att den ska finnas där, till slut. Som darrar över hela ansiktet, ovant och lite ryckigt. Men ler. Ja, ler för första gången. Det var han då lugnt övertygad om, att det varit så.

Men norskstårsa hade inte varit hans, fast han velat tro det efteråt. Aldrig. Han hade bara skött om henne.

Den här var det förstås. För Myrten Halvarsson hade inte varit med nån annan. Det kunde ingen få honom att tro. Ingefrid var inga lita stårs. Inte som det riktiga barnet, det som låg skyddat för tiden. Det här var en medelålders kvinna som kommit för att revidera sin mors liv.

Hon fick en jävla fart, tänkte han. Glömde släcka lyset i säl'n. Han såg Myrten Halvarssons ansikte titta på sig från skänken. Som han sett det första gången 1981 då han kom in här och frågade efter en nyckel.

Han hade känt igen henne på en gång, fast det då varit mer än ett kvarts sekel sen han såg det levande ansiktet. Han hade stått kvar i köket och tittat på ateljéfotografiet medan Kristin Klementsen rotade i en klaffbyrå efter nyckeln till Aagot Fagerlis hus. Inte ens då förstod han hur nära det var att han träffat denna Myrten igen. Om inte döden. När han fick veta det kom det en besk uppstötning av bitterhet: att hon i alla fall fick leva längre än Eldbjörg. Att hon var så slät och fin fast hon var medelålders på fotot. Eldbjörg hade åldrats ung. Den här kunde röra sig.

Hade kunnat röra sig.

Handlarns hus hade han tänkt. Nu står man inne hos handlarn. Hit kom man aldrig då. Dom trodde väl att lopper och lus stog på språng i kläan. Att man stal.

Han hade varit en gammal karl när han kom tillbaka, sjuttionio år. Oigenkännlig. Men ändå hade han varit så försiktig att han gått till folkbokföringen innan han bestämt sig. Han tänkte att Gudmund kanske levde eller Jon. Han hade fått en underlig känsla när han fick veta att bröderna var döda. Han var ensam kvar.

Nu låg det fotografier och brevbuntar på bordet därinne. Han skulle vilja se en bild från tiden då han varit med Myrten. Det irriterade honom att han inte kunde röra sig snabbt för det vore genant om Risten kom tillbaka medan han stod och rotade. Och den förbannade käppen föll förstås när han lutade den mot bordet och så skulle han ner efter den men det gick inte. Så nu måste hon ju förstå i alla fall. Fan däsamma!

Han rörde vid korten. Sköt undan de medelålders, alla utflykterna och de skarpa blixtljusbilderna från fester på pensionatet. Sen kom de rätta. Risten hade nog lagt dem i en viss ordning åt den där Ingefrid.

Myrten var alltid så ini helvete snyggt klädd. Det visste han redan. Klädd på det viset som var utdött nu. Med kjolar och med sidenblusar där översta knappen av våda kunde vara oknäppt. Inte på de här fotografierna förstås. Men ändå fanns det en aning om att uppknäppning var möjlig.

Och stjärten.

Nu är ju posering för amatörfotografier frontal. Men han visste om den där stjärten. Kom mycket väl ihåg den. Dess möjliga befrielse ur det ena och det andra. Höfthållare av en sorts nylontrikå.

Längre fram var det färgbilder. Karamellkinder, ögon glansiga som kaffegods. Måste vara tagna av den där jävla Bonde Karlsson Fjellström eller va fan han hitta på att kalla sig. Som alltså hade fri tillgång till det här.

Då märkte han att hans tankar inte var tankar utan rörelse. När han tänkte på vilken liten kroknad tamp som rörde sig, var han tacksam att det inte kunde observeras. Inte som en darrande haka eller en fot som slapprar i halvsidig pares. Han blåste ut luft mellan sammanpressade läppar. Blåste opp sig och pustade ut. Men befriades inte. Gufader vilket elände.

Det var först när han gick tillbaka till svartvitheten och tiden för kriget som den förargelseväckande aktiviteten avtog och blodtyngden i ljumskarna lättade. Underligt nog. För det här var ju rätta tiden. Men när han såg henne somrig och blossande kände han bara ömhet.

Ja, hon blossar. Blod strömmar i de finaste kärl. Det svartvita fotografiet låter henne rodna och vara varm utan giftiga tilldiktningar.

Han tog det lilla kortet och stoppade det i innerfickan på kavajen. Precis vad handlarns skulle ha trott om honom. Han kände sig nöjd med det.

Om hon redan var med barn på kortet? Hur hon kunde ha haft det då, det hade han inte tänkt på förut. Det blev så nära. Att hon inte sökte opp mig. Fast jag sa nog ingen adress. Hennes mamma hade förstås berättat om mig. Så hon ville i alla fall inte ha med mig att göra. Hon ville förstås inte ha barnet heller. Lubbagubbens barnbarnsbarn.

Det levde över. Kom att se ut som en beskedlig variant av en gammal sjökapten från förra århundradet. Inte som gubbfan alls. Inte som Myrten Halvarsson heller.

Men att Myrten ville ge Lubbagubbens barnbarnsbarn allt. Till slut. Hon hade väl ingen annan att ge det till. Eller betalade hon en gammal familjeskuld? Det hade tagit honom lång tid att pilla ur Risten hur gubben dog och vad han gjort innan med fotogen och tändstickor. Han ville ju hämnas för att Lubben gått exekutivt.

Hon var nog lite hård där, hade Risten sagt om Hillevi. Det var hon aldrig annars.

Nu kom Risten. Och han satt här med ett fotografi i handen. När hon stod i dörren och hade dragit av sig mössan så att de grå hårtestarna spretade, tänkte han på hur gamla de båda hade blivit. Ohjälpligt. En fläkt av kalluften utifrån nådde honom.

Ingefrid ha vöre här, sa han.

Det visste hon. Han hoppades hon trodde att han suttit där med henne. Att han blivit inbjuden att sitta i handlarns sal.

Du ska få kaffe, sa Risten. Ja ska ta av kappan först. Ja trodde hu skulle stanna å få lite hu mä. Men hu ha väl sitt. Hu tyckte att Myrten va ett unnlit namn å att dä va engelskt egentligen. Nää du tänkte ja. Men ja sa inget. Ha du tappa käppen igen. Här ha du'n.

Hur va dä då? Mä namne?

Hillevi sa en gång att hu gav Myrten namn efter ett fönsterträ. En myrten som hu skulle klä brudkronan mä när hu gefte seg. Men dä vart allri så.

Varför dä?

För hu vart mä barn. Tore kom för tidit. Så Hillevi slängde kruka i sjön. Men Myrten va liksom mammas krona. Hu kom ju te när dom va geft.

Så dä va så noga.

Dä va dä.

Vansinniheter, sa han.

Kanske dä. Men dä finns en del som ä vansinnit nuförtin mä.

Hon rumlade rätt ilsket om i spisen och han undrade vad hon tänkte på. Att Klemens inte fick skjuta varg kanske.

Kom ut i köket du. Dä ä varmare här.

Men han blev sittande en stund och tittade på fotografierna. På de döda.

Där var ett tidningsurklipp med Lakakungen i vargpäls. Den han dog inte i en hoprasad koja. Nej, han tog avsked av livet i säng med linnelakan. Breda spetsar och tända ljus. På bilden stod ett par lapphövdingar intill honom. De bar också sin död bakom granna tennbroderade bröststycken. När den tiden kom hade de uppfört den.

Familjen och släkten hade hukat kring bädden i eldskenet. Högtidliga och gripna. Sedan delades silver och renar.

Och kvinnorna. När de fotograferades höll de ofta händerna på buken som om de hade vetskap om någon därinne. Det kunde vara ett foster. Det kunde vara döden.

Men kom nu, sa Risten. Va sitter du å spekulér på?

Nyfiken är man i alla fall, tänkte han. Tamejfan. Om det ska bli i en säng. Eller i en koja.

Va ä dä? sa Risten. Ha du ont?

I hällvitte heller, sa han. Ja vart på dålit humör bere.

Det var ett par kyrkligt rätt bleka söndagar efter trettondagen. Inga bodde på pensionatet för hon ville inte såra Mats Klementsen genom att hyra en stuga. Nu när Anand var med kände hon sig mindre mörkrädd. Han hade sökt igenom det stora ekande huset och hittat kopparbunkar i form av fiskar och glödritade trätavlor med tjädrar och älgar på. Det fanns många uppstoppade fåglar och älghorn monterade på träplattor. Han släpade in sina fynd i deras rum. Hon började få hemkänsla för det liknade till slut Linneas antikhandel. Hennes mamma hade börjat med vad hon kallade allmoge.

Det höll på att bli mässfall i Röbäcks kyrka. Kyrkoherden ringde och ville att hon skulle ta högmässan. Han hade inte fått någon sökande till Röbäck än. Det gjorde henne häpen att han visste om att det fanns en präst på pensionatet i Svartvattnet. I hastigheten sa hon ja.

Hon hade sin bibel i resväskan men inga andra hjälpmedel när hon skulle skriva predikan. Det kom tomhet från den stora vita sjön med sitt orörliga vatten under isen. Hon försökte låta bli att se på isytan och stirrade i stället på en öppningsapparat för pilsnerflaskor med kork som Anand kommit upp med. Hon visste inte vad hon skulle säga om Johannes 5:31–36. Det handlade om vittnesbördet som inte tas emot. *Johannes var en lampa som brann och lyste, och en kort tid hänfördes ni av hans ljus.* Det påminde alltför mycket om Kristin Klementsens ord att predikanterna brukade tända upp folk förr i världen, men att det inte hade varat så värst länge.

Vi drar, sa hon till Anand. Det finns visst en expedition i församlingshemmet.

Har dom dator där?

Det tror jag.

Det var kanske inte rätt att låta honom surfa på församlingens bekostnad, men när de kom dit fanns det ingenting annat än Kyrkans Tidning och två nummer av Röda Korsets tidskrift att läsa. Han surrade lycklig igång en stor dator. Själv hittade hon Fyrahanda sädesåkrar, Gudstjänst idag och Jesu liknelser. Det var naturligtvis kvarglömt gods. Ingen brukade väl sitta här i den avslagna kaffedoften från församlingssalen och skriva på predikan.

Hon hade ringt till organisten som bodde i Byvången och frågat om han kunde komma lite tidigare på söndagen, så att de kunde diskutera valet av psalmer. Lämna en lapp bara, det räcker väl, hade han sagt. Det var ingen som visade henne kyrkan. Vaktmästaren var tydligen trött på vikarierande präster. Han räckte bara över en stor nyckel.

Röbäcks kyrka var byggd på 1850-talet för en församling som antogs vara i ständigt växande. Nu var den ett stort skal kring en liten kropp. Tron var avstängd i veckorna. Hon föreställde sig att det rosslade som i ett långt järnrör när man vred på den om söndagen.

När hon öppnade skrudskåpet slog gammal tobakslukt emot henne. Till och med alban stank. På skrivbordet låg en kam med hårstrån i.

Målningarna i koret var bleka. Trettiotal gissade hon. Arbete, familj och Jesus. Det låg en rya framför altaret, gråbrungrå. Hon fick en våldsam hemlängtan. En kyrka borde alltid vara igång. En miljon träffar per vecka. Brusande sång. Människor ut och in. Ljus som tänds, prasslet av tunna blad. Övningsspel på orgeln. Låga röster i förtroligt samtal. Kärlek. Inte som här stelnad form, fattigdom på uttryck och ett inkapslat och avstängt innehåll.

Det här blir en erfarenhet, tänkte hon. Sen är jag hemma igen.

Då kom tanken – nej det var en smärta. Så här kommer det alltid att vara. När jag har åkt står kyrkan i Röbäck kvar kring sin tystnad. Sin kyla och sin yttersta fattigdom.

Hon lät Anand sitta vid datorn i församlingshemmet också under söndagens högmässa. Kyrkans stenskal slöt sig om tolv kroppar. Vi är lika många som apostlarna tänkte hon. Om jag skulle säga det?

Men hon beslöt sig för att hålla sig till manuskriptet.

Det var ingen bra predikan. Någon sa inom henne: Homiletiker blir du nog aldrig. Handledaren när hon gick prakten. Han som sa att prästkandidater måste avlövas. Sa det vid terminsstarten och sa det nu när hon gick under kala björkar.

Kyrkskeppet låg på en udde i ännu en av dessa stora vita sjöar. Björkallén ledde ner till stigporten. Här hade ingen sagt ett ord om predikan när hon ställt sig vid utgången och hälsat i hand. De var elva nu. En karl gav sig iväg utan kyrkkaffe och hon såg honom gå ut bland gravarna. Vaktmästaren sa med stolthet att det var Ornäsbjörkar som kantade gången.

Så var allt de talade om, också under kaffet. Sammanhangslöst. Men de flesta var tysta och avvaktande fast de iakttog henne nästan utan uppehåll. Också med sockerkakan halvvägs till munnen. Här skulle jag aldrig kunna arbeta, insåg hon. Det var åtta kvinnor och två män som hade deltagit i gudstjänsten. Nu var kvinnorna plötsligt elva. Hon frågade och fick veta att det var centerkvinnorna. Det var deras tur att ordna kyrkkaffet. Hon hade lust att säga till dem att det var tråkigt att de inte kunnat delta i högmässan. Men vad skulle det tjäna till?

De två kyrkvärdarna hade avrått henne när hon varslat om dukning till Måltiden. Det var inte så länge sen vi hade nattvard sist, sa de. Det får inte bli för tätt.

Dä ha vöre en del överdrifter här.

Men hon hade sagt åt dem att duka i alla fall och de hade varit så lojala att de gick fram. Det var bara två till som gjorde det.

Hon kände lättnad när kyrktaxin tutade utanför och de skulle ge sig av, men hon skämdes för det och därför gick hon med dem ut. De var gamla och en del hade svårt att ta sig upp i bilarna. *Stärken maktlösa händer, given kraft åt vacklande knän* hade den ena kyrkvärden läst ur den gammaltestamentliga texten. När de for vinkade hon från trappan och tänkte: Om jag stod här på allvar. Om jag skulle gå hem nu, tvärsöver vägen till ett stort tvåvåningshus klätt med grå eternitplattor.

Vädret hade slagit om under gudstjänsten. Det bittra hade mildrats, det fanns en väta i luften. Den kom henne att tänka på ett av de parallellställen i GT som hon inte använt när hon arbetade med predikan. Det var Jesaja: *Hören alltjämt, men förstån intet; sen alltjämt, men förnimmen intet.* Hon hade inte velat låta Jesaja dundra för dessa som kom till en alldeles för stor stenkyrka i ett människofattigt landskap.

Men hon tyckte om Jesajaordet. *Förnimma* – det beskrev ett mottagande med receptorer mindre grova än öronen och hjärnan. Det var att vara hud och hinnor, att låta det som varit uttorkat, nerkylt och stelnat ta emot ett fint duggande – nej, ännu finare, en finfördelad fuktighet, som var liv.

Men inga liljor skulle blomma i denna öken. Vintern var för det mesta kall och sträng och människorna som hon talat till tystlåtna. Detta var kanske den andliga djupköldens land, men de som levde här var i alla fall inte förtjänta av tuktan för vällevnad och arrogans. Tiden liknade den profeten Jeremia verkat i, den stora centraliseringens epok under kung Josia. Men de här hade inte blivit stadsmänniskor, de var inte rika och glömska av sitt ansvar mot de fattiga. De var människor som helt enkelt hade blivit över.

Nu for hennes lilla församling hem genom en lätt, mild fuktighet. Inne på expeditionen satt Anand framför datorn och verkade ledsen.

Gud fick enmiljonåttatusentrehundrafyrtiotre, sa han.

Var det dåligt?

Ja. Satan fick tremiljonerfyrahundratrettiotvåtusensexhundraåtta.

Ska du inte ta en annan sökmotor.

Ja, försök själv då, sa han.

Att han tog så illa vid sig. Hon skulle aldrig förstå honom helt. Det kunde verka som knappologi det han höll på med. Men han tog det allvarligt. Han ville inte att Satan skulle vinna.

Jag försöker sen med alltheweb, sa hon. Vi kan ta altavista också, den är bra. Men först ska jag kika på en sak själv.

Hon hade ingen karta där hon kunde leta efter de franska ortnamnen i Myrten Halvarssons brev. De stack i medvetandet på ett obehagligt sätt. Kerlagouëso. Kanske var det i Bretagne? Hade de inte haft ett särskilt språk där?

Hon tog Kerlagouëso först men fick ingen träff. Då försökte hon med Kurmelen. Sen med Curmelen. Ingen träff där heller. Nu mindes hon inget mer namn. Jo, Martial Canterel, arbetsgivaren. Myrten Halvarsson hade skrivit lite beskäftigt, kanske skrytsamt att han var uppfinnare och gjorde konstverk. Han hade kanske varit en berömd man eller i varje fall känd.

Hon sökte på Canterel och fick upp honom direkt. *Martial Canterel.* Hänvisningen gick till en *édition hypertextuelle.* Den kom upp. Det var en roman och den hette *Locus Solus.*

Vad är det där? sa Anand.

Ingenting. En bok bara. Gå ut och se om tanterna har lämnat några kakor kvar åt dig.

Det värsta var själva namnet: Locus Solus. Myrten Halvarsson hade med sin mycket kvinnliga, sin välvårdade och jämnt flytande handstil skrivit till sina föräldrar att så kallade monsieur Canterel sin villa i Montmorency. Själv tyckte hon att det hade passat bättre som ett namn på dasset. Man kunde föreställa sig att de hade skrattat åt det, handlaren och hans fru. Men hade de förstått?

Obildade människor. Var det så hon hade sett på sina föräldrar, hon som fått lära sig franska? Enkla människor som man kunde driva med utan risk för att bli avslöjad.

Det märkliga var att hon själv hade läst en sån bok. En absurd historia, nån sorts surrealism. Yttersta spetsen på fransk modernism. Hade hon smålett när hon skrev breven med deras falska beskrivningar där detaljerna var tagna ur en roman. Var hon elak?

När Inga körde tillbaka till Svartvattnet sa hon till Anand att de skulle packa och resa hem.

Jag är färdig med det här nu. Det är bara affärer som återstår och dom kan jag sköta i Östersund.

Elias såg snopen ut när jag sa hur det var. Han ville faktiskt inte tro att hon hade gett sig av för gott. En kasse med brev och kort hade hon tagit med sig. Asken med Myrtens smycken fick jag henne att ta också. Jag ville inte hon skulle tro att jag lurat henne på nånting. Bråttom var det. Hon skulle till Indien sen.

Så var det med det. Jag tänkte att han hade haft bra rätt, när han sagt att hon bara kom för att hämta ételn. Som en gam. Vi var snopna bägge två.

I ensamheten kom de pinande tankarna. De hade väl kommit i vilket fall som helst. Men så länge Ingefrid Mingus var här var det som jag trott att hon hade kunnat trösta mig för Myrtens lögner.

För nog var det lögner.

Vi som stod varandra så nära. Jag kunde närsomhelst känna hennes runda barnkinder under mina händer. Särskilt den natten det brann. Hur kunde hon ljuga så för mig?

Om natten drömde jag ont. Jag drömde att det kom en stor försändelse till mig med bussen. Det såg inte ut riktigt som i verkligheten, men jag visste att det var här. Paketet låg kvar som det sista i bussens lastutrymme. Det var emballerat i gråpapper och jag tänkte: Finns det sånt papper nuförtiden? Jag blev rädd och ville inte ta emot det. Det såg ut att vara en likkista innanför gråpappret och snörena.

Jag sprang min väg men slapp ändå inte det där paketet. När jag kom tillbaka låg det kvar på lastbryggan och det var nattskumt och grått omkring det. Jag var ensam ute nu och förstod att jag måste ta hand om det. Så jag började lossa knutarna och vika undan papperssjoken. Jag var säker på att det var min egen kista och jag begrep att det inte var nånting att göra åt detta. Jag måste ta emot den. Och det är väl sant. Vi äger inte livet. Vi måste gå ifrån det.

När jag till slut vek undan det sista gråpappersflaket blev jag mycket förvånad. Det var ingen likkista utan en pulka av renhud. I den låg Myrten. Hon var insvept i skinn. Det var mjuka, fint beredda skinn från vita kalvar.

Hon var mycket upprörd och hon visade det med ögonen och med munnen och ansiktsmusklerna. Hon riktigt ryckte av förargelse.

Jag började vika undan skinn efter skinn för att befria henne. Då fick jag syn på ett sår som hon hade vid axeln. Det satt i den lilla gropen ovanför nyckelbenet och det var grått och mycket djupt.

Då förstod jag att hon var död i alla fall.

Det var hemskt att börja packa in henne i skinnen igen, eftersom hon inte ville finna sig i det. Det föll ljus utifrån på hennes ansikte. Jag kan inte säga varifrån det kom, men hon riktigt blixtrade.

När jag vaknade ur drömmen var jag mycket illa till mods. Jag gick nerför trappen och vankade omkring i köket. När jag tittade ut såg jag affärn. På lastbryggan var det förstås tomt.

De sjönk sakta ner mot Delhi, i slöjor sjönk de. Var det rök? Eller den heta luften. Magen skälvde till. De hade tagit kapslar och sprutor och tabletter. Inga var rädd i alla fall. När de stött mot den indiska jorden som inte var brun eller röd utan asfaltbelagd, och när de dundrat över den länge, öppnades dörrarna. Då kom lukten. Den var kryddstark, rökig och sötsliskig. Hon kom att tänka på vad pappa berättat om New Yorks lukt. Han hade spelat på kryssningar med Gripsholm och han mindes hur lukten kommit emot dem långt ute till havs.

Städer är stora kroppar. De luktar liv och stöter bort eller drar till sig. Vi har skapat stora kroppar som vi lever i.

Någon hade sagt att de var över femhundra människor ombord. Många steg av nu, andra kom och tog deras platser. De kom från en stad som hon aldrig skulle lära känna mer än lukten av. Planet stod på asfalten i över två timmar. Två av kvinnorna i hennes grupp gick runt och lät som fåglar. Det var ett slags rond. De ville hålla gruppen vid humör efter tolv timmar på flygplatsen i Rom och nio i luften. Hon brydde sig inte om dem utan satt och stirrade på toaletten och hoppades att det skulle komma in städpersonal och göra rent därinne.

Hur är det Inga?

Hon var döv av tryckförändringarna och våldsamt kissnödig. Om inte städpersonalen kom snart måste hon gå till toaletten och försöka låta bli att ta in den fräna stanken av urin och fekalier.

Känns det inte bra?

Det var Astrid. Hon var idrottslärarinna och kallades för Skuttan. På sista gruppmötet hade hon frågat vad man skulle ta med sig till indierna. Becka hade sagt kulspetspennor. Nu hade de kulspetspennor med sig till Indiens befolkning. Det stod allt möjligt på dem: SVENSK VÄRME & SANITET, SVENSKA HANDELSBANKEN, BANANER ÄR MAT. Själv hade hon pennor från bokmässan i Göteborg där hon deltagit i en debatt om Svenska kyrkan och utvecklingsländerna.

Becka satt bredvid henne och läste om brunnsborrning. LEAD (Local Education and Development) var en biståndsgrupp som samlade in pengar till fiskebåtar. Men den utarmade by som Rebecka Gruber, socialantropologen, siktat in deras samveten och välvilja mot, behövde också färskvatten. Becka var osentimental och uppfostrade dem inte. De fick ha sitt mått av kulspetspennor och inlevelse. Resan var belöningen för tre års tiggerier och insamlingar. NISSES RÖR & PLÅT hade inte bara skänkt mössor med skärm. Gruppen gjorde pengar av hoptiggda antikviteter med diskutabelt värde, barnasång, lokalrevy, bingopromenader, kasserade sportgrejor, torkade blommor, hembakt bröd, hemstöpta ljus och virkade mössor. Becka log aldrig åt dem. Hon använde dem.

De var nio kvinnor och tre män. De hade kämpat mot apartheid genom att vägra köpa sydafrikanska fruktkonserver. De hade gått i demonstrationståg vars tvivelaktiga politiska karaktär de inte uppdagat. Högt hade de hållit skyltarna som krävde rättvisa åt Sydamerikas indianer. Vintrarna igenom hade de skrivit brev till regeringschefer om fångar som ruttnade bort utan rättegång. Nu stöpte de ljus åt Indien. De krävde ingenting i gengäld.

Hon tänkte ofta på dem. De fanns inom kyrkan också, de fanns antagligen överallt. De skänkte miljoner åt Världens Barn. De var vanliga människor med vanliga människors fåfänga och härsklystnad och med vanliga människors fond av godhet.

Varför kunde de inte i längden hålla plakaten för Sydamerikas indianer högt när de kom in i politiska rörelser? Varför tog makthungern och intrigansen så ofta överhanden, till och med hos den som fått en lekmannabefattning inom Svenska kyrkan?

Varför blev de så övertygade om att de hade rätten på sin sida när de samlades på ett kongresshotell med märken på kavajslagen eller prästrockarna? Varför intrigerade de med en sån lystnad och varför tyckte de sig ha rätt till makten? Varför kunde de inte fortsätta att vara *snälla.*

När hon fick brevet från advokatfirman i Östersund hade hon aldrig hört talas om Svartvattnet. Hon hade växt upp på Kungsholmen i Stockholm. Lägenheten på Parmmätargatan hade varit på två rum och kök. Den låg åt gården och var ganska mörk. Pappa hade hetat Karl-Otto Fredriksson och hennes mamma var Linnea som var född Holm. Vem Myrten Fjellström var visste hon inte. Hon hade tyckt att namnet var lika underligt som det som stod på hennes eget personbevis: Ingefrid.

Hon hade gått till bokhyllan och slagit upp både Ingefrid och Myrten i Wallensteen-Brusewitz Våra namn, som hon brukade titta i när hon skulle ha dopförrättning. Inget av dem fanns, inte ens med den enda ring som betydde att ett namn hade färre än tusen bärare. Myrten Fjellström. Hela namnet verkade gjort. Ändå tyckte hon att hon hört det förr. I alla fall Myrten.

Röbäck, Svartvattnet, Skinnarviken, Boteln läste hon i brevet. När det kom hade hon varit på väg ut. Hon hade fortfarande haft kappan på sig när hon satt och stirrade på ortnamnen. Det måste vara i Jämtland. Östersund låg i Jämtland, så mycket visste hon. Hon hade aldrig hört de här namnen förut. Men Myrten.

Minnen tänds i hjärnan som kransar av ljus. Det ena ljuset tänder upp det andra. Men minnet är inte så noga med realiteterna. Det tar likheter och tänder sina ljus på dem. Krans efter krans. De lyser i det mörker som är vårt förflutna eller inte är någonting alls.

Namnet fanns hos henne i sin konstighet. Tant Myrten. Så lät det. Hon hade suttit i morgonmörkret med kappan på och läst namnen på avlägsna byar i reflexerna från gatljuset. I den stunden hade hon inte insett att hon var förmögen. Tolv miljoner i aktier och obligationer sa advokaten och ville ha beröm för förvaltningen. Skogens värde var svårt att uppskatta. Men det rörde sig naturligtvis om minst lika mycket som värdepappersinnehavet. Fast på längre sikt. Förväntad inkomst. Skogsinnehav av den dimensionen var ingenting man avyttrade eller ens avverkade i klump.

Men det måste ju säljas, sa hon.

Han tyckte nog att hon var barnslig. Men om hon hade sagt sensus fidelium åt honom skulle han ha sett mindre vetande ut. Frälsningsverk. Helgelse. Rättfärdiggörelse genom tron. Tillgångar på sikt. Sälj inte ut dem, kunde hon ha sagt. Titta på vad det är först. Sensus fidelium, den helige andes gåva.

Paniken kom senare. Den kalla känslan av pengar. Döda var de men med en underlig spastisk härmning av liv. De satt fastklamrade på hennes rygg nu. Gav henne tryckningar. De ville suga hennes livskraft och själva tillgodogöra sig den för att bli fler. Hon skulle bli tvungen till allt möjligt. Pengar innebar plikter. Tjänstgöring. Det hade advokaten gjort fullt klart. Pengar gick inte att göra sig av med så lättvindigt som när en poet som fått pris kastade sedlarna i tunnelbanan. När hon rusade in på kontoret efter sitt andra besök i Svartvattnet sa hon att hon ville skänka bort pengarna. Han hade svarat att det i så fall skulle bli en lång process. Tillgångarna måste först realiseras sa han. Det betydde såvitt hon visste att de gjordes verkliga. De måste bli verkliga för att hon skulle bli av med dem. Först efteråt kom hon på att det fanns ett enklare sätt. Hon skulle avsäga sig arvet.

Men hon hann inte. Hon fick mycket att göra när hon kom hem. Och sen var det bara att packa och ge sig av till Arlanda en tidig morgon. De hade varit frusna när de stod i incheckningskön. Nu drog de in Delhis heta och kryddiga luft, de smakade på Indien innan planet lyfte igen. I gångarna var det fullt av städare. De var små och mörka. Det var de i Stockholm också. Om man är liten och mörk blir man tjänare. Jesus var nog liten och mörk.

När de kom till Bombay for de in mot staden i buss. Det tog två timmar därför att en trafikolycka med många inblandade blockerade den ordinarie vägen. Inga satt vid ett fönster som inte gick att stänga. Hon satt i en varm fartvind som luktade rök och exkrementer. Eldar glimtade och flammade i mörkret. Hon såg skjul byggda av genomrostad korrugerad plåt och palmblad, tält av trasig säckväv, hyddor av säv och pappkartonger. Man kunde se in i skjulen hur de rörde i grytor därinne och vände något som fräste på en stekplåt. Hon såg en brun hand som hängde ut från en säng. Många av dessa hybblen såg ut som högar av lump utbredd på stänger. Spädbarn och kvinnor satt därinne. Män och pojkar hukade på vägen där jorden var barsliten och tilltrampad.

I denna bebyggelse hade allt fått dammets färg. Smutsen var gråbrun; den fanns i trasor, sophögar, ansikten. Barn höll på att leta igenom sophögarna, gamla kvinnor också. Hundar. Alla arbetade lika noga.

De for genom områden där det bara luktade exkrementer. Allt annat – kolrök, spillningsrök, rökelse, matos – hade försvunnit. Då gick Becka genom bussen. Hon pratade ivrigt med dem och visade dem på barn som lekte. Det var sant: man såg inte undernärda barn med uppsvällda magar. Man såg smutsiga, magra och rätt livliga barn. Men Beckas lugna mörka röst kunde inte skyla över att allt i dessa omgivningar bestod av avfall eller var på väg att förvandlas till det. Gråbruna sopor, så småningom gråbrunt damm.

Sävmattor var spända för öppningen till stora cementrör. Det blev en bostad. Ett skyle. Eller några trasor direkt på marken, ett par bleckkärl, en eld och en hel släkt omkring denna anordning.

Dom kommer in från landet, sa Becka. Många av dom åker tillbaka för att arbeta under skördarna.

Hon fick det att låta normalt.

Människor kom gående med bleckburkar och krukor som det antagligen var vatten i. De gick försiktigt med den dyrbara vätskan. En pojke med mycket mörk hud stod i en grop och öste upp vatten i en hink. Han använde en konservburk som skopa och öste så varsamt som om röret som läckte därnere varit en källåder. Hur gammal är han? tänkte hon. Fjorton. Tänk om han är fjorton.

Det blev bättre sen. Träskjul, öppna framåt, med försäljningar eller verkstäder. Ett tänkbart liv. Barberaren hukade på gatan, rakade med lödder och kniv.

Sen kom mörkret. Det rullade ner i röken och värmen. Hon såg ingenting mer, hörde bara signalhorn och röster. Ropen var slingor i det varma mörkret, slingor som korsades, letade sig fram. Alla som ropade och alla som de ropade på hade ett namn. Alla.

King's Hotel var ett höghus. Vid grindarna blommade bougainvillea och under en lykta stod en man och lät två apor med bekymrade ansikten dansa. Becka sa att de inte skulle stanna och titta och inte betala någonting. En uniformerad hotellvakt körde bort en mamma eller mormor med fyra barn som tiggde. Gumman skrek och okvädade. Det var bruna människor. Hon såg gummans seniga armar gestikulera i ljusblänket.

Hotellet hade flott fasad och reception men rummet, som hon skulle dela med Becka, var sjabbigt och trångt. Den heltäckande mattan var leverfärgad. Tobaksrök hade satt sig i nylongardinerna som en gulbrun färgning och som en stank i rummet. Hon ville inte nudda vid någonting av detta. Inte med fotsulorna, inte med kinden mot kudden. Men hon vågade ingenting säga, för Becka verkade oberörd och packade effektivt upp det hon behövde för natten. Varför skulle man borsta tänderna om allting ändå var smutsigt ludd? Syntetfiltarna och mattan matchade dessutom i färg: urtagna, mörknande inälvor.

Vad är det med dig? sa Becka. Och när hon inte fick något svar:

Duscha först du.

Till att börja med blev vattnet hett, sen blev det iskallt. Hon mixtrade med kranarna och lät det flöda tills hon fick en uthärdlig temperatur. Men den ville inte hålla sig. Risken för skållning var så stor att hon varnade Becka som bara sa:

Jag vet.

Det kunde betyda att det var likadant överallt.

Inga var tvungen att sätta sig i en fåtölj när hon kom ut från badrummet. De fick helt enkelt inte plats att stå båda på en gång. Då började hon gråta. Det var en övermanning. Det var nästan ofattbart att man kunde gråta så utan att veta varför. Rummet förstås. Men ändå. Och allt vattnet som runnit ut när hon mixtrade med duschen. Pojken med bleckburken som samlade vatten, dyrbart vatten. Hans allvarliga, koncentrerade ansikte. Fjorton år. Han kanske var fjorton år.

Jag vill hem, tänkte hon. Men det kunde hon inte säga till Becka. Hon vågade inte ens fråga henne om hon också känt så här första gången. Becka hade varit otaliga gånger i Indien. Hon hade bott på

Youth hostels där vatten och elektricitet stängdes av klockan nio om kvällen och där oroliga magar fyllde toaletternas porslinsskålar. Man kunde inte göra någonting för att bli av med deras produktion, förrän vattnet kom tillbaka klockan nio på morgonen. Om detta hade hon berättat skrattande och i hemlighet: vi får inte skrämma tanterna och farbröderna. Som om Inga varit en sammansvuren och en som tålde lika mycket som hon. Becka hade skrattat åt Naipauls äckelskildringar, när de läste An Area of Darkness innan de for. Hon sa att han hade alldeles rätt men att han borde hålla käften och arbeta för vatten och avlopp i stället.

Becka somnade fort men för Inga var det omöjligt. Luftkonditioneringen satt i en låda under taklisten och den lät som en lastbilsmotor. Hon hörde skvalradio från rummen intill. Elektriska ledningar gick in genom hål i väggarna nere vid golvet och allt hördes: röster och radiomusik och dörrar som skrällde igen.

Kanske sov hon ändå i sekundsnabba bortdomnanden för när det blev ljust var hon inte fullt så eländig som hon trott att hon skulle vara. De fick frukost: läderartad toast och grönkokta ägg. Nu kunde hon skratta åt det och hon sa:

Ingenting är egentligen så förskräckligt som jag tänkt ut att det skulle vara.

Hur då tänkt ut?

Ja, läst då. Funderat. Naipauls dystra exkrementutredningar till exempel. Jag kommer mer att tänka på Camus eller Tournier.

Becka dröjde en stund med att stoppa in äggskeden i munnen och bara såg på henne.

Vad är det?

Hon skakade på huvudet. Jag vet, tänkte Inga. Hon har sagt det förr. Jag lever i en läst värld. När det kliar och luktar blir jag rädd och vill in i det lästa igen.

Det har varit så mycket, försökte hon förklara sig. Dom där Jämtlandsresorna och allt grubbel över arvet som jag inte har bett om.

Becka åt av det nästan grönsvarta ägget och sa eftertänksamt:

För mig är det tvärtom. När jag kommer ner hit försvinner all skit. Jag menar all privatsmörja.

Det gör det nog för mig också bara tröttheten går över. Jag har i alla fall löst problemet.

Vilket?

Med arvet. Jag ska avsäga mig det.

Avsäga dig? Vart går pengarna då?

Det vet jag inte.

Det *vet* du inte! Allmänna arvsfonden?

Nej, det finns väl släktingar.

När tänkte du ut det här? I natt?

Nej, det var däroppe. Jag fick läsa gamla brev och se fotografier av henne.

Din morsa?

Du, min morsa hette Linnea. Tro ingenting annat. Det här var min biologiska mor. En sorts...

Provrör?

Nåt i den stilen. Jag trodde hon var en fattig flicka från Jämtland. Jag tror att det slapp ur mamma nåt sånt en gång. Men det var en dam. Hon var vacker. Mycket vacker. Jag har i alla fall inte ärvt mitt utseende av henne. Hon var en vacker dam som inte ville veta av det här barnet. Då har hon ingenting i mitt liv att göra heller.

Varför ville hon ge dig pengarna tror du?

Hon ville väl ha makt över mig. Bestämma om mitt liv. Det ska hon inte få.

Du är inte klok, sa Becka. Du är bara ilsken och hämndlysten. Ett undanskjutet barn som vill hämnas. I går kväll låg du och grät över en pojke som tog vatten ur ett läckande rör eller en grop eller vad det var. Han som öste upp i en konservburk samma vatten som du lät rinna och flöda och svämma bort bara för att få ordning på temperaturen i duschen. I dag tänker du slänga bort en massa pengar i ren ilska.

Jag vet.

Det var självklart nu. Hon kunde inte säga någonting annat än:

Jag vet, jag inser alltihop. Det måste bli så.

Hur?

Becka hade dragit ihop sina mörka kraftiga ögonbryn.

Det är klart att jag ska skänka pengarna.

Donera kanske det heter, tänkte hon. Det finns säkert ett helt språk för pengar. Nu måste jag lära mig det i alla fall. Det här är inte virkade mössor. Det är inte hemstöpta ljus och eternellbuketter. Det är riktiga pengar.

Vart? Till LEAD?

Det är klart. Jag var så förvirrad bara. Det är självklart.

Då sträckte Becka fram sin korta breda hand. Men Ingas högerhand var kladdig av apelsinmarmelad så hon kunde inte slå till. Hon nickade bara.

Sorl och brummanden i bussen. När medvetandet gick upp till ytan hördes räckor av ord: Sätt dig hos mig du. Men sätet är ju brännhett. Lägg nåt på det. Har du en tidning? Den här sjalen då.

Det var tungt att andas. Hon vaknade till när någon sa:

Har du lite sodavatten, mitt är slut.

Sen kom en röst med auktoritet:

Det är många som blir chockade av slummen. Sätt dig här.

Blev du det?

Vadå?

Chockad av slummen.

Jag måste säga att jag inte blev det, jag tycker deras kläder har så vackra färger, dom har god hållning också.

Så du fick inte den där chocken.

Nej i alla fall inte den.

Vilken?

Den som alla talar om, den fick jag inte. Det är ju så varmt också, då behöver man ju inte mycket mer att bo i. Man kan ju faktiskt bo ute när det är så varmt.

Hon steg upp till en vassare medvetandenivå när ett bilhorn tutade. Det måste vara ett riktigt horn för det var luft i ljudet. Någon klämde på en stor gummiblåsa. Sen sjönk hon med rösterna igen, sjönk som i vatten.

Det är en vacker färg. Men hon skulle ha bett Rebecka om hjälp, man ska pruta serdu. Köpte hon den i basaren?

Nu kör han på den!
Nej den väjer ser du väl.
Dom är vana förstås.
Blev du chockad av slummen Inga?
Förlåt, sa hon och spelade yrvaken.
Jo jag sa blev du chockad av slummen.
Låt henne sova.
De var tysta några sekunder. De tittade nog på hennes ansikte. Sen hörde hon Pearls röst igen:
Om man har växt upp i Kina blir man inte alls chockad, då är man ju van vid den.
Vilken då?
Slummen.
Jag tycker att det är ett så vackert folk, dom går med högburet huvud, det är ett gammalt kulturfolk. Dom har sina problem men dom *bär* dom.
Nu höll vi på att krocka i alla fall. Oj! Nej, titta inte!
Men den klarade sig ju.
Dom fattiga har det på sätt och vis bättre än vi, dom har en själ, man ser det.
Ja det materiella är i alla fall bara skit.
Av ondo. Det är av ondo, är det inte så Inga?
Nej hon sover, låt henne vara.
Den här hatten är utmärkt.
Ja man måste ju ha en hatt, man skulle få solsting annars.
Av smuts och infektioner och svält blir man inte själfull, inte det minsta.
Det var Rebecka med den mörka stämman. Hotande och vred, tänkte Inga. Hon kände sig fnissig som om syrebristen gjort ett trick med hennes hjärna. Men det varade bara några sekunder och hon hörde hela tiden hur sårad studierektorns fru var:
Men jag talar inte om att vara själfull, jag vet nog vad du lägger i det ordet.
Det blev visst hennes avslutningstirad för nu gick Becka. Någon frågade snällt:

Vill du låna batiksjalen också?

Och Skuttan, antagligen åt någon som klagade över törst:

Jag har frukt med mig. Här ska du se.

Sen sov hon nog ett tag för det rörde ihop sig: Han hade aldrig sett en elektrisk tandborste. Jag talar om att ha en själ i stället för en tomhet. Tog du inte med mineralvatten. Dom säger soda.

Nej dom säger sååla, tänkte hon lite vaknare och sen märkte hon att hon sagt det högt.

Nu stannar han, det är en olycka, usch.

Nejnej köp ingenting!

Jag ger honom ju bara en kulspetspenna.

You come from?

Man kan inte bara köra bort dom.

From Sweden. ABBA. Bjorn Borg.

Yes yes.

Chauffören reste sig för att rusa ut och passade på att dra med sig pojkarna som fått kulspetspennor. Alla tittade ut genom de smutsiga fönsterrutorna nu.

Det var visst inte så farligt, dom grälar bara.

Men fronten är intryckt.

Varför gick Sune ut?

Han gick och ställde sig under trät därborta.

Han säger ju nånting hela tiden.

Vadå?

Jag vet inte. Jag går ut till honom.

Det var Skuttan. Hon tog alltid sitt ansvar. När hon kom tillbaka sa hon att Sune stod och muttrade.

Om Palme hum hum säger han.

Herregud det är ett mantra.

Varför har han tagit Astrids hatt och batiksjalen?

Är den din?

Nej den är Harriets.

Han bara står och mässar. Palme och nånting säger han.

Nej det måste vara *padme*.

Men säg åt honom att komma in.

Han lyssnar inte.
Om är ett heligt ord.
Han försöker bara vara rolig.
Nej han är inte kontaktbar.
Då har skojet gått för långt.
Vi åker en bit så lär han sig nog. Bortom kröken bara. Säg till chauffören.
Han kanske aldrig stannar sen.
Har ingen vatten? Kan vi inte köpa sååla.
Kom in nu Sune, vi ska åka. Hör du inte!
Nej han mal på, låt honom vara.
Man kan inte tro att han jobbar i Handelsbanken.
Jag tror han är i trance.
Inte alls, han skojar.
Men att han håller på så länge.
Tuta då. Säg åt honom. Vad heter tuta på engelska?
Hon vaknade tvärt. Om en asiatisk pajas ställt sig på Sergels torg och mässat *o guds lamm som borttager världens synder.*
Hon gick ut i hettan som slog henne över huvudet.
Sune!
Men han mässade.
Då tog hon honom i armen, hårt, och drog. Han fnissade. Men hon nöp till om armen och fick upp honom i bussen.
Adjunkten i svenska som sagt att det materiella var skit svettades mycket nu och andades häftigt. Pearl vars föräldrar varit missionärer började åter tala om Kina. Men Becka var arg.
Ni verkar mest intresserade av era egna reaktioner. Titta er omkring i stället.
Men vi ser ju! Fast du tillåter oss inte att se nånting som är vackert. Eller deras värdighet. Du har din socialism du! Du ser bara det materiella.
Gälla kvinnoröster. Och Rebeckas mörka. Den sa att det materiella var betydelselöst bara för dem som hade det.
Vadå *det*? Vad är det vi har? Bilar. Prylar!
Trädgårdstomtar, sa Sune och så började han skratta obehärskat.

De andra talade i mun på varandra. De lät som ilskna barn. Bara Beckas förste vedersakare var tyst. Han tycktes upplöst i svett och obehag och när han försökte flytta skinkorna på galonsätet hade de sugit sig fast. Inga slöt ögonen igen och trevade efter Beckas arm. Hon tryckte den och viskade:

Var tyst.

De snubblade ut framför den textilfabrik de skulle besöka. Hettan var av järn. Hon drog sig upp i bussen igen och försökte spana ut ett ställe med skugga dit hon kunde ta sig spikrakt.

Det var en försäljning så de fick aldrig se någon fabrik. Meningen med besöket var att de skulle köpa broderade skjortor och dukar. Men eftersom de kände sig lurade blev det ingen fart på affärerna.

Eller också vill dom inte ha fler prylar, sa Becka. Dom ska odla själen nu.

Vi måste ha vätska.

När de kom ut från försäljningen stod Sune under ett träd och sa *om mani padme hum* igen. Han hade solhatten med stora slokande brätten på sig. Om livet hade han slagit det batikstycke som han lånat från diakonen. Hon åkte ofta till Afrika. Det såg inte ut som en dhoti eftersom det var blommigt och byxorna stack fram under tyget. Sune sträckte ut sin hand och sa: *Om mani padme hum om mani padme hum...*

De försökte prata med honom men fick ingen kontakt.

Nu ska vi åka Sune!

...om mani padme hum om mani padme hum om mani...

De gick alla in i bussen och satte sig. Sune stod kvar. De såg att han rörde på läpparna.

Jag mår inte bra, sa fysikläraren.Vi måste åka.

Han tog sig åt hjärtat.

Sune!

Nu trängdes alla i dörren och ropade på kamrern i Handelsbanken som stod under trädet. Han rörde sig inte.

Du får gå ut till honom, Inga. Du kan ju klara upp honom.

Präster anlitas vid kristillfällen. Hon gick ut igen, tog tag i hans arm, nöp till ordentligt och drog honom mot bussen. Han fortsatte att mässa. Om han åtminstone blinkat, tänkte hon. Men han var alldeles oåtkomlig. På vägen tillbaka fick de stanna för en krock. De kunde skymta en mänsklig kropp i ett förvridet bilvrak. När de kom iväg igen hade Sune slutat säga *om mani padme hum*. Ingen hade lagt märke till när han upphörde med det.

Ett kalt rum. Toaletten var för squatters. Inget toalettpapper. Ett lakan. Över eller under? Kanske kunde man få ett extra. Hon bad i alla fall om en handduk och fick en.

Varför måste vi bo så här? Det är inte LEAD:s pengar. Vi betalar ju själva.

Vi ska inte bo som brackor.

Men den här fläkten i taket. I går kväll stannade den när det blev strömavbrott.

Dom stänger av all ström klockan tio.

Men hur kan dom göra så? Man får ju inget ljus.

Nej, det får man förstås inte. Men vi ska ju sova.

Men vad ska jag göra om...

Sov gott nu.

Becka!

Indien förändrar en. Du ska få se. Man lär sig improvisera.

Hon for. Jaja. Risten sa att hon skulle till Indien. Vafan skulle hon ha för sig där? Det sa hon inte. Hon tyckte väl inte att vi hade med det att göra.

Förr angick man varann här. På gott och ont. Vi hörde ihop på nåt underligt vis. Men nu vete fan.

En präst kommer farande i en liten röd bil och slår sig ner på pensionatet. Ingen vet hur hon har levt förut. Kommunen skickar en straffad sjöman. Skygg och fängelseblek. Han ska bo i en av pensionärslägenheterna men försvinner snart. Och sen kommer det nån annan som har sjukbidrag eller förtidspension.

Men också de som räknar släkt i bygden verkar avstängda i sina stugor. Sitter i kvällsmörker och tevesken. Begravningen sker i stillhet låter de skriva ut. Betyder: Kom inte hit.

De underligaste är såna som Sören Flack. Kommunalt avlönad. Han bromsar in här så gruset sprutar framför affärn. Nu ska det bli full fart. Hjortronåkrar och fiskodling. Bidragspengarna silar ner, fint som snön i november.

Efter ett och ett halvt år är han borta igen. Nu ska det bli fart nån annanstans. Kommunen är stor. En galax med myrmark och hyggen. Vi är som prickar bara. Glest utspridda. Känslan av att man inte angår nån utanför huset blir allt starkare.

En präst kommer farande. Håller en predikan. River i gamla papper. Och så far hon igen.

Den indiske historieprofessorn tyckte att de skulle låta skorna ligga kvar i bussen. De kunde bli stulna annars. Tempelgrytan kokade av folk. Närmast omkring dem: en gammal kvinna med småbarn, två tonårspojkar, tre unga män som tiggde något. Männen såg prydliga ut.

Ska vi ge dom kulspetspennor eller skärmmössor?

De fick inte ge dem pengar. Rebecka ansåg att det skulle fördröja och kanske hindra deras nödvändiga revolt. Flera i gruppen gav pengar till tiggare när hon inte såg det.

Gå lite raskare bara.

Rökelsedoften hade blivit vassare. Deras gäng med sin överrock av indiska människor satte också upp farten. En av tonårspojkarna hade en missbildad fot men det gick ändå fort för honom; han var tränad.

De var ännu i dagsljuset. Inga såg torn och på dem kokade det också av figurer, fast av sten. Det var gudar i ljusgrönt, rött och guld. Och violett. Alla tänkbara färger. I skuggan av murarna satt mörka människor, de vilade kanske – eller mediterade? Nej, vilade bara. Eller var försänkta.

Historieprofessorn sa att det kom stora skaror av pilgrimer till detta tempel. Varje år och varje dag kom de.

What do they seek? sa fysikläraren.

Holiness. The holiness of the temple itself.

Det urgamla och heliga templet var labyrintiskt byggt. Nu hade de gått så långt in i labyrinten att hon inte skulle ha hittat ut själv. Det brann oljelampor framför idolbilderna och oljan osade. Det var en ny lukt.

De stod framför Ganesh, elefantguden. Han var invirad i kransar av blommor. Ur blommorna slingrade hans förlängda snabel. Inoljad.

Det ser man ju vad den föreställer, sa Henning som var fysiklärare. En linga.

Hon hade beslutat sig för att stå på sig. Henning var intill henne hela tiden. Hon visste det sen förut. Han ville ha henne att stå till svars för religionen. All religion.

Apguden Hanuman hade beslöjade ögon, människoben och människoarmar.

Mycket hull, sa Henning. Det är mycket kropp och sinnen här. Har inte kristendomen tappat bort nånting?

Hon borde ha försvarat sin tro med nånting fyndigt. Men det var för kvavt och oljeröken blev allt fränare ju längre de trängde in i stenlabyrinten. Henning väntade inte på svar heller; han hade kommit på någonting annat:

Titta – där har du dina kollegor.

Prästerna hade höftskynken och de var mycket smutsiga. De såg förryckta ut. De hade blommor i håret som hade fått växa långt och var inoljat och uppsatt i en knut i nacken. Tre av dem gick i procession med cymbal, trumma och något som lät som en stor oboe. De tutade och skramlade.

Vad gör dom?

Inleder en gudstjänst tror jag.

Herren är i sitt heliga tempel, sa Henning mässande. Han är ock när dem som hava en ödmjuk och förkrossad ande. Han hör de botfärdigas suckar och vänder sig till deras bön. Låtom oss därför trösteligen gå fram till hans nådetron och bekänna vår synd och skuld.

Förbluffande nog kom allt detta flytande, utan minsta stakning.

Hon drog sig ifrån honom, ställde sig tätt intill Rebecka men såg på honom och hans långa rygg i ljusblå utanpåskjorta. Han var sextiofyra år. En gång i tiden hade han gått i högmässan. Kanske när han var barn. Han hade gjort det så ofta att dessa ord hade fastnat i hans minne. Det var gamla ord.

Han är arg på mig för att de inte betyder nånting för honom längre.

Nära mitten av tempelkomplexet fanns den heliga dammen. Vattnet var grönt och oljigt. Människor plaskade och gick ner under ytan med huvudet. Becka sa:

Det stinker piss och apa.

Det stinker helighet, sa Henning som åter hade slutit upp tätt intill Inga.

De stannade inte länge för att titta på de badande utan gick vidare, nästan i procession efter historieprofessorn. Han berättade nu om det allra heligaste. Det låg framför dem och det var templets innersta. Men de fick inte gå in där eftersom de inte var hinduer. De kunde inte ens se in, för man hade satt ett skynke i ingången. Alla stod en stund och stirrade på skynket, sen började de gå efter professorn igen. Besöket var slut. Det återstod bara att ta sig ut genom labyrinten.

Ska vi inte se det heligaste? sa Henning och tog ett tag kring Ingas överarm. Hon kände det violetta tygets dammlukt när det slog henne i ansiktet. Överrumplad stod hon innanför och ingen brydde sig om dem. Ingen såg. Det var ett tiotal människor därinne och de var hopkrupna i andakt. Henning höll hennes arm ganska hårt som om han var rädd att hon skulle försöka smita ut.

Det heliga var en sten. En svart och inoljad sten. Den höjde sig ur marken. Eller golvet. Men den höjde sig inte mycket. Det mesta av den fanns nog under jord. Det som syntes var svart, fårat och blankt av nötning och olja.

Henning höll hennes hand nu och han såg ut som om han sett en olycka. En bilkrock eller ett lemlästat djur som försökte krypa undan. Men det var bara en sten.

Nu går vi, Henning, viskade hon.

Och de gick utan att någon upptäckte dem. Det var bara att stiga bakåt genom skynket. Då kom den som antagligen skulle ha stått på vakt. Han skrek åt dem men de skyndade vidare på det smutsiga golvet. Eller marken, stenen, vad det nu var under deras nakna fotsulor.

Först när de kom ut i basarerna blev Henning sig själv igen och började prata. Han talade om det krimskrams som såldes här. Rökelse, armband, fotringar, sminkpulver, blommor, gudabilder. Han sa att några förmodligen tjänade stora pengar på det.

Blev du rädd? sa hon.

Vad menar du?

Men hon ville inte plåga honom.

Det brände i fotsulorna när de rusade till bussen. Han pressade sig in i sätet bredvid hennes fast han inte hade suttit där från början.

Hade du kunnat be därinne? frågade han.

Hon svarade inte. Hans ansikte var nära hennes, för nära.

Hade du det?

Hon slöt ögonen.

Vill du vara snäll och höra efter om det finns nåt mineralvatten, sa hon. Vi måste tänka på att få i oss vätska.

Han var arrogant och närgången. Men om det var en snöpt längtan som gjorde honom sån, då var hon skyldig honom ett svar. *Hade du kunnat be därinne?*

Hon visste inte.

För att svara hade hon behövt gå tillbaka in i templet. Nu for de vidare.

De skulle åka till ett sidenväveri för att se på tillverkningen och köpa saris billigt. Det fanns ingen luftkonditionering i bussen. Ljuden från signalhorn skar genom luften som brände i luftrören. Så fort chauffören stannade i köer eller för en trafikolycka blev den glödande. Hon tänkte: Bara vi kommer fram. Bara jag får nåt att dricka. Men de stannade på vägen. Ett nytt hindutempel. Ett litet den här gången. Hon förstod att det var nånting märkvärdigt med det, men uppfattade inte riktigt vad. En fet präst visade skulpturer uthuggna ur ett enda block. Efteråt visste hon inte vad de framställde. Djur? Gudar? Det fanns en damm här också, grön och stinkande.

Här tar dom sina reningsbad, sa Henning i hennes öra.

Templet var nerlortat av kråkor. En gammal man med bara en trasa om blygden satt vid ett primuskök och rörde i en kastrull. En lärjunge satt på marken bredvid honom och hojtade. Men gubben verkade stendöv. Eller oåtkomlig.

Om jag har nåt sår på fötterna. En spricka. Då går allting rakt in i kroppen. Den här markens tilltrampade lort efter djur och människor. Tempelgolvets feta svärta med alla bakterier.

Efteråt stannade bussen vid en bank. De skulle växla in resecheckar för att kunna köpa sidensaris. De hade sonen till väveriets ägare med sig i bussen och han var beskäftigt hjälpsam. Men något att dricka kunde han inte ordna. Sjuttiofem kilometer! Det hade han glömt att nämna. Att byn med väveriet stank av döda djur och exkrementer hade han heller inte sagt. Och varför skulle han ha gjort det?

Det är så här det är. Det är deras verklighet. Varför blir jag *arg*?

Inne i väveriet satt gamla män och vävde invecklade mönster med fina silkestrådar. De fick sex rupier för en dags arbete. Hur många timmar? Det fick de inget svar på.

Men de kanske är nöjda med det!

Det var Kinamissionärernas dotter. Nu samlade hon ihop LEAD-gruppen till allsång. De skulle sjunga Till Österland vill jag fara för de vävande gamla männen. Inga kände sig svag och satte sig på en bänk. Även Becka sviktade, hon som annars var motståndskraftig, inte bara mot hetta. Hon sa nånting. Inga öppnade munnen. Men det kom inget. Hon orkade eller kunde inte svara. Gubbarna sköt varsamt vävstolarnas bommar mot sig. Sidentrådarna glittrade i ljuset från fönstren.

Res dig nu, sa Becka. Det kanske är svalare i försäljningen. Hon höll henne under armen och runt midjan. Studierektorns fru hade köpt en sari i violett och guld och tagit den på sig. Hon balanserade ut och försökte undvika exkrementhögarna och ett kattlik. Hennes man protesterade och Inga fångade för ett ögonblick in hennes ansiktsuttryck när hon sa:

Men det var ju det som var *roligt*! Att jag skulle få ha den på mig.

Ett barn. Ett barn på sextiofem, kanske sjuttio kilo.

Kom nu, sa Becka.

Inne i bussen kände hon sig för några ögonblick bättre men hon hade en tung hjärtklappning som gjorde henne rädd. Hon passade på att ta pulsen och fann att hon hade 140.

Hotellet låg vid havet. Becka hade tagit henne dit i en öppen trehjulig taxi med mopedmotor.

Vi får bo för oss själva, sa hon. I en honeymoon cottage.

Man kan inte vara utan vatten. Då ger kroppen till slut ifrån sig en beckaktig svart klump. Den kommer ur tarmen med sprängkraft. I stället för diarré. Och hjärtat galopperar.

Moskitnätet var en slöja runt sängen. Hon mindes Mats Klementsen som hade pensionatet i Svartvattnet. Han hade sagt sänjen. Att sänjen kanske var kall.

Det var underligt att minnas. Hon hade inte gjort det förut. Indien hade bara varit nu. Först när hon hade druckit i flera dar – två? – kom det som varit tillbaka.

Hon tyckte att hon låg i en sarkofag. En som äter köttet.

Sarx.

Hade velat undervisa sig själv och säga: Det betyder bara människa. Men hon var i köttet och först var det torrt och hårt och exploderade ur ändtarmen, sen blev det löst och började ätas upp av sängen. Hon hade inte ens velat ha vatten till slut. Törsten hade torkat in. Becka sa att hon vätskade upp henne. Och hon ville att Inga inte skulle ta det så allvarligt.

Du behövde inte ens komma på sjukhus.

Hon satt på andra sidan slöjan och läste en tidning som hette Express. Det var nån strejk. De hade gått rakt igenom en demonstration och deras guide sa att det var ingenting, det var normalt. Allt var lugnt men de skulle gå in i ett hus och ut på andra sidan. Inte fortsätta gatan fram. Det var trångt hade han sagt. Men lugnt. Nu läste Becka ur tidningen att en person hade blivit dödad under demonstrationen och trettio skadade. Det hade varit stenkastning och butiksbränder. Polisen hade släpat en journalist genom gatorna och i arrestlokalen hade de tvingat honom att dricka urin.

Sen drömde Inga att hon drack sitt eget kiss och det var ljummet och starkt. Vaknade och ville aldrig sova mer.

Men dramatisera inte nu, sa Becka. Du är snart frisk igen. Då kan vi bada i havet. Vi stannar här tills du har piggnat till. Det är fler i gruppen här. Vi behövde ett par vilodagar. Tempot var för hårt. Vi hoppar över några tempel och fabriker och åker direkt till vår by sen.

Havet. Det var därute. Där guppade en bricka med ett barnlik som hon hade sett föras ner till floden. En liten kropp under en tunn vit duk. Den hade nog nått fram till havet nu. Om hon badade och fick syn på det där lilla liket, vad skulle hon göra då?

Läsa begravningsritualet?
Här.
Det gäller inte här.
Hur långt gäller Gud?
Vad sa du?
Inget.

Sov en stund nu, sa Becka. Boyen kommer med te. Och sen ska du försöka läsa lite. Du har för mycket jox i huvet. Det är ingenting annat än restkväve serdu. Om man inte får vätska och inte kissar så slutar njurarna fungera. Tro mig. Och för varje kopp te ska du dricka ett extra glas mineralvatten, för teet är urindrivande. Inga! Hör du på?

Detta kroppens tält.
Så länge jag bor i det.

Nätet runt sängen skälvde hela tiden i vinden från en storbladig fläkt som snurrade i taket. Surrade och surrade och surrade. Ibland skramlade den till och så fortsatte den att snurra. Den mjuka slöjan gjorde rummet milt och disigt och stadiga Rebecka med mustaschen till ett andeväsen. Hon gick ut och det kom ett annat väsen, en boy. Hans tänders vithet och det blanka hårets svärta kunde behöva mildras. Men han drog ifrån tältslöjan. Handen och armen var blåbrunt mörka när han stack in dem i det mjuka tältets avskildhet.

Hettan steg sakta. Hon såg stela och torra palmer utanför fönstret. En skär ödla satt på väggen. Det var inte smutsigt här. Inga kackerlackor. Ändå önskade hon att han skulle dra för slöjan igen.

Hon borde stiga upp men orkade inte riktigt än. Flätan hade börjat lösas upp, håret var tufsigt på hjässan och vid tinningarna. Hon ville att Becka skulle komma och hjälpa henne. Fast hon var inte bra på det.

Nu var han där i hennes hår. Hjälpte till när han såg hur kraftlösa hennes armar var. Han löste upp håret, fördelade och borstade sakta. Pratade på om blondheten. Hon orkade inte förklara att hon inte var riktigt blond. Det var för mörkt för det. Men starkt och långt.

Han måste ha studerat flätan noga, dess begynnelse strax bakom tinningarna. Det som gjorde den så speciell. Det var så han sa: Very special! Men han förstod principen och fick till den med sina långa fingrar som hade platta fingertoppar. Hon längtade hem när hon kände hans fingrar i sitt hår men hon ville inte säga honom varför. Ibland kände hon sig som om hon hade stulit något när hon tänkte på Anand.

När han skulle hämta bok och glasögon i resväskan åt henne, gick han i förtjusning igenom allt som låg i necessären. Där hade han egentligen ingenting att göra. Han kände på flaskors och burkars form, skruvade upp locken, luktade.

Om nätterna sov han på terrassen utanför dörren. Den hade tak av palmblad. Visselpipor hördes därute nätterna igenom. Vakterna som strövade genom hotellområdet var beväpnade med bambukäppar. Hon tänkte på boyen, hans tunna kropp under palmbladstaket. Obeväpnad.

Han levde på den dricks han fick av hotellgästerna. Becka hade sagt att den normalt var tio gånger större än en stenbärerskas lön. De var unga smala flickor i granna saris som bar plåtfat med stenbumlingar på hjässan. Hotellet byggde ut.

När hans skickliga fingrar var i hennes hår kände hon en söt lukt. En del av sin lön använde han tydligen till hårpomada.

Bring tea?

Ja. Under tiden skulle hon gå på toaletten. Kunde säkert ta sig dit på egen hand nu. Svaga ben. Matt kött.

Bleka sarx.

Och därute havet som kunde ta bort allt.

Han kom tillbaka, först med te och senare på eftermiddagen med vatten som var grumligt av pressad citron. Hon tordes inte dricka det. Isbitarna i glaset var förmodligen bara fryst kranvatten. När hon bad honom hämta en bok tog han fel på resväska, kanske avsiktligt, och hamnade i Rebeckas med sina långa mörka fingrar och sin förtjusta häpnad. Han plockade igenom alltsammans – profylaxmediciner, underkläder, utredningar i fotostatkopia – och han fann en värmeborste. Hon visste inte att Becka hade en sån. Hon förklarade värmeborstens funktion för honom och han satte kontakten i vägguttaget.

När Becka kom in satt han på huk på golvet och friserade sitt tjocka hår som glänste av pomada. Då visade hon ett ansikte som Inga aldrig hade sett förut. Hennes röst var torr och opersonlig när hon sa åt honom att hämta två sodavatten.

Tå sååla, sa han och var snabbt på fötter. Värmeborsten hade glidit ner i väskan, hans blåbruna fingrar med sina tillplattade ljusa fingertoppar stängde fermt låset.

Becka sa inget om borsten. Den tycktes underligt nog vara en hemlighet. Hon behövde ju inte locka sitt mörka starkkrusiga hår. Kanske försökte hon dra det rakt när hon var ensam. Men den största hemligheten, den hittills bevarade, var det skuggansikte som glidit över det annars så trygga och sakliga Beckaansiktet: ett snabbt utplånat drag av avsmak när hon såg borsten i hans hår.

Inga visste att hon hade gjort fel som låtit honom använda värmeborsten. Det var pinsamt.

Men hur skulle jag kunna veta? Just den där mörka huden. Det bruna med sin blåskiftning. Fingertopparna. Förtrogenhet är det för mig, Becka. Kroppslig, luktande, varm. Den huden får mig att känna mig hemma. Du borde veta det. Den lägger en hinna av vardaglighet över den grymma orättvisan, över smärtan och hatet som vill bulna upp och brista igenom. Den dämpar. Jämnar till.

Jag längtar hem.

Var dag.

Till var dags rörelser, ömhet och förtrogenhet.

Det var flera backar Limca i bussen, för något hade de lärt sig nu. De hade fri tillgång till citrondrycken och när de kom fram fanns det mer av den. Vid stranden låg kanoterna som skulle föra dem över till fiskebyarna på ön. Våran by, så hade de sagt hemma. Men det var i själva verket flera byar och det myllrade av män runt båtarna. En av kanoterna var vimpelprydd från för till akter och hade hedersstolar åt Rebecka och den indiske fiskeriintendenten. Men Pearl klev upp och satte sig i den ena innan intendenten hann fram.

De blev blomsterkransade och fick mera Limca och hettan steg. Sen la båtarna ut efter varandra med en blåsorkester i den första. Bakom dem fyrade man av smällare. På den andra stranden stod byarnas män och de såg först ut att vara nakna. Men de hade brunt tyg kring höfterna. En banderoll med ordet WELCOME böljade i havsvinden, blåvioletta bokstäver mot en gul tygbotten. Det stod WELCOME också över skolhusets dörr och där fanns en hemsydd svensk flagga i blåviolett och apelsingult. De fördes in för att få Limca och kex. Det fanns inga möbler på cementgolvet och taket var av palmblad. Männen trängdes i dörröppningarna medan tal hölls av påklädda människor från fastlandet och tolkades från engelska. Men ingen hörde något i larmet av röster. Skolbarn sjöng och Inga som hade ett kilo tagetes och jasmin runt halsen ville sätta sig, men det fanns bara trälådor och de var fulla med kexfat och pappersbägare.

När de kom ut såg hon för första gången kvinnorna. De stod långt borta under palmerna och var klädda i saris och långa slöjor som låg över hjässorna och svepte in hela kroppen. Deras ansikten var mycket mörka.

Gruppen promenerade i sanden och hettan till den plats där projektets katamaraner byggdes av albyssiastockar som fogades samman med rep. De fick se de två som de bekostat och de liknade flottar mer än båtar. När de var på väg tillbaka för att få se fiskare gå ut i båtarna och kasta i nät, började Sune från Handelsbanken springa ikapp med unga pojkar. Klockan var tolv på dagen och genom skosulorna trängde hettan från sanden upp om man stod stilla.

Han tänker begå självmord, sa Henning.

Kanske hade han rätt. Människor har många egendomliga och starka önskningar. Men hon svarade inte. Det räckte inte orken till. Nu gällde det bara att komma tvärsöver sanden in i palmskuggan och hon glömde Sune som sprang.

Sent på eftermiddagen fick hon tag på ett paraply. Det gjorde hela skillnaden och hon var beredd att hålla fast vid det vad som än hände. De fick refreshments under palmbladstaket på verandan till byns samlingshus. Då satt de äntligen på stolar och hela byn stod runt dem och tittade. Skolflickor sjöng och dansade. De hade blomklasar i håret och var färggrant uppklädda. Pojkar gjorde svärdfäktning med papperspyrdda käppar och genomförde boxningsmatcher som de måste se på till slutet och applådera. Innan de fick Limca måste de sjunga Uti vår hage under Pearls ledning.

Inne i huset fick de lunch på bananblad. Ris med curry, räkor, fisk, anka, ägg, kokta rödbetor, linser, lök, kakor med skär sockerkristyr och silver på, papaya, melon och bananer. Det var också Limca, Limca och mera Limca.

Inga misstänkte att deras besök med orkester, mat och smällare måste ha kostat mer än värdet av två katamaraner. Men det gick inte att få någon reda i affärerna och samarbetet med SIDA, som från Rebeckas sida var en bitter fiendskap. Det var svårt att överhuvudtaget uppfatta något i hettan, men hon anade att det fanns smarta män bland de nästan nakna. Ledarfigurer, kanske katamaranfiskekarriärister. Det mesta hon tänkte gick inte att säga och förresten orkade hon inte. Men Pearl sa allt hon tänkte och allt var passande och gott. Efter måltiden samlade hon dem och de sjöng Här är gudagott att vara.

Nu skulle de se hyddorna som hade jordgolv och var täckta av torra palmblad och studierektorns fru gick först och berömde dem.

Hon är tommare än en urholkad kålrot i huvet, sa Henning som nu kände av sitt hjärta igen. Han var matt på ögonen och brydde sig inte om hur högt han talade.

Becka sa att jordgolven upplöstes till lervälling under monsunen. Inga var rädd för getterna som fanns överallt och buffade på dem. Hönsen hade vett att skingras när de kom och for ut ur hyddorna med kackel som liknade skrik. Men det var i alla fall svalare i hyddorna och Inga som fällt ihop paraplyet frågade Becka om hon kunde få tala med någon genom tolken.

De satt strax innanför dörröppningen sen, en mörk man på huk och så hon själv med knäna uppdragna och armarna slagna omkring dem. Hon såg att det var en av de smarta männen. När hon skulle säga till tolken vad hon ville fråga var det tomt i huvudet. Hon kom inte på något annat att fråga än vad de fick för sorts fisk. Tolkat tillbaka blev det namn som hon inte förstod på engelska. Hon märkte att det fanns någon bakom henne i hyddmörkret, någon som darrade hela tiden. Hon tänkte på malaria. När hon vant sig vid det svaga ljuset såg hon att det var en ung kvinna med ett spädbarn. Det var inte malaria, det var skräck. Hon höll barnet hårt slutet i famnen och hon skälvde och darrade ännu värre när Inga sträckte ut handen för att klappa barnet på hjässan.

She never saw a white person, sa tolken.

De gick ut ur hyddan.

När de skulle ge sig av samlade Pearl dem. Hon ville att de skulle sjunga och dansa Så går vi runt kring en enebärsbusk för att visa byborna något av svensk kultur. Det blev inte av på grund av Henning. De sjöng i stället Härlig är jorden och tolken som varit med dem länge sa:

I know that song by now. A little bit sad, isn't it?

Den kvällen åt de middag på en liten sjabbig vegetarisk restaurang där en transistor skrålade indiapop. Inga tänkte på hur stark Becka var, när hon höll tal rakt igenom musiken.

Annars var alla mycket trötta. De hade hört många tal under dagen och de hade åttio kilometers bussresa framför sig innan de kom fram till det hotell de hade bokat. Nästa dag skulle de återigen åka tåg och sitta på raka bänkar, armbåge mot armbåge medan sotet åt sig in genom de nerdragna fönsterrutorna och la sig över deras ansikten.

Jag ska berätta nånting för er, sa Becka. Nånting som vi måste skåla för fast vi bara har Limca. Nånting som innebär en total frigörelse. Från SIDA vill jag säga.

De var så trötta att de knappt tittade upp. De var dessutom utledsna på hennes bråk med SIDA.

Nu kommer våra byar verkligen att bli *våra*, sa Becka. Vi har fått frihet – vi har fått en donation! Vi kan samarbeta direkt med Uday och de andra männen i byarna.

De satt och höll i de repiga och matta glasen med citrondrycken och väntade på att få skåla för nånting. Men de tänkte på bussen och att komma fram fort och få lägga sig i en säng, hurdan den än var. De hoppades att det skulle finnas riktig luftkonditionering, inte bara en snurrande fläkt.

Skål för Inga, sa Rebecka. Hon har fått ett stort arv och hon låter det gå till LEAD.

De ville alla skåla med henne. Vad skulle hon göra? Hon tänkte på männen därute på stranden. På kvinnan i hyddan som hade darrat av skräck. På lukten av rutten fisk och exkrementer. På hönsen. Hade de något annat att leva på än hönsen, getterna och kvinnornas odlingar. Men vad skulle hon säga?

Fantastiskt Inga!

Du är verkligen en sann kristen.

På Harriets kinder strömmade tårarna, snabbt kom de som om hon skurit lök. Och Henning såg så förbluffad ut att han faktiskt gapade. Genom Ingas huvud for tanken på vad det hade kostat att täppa till munnen på honom. Fast alldeles oavsiktligt. Men Beckas avsikter var klara och strikt genomförda.

Skog för minst tolv miljoner, sa Becka. Och lika mycket i värdepapper. Vad säger ni om det?

Inga såg på deras ansikten. Nu var hon sån som de ville att hon skulle vara. De ville att någon skulle vara sån, någon enda.

Skål, sa hon.

Becka brukade kalla det för Guds eget konditori. Det låg i samma hus som Stadsmissionens kafé för utslagna och hade samma huvudman. På ena sidan väggen ett kultiverat sorl, på andra sidan krämtningar ur sönderrökta lungor.

Inga träffade sin advokat på konditoriet, han hade ringt så snart hon kom hem från Indien. Han hette Wikner och var bara hennes i så måtto att hon genom åren träffade honom och tog emot kuvert med pengar som skulle gå till Stadsmissionens verksamhet. Ibland också till andra ställen som hon bad för.

Ofta var det mycket pengar. Han kallade givaren för *min klient*. Men han hade nog förstått att hon genomskådat honom.

Han hämtade kaffe åt henne eftersom klockan bara var elva. Om de träffades på eftermiddagen ville hon ha te och det visste han. Hon fick ett florsockrat mördegshjärta eftersom hon hade beställt ett sånt första gången. Det var många år sen.

Han ville alltid ha en detaljerad redovisning för hur pengarna använts, men han följde inte med henne in i Bullkyrkan. De träffades i konditoriets söta kakdoft och om lukten av otvättade kroppar och uppvärmd soppa på andra sidan väggen visste han ingenting. Hon visste heller ingenting om hans värld. Någon gång sa han att han varit på Lilla Sällskapet och fått en mycket god middag, en annan gång att hans pappa hade känt prins Bertil. Han ansåg att rättsväsendet var så underfinansierat att det knappast kunde fullgöra sina uppgifter och han fann polisens utredningar generellt undermåliga. Men han hörde inte till de försvarsadvokater som bländade med sin arrogans i nyhetsprogrammen. Den socialdemokrati som tillsatte justitieminister och rikspolischef skulle för övrigt inte ha låtit sig påverkas av någon som hade ateljésydda skjortor.

Hur var Indien? frågade han.

Hon svarade vad hon inte skulle ha svarat någon annan: att det var förfärligt. De hade en sorts sammansvurenhet genom åren. Att tala med advokat Wikner var att gå i bikt i ett helt annat samfund än det kristna.

Staffan, sa hon. Får jag ta en rostbiffssmörgås också? Jag vet inte när jag åt ordentligt sist.

Du har magrat.

Jag har levt på mineralvatten och bananer. Ändå är jag inte schyst i magen. Förlåt att jag nämner det.

Hon tänkte alltid försent på att han var mer väluppfostrad än hon. Sen berättade hon för honom om arvet och att hon lovat att skänka det till LEAD. Han tog det som en konsultation och frågade ingående om Rebecka Gruber och LEAD och förhållandet till SIDA.

Vill du ha min åsikt?

När hon nickade sa han till hennes förvåning att han skulle göra några notat, om han fick ställa ett par frågor till. Han ville också ha LEAD:s årsredovisningar, så långt tillbaka som hon hade sparat dem.

Sen hör jag av mig, sa han.

De hade träffats på Kronobergshäktet. Hon kom dit därför att hon fått en ljusskygghetsperiod. Det tycktes inte finnas ett dunkelt hörn i samhället längre. Inte i religionen, inte i kyrkan. Överallt var ett klart kliniskt ljus påslaget.

Det var inte lätt att predika och till slut gick det inte alls. I själavårdande samtal hörde hon sig själv tala klinikspråk. Det gjorde henne så illa till mods att hon blev sittande tyst långa perioder. Till slut måste hon berätta det för sin chef och han sa att hon råkat ut för en blockering. Han använde förstås också sitt samhälles språk, men han var hjälpsam och tyckte att hon skulle byta arbetsuppgift tills det han kallade blockeringen släppte. Han hade förslagit Kronobergshäktet.

När hon träffade sin företrädare på häktet såg hon att han hade brutits ner. Denna kaotiska blandning av leda, övertrötthet, sentimentalitet, cynism och ren förvirring behövde förstås ett namn nu när den blev allt vanligare. Man började säga utbrändhet. Men vad var det som hade bränts ut? En spis? En motor? Det var ju faktiskt en själ som tagit skada.

Du sover väl bra? sa kyrkoherden och hon hade nickat, för vad hade hon för rätt att klaga på sina nätter. De flesta kvinnor hon kände vaknade och hade svårt att somna om, de lyssnade på nattradion och tog ett glas mjölk och läste lite i en bok och sprang ofta och nattkissade. De var tvungna att kalla detta ryckiga tillstånd för sin sömn.

Hon tog arbetet på Kronobergshäktet och mötte Jean Valjean. Han hade stulit den gode biskop Bienvenus silver, han hade satt foten på savoyardgossens slant. Gång på gång hade han gjort det. Han hade slagit in huvudet på en mycket gammal kvinna. Han hade våldtagit Cosette. Med en Grand Cherokee hade han kört in i ett skyltfönster och tagit pälsar. Han hade rånat ett snabbköp och skrämt kassörskan till sömnlöshet och ångestattacker. Han hade slagit av käken på Fantine och lurat sin morsa på sjukpensionen. Inga slutkörer skulle hylla hans omvändelse. Han skulle transporteras runt i straffsystemet som ett kreatur vars slakt hela tiden sköts upp. Hon såg att den rohypnoldimmiga blicken var en människas och hon kände medlidande.

Vad är medlidande? Lider man verkligen? Han som slutade före henne hade gjort det. Han hade haft alla möjliga sorts attacker förutom sömnlösheten och hans blick blev lika dimmig som Jean Valjeans. Han fick Sobril. Det hette att han inte orkat med. Men han led, av medlidande led han.

Hon förstod att det var fel väg men visste inte den rätta. Hon hade inte velat ta sig upp i en position där hon fick distans. Distans och kontroll var livbojarna i känslornas hav. Hon märkte det i vartenda reportage hon läste om flickhoror från Baltikum och sönderskjutna barnbördskliniker i Bosnien.

Hon visste inte vad hon skulle göra med en känsla som var så omodern att hon själv misstrodde den. Och kravet som hon kände och uttalade var på en gång för generöst och för strängt för dem båda.

För prästen: förlåt allt.

För Jean Valjean: ta ansvar för ditt liv.

Det var då hon hade träffat Staffan Wikner. Då som nu undvek han att prata om sina motiv, kanske också att tänka på dem. Han arbetade på som försvarsadvokat åt Jean Valjean och det var inte gott att veta om han trodde att han skulle bättra sig och lämna tillbaka kandelabrarna.

Staffan Wikner satte krut i henne. Det visste hon inte förrän en hånfull och påverkad intern frågade henne om hon inte blev trött på att gå omkring och tjata om Gud. Då hade hon ännu inte öppnat munnen, bara sträckt fram handen för att hälsa. Hon drog tillbaka sin hand och svarade:

Mitt yrke rymmer sitt mått av leda som alla andras. Av tomhet också.

Du tror inte på Gud alltså.

Jag brukar inte fördjupa mig i den saken. Man kan inte hålla på och ta tempen på sin tro hela tiden och plåstra med den. Be och arbeta, det är medicinen.

Mot vadå?

Mot ledan och döden.

Sen frågade hon honom vilka som var hans mediciner.

Du är visst rätt vass du, sa han.

Men det hade varit inledningen till ett samtal. När hon gick därifrån hade hon tänkt på Staffan Wikner, att han skulle ha gjort likadant, fast i sin juridiska sfär. Han var en god lutheran fast han aldrig läst teologi och hon skämdes lite för att hon inte förstått att göra praktik av allt hon läst utan fortsatt med sitt självdiagnostiserande.

Advokaten och hon tog adjö av varandra och trampade åt varsitt håll i modden på Stortorget. Hon skulle ta tunnelbanan till Johanneshov och besöka ett sorgehus. Så hade det hetat för länge sen, ja, faktiskt ännu när hon gjorde närförsamlingspraktik under utbildningen. I det här huset kunde hon inte hoppas på att någon sörjde. Den avlidne hade haft en son, men han ville inte vara med om begravningen.

Hon avskydde de förkomnas begravningar, fattigkistan av pappmaterial, ödsligheten. Hon brukade vara ensam med en begravningsentreprenör i svart kostym och ett okänt lik. Människor skulle inte begravas på det viset. Hon försökte alltid få tag på ett foto av den avlidne, helst ett där han var yngre och inte så märkt av den process som fört honom hit. Men det lyckades sällan.

Det var för det mesta män som dog ensamma. Hon tvang sig att gå till bårhuset om hon inte kunde få tag på ett foto. Ett ansikte om än aldrig så svampigt och utflutet var bättre än ingenting.

Här fanns det en son. Om hon fick några uppgifter, skulle hon kunna hålla ett personligt tal. Hon tänkte också försöka övertala honom att komma till Skogskapellet.

När hon stod i hyreshuset som hade samma färg som en prinsesstårta och dörren öppnades på första ringningen, såg hon på sonens ansikte att hon lika gärna kunde gå rakt på sak.

Din far är ju död, sa hon. Det är jag som ska ha begravningen.

Vad vill du?

Får jag stiga in?

Ja, jag tänker inte gå på begravningen, sa han. Om det är det du är ute efter.

Jag ska hålla ett griftetal.

Ett vadå?

Ett tal över din pappa.

Det behövs väl inte.

Kanske inte. Men jag brukar göra det. Kan du hjälpa mig lite? Får jag stiga på?

Okej. Men jag har inget att säga.

Först trodde hon att de skulle bli kvar i hallen. Han bara stod rakt upp och ner och hade ett ansiktsuttryck som inte gick att tolka i någon riktning. Nollställt. Det var en lång smal karl. Tjugonio år gammal, det visste hon av kyrkobokföringen. Han var mörk och håret var välklippt. Jeansen var rena, tröjan en märkesvara.

Har du tid en stund?

Han gjorde en sorts rörelse med axlarna som kanske betydde ja. Den kunde också betyda nej eller det spelar ingen roll. Eller vadsomhelst. Plötsligt kände hon ilska.

Din far dog i armod, sa hon.

Jaha. Det var ju också ett ord.

Han var fattig. När han dog ägde han praktiskt taget ingenting.

Det är inte särskilt förvånande.

Varför är du inte förvånad?

Han var spelare. Han spelade bort allting. Det var hans grej.

Nu gick han före henne in i ett vardagsrum med svarta skinnmöbler och en stor stereoanläggning. Inget armod. Han söp nog inte heller. Han hade en lufsande gång. Efter fadern? Det visste han antagligen inte själv.

Han satte sig i soffan och sa:

Jaha?

Inga satte sig mittemot honom. På bordet låg fjärrkontroller och en tidskrift om golf. Det fanns en skål med frukt. Det var apelsiner och kiwi men också några passionsfrukter. Hade han några passioner? På väggen bakom honom satt en stor tavla, ett tryck. Det var en Musse Pigg signerad Lasse Åberg.

Jag ville gärna säga några personliga ord vid din fars begravning, sa hon. Men jag kände honom inte. Jag har inte ens sett honom.

Det ska du vara glad för.

Varför det?

Han var nog rätt uppsvullen.

Det blev tyst. Hon hörde något susa. Det var kanske kylskåpet.

Det har gått bra för dig, sa hon.

Han gjorde den där rörelsen med axlarna igen.

Men din pappa tycks inte ha varit nåt stöd för dig.

Inte precis, sa han.

Träffade du honom?

Jag bodde med honom. Han var gift med morsan.

Lång tid?

Du... jag fattar att du tycker du måste göra det här för att du är präst. Men det är... noll. Noll alltså.

Han stötte ut den luft som blåst upp de hårt slutna läpparna. Han lät trött. Men inte arg. Hon hade just undrat när han skulle kasta ut henne.

Om jag säger så här, sa han. Morsan fick gå ifrån huset. Han hade pantsatt det.

Hur gammal var du då?

Minns inte.

Hur gick det för henne?

Illa. Vad trodde du?

Inga hade tagit upp sin anteckningsbok och bläddrade fram sidan om fadern.

Din mor dog nittonhundraåttiosju, sa hon.

Du, är det här nåt jävla förhör?

Hon kände tröttheten komma. Den kröp i hårrötterna. Hon märkte att hon satt med huvudet nerböjt och att hon lutade framåt. Jag måste rycka upp mig. Jag måste ta mig härifrån. Jag gör bara meningslösa saker.

Morsan dog av en misskött lunginflammation, sa han. Det trodde du knappt kunde hända i våra dar va? Hon låg bara där och hade ont och hosta och dog. Jag kom hem... ja, det gör detsamma. Morsan var bra. Du kunde snacka om henne. Gör det. Håll ett tal om hans fru för honom.

Var han ingenting för dig? Nånsin?

Jodå. Han kunde vara sprallig. När han var liksom i början på en finare fylla. Han hade med sig en tröja en gång, en AIK-tröja.

Här vilar Karl Gunnar Rosén, tänkte hon. Han gav sin son en tröja.

Du... jag ska hämta på dagis snart. Om du ursäktar.

Javisst, sa hon. Tack i alla fall. Jag vet ju lite mer nu. Du har inget fotografi?

Nu är det bäst du går, sa han.

När hon kom ner på gatan och var på väg mot tunnelbanestationen hörde hon någon skrika. Folk tittade uppåt och hon vred på huvudet och sökte med blicken efter husfasaden. Det var han. Sonen. Han stod på en balkong.

Hallå! Prästen!

Han höll nånting i famnen.

Här...

Han kastade det och nu kom det farande. En ask i tungt fall med locket singlande efter sig. Ur asken föll det papperslappar och tyg och små föremål av metall. Hon skuttade och halvt om halvt kröp och plockade. Det kom bilar och hon måste hoppa undan. Lapparna var solkiga av gatsmuts och modd.

När hon inte hittade mer såg hon upp. Han stod kvar, med armarna på balkongräcket nu.

Lägg det i kistan! ropade han.

Hon tänkte på att Kristi tjänare är människors tjänare och att det ska vara så. Men snart är alla präster kvinnor. Som tar reda på soporna efter dem. För är det inte så dessa människor ser på kroppar som ska begravas? För att inte lukta om man ska säga som det är. Sonen med Musse Piggtavlan, vilket oändligt armod han lever i. Men jag känner ilska i stället för medlidande. Och när jag känner medlidande tycker jag att jag är porös som svamp, slafsig och dåligt fokuserad. Jag nästintill hulkar av självmedlidande. Uh hu huuu...

Hon måste ha suckat djupt och kanske teatraliskt för Brita som stod och tog på sig sitt stora bärnstenshalsband gav henne en munter blick i spegeln. Sen gick de in i biblioteket som också var vigselrum och drack varsitt glas torr vermouth med is. Brita hade satt fram en skål med taconötter och Inga åt upp alltsammans. Hon hade inte ätit något sen hon var på konditoriet med Staffan Wikner.

Sen kom taxin och de gav sig iväg till Operan. Det var premiär på Così fan tutte. Brita som var hennes chef och en profilerad kulturpersonlighet fick alltid en inbjudan med två biljetter. Regissören hade fastnat på ordet albaner i libretton och gjort öststatsmaffia av hela rollbesättningen. Fiordiligis och Dorabellas minkpälsar släpade i golvet. Ferrando och Guglielmo fingrade nervöst på pistoler lika överdimensionerade som de putande penisattrapperna i deras byxor. Kostymerna skulle föreställa Armani. Alla var slappa, onda och depraverade och det blev sömnigt. Det är ju svårt att sätta skräck i någon med musiken i Così fan tutte, tänkte Inga. Hon kände sig fortfarande olustig efter besöket i Johanneshov. Fast vinet började göra sitt.

Nu har vi sett en skallrakad Don Juan med Rolexklocka och Rigoletto som ståuppkomiker i skinnjacka och nu det här. Kunde vi inte bara få njuta solnedgången från vår glasveranda en stund till, sa hon.

Du glömmer att den vetter mot öster och att alla är rädda, sa Brita.

Inga åkte inte ut till Gröndal efter deras kvällar tillsammans utan låg över i Britas tjänstebostad på Hornsgatan. Hon fick mjölk och ostsmörgås och en kyss på pannan och borde vara lugn. Men spänningen fanns där. Hon sov aldrig gott hos Brita.

När de träffades hade Inga inte längre hört till fotfolket i den statliga religionsfirman, de som oftast åkte på städjobben och tog dem. Man blev ju rörd av att de helst ville att en kvinna skulle begrava deras anhöriga. Kvinnor var mycket mjukare, så sa de rent ut. Hon hade varit jäktad, utarbetad och andligen nernött som ung präst. När hon träffade Brita var hon mitt i en universitetskarriär och hade lämnat städjobben bakom sig. Men den långa perfekta Brita Gardenius hade inte intresserat sig för henne för att hon undervisade i religionshistoria.

Brita delade ut sakramenten med dröjande och i varje moment utstuderade rörelser. Det var vid altaret Inga såg henne första gången och hon hade genast kopplat på den kritiska fakulteten i hjärnan och lika snabbt skämts för det. Tidigare hade hon bara hört talas om Brita och sett henne i nyhetsprogram: hon skred fram i gatmodden, klädd i mässkrud i rött och guld och på väg att välsigna en byggarbetsplats. Hon genomförde en sorgemässa under ett brofäste där två finnar dött av träspritsförgiftning. Klädd i orange overall och den hjälm som arbetsskyddet föreskrev men med stola över axlarna var hon på väg upp i en byggkran i Hammarby. Mycket eftertänksamt diskuterade hon tonårsaborter i en tevedebatt, där orden annars sprutade och ögonen var kalla. Hon göt en sorts värdighet över den trista tillställningen. Ändå hade hon inte kunnat desarmera mekaniken med sina långa pauser för då skulle kameran ha lämnat henne. Det var svårt att genomskåda hur hon bar sig åt.

Till slut hade Inga förstått att hennes dröjande uttrycksfullhet framför altaret inte var utstuderad och iscensatt. Hon bar sig inte åt, hon var sådan. Hennes långa kropp hade nog alltid rört sig utan brådska, hon talade tydligt och gjorde pauser som var så långa att de skapade förvirring i intervjuer. Efter en långfredagspredikan hade hon böjt huvudet djupt ner mot de knäppta händerna och bett tyst, helt enligt kutymen. Men i stället för de femton eller högst trettio sekunder man väntade sig, höll hon ut sin tystnad och orörlighet så länge att församlingen fick restless legs och små sprittningar i händer och ansikte. Oron kröp också hos Inga. Hur länge ska hon hålla på? Är inte det här rätt affekterat? Jag skulle ha tittat på klockan. Det här är inte klokt, vad gör hon?

Orörligheten och tystnaden i bön fortfor. Till slut sänkte sig Brita Gardenius lugn från predikstolen ner i kyrkorummet. De bedövades av ordlös närvaro och tappade fotfästet i tiden. Inga sänktes mycket djupt. Hon kom tillbaka när rösten från predikstolen varsamt återkallade dem i Herren Jesu Kristi namn.

Det sista Inga hade trott när hon prästvigdes var att hon skulle hotas och till slut övermannas av tristess. Det dröjde också innan hon kom därhän och hon såg utmattningen först hos dem som var yngre än hon själv. De hade dålig utbildning och alldeles för stor kameral arbetsbörda. Dessa arma ök slet på Guds åkrar och hade just ingenting annat än kyrkkaffe att vattna dem med.

Hon hade använt tre dyrbara semesterdagar till ett seminarium i stiftsgården därför att Brita Gardenius skulle leda det. Så fascinerad av henne hade hon blivit på håll. Hon hade dragits till hennes lugn. Ämnet var bönelivet och titeln rakt på sak: *Vad är bön?*

Brita hade intresserat sig för henne. Varför? Själv kände hon sig ordinär. Det var oroligt och genant att känna hennes eftertänksamma blick på sig. Ibland ställde hon frågor till Inga inför de andra och tycktes vänta med intresse på svaret. Inga kände sig spänd. Hon var rädd att hon blev överskattad och undrade om hon hjälpt till genom att haussa sig själv eller göra sig mystisk. Det enda hon hade sagt som var olikt de andras berättelser om bönelivet var att hon helst skrev sina böner. Hon skrev till Gud.

Vill du visa något av detta? hade Brita frågat.

Hon skakade på huvudet och sa att hon inte hade det med sig, att hon förresten sällan sparade det.

För att det har gått fram? sa Brita. Till den ende läsaren.

Hon var ju tvungen att nicka. Men var det verkligen så? Förresten sparade hon en hel del av det hon skrev. Men hon fick misstanken att hon hemligen sökte en publik och då kände hon sig falsk. Nu, med

Britas och seminariedeltagarnas ögon på sig, skämdes hon.

Brita kom fram till henne på kvällen när hon stod vid fönstret och såg ut i skymningen. Hon la sin hand på hennes arm och sa:

Om du nån gång skulle vilja visa mig det du skriver i bön skulle du göra mig en stor glädje.

Orden sänkte sig i henne. Hon kom inte ifrån dem fast hon så snart denna långhelg och semestern var över kom in i lunken igen. Men hon visade ingenting. Inte för någon.

Nästa gång hon träffade Brita Gardenius var det också på ett stiftsseminarium. Då arbetade hon på universitetet i Uppsala och hade blivit inbjuden att hålla en föreläsning om Paulus bön i Nag Hammadi. Allt var normalt, sakligt och stimulerande. Men när Brita ledde högmässan i stiftsgårdens kapell tappade Inga fotfästet.

När hon kom hem till Uppsala på kvällen satt hon med Britas ord inom sig. Det var som om de hade sagts denna dag: Om du nån gång skulle vilja visa mig det du skriver i bön.

Hon skrev inte sånt längre. Hon skrev artiklar i vetenskapliga tidskrifter. Men denna natt mindes hon hur det var när hon var utarbetad och besviken intill desperation. Hon hade varit både utmattad och uppskruvad när hon skrev sina långa böner. Var de ärliga? Hur skulle man förresten kunna veta?

Natten efter seminariet letade hon bland sina papper och hittade en bön och läste den. Hon visste inte längre om den var satirisk eller uppriktig eller bådadera. I en underlig spänning skrev hon några rader upptill på det översta pappret och undertecknade dem. Sen vek hon ihop bladen och stoppade dem i ett kuvert som hon skrev Britas adress på. Bara kyrkan och inget postnummer. Hon gick ut mitt i natten och la det på lådan och tyckte själv att hon påminde om Goldie Hawn i Kaktusblomman, när hon går ut i fluffiga skära tofflor och lägger på självmordsbrevet.

Ett självmord kan man ju skjuta upp eller inställa. Men öppnar man sig för en främmande människa går det inte att göra ogjort. Nu visste hon i alla fall vad hon hade haft förut. Hon hade till och med haft det när hon var ung, mitt i ledan och uppgivenheten. Det var sällsynt och det hette integritet.

Borta nu. Kastad på lådan en sen natt. Given till pris åt en fascinerande människa som nu som då fick henne att känna spänning och genans.

Hon hade ingen kopia och kunde inte på nytt läsa igenom det hon skrivit. Hon tänkte på skrivfelen hon säkert hade gjort och på allt det allmänna babblet som man lika gärna kunde läsa i veckotidningar. Hon såg sig själv i ett helt annat ljus när hon försökte minnas texten och hon förstod den oerhörda skillnaden mellan att skriva för Gud och att skriva för människor.

Brita kallade på henne sen. Annorlunda kunde det inte sägas. Och hon kände sig ung igen och mycket sårbar när hon träffade henne. Lågmält bad hon att få tillbaka pappren och Brita sa:

Kan jag inte få behålla en kopia?

Till slut blev det Inga som tog kopian och la den i sin handväska. Hon läste den på tåget hem till Uppsala.

Käre himmelske fader det är ett ganska trist arbete jag har om du förlåter att jag säger det särskilt med den där stora och uttråkade konfirmandgruppen men också när jag måste sitta så mycket på expeditionen och dåligt betalt har jag men jag kan väl aldrig få sparken i alla fall. Om det blir nån sorts. Ja. I alla fall så säger min chef att jag ser söt ut, trevlig sa han nog, det var när vi pratade om förrättningarna. Det var därför jag hade fått en viss popularitet som dopförrättare, popplaritet sa han förresten och det är ju ofta paren vill bli vigda av just mig. Det skulle alltså bero på mitt utseende. Han talar till mig som man talar till en liten flicka.

Jag blev ju våldtagen eller vad jag ska kalla det, jag har ju aldrig kallat det för nåt särskilt förut och det har nog varit klokt att inte knysta om det för människor, fast det låg som en sur illaluktande klump alltid alltid på väg att hulkas upp. Ingen skulle förresten förstå att man kan bli våldtagen fast man inte är i samma rum och egentligen var det du Herre som blev våldtagen, det var det som var meningen med det hela. Blåmärkena fick jag ju förstås. Jag hade svarta strumpor, det har jag ald-

rig mer, på begravningar ser jag till att ha lång kjol under alban. Man får tänka sig för.

Ja käre Herre det är en massa saker jag skulle vilja ha annorlunda men som jag faktiskt inte kan ändra på, inte själv i alla fall och hur är det med dig? Jag vill inte vara en liten flicka, jag blir bitter och ironisk av att se upp i ditt fadersansikte. Men om vi inte blir som barn.

Där finns ju den andra, den skymda sidan, din varma skuggsida Herre. Vet du att allt som är blått och som ligger i skugga inte alls är kallt?

Du den andra.

Du.

Gud fick sin vilja fram med dig. Tänk om du hade velat läsa skrifter i templet i stället. Det hade varit bra själviskt och tro inte att det är så annorlunda nu heller, jag kan inte kräva vadsomhelst för då är jag aggressiv och jag kan inte vara för efterlåten heller för då är jag svag och ingen vidare duktig ny kvinna eller nånting.

Kära Gudsmoder.

Du gifte dig ju så småningom. Sa dom att du bara var ute efter en karl för att du hade det där barnet? Om mig är dom farligt nära att säga att jag är onaturlig det vill säga frigid för att jag inte har nån man, när det gäller Rebecka får jag vara försiktig så dom inte drar sina slutsatser, vi står ju varandra nära och jag umgås bara med kvinnor om jag har nån fritid. Bio och sånt och kinesrestauranger.

Ja han fick sin vilja fram med dig och inte hade du nåt pessar, det hade väl inte hjälpt heller för en sån kraft, sonen blev född, ett barn blev oss givet och skon som krigaren bar den bär han fortfarande och ingen har uppfunnit ett piller som män kan ta för att inte krigare och nya frälsare ska komma till världen. Det är då bra konstigt kära blåa Moder eftersom dom har varit på månen och gått omkring och kan se rakt igenom människor och väskor på en vanlig flygplats för att inte tala om insulin och bypassoperationer.

Du har vetat allt och känt allt
hotet från dem som håller stenar i händerna
barnets sprittningar och små fina rörelser
det har inte jag
och smärtan i ditt underliv
allt har du levt och erfarit
oron för barnet som inte blev som andra
den fick du Moder
och glädjen över hans rolighet och finurlighet och visdom
nog brann dina kinder i templet?
du har fått leva igenom att han sa:
Låt mig vara, moder
och att han gjorde sig själv illa
genom att välja ett utsatt liv
du har tagit i hans döda kropp
o flickmoder
gammal av sorg
om du ändå kunde få frid
om jag kunde komma till dig och säga:
allt är bra nu
du behöver inte längre ha oro för oss
kära –

Hon la ner pappren i portföljen och tänkte att ängslan över barnet som inte blev som andra den fick jag också. Och jag fick glädjen över hans rolighet och finurlighet och visdom.

Elias kom inte. Han brukade åka med Reine och sen gå direkt till affärn och köpa en trisslott eller ett par mazariner. Ner till mig tog han sig försiktigt trevande med käppen för att inte halka i backen.

Nu kom han inte alls och när jag ringde fick jag inget svar. Men Reine sa att han hade sett honom hämta ved ute i bon och att det lyste hos honom på kvällarna. Efter ett par dagar traskade jag oppför backen och bultade på hos honom. Den gamla hunden skällde grovt därinne. Annars var det tyst. Men jag gav mig inte. Till slut skymtade jag hans bleka ansikte i fönstret och då bultade jag ännu värre. När han till slut kom och öppnade var han avig. Sur rent ut. Och jag fick inte ur honom vad det var för fel.

Reine brukade köra opp matkassar åt honom men nu hade han inte beställt nånting. När det hade gått över en vecka blev jag ängslig och gick dit igen. Då låg han i kökssoffan men han hade inte låst så jag klev på. Det var rätt kallt i köket för spisen var slocken. Utkylt var det inte för han hade ett elektriskt element på.

Han var så dåsig att jag inte fick ord och avsked ur honom. I diskbänken stod det ett paket barnvälling och jag förstod att det var den han närt sig av. Men nu hade han nog inte ätit eller druckit på länge, för i vällingmuggen var resterna intorkade.

Jag tände i spisen, diskade och värmde välling. När jag gav honom en mugg drack han lite.

Har du ont? frågade jag.

Javars, sa han.

Vardå?

Han försökte teckna åt ryggen. Att han hade feber såg jag. På de orakade kinderna hade han röda fläckar.

Jag går hem nu, sa jag. Men jag kommer tillbaka.

Jag var inte säker på om han skulle låta mig ringa till vårdcentralen, så jag tyckte det var bäst att gå hem och göra det. Jag tinade lite köttsoppa medan jag väntade på att doktorn skulle ringa tillbaka. Hon sa bara att han skulle komma in så fort som möjligt. Jag tänkte att det går nog inte så fort att övertala Elias och att få hit räddningstjänsten. Så jag tog med mig grötris, ägg, russin och mjölk. Lite sylt måste jag ha också. Till slut begrep jag att jag inte skulle kunna släpa opp kassen så jag ringde efter Mats. Men han var ute. Reine kunde i alla fall ta en körning.

Det var onödigt att göra risgrynspudding åt Elias. Men jag hade i alla fall nånting att lägga händerna på. Han drack lite av soppan men grinade illa och sa att det smakade får.

Lamm, sa jag. Ät lite av korngryna och morötterna också.

Han var absolut bestämd på att han inte skulle åka till vårdcentralen. Jag löste opp två Alvedon och gav honom och till slut somnade han. Då listade jag mig försiktigt ut i kammarn som hade hunnit bli iskall. Jag ringde till doktor Torbjörnsson på hans mobil. Telefonboken hade jag tagit med mig opp. Det var precis som om jag hade anat det här. Jag kände ju Elias så väl. Fast på sätt och vis inte.

Birger Torbjörnsson är pensionerad och håller på och skriver en bok. Det blir en läkarbok tror jag. Han har ju haft doktorsspalten i tidningen i många år. Nu är han ofta här och bor i Aagots hus – eller Jonettas som jag brukar tänka. Egentligen är huset hans, men det tar tid innan hus får namn efter sin ägare. Han har köpt det av Mia Raft. Det var hennes mamma som dog så tragiskt.

Han kom meddetsamma och han kände på Elias panna och sa att han tänkte ta febern på honom.

Vänd på dig nu så får jag stoppa in den här.

Rakt in i det onevnelige, sa Elias och försökte kava runt så att han fick opp sina magra skinkor. Det är inte ofta han bryr sig om att luras med norskan nuförtiden. Alla vet ju att han bott i Sverige i snart femtio år. Jag gick till spisen och tittade bort.

Torbjörnsson hojtade frågor åt honom men han verkade dövare än nånsin. Jag gissade att han till slut hade fått så ont att han inte stod ut längre.

Pissar du ofta?

Det förnekade han inte. Det stod en vas under sängen och det var kiss i den.

Gör det ont?

Jodå för fan.

Torbjörnsson tog opp vasen och kikade ner i grumlet.

Du skulle inte pissa i den här pjäsen, sa han. Vet du vad man får för den på Bukowskis moderna?

Men det svarade han inte på.

Jag tror du har njurbäckeninflammation, sa Torbjörnsson.

Redan samma kväll åkte Elias till Byvången med Reine, som hade fällt ut sätet som han gjorde vid sjuktransporter. Elias hade fått nån tablett av Torbjörnsson och halvsov. Jag tror han tyckte det var skönt att fara. Själv tog jag risgrynspuddingen och skulle gå hem men Birger Torbjörnsson körde mig ner och vi åt den tillsammans.

Du ska inte vara ledsen, sa han. Elias får nånting som heter Lexinor. Det är väldigt verksamt. Vi åker och hälsar på honom till helgen.

Vi hade Elias gamla hund med oss hem. Han fick en blandning av risgrynspudding och köttsoppa för jag hade inget annat att ge honom. Torbjörnsson skulle ta hand om honom. Han har en gråhundstik som är rätt barsk. Men vi trodde båda att Elias hund skulle uppföra sig kavaljeriskt och finna sig i om han blev tuktad.

Torbjörnsson klappade mig på handen när han gick. När jag blev ensam såg jag att min trisslott låg kvar. Den hade legat där länge. Jag hade haft den med mig till Elias den gången jag gick opp till honom och han var så sur.

Men jag skrapade inte. Ibland vill man inte ha en miljon.

Brita hade för andra gången lagt handen på hennes arm. Hon sa med låg röst:

Kom till mig.

Men Inga hade inte varit lika snabb att lägga ifrån sig redskapen som Simon och Andreas.

Jag vill inte ha prästtjänst igen.

Varför ville du det från början?

Jag ville tjäna andra. Och att tjäna andra, det betyder i vårt samhälle att tillhöra förlorarna, sa hon. Jag ville vara bland dom. Jag skulle ha blivit socialarbetare, jag gjorde till och med praktiktjänst. Jag hade minimal utbildning och var utan erfarenhet av mänsklig nöd. Men makt hade jag. Att vara präst tänkte jag, det är att försöka hjälpa utan att utöva makt. Det var därför jag blev präst.

Det hade inte Brita svarat på. Hon sa i stället:

Du behöver inte tjäna kyrkoråden nu. Jag har andra uppgifter åt dig.

När Inga blev ensam satt hon och tänkte på bibelns alla fottvätterskor, lyssnerskor och vattenbärerskor. Hon tänkte på föderskor och smärtomödrar, gråterskor vid kors och andra avrättningsredskap, på sveperskor i Bosnien, barnasörjerskor och utarbetade kommunalanslutna ök. Att religionshistorikern Inga Mingus inte satte dem särskilt högt. Hon tänkte också på alla dem som försökte skrapa fram sin lycka på papperslappar de köpt på ICA. Att hon inte hade någonting med dem att göra längre.

Efter prästvigningen hade hon börjat i en förortsförsamling. Hon skulle, om hon stannat, mött de flesta av sina församlingsbor först som lik. Hon hade inte varit beredd på den misstänksamma distans som sorgehus och bröllopsföljen avsöndrade nästan som en lukt. Den förbyttes snabbt när de fått några snapsar i sig. Då började gycklet. De var fräckare mot en ung präst än de vågat vara mot sina lärare. Men den tiden gick över. Hon visste inte hur. De blev mindre fientliga och kunde till slut vara rörande och hjälpsökande. Ibland hade hon träffat på mogna människor och förstått att de inte var sällsynta.

Detta var sjuttiotalet med sina stora konfirmandkullar. Hon hade genast fått en grupp vars ovilliga själar hon skulle gymnastisera. Men hon kände sig förlägen inför dem och kunde inte ens få dem tysta.

Detta var nu länge sen. Det prästerskap som ansett att kvinnor inte bara var olämpliga för prästämbetet utan vanhelgade det, hade ännu varit högmilitanta. Hennes chef var flat inför den högkyrklige komminister de hade i församlingen. Antagligen kände sig kyrkoherden med sin pragmatiska läggning obetydlig och ytlig inför hans formstränga gravallvar. Tjänstgöringsschemat las så att komministern praktiskt taget aldrig behövde stöta ihop med Inga. Men hon fick veta att han gick med ett svängande rökelsekar i kyrkan när hon officierat. Han rökte faktiskt ut henne som ohyra. Då grät hon i expeditionen och fick te och syltmunkar av skrivbiträdet som var en snäll och pratsam kvinna. Kyrkobetjäning och kyrkvärdar fischlade med persedlarna i skrudskåpet så att den högt kyrklige aldrig skulle behöva bära samma plagg som Inga. I ett trängt läge hade de snabbtvättat alban och strukit den torr. Eftersom hon inte hade stöd hos någon annan än skrivbiträdet blev det till slut outhärdligt. Kyrkoherdens välvilja sviktade som ett underminerat golv.

Hon hade tjänstgjort i ytterligare två förortsförsamlingar de första åren. Ibland tittade hon i sina gamla almanackor och såg hur hon hade galopperat mellan vigselförrättningar och konfirmandlektioner, begravningar, expeditionstjänstgöring, födelsedagsuppvaktningar, hembesök hos sjuka och personalmöten. Ändå kom en ung präst ut till en stor ensamhet. Hennes utbildning hade fått henne att tro på samarbete och hon hade väntat sig inspiration från sina kollegor. Men i församlingen skötte var och en sitt och det var inte evangelierna man satt tillsammans över utan almanackorna. Hon arbetade mer än sextio timmar i veckan och hade svårt med sömnen. Fast hon avskydde snuttläsning av bibeln tog hon ofta till korta ställen som mantra: *När du lägger dig, skall ingenting förskräcka dig, och sedan du lagt dig skall du sova sött.*

På morgonen gällde det bara att hinna. Hon märkte själv att ambitionerna föll bort och fick en viss förståelse för sin första arbetsgivare och hans vänliga ytlighet.

I en av kalendrarna för de här åren låg en lapp där hon skrivit:

då är man i ett moln av glömska
det är en blind erfarenhet
som i en dröm utan syn
en kvinna drömmer att hon blir havande med intet
hon drömmer att intet gör henne havande
att Gud är i henne
och ska födas av intet

Hon visste säkert att hon skrivit detta långt före sin prästvigning. Det märktes om inte annat på bläcket. Sen hon började arbeta hade hon aldrig haft tid att pyssla med reservoarpennor som skulle fyllas och torkas av. Men hon hade alltså tagit fram lappen och läst den, kanske med längtan efter att få vara sådan som hon var då hon skrev den. Det hände fortfarande att hon som en mycket ung människa famlade efter det vidunderliga. Men när hon var med om en högmässa där predikan dansades av unga flickor i hudfärgade trikåer, blev hon bara generad.

Hon hade varit en ung präst på väg in i kyrkan för gott, när hon upptäckt att alla som kommit längre än hon var missnöjda med den. I tidskrifter och debattböcker skrev hennes generations präster att gudstjänsterna var stela och livlösa och borde reformeras. Predikandet från upphöjd position var förkastligt. Prästerna skulle ta av sig skrudarna och stiga ner på golvet. De borde inte få vara medlemmar i SACO för det markerade överklasstillhörighet. Orgeln var ett instrument som överröstade sången och gjorde församlingen passiv. En präst var i sin roll antingen auktoritär eller förkrympt och hämmad.

Fadersbilden av Gud, den helige och allsmäktige, var skadlig för kvinnor. Den infantiliserade dem. De tunga skrudarna var en maskeradutstyrsel och högmässornas ritualer stendöda. Män som var motståndare till kvinnoprästvigning borde exkommuniceras. Oblaten borde vara ett nybakat bröd med tuggmotstånd, inte en pappliknande skiva.

Det var fel på allting. Vem älskade kyrkan? Var socialdemokraterna lika arga på sin rörelse? Och hur var det inom skolvärlden? På universiteten ville studenterna göra samma saker som de unga prästerna ivrade för, det visste hon. Avhierarkisera. Demokratisera. Sätta liv och Marx i verksamheten. Unga präster nämnde påfallande ofta Marx. Äldre präster teg uthålligt precis som universitetslärare. Själv var hon ny och dessutom hade hon alltid varit vag politiskt. Men hon undrade:

Vem älskar kyrkan?

När hon tillträdde sin tredje storstadstjänst mötte hon på nytt en präst som stödde sitt ämbetsinnehav på att det enligt evangelierna var män som blivit kallade av Kristus. Denna tankefigur dinglade alltså mellan hans lår. Nu var hon mer härdad och kunde aldrig se honom i mässkrud utan att tänka på de kläppar han hade i kalsongerna. Hon antog att han hade liknande tankar: det var ett sipprande sår, en fuktig klyfta mellan hennes ben som gjorde henne till en förorening framför altaret.

De flesta människor i hennes tid trodde på Naturen och placerade den utanför sig själva, precis som de troende förr gjort med Gud. Hon var influerad av sin samtids tro och hoppades att det skulle bli bättre för henne om hon kom närmare naturen. Hon sökte sig till en landsortsförsamling i Roslagen. Här bland hassel och ek och vid vänligt blått vatten föreställde hon sig att människorna var generösare och lugnare. På kyrkväggarna skred medeltida figurer i hosor och korta skört bland akantusbladslingor. Det förflutna var närvarande. Hennes hjärta bultade när hon tänkte på att här oavbrutet hade hållits gudstjänster sedan 1100-talet. Men hon fick predika i en filial till bruksorten, i ett tornförsett tjugotalshus klätt med eternitplattor.

Bruksarbetarna var inte intresserade så församlingen var fåtalig. Det var ofta tävlingar på en motocrossbana under gudstjänsttid och ljudet hördes inne i kyrkorummet. Det lät som ett morrande djur tog sats för att anfalla.

När kyrkoherden for på semester till Kreta och komministern till Menorca, fick hon ansvar för församlingsarbetet och kunde äntligen hålla gudstjänst under valven med akantusblommorna och de långlemmade figurerna. Det var, ända fram till gradualpsalmen, ett av hennes lyckligaste ögonblick som präst. Sen började hon förstå att psalmen aldrig skulle intoneras från orgeln. Hon hade väntat och spanat uppåt men inte sett en rörelse. Hon måste börja sjunga psalmen a capella och försöka dra med sig församlingen.

Organisten hade somnat på bänken. Han var så svårt berusad när en av kyrkvärdarna väckte honom att han måste forslas hem i taxi.

Hon kallade in honom till ett samtal men han kom inte. Då sökte hon upp honom i hans hem i bruksorten och försökte prata med honom om hans alkoholproblem som var väl kända. Men han förnekade dem. Han var nykter och stenhård. Hon hade aldrig förr mött en sån avsky och den påverkade henne så att hon kände sig skygg för honom.

På fredagsmornarna brukade de ha personalmöte och planera den kommande veckans arbete. Nu sa en efter en att det var onödigt, de behövde inte ha nåt möte när kyrkoherden var borta. Hon förstod att de hade talat med varandra. När hon envisades gjorde de svårigheter. Den ene hade en tandläkartid, den andre hade beställt oljebyte i bilen och kyrkogårdsarbetaren sa att hans matrast inföll under den tid hon föreslog.

Hon fick ihop dem, men kyrkogårdsarbetaren satte demonstrativt fram sin matlåda på bordet och började äta smörgås och dricka mjölk ur en flaska så snart hon avslutat den inledande bönen.

Hon förstod aldrig hur det kom sig att kantorn hetsade upp sig, för han tog ingen del i diskussionen. Hon tyckte inte heller att hon sagt någonting som kunde utlösa hans ilska. De hade dividerat om ett lokalbyte. Inga höll på att syföreningen inte skulle behöva flytta på sig för ungdomsgruppen. Då skrek han:

Nu står jag inte ut med det här kärringregementet längre!

Han tog en smörgås med rödbetssallad och mosade köttbullar från kyrkogårdsarbetarens matbox och kastade den på Inga.

Efteråt hade hon funderat mycket på vad hon borde ha gjort. Men hon kom inte på något bra. Stannat med hakan, den vita kragspegeln och bröstet nersölade? Och visat auktoritet. Det var inte möjligt. Hon hade rest sig och gått direkt ut i toalettrummet och börjat skrapa av sig sörjan med en pappershandduk. Hon tog varmvatten och tvål och gned på de värsta ställena för att inte kragen och skjortans framstycke skulle bli fördärvade. Hon hade ljusgrå skjorta och önskade att hon tagit den vinröda. Hon gned och det kändes som något hon gjorde i drömmen, valhänt och obegripligt tidsödande.

Men det var ingen dröm. När hon kom tillbaka till sammanträdesrummet var det tomt. På bordet framför hennes plats fanns inget rödbetskladd och deras jackor var borta ur kapprummet. Hon kunde inte utöva något chefskap.

Vad skulle hon ha sagt om de stannat? Att det är ett allvarligt disciplinbrott att kasta mat på den vikarierande församlingschefen. Att det är okristligt. Att det är sjukt.

Hon visste inte vilket det var och skulle därför inte ha haft någonting att säga.

Hon bad mycket under den här tiden och hon fick bönhörelse. Men hon fick inte det hon bad om. Hon fick något annat.

Efter sina första år hade hon en hel hylla med förbrukat livsmaterial. Dikter som gjorde henne skamsen. Bibelord som nötts ut. Där satt några av hennes chefer och liknade skrumpna dockor. Terafim.

Hon mindes Rakel som tog med sig de små belätena när hon for bort för att byta liv. I kamelkaravanen måste de ha varit den hetaste och mest laddade lasten för henne. Hemligen nerpackade. Nu gungade mattor och oljekrukor och tältdukar iväg. I botten på den älskliga Rakels sadelfickor låg terafim. Men utan att hon visste det förvandlades de till vad de redan från början varit: lerklumpar. De skrumpnade och var utan ande.

Första gången hon hörde talas om förloppet nämndes det lågmält och avsides och som en förmodan. Att förlora tron var inte som att få cancer. Det liknade snarare klamydia, för processen var så gott som omärklig. Så småningom hade hon hos en del kollegor börjat ana att de var kontaminerade. Otrons ödslighet – eller lättnad? – spred sig i människan som en osynlig men fatal infektion. Men resultatet, om man nu kan tala om resultat av en avsiktslös process, var livslång sterilitet. Den märktes.

Den infekterade sökte sig inte alltid bort från kyrkan till forskning eller gymnasieundervisning. Alla hade inte förutsättningar att bli bibelexegeter eller religionspsykologer och kristendomsämnet höll på att avvecklas. De flesta fick gå kvar. De blev tomma präster, besynnerligt snabba i talet framför altaret. Där hade de det förmodligen som värst. Ryggen med korset broderat i guld eller med en modern Kristussymbol i applikation var en vägg som skyddade mot insyn i haveriet.

En del av dem blev frenetiska själavårdare, psykologer med otillräcklig utbildning. Men dessa samtal måste väl ändå sluta i bön? Inga anade att då visades ryggen och korset igen. Den släta väggen.

Andra blev administratörer och nyttiga byråkrater. Hon hade respekt för dem. De gjorde nog rätt för sig, mänskligt sett. Men hon undrade hur de hade det.

Hon kände skräck för det som hänt dem.

Hon skulle leda och undervisa människor i ett samhälle som avvecklat språkbruket för dessa verksamheter. De maktmänniskor som manipulerade sina väljare och styrde dem genom förhandlingar som ingen hade insyn i, förnekade att de utövade ledarskap. De var folkvalda. De fördelade folkets pengar enligt folkets vilja. Till och med det kyrkoråd hennes kyrkoherde tampades med gjorde sin intrigans och sin maktvilja till en högre makts: det var folkviljan som styrde. Ordföranden hade fått sin post genom att sammankalla ett hemligt möte före det ordinarie sammanträdet. Där hävdade han att kyrkoherden inte självklart skulle vara ordförande i rådet.

Undervisning betalades dåligt och skedde i sjabbiga lokaler. Man talade om kunskapssamhället, men hade lagt skolans öde i händerna på lågutbildade kommunalpolitiker som mardrömde om budgetunderskott på nätterna. Man preciserade sin inställning genom att göra universitetsutbildning ekonomiskt olönsam för individen.

Hon skulle leda, undervisa och välsigna dem.

Hon skrev fortfarande sina böner:

Har du kärlek till dina lamm?

När du breder ut armarna mot dem
och välsignar dem
känner du ömhet för dem då?
Dina lamm
dina skröpliga och förvirrade, dina ömkliga lamm.

Känner du ömhet för kyrkorådets ordförande?

Ja, första gången hade hon känt det. Och andra och tredje och långt framigenom. Men en rörelse som ständigt upprepas – vad är den? Är det en rit eller en stelnad vanerörelse?

Jag ska famna dem men jag står där som ett stelt kors. Jag skulle vilja vända tiden och göra rörelsen för första gången. Eller göra den i ensamheten i en skog. Stupa i skogsmossan och breda ut armarna.

Skogen skulle ta emot mig. Fukten, vattnet, lukterna. Jag vill själv ha välsignelse och jag ber om att få den från jorden och djupet.

Hon kände rädsla och hade blivit mycket medveten om den rygg hon framför altaret vände mot församlingen. En glanslös söndag i semestertiden, den sjätte efter trefaldighet, knäböjer hon i mässkrud och känner skräck för vad som sker med henne. Hon tänker ordet ohjälpligt och vet att hon visar församlingen en vägg med denna rygg och detta broderade kors. Hon förstår inte varifrån hon ska få krafter att resa sig upp, vända sig om och breda ut armarna.

Då, i hennes orörlighet, i bönen som inte är någon bön utan bara ett utdraget och skräckfyllt knäfall, känner hon en varm fläkt mot kinden. Den blir starkare och omsluter henne. Ett vinddrag fyller tomheten.

Ruach.

Den kommer som ett stråk av den varma luften från ängarna utanför. Andens vind luktar blommor och löv. Hon har själv öppnat fönstret i sakristian för att vädra ut den illaluktande kylan därinne. Dörren glömde hon att stänga.

Men vad är glömska?

Hon har inte orsakat den. Hon har inte fyllt luften i kyrkan med en utandning av sommardoft och värme. Vidrörd ligger hon kvar i sitt knäfall en tidrymd som hon inte vet om den är lång eller kort. Sen reser hon sig och breder ut armarna. Tårarna rinner som sommarregn.

Kantorn visade sig inte under den tid hon hade kvar att vikariera. Han meddelade att han var sjukskriven. Under elva dagar var det ingen som nämnde händelsen i sammanträdesrummet. Sen kom hennes chef tillbaka och han kallade henne redan första morgonen till enskilt samtal. Han var väl insatt i smörgåshistorien och han frågade henne hur hon hade tagit ansvar för den uppkomna situationen.

Du menar rödbetssalladen. Att han kastade...

Jag menar hela situationen.

Hon visste inte vad hon skulle svara.

Att hon saknade chefsegenskaper förstod hon nog. Eller hur? Han måste skriva det i hennes tjänstgöringsbetyg. Varför det? För att det var sant. I församlingsarbetet krävdes också och bland annat auktoritet.

Men tjänstgöringsbetyg?

Då teg han och såg henne rakt i ögonen. Det är väl det som är chefsegenskaper tänkte hon. Också och bland annat. Att kunna se någon i ögonen utan att flacka med blicken. Att utan ord meddela att en avskedsansökan förväntades. Blygrått. Som färgen på hans ögon.

När hon lämnade församlingen efter att fogligt ha skrivit en avskedsansökan, var hon övertygad om att hon aldrig skulle göra en kyrklig karriär. Vägen till den gick ju genom kyrkoherdeskapet. Hon tillhörde nu mer än någonsin förlorarna och därför borde hon verka bland dem som köpte trisslotter och skrapade fram en femtiolapp eller ett tomrum. Det var där hon hade velat vara och dit skulle hon ha tagit med sig den varma vinden. Fläkten av Guds sommar.

Men hon saknade alltså auktoritet.

Inte numera. Det var inte universitetslärararbetet och inte den fina tjänsten i Britas storstadsförsamling som gett henne den. Det var Anand. När hon fick honom såg hon inte längre på sig själv som en flicka. Hon var en mamma.

När hon träffade Brita Gardenius hade hon inte velat gå tillbaka. Att bli präst igen skulle kännas som att ta på sig ett par slitna och uttrampade skor. Hon visste vad det rörde sig om och behövde inte göra det märkvärdigare än det var. Inte sig själv heller. Men hon ville inte tillbaka.

Men Brita sa att hon var märkvärdig. Och att yrkesrollen som präst kunde vara mycket annorlunda.

Inga tänkte efteråt att det var ingen roll att vara präst. Man skådespelade inte framför altaret. Man tog inte av sig rollen när mässan var slut och hängde in den i skåpet tillsammans med alba och mässhake. Man spelade inte en roll inför konfidenterna i ett förtroligt pastoralt samtal.

Man är, tänkte hon. Och så gick hon tillbaka till firma I glädje och sorg.

När hon var yngre blev hon stum och generad när människor sa att de sett Ljuset och att Kristus var en kristall eller att han rent av hade stått vid deras sänggavel. Jag ser mörker, tänkte hon. Jesus är en småväxt och svarthårig sandalbärare med inoljat hår. Men numera teg hon inte när hon mötte exaltation och religiösa pretentioner. En sorgsen dam höll fast hennes hand efter högmässan och sa att det saknats en djupare andlighet i hennes predikan.

Tackar, sa Inga och menade det uppriktigt.

Ett tag hade hon tänkt ordet andlighet i samband med Brita Gardenius som hon funderade mycket på. Det hade gjort henne illa till mods eftersom hon förband det med högmod och självförälskelse. Men hon misstänkte att hon själv hade blivit för intellektuell sedan sin förra prästtid, då hon halvsprungit i vardagen med Luthers Lilla katekes som enda rättesnöre.

När någon uppriktigt tycker att man är märkvärdig tänds man upp. Hon hade sökt adjunktstjänsten i Britas storstadsförsamling och hon hade sluppit det mesta av det vardagliga harvandet, för här var de flesta yngre än hon och hade färre tjänsteår. Men hon åtog sig de förkomnas begravningar. Precis som när hon var ung hade hon svårt att lämna liken utan ansikte. Ibland fick hon tag på fotografier, någon gång lyckades hon få en motvillig släkting eller före detta arbetskamrat till kapellet. Vi är skyldiga varandra det här, sa hon och försökte sen förklara hur hon menade. Ibland trodde hon att de förstod.

Brita som ville lösgöra henne från det vanliga församlingsarbetet sa om hennes fattigbegravningar: Låt de döda begrava sina döda. Men Inga tänkte att vilka som var döda och vilka som var levande, det var en fråga för läkarvetenskapen. Hade någon rätt att säga om en annan människa att hon var andligen död? Grumlig, ovillig, degig, flyende, hektisk, nerdrogad – vadsomhelst. Men inte död.

Brita var designad att bli biskop. När stolen i stiftet blev vakant räknade man med att hon skulle få den. Numera var det en självklarhet att Inga skulle följa med. Adjunktstjänster blev ju så småningom lediga.

Det fanns alltså en annan karriär än kyrkoherdarnas. Den här var sannerligen roligare. Hon ledde arbetsgrupper som arbetade ut vidareutbildningsprogram, deltog i seminarier på bokmässan, modererade i debatter, la upp schemat för helg- och sommarkurser och hade tagit över alla anställningssamtal. Ibland kände hon sig som om hon redan hade blivit stiftsadjunkt.

Men att bli upptänd utifrån är också att brännas inuti. Papperstorr och trött vaknade hon i tidiga morgontimmar och tyckte att Brita hade satt ljus i en bra skröplig lampa. Det hade varit lugnare vid arbetsbordet på universitetet. En skonsammare upptändning.

När hon traskade genom biblioteket i Britas våning för att komma till toaletten såg hon fotot av hennes första älskade. Hon hette Eva, en kvinna med ömtålig skönhet. Skvallret sa att hon tagit livet av sig.

För starkt ljus i lampan? Såna tankar kom i gryningen.

Eller var det förtalet? Hade hon pinats av att hon hindrade sin älskades framgång? Det här var länge sen, kortet måste vara från sextio- eller tidigt sjuttiotal. Högt uppsatt frisyr, jumperset, ett litet kors i halsgropen.

På den tiden var det farligt. Nu hade de vant sig.

Brita väntade på henne.

På måndagsmorgonen hann hon inte inom dörren hemma förrän Rebecka ringde. Hon ringde varje dag för att höra om pengarna var överförda.

Det går inte nu. Jag ska ge dig besked så småningom.

Då blev Becka arg. Det kändes skönt när hon la på.

Becka sprang på SIDA och grälade. Hon var helt och hållet närvarande i Stockholmsvintern och i sin kamp mot byråkratin, lika effektiv och verksam som hon varit i Indien. Men Inga hade läckande hål i verkligheten och röster strömmade in. Från Svartvattnet. Från Bombay.

Jag är som pappa. Jag är inte här.

Pappa, älskade pappa. Vichyvattensflaskan på rökbordets glasskiva, den pyste så roligt när man lyfte patentkorken. Konjaksgroggen var guldhumusbrun som vattnet i en skogstjärn.

Du var inte där. Du var någon annanstans. Ibland reste du dig och satte dig vid pianot. Inte avsiktligt precis. Du skulle väl hämta röka eller kvällstidning. Men du hamnade där, fick syn på de svarta och vita och började fingra på dem. Vårt lilla piano öppnade sig och svarade dig. Det fanns melodier i det. Slingor ur Miles Davissolon. Coltraneballader. Kanske inte melodier heller. Men stigar som gick att följa.

Du var inte där. Du var i ett annat land, ett som inte var socialt. Du var i ett land utan ansvar. Där var det svårmodigt – nej, smärtsamt pappa! Du skulle aldrig ha erkänt det med ord, men högerhandens melodislinga erkände. Smärtsamt, till ytterlighet komplicerat och vackert. Sånt kan man inte bygga i verkligheten, särskilt inte om man sällan är där.

Man kan inte tänka sig till exempel en försäkringskassa byggd på smärtsamhetens komplikationer och mycket vacker.

Nej.

Jag är som pappa nu. Jag brukar inte vara det, men någonting har hänt med mig. Jag är inte här. När jag var i Indien var jag inte där.

Pappa fingrade på pianot och glömde till och med groggen. Stars fell on Alabama. Det var där han var, i stjärnregnet.

Hon träffade Staffan Wikner vid lunchtid på måndagen. Det blev te och rostbiffssmörgås. Han hade inga anteckningar med sig, bara LEAD:s årsredovisningar och protokoll.

Det vore klokt att inte förhasta sig, öppnade han. Hon tänkte att han trots allt tillhörde dem som såg på pengar som sakrament. Han fortsatte:

Om du donerar hela innehavet till LEAD avhänder du dig det avgörande inflytandet över hur tillgångarna realiseras. Jag är rädd att det kommer att ske utan insikt om hur marknaden fungerar och mycket brådstörtat. Jag tror överhuvudtaget inte att man ska röra skogsinnehavet nu. Inte utan kunskap om virkespriserna. Jag har en aning om att de är på väg upp och det vore antagligen klokast att förvalta den här tillgången med lugn och försiktighet. Du behöver naturligtvis rådgivning.

Hittills hade han talat som advokaten i Östersund. Genom honom hade hon blivit medlem i Norrskog, en intresseförening för skogsägare. Han hade fört över medlemskapet från sterbhuset till henne och hon hade redan fått två nummer av deras nyhetsblad.

LEAD:s verksamhet är ryckig, sa Staffan Wikner. Om man följer diskussionerna som de återges i protokollen visar det sig att de oftast handlar om ordförandens konflikter med SIDA. De utbetalningar som har gjorts efter välgörenhetsauktioner och försäljningar har framförallt varit markeringar av föreningens oavhängighet när det gäller stödet till fiskenäringen. Dina inlägg har handlat om brunnsborrning och om lösning av vattenfrågan i allmänhet, men de har knappast beaktats. Du kan inte räkna med att få ett större inflytande genom en donation. Ett moraliskt kapital sjunker snabbt i värde.

Men jag vill inte vara med i nån maktkamp!

Nej, det förstår jag. Det är därför jag vill råda dig att behålla ägarskapet och betala ut stöd i de fall då diskussionen har övertygat dig.

Men det är ju inte demokratiskt.

Föreningsmedlemmarna har ingen insyn i ordförandens förhandlingar med SIDA, sa han. Inte heller i överläggningarna med de ledande männen i fiskebyarna.

Han hade bara behövt läsa protokollen för att förstå att också män i höftskynken kunde vara intelligenta karriärister.

Som demokrati har den här föreningen brister, sa Wikner.

Och du vill att kapitalet ska ta makten.

Ja, jag tror det vore klokt.

Han sa det så lugnt och oskrymtat att hon häpnade.

Du har en årlig inkomst i utdelning på aktier. Den kan du frigöra för det här ändamålet. Men du bör också se till att få en viss rörlighet i förvaltningen av dina värdepapper. I så fall kan du ta ställning till om du också vill använda realisationsvinster till det här ändamålet. Har du en bra rådgivare däruppe?

Du har. Du bör se till. Dina värdepapper. Han talade henne in i ägandet. Men det var inte bara en fråga om språk, det fanns en realitet. Aktier. Skogsskiften. Katamaraner. Brunnar. Nu räckte han henne protokoll och årsredovisningar. Han hade bråttom.

Jag måste få ersätta dig, sa hon. Du har haft rätt mycket arbete med att gå igenom de här pappren.

Gärna. Men skicka det till Stadsmissionen. Av utdelningsinkomsterna, kom ihåg det.

Han log och flöjde iväg. Hon såg efter hans mörkblå överrock och långa ben i diset över Stortorget.

Vad har jag hamnat i? Artonhundratalsfilantropi. Men hon hade inte tid att sitta kvar och fundera för hon skulle begrava Johanneshovsynglingens pappa. Hon hade börjat tvivla på att han varit ironisk när han kastade ner asken med udda föremål och skrek att hon skulle lägga den i kistan. Bitter hade han förvisso varit. Men han kanske i alla fall ville att hon skulle lägga dem hos fadern.

Ur asken i garderoben drog hon upp något som såg ut som ett halsband. Det var ölburksringar uppträdda på ett svartgult snöre. Kanske ett kängband. Där fanns två rivna biljetter till en AIK-match. En bomullströja i gult och svart. Tidningsurklipp om matcher. Papper från chokladkakor. Tomma tablettaskar. En sliten portmonnä som innehöll svarta och gula gummisnoddar. En liten keps med bruten skärm. Kalle Ankatidningar. Två små leksaksbilar. Asken var stukad och som allt det andra smutsad av gatmodden.

Vad skulle hon göra med sakerna om hon inte la dem i kistan? Vilket var en kränkning av hans knäckta pojkkärlek – att lägga askens innehåll i en soppåse och kasta bort den eller att försöka få ner den i faderns kista?

Hon stoppade asken i en ICA-påse och tog den med när hon åkte till Skogskyrkogården. På tunnelbanan satt hon med den i knät.

Tjänstemannen från begravningsbyrån surade.

Ska det läggas saker i kistan så måste vi få in dom i förväg.

Nu blev det så här, sa hon. Du får ta upp locket.

Hon satte sig på en av stolarna för begravningsgäster. Denna akt började i olust och irritation. Hon anade att det skulle bli ännu mer irritation om hon satt och bad för länge. Men hon behövde be om lugn. Ge oss din frid, sa hon tyst. Ge den till honom också. Han har många begravningar, han jäktar. Gör jag rätt? Människor har så många konstiga önskningar. Nej, kanske inte så många egentligen. Men de förvrids. Ge pojken din frid. Han vet att begravningen är nu.

Nu så, sa tjänstemannen som hade svart kostym och svart polotröja. Nu kan du lägga ner den. Men vad är det här? Den där asken får inte rum.

Jag plockar ur sakerna.

Det brukar vara en sak. Eller ett par. Det här är ju en hel sopstation.

Tyst, sa hon.

Hon blev förvånad när hon fick se den döde. Han såg inte förkommen ut. Det var en storväxt man med kraftiga ansiktsdrag, böjd näsa och silvergrått hår. Han var begravd i en snygg svart kostym och hade vit skjorta och en slips som bestod av ett svart band med ett silverspänne. På spännet såg man ett indianhuvud med fjäderskrud. Hon försökte tänka efter hur det skulle se ut om hon petade ner snodden med ölburksringar under hans händer och sen försökte stoppa ner allt det andra längs kistans väggar. Skulle det överhuvudtaget få rum?

Till slut måste hon bestämma sig. Mannen från begravningsbyrån såg kritisk ut men han teg nu. Det var en sorts lugn i rummet. Det var inte frid. Men det kunde bli. Hon tog två biljetter och petade ner dem under den dödes händer så att de stack upp en smula och man såg att det stod STOCKHOLMS AIK. Hon la en röd leksaksbil vid hans vänstra öra.

Nu kan du lägga igen, sa hon till byråns tjänsteman.

Kära vän, sa hon när han var färdig och hon lyckades fånga hans blick. Kära vän, du och jag har kommit hit för att denna ensamma människa ska begravas.

Hon gick fram och knäppte händerna. Han hade kommit av sig

och blivit stående framför kistan. Annars brukade han ställa sig långt bak. Sen började hon:

I Faderns, Sonens och den helige Andes namn. Låt oss bedja.

När hon kom hem ringde telefonen fem gånger i rad, medan hon ännu var kvar i hallen. Hon blev sittande med asken i knät när hon talade med Rebecka som blev rasande över hennes beslut. Som snarare var Wikners. Själv hade hon aldrig märkt när hon tog det. Sen ringde Brita som ville att hon skulle ta ett själavårdssamtal med den yngsta prästen och så ringde den yngsta prästen och sa att Brita sagt att han skulle ringa henne och att han var väldigt tacksam om hon kunde träffa honom fort för han hade verkligen problem. Inga satt hela tiden och tänkte på vad hon skulle göra med asken med sonens saker. Kasta bort den? Åka ut till honom med den? Men det hade hon inte tid med. Och han skulle väl inte släppa in henne. Sen ringde Rebecka igen och ropade som om hon talat till nån tvärs över en avgrund:

Jag som trodde du var kristen!

Hon tänkte ta av sig kappan men då ringde Anand och bad att få stanna ett tag till hos syster Elva. Hon sa ja fast det inte var bra eller åtminstone inte normalt att en fjortonårig pojke tillbringade så mycket tid med en åttiofemårig kvinna. Men han har inte puberterat tröstade hon sig. Han kanske fortfarande är ett barn. Hon var trött och gick som i sömnen till garderoben med asken. Där stod kassen med Myrten Fjellströms saker. Den borde inte stå där. Men om hon skulle ställa upp den på vinden måste hon ha en kartong som kunde klistras igen. För att bedöma hur stor den skulle vara tog hon kassen ut till köket och la brevbuntarna och fotografierna och asken med smycken på bordet.

Hon hittade en lagom stor kartong som det var julsaker i och tänkte att dem kan jag lägga i en påse så länge. Sen blev alltihop en enda röra på köksbordet, tomtar och silverkulor och djur till krubban och Dag Bonde Karlssons eller om han hette Fjellströms kärleksbrev och fotografier av döda människor i tunga kläder. Hon blev så trött att hon gick och satte på en kopp te innan hon tog itu med det på allvar. Som en tribut åt sundhetstänkandet gjorde hon en ostsmörgås och åt två tomater. Det var riktigt gott när man åt dem rakt av som äpplen, men hon spillde lite av det klibb som var inuti och det hamnade på magen. Hon stod och gned tyget i sin svarta kjol när telefonen ringde igen. Nu var det den nyss prästvigde som ville ha sitt samtal. Han bad att få komma direkt. Men hon insåg att det skulle bli svårt att begränsa samtalstiden om de träffades hos henne. Hon kunde inte direkt köra ut honom, men från kontoret kunde hon själv bryta upp.

Hon hafsade ner julsakerna i kassen och Myrten Fjellströms tillhörigheter i kartongen. Men hon lät dem stå kvar i köket eftersom hon inte hann upp på vinden med dem nu.

Konfidenten hade rakat huvud och ring i örat och gick alltid prästklädd.

Jag har ett problem, sa han.

Jag vet, sa Inga. Men är det ett problem, Peter?

Ja, för jag ska ha en konfirmandgrupp nu. Tänk om jag blir förälskad.

Man blir inte förälskad i elever.

Du snackar som om en människas själ alltid lydde Lagen. Och kroppen också.

Han föredrog pojkar och det hade han deklarerat redan i anställningsintervjun. Men det hade varit mindre problematiskt än han tänkt sig.

Du är inte oroad?

Hon kunde inte gärna säga att hon tyckte det var skit till problem. Hon sa att han skulle komma tillbaka till henne om det verkligen blev problematiskt. Han skulle antagligen komma snart för han ville ha samvetsstrider och djupa konflikter. De pratade en stund till. Det var prat, inte samtal. Hon kände hans besvikelse och han kände förmodligen hennes irritation.

Nu ber vi tillsammans, sa hon.

Hon kunde inte låta bli att klappa honom på den kala hjässan innan han reste sig och hon förvånades över hur glatt den var.

Hon var halvvägs hemma när hon kom ihåg att hon skulle till företagsläkaren. Då fick hon ta nästa tåg tillbaka igen. Det var krångligt för hon skulle till Betaniastiftelsen på Östermalm och när det var Ropstens- och inte Mörbyvagnen som kom in först på Centralen tänkte hon att hon skulle gå från Östermalmstorg. Men hon glömde att stiga av och hamnade på Karlaplan. Hon hade svårt att gå i snömodden ner till Grev Turegatan. Det gjorde ont var gång hon satte ner foten. Hon kom tio minuter försent till mottagningen och blev blöt i håret av snöregnet eftersom hon hade glömt mössa och halsduk hemma. Hennes blodtryck hade varit för högt redan vid den första undersökningen och nu sa hon till sköterskan, som satte fast blodtrycksmanschetten, att dagens värde inte var något att bry sig om. Det fick hon inget svar på. Men läkaren dömde henne till armboja sa han. Han var ung och skämtsam. Hur orkade han? Inga tänkte på sin konfident, om hon hade skojat lite med honom skulle han kanske ha vandrat iväg mindre inriktad på att göra livet svårt för sig. Men hennes krafter hade inte räckt till.

Hon fick en blodtrycksmanschett fastspänd på vänster överarm och skulle bära den i tjugofyra timmar. Sen skulle de läsa av hennes värden och bestämma om hon behövde medicin. Han sa att röntgenplåtarna visade att hon brutit sin onda tå. Sen skrev han ut ett lätt sömnmedel åt henne. Hon bestämde sig för att bara ta det om hon absolut måste vara i form nästa dag. Men samtidigt tänkte hon på tabletterna som en skatt och en hemlig källa. Kemisk förstås. Men den kunde ge henne sex eller sju timmar av det hon helst av allt ville ha: djup bortavaro.

När hon var på väg till apoteket såg hon i gången på Fältöversten en affär som skyltade med mössor och hon gick in och köpte en som var av beige skinnimitation och kantad med något grovstickat brunt. Hon lät den ligga kvar i påsen så länge hon var kvar i Fältöversten i hopp om att håret på hjässan skulle torka. När hennes nummer äntligen kom upp vid medicinutlämningen och hon rusade fram, kände hon ett kramande grepp om armen och snodde runt. Men det fanns ingen där. Det pep hela tiden och hon trodde att det var apoteksbiträdets mobiltelefon. Men han rörde inte fickorna, han stirrade på henne. Då mindes hon blodtrycksmätaren. Det var den som hade kramat till om armen och nu pep den ännu värre, medan hon krånglade armen ur kappärmen. Bakom henne väntade människor med nummerlappar i handen medan hon tog armen ur tröjan och kavade upp blusärmen. Hon kunde känna irritationen som en luddig massa i luften.

Slangen till blodtrycksmätaren hade halkat ur och när hon med apoteksbiträdets hjälp lyckades få den att sitta fast igen slutade apparaten att pipa. Hon hade stark hjärtklappning när hon betalade. Det smaskade i modden när hon tryckte fast mössan på huvudet och haltade mot tunnelbanenedgången.

När hon kom hem fick hon syn på sig själv i hallspegeln. Hon hade glömt att ta av sig de blå plastskydden som hon satt över kängorna på läkarmottagningen. Men hon hade inte bara haltat fram med blåa påsar på fötterna, hon hade satt mössan bakfram och glömt att ta bort lappen. Det stod *PRIS 298:-* ovanför hennes panna.

Anand hade hunnit före henne hem. Hans röst från köket var ljus och spänd. Hon kände igen hans höga, ja, exalterade stämning och borde alltså veta. Men förvarnad eller inte blev hon lika häpen som första gången.

Sakta tog hon av sig den blöta mössan, kappan och plastskydden. Han ropade igen och det var ingen tvekan.

Han hade gjort det där som de inte hade något namn för.

Det var året då Linnea dött. Några veckor efter begravningen hade Inga lett en kurs på Österskär och varit borta över en långhelg. I klädkammaren hade hon stuvat in de saker hon sparat från Linneas sista lägenhet. Där stod ett skrin, eller snarare en kista som försetts med svarvade ben.

Kistskrinet hade funnits i affären då Linnea övertog den och den var en lumphandel. I början hade hon fortfarande sålt begagnade kläder ur de dödsbon hon tog rätt på. Inga brukade hjälpa henne att sprätta bort knappar ur kläder som var urmodiga eller alltför slitna för att säljas. Det hade tilltalat hennes barnsliga ordningssinne att lägga knapparna i fack alltefter deras övergripande tillhörighet: pärlemor, stenkol, målad emalj, metall, bärnsten. Ordinära knappar av metall, vita som hade suttit i skjortor och svarta och bruna i byxor, tygklädda och trådöverdragna av papp som gick att mangla la hon alltid i det understa facket.

Det var naturligtvis stor omgång på knapparna i kistskrinet. Folk letade efter en flätad läderknapp som fattades i en lodenrock eller en pärlknapp till en glacéhandske. Med åren blev knappkistan en institution.

Det fanns också andra saker efter Linnea i klädkammaren. Några askar med silverbestick. En rävboa som Inga lekt med när hon var liten. Ljusstakar. Parianhundar. Smycken av bärnsten i silver och av granater och stenkol och ametist. Saker som inte var särskilt dyra och som hon blev rörd av att Linnea hade sparat. För det var de smycken Inga haft i sin utklädningslåda tillsammans med högklackade skor och en silverlamécape och flera klänningar från trettiotalet. De var sydda i ett material som hade tjafsat kring benen när hon vacklat omkring i skorna. Skärp fanns det också och konstgjorda blommor att ha i håret och en sköldpaddskam. En pärlbroderad aftonväska och en lornjett. Hon mindes fortfarande mycket väl när mamma hade packat upp ett dödsbo och hon själv nyfiket tittat i aftonväskan med pärlfront. Där hade lornjetten legat men också ett par kompletta lösgommar med gulbeiga tänder.

Hade hon tänkt på de dödas hjälplöshet då? På deras förlorade värdighet. Hon gjorde det i alla fall när hon jäktade iväg hemifrån för att ta sig till stiftsgården och kursen. Hon ville inte lämna Linneas saker utan att ha gått igenom dem. Det lilla arvet förvandlades tillbaka till lump när det låg där osorterat. Hon ville ta i det med kärlek och eftertanke, men den tid det skulle ta hade hon inte och hade inte haft på flera veckor.

När hon stiger in genom dörren med sin övernattningsväska kommer Anand rusande. Han ser ut som om han har feber. Sen kommer syster Elva, hon tar tag i hans arm. Först talar de i mun på varandra, sen lägger Elva handen över Anands mun och säger snabbt:

Kom och titta. Vi ska ta bort det. Jag ville ta bort det men jag hade inte hjärta.

Och Anand bubblar emellan hennes fingrar. Inga tar honom i famn. Han är så småväxt fortfarande och tunnare än den lilla svartklädda Elva. Så fort hon släpper honom springer han fram och släcker hallampan. Sen öppnar han en dörr.

Vad hade hon väntat sig? Hon kom fortfarande ihåg hur hon stått och tagit av sig kappan och hur Anand darrat som ett litet djur intill henne. Men hon kunde inte minnas vad hon trott att hon skulle få se.

Kom kom kom! säger han. Härinne!

De är i vardagsrummet nu. Eller i det som har varit ett vardagligt rum med teveapparat, soffa och ett tennfat med apelsiner och med Kalle Mingus lilla piano vid väggen. Nu är det något annat.

Vad kallar man det som inte är?

Den svarta räven ligger ringlad om lampkronan, han vilar över skålen och hans agatögon glimmar när luftdraget rör ljuslågorna. Elden är nära, mycket nära silkespappren. Allt är farligt men i ömtålig balans. Man rör sig sakta av rädsla för elden och av vördnad.

Ta av dig stövlarna så att du inte förstör nånting, viskar Anand. Hon gör som han ber henne.

Trådarna med knappar går från lampkronan och från tavelramarna och ventilen och gardinstången ända ner i golvet. Knapparna är fästa med nånting, hon vill se vad det är och stiger närmare.

Försiktigt, viskar Anand.

Hon tappar bort sin önskan att se hur det är gjort, ser bara rörelsen och hör hur det klingar. Han ler när han petar på ett snöre där silverskedarna är fästade. Nu spelar de mot varandra. Knappar av stenkol flammar till när ljuslågorna andas. Det är Anand som säger så:

De andas. Ser du?

Sen tar han hennes hand och för fingrarna till en tråd.

Försiktigt. Man får bara röra lite, det är liksom känsligt. Men rör den nu!

Hon rör vid tråden och det ser ut som ett osynligt djur kilar iväg och nuddar vid silverknivar och silkespapperslappar. Knappar vaggar tungt. Kläppar till en kristallkrona klingar mot varandra och små fragment av yvig strutsfjäder rör sig som under vatten.

Först såg hon detaljerna: knappar, spegelglas, kristall, silver, silkespapper, skinn och fjäder och trådar. Trådar, snören, strängar...

Nu ser hon mönstret. Anand har dragit ner henne på golvet. Räven däruppe i alabasterskålen är inte centrum. Det ligger någonstans i rummets bortre halva mot fönstret som är förhängt med en tjock filt. Därframme finns en hjärtpunkt, många trådar dras dit och förenas. Men den är inte orörlig. Den flämtar som ljuslågorna, drar sig tillbaka och träder fram igen. Blicken dras till den. Ändå går den inte att fokusera. Hon förstår och hon skulle vilja säga till Anand att hon förstår men vet inte hur det ska sägas. Att det finns. Men att det inte går att fixera och sätta fast. Att det *är*. Men att vara är inte orörlighet. Allt som är andas. En gång frågade han om stenar andades.

När hon sett helheten börjar hon se det oändligt tålmodiga arbete han utfört. Han måste ha hållt på ett par dygn. Kanske på nätterna också. Han verkar febrig, hektisk och övertrött. Elva är blek och ser definitivt utmattad ut.

Hur har ni gjort? frågar Inga och märker att hon viskar. Hur kan knapparna sitta kvar? De åker ju inte ner på trådarna.

Trolldeg, säger Elva och det är det första hon yttrat sen Inga satte sig på golvet och såg. Små små kluttar. Nästan ingenting. Han fick göra om hela tiden för han var inte nöjd.

Det *syntes*, säger Anand.

Trådar som strängar, snören som bildar bågar och delar rumsvolymen i valv. Stela strängar. Några sekunder är hon rädd att han brutit upp pianot och tagit tråd där. Men det är nog gitarrsträngar. Hon har haft några förpackningar i en skrivbordslåda. Hundar av vit parian sitter vaksamt uppsträckta och håller trådar med sina fint formade nosar. En marmorduva bär en tråd i näbben. Allt går samman. Men inte så enkelt att alla trådar går till en punkt. Det är ett annat, ett långt mer komplicerat samband som balanserar trådvimlet och gör det till ett valv av strängar som håller den osynliga hjärtpunkten svävande. Där förlorar silver och kristall och eld och tunt papper sin materiella betydelse och blir liv.

Anand kryper ihop bredvid henne. Han är inte längre hektisk. Försiktigt rör han vid en sträng och får silvret att klinga och silkespappersflagorna att dansa. Ljusen andas. Han känns tung intill henne och hon tar upp honom i famnen. Det klingar fortfarande när han har somnat.

Hon ser på Elvas ansikte i det svaga ljuset och förstår att hos henne har bekymret redan uppstått. Hon har ältat det länge. Hur ska de kunna ta bort det som Anand har gjort? När ska de göra det?

Anand har varit i ett rum som han själv skapat och han har förlorat alla begrepp om tid. Elva viskar sen han somnat att det var dumt att låta honom hänga för fönstret och balkongdörren. Om gryningen och dagsljuset kunnat bleka ut ljuslågorna hade förtrollningen kanske gått över. Han skulle ha blivit besviken förstås. Men inte rasande som han blev när hon sa att de måste ta bort det innan mamma kom hem. Febrig och utom sig.

Ja desperat, viskar Elva. Om man kan använda ett sånt ord om ett barn.

Gryningen är inte att vänta på många timmar, inget flackt grått ljus ska ännu släcka det vidunderliga. Han kommer att vakna igen och se lågorna dansa i rävens ögon. De måste invänta gryningen. Det finns inget annat sätt att göra det på. De måste vakta ljuslågorna och byta ut de ljus som brinner ner.

Nu är det vigilia. När det blir matutin ska tiden komma in i rummet.

Den gången hade hon lovat honom något. Hon hade varit tvungen, för hans besvikelse var så stark att den skrämde henne. Hon trodde ett tag att hans själ skulle gå sönder inför hennes ögon. Att han skulle bli vad personalen på skolsköterskemottagningen och i PBU:s samtalsrum trodde att han var. Då sa hon att han och hon och syster Elva skulle hjälpas åt att lägga ner allting i askar och lådor. De skulle rulla ihop strängar och snören. Inte ens de olikfärgade trådarna skulle de kasta bort. Alla knappar skulle få vila i sina fack. Ingen skulle få röra dem. Där, längst inne i garderoben, skulle alltsammans få sova tills han väckte det igen. Och det skulle han göra när han fick ett stort rum som inte skulle användas till något annat än det som var hans grej.

Min grej. Så sa han själv. Han var valhänt med deras språk. Men inte med sitt: trådarnas, glasknapparnas, silvrets och silkespappersflagornas språk.

Ibland frågade han efter det rum hon lovat honom. Det skulle vara ett stort rum – eller? För det måste vara ett stort rum, nästan väldigt. Men hon bad honom tänka på hur dyrt det skulle bli. Våningar kostade så mycket. Det förstod han. Han förstod mer och mer hur avlägset det var. Hon såg hur vuxenheten tog hand om den upproriska besvikelsen och förvandlade den till resignation.

Han hade inte gjort något försök på två år. Vad hon visste hade han aldrig öppnat klädkammaren mer. Hon hade så många gånger önskat att han skulle mogna och bli lik sina jämnåriga. Alla väntade på att han skulle lära sig åka skridskor och vara tyst i klassrummet, smygröka, spela ishockey och tjata om att få mobiltelefon – allt det som i skolkamraternas värld var inövningen i ett vuxet liv där man arbetade och såg på Eurosport och samlade ölburkar eller studiepoäng. Därför var det så bittert att se vuxenheten komma som underkastelse under det obevekliga. Hon försökte med lera och färger och målarkurser. Men när hon packat in hans trådar och knappar och kläppar i den stora garderoben, hade hon berövat honom möjligheten till det vidunderliga och hon förstod det.

Men nu gjorde han det alltså igen. Blygsammare den här gången. Men utan tvekan med samma avsikt: att skapa ett rum som inte funnits förut.

Det var ännu inte lika vackert som det första. Kanske för att han inte hunnit så långt. Hon hade ju bara varit borta ett par timmar. Det första hon såg var ölburksringarna. De var uppträdda och fästa på trådar. Han tycktes inte ha använt knappar. Till slut begrep hon att bara det som stått i kartongerna och kassen hon lämnat i köket hade kommit till användning: julprydnaderna, Myrten Fjellströms saker och innehållet i kartongen hon haft med sig till begravningen på eftermiddagen. Men man kunde knappast se att det var julsaker, smycken och AIK-souvenirer längre. Det fanns en gles silverfrans på ett par trådar och han höll på att tillverka mer av den sorten genom att ta isär tjocka remsor av julgransglitter så att han fick knappt millimeterbreda och en halv centimeter långa remsor att arbeta med. På bordet låg Myrten Fjellströms smycken och många av dem var redan isärtagna och uppsorterade i pärlor, bärnsten, korall och silverkläppar. Guldsakerna hade han inte gett sig på och hon anade en mogenhet som inte hade funnits för två år sen. Men den gjorde henne bara ledsen. Hon önskade att han fått vara kvar i den värld där guldet i smycken var inte mera, men lika mycket värt som de gyllene flagor han lossade från julgransglittret.

Den svarta räven vakade inte över hans anordningar den här gången. Han hade tagit ner lampan över bordet och hängt ett oregelbundet litet pappersflak i lampkroken. Det svävade när han rörde sig och hon förstod att det var meningen att ljuslågor så småningom skulle röra flaket vars yta var tätt besatt med små segel av silkespapper. Pappersunderlaget var styvt och klippt som ett moln på en barnteckning – eller på himlen en högsommardag.

Han pratade på rätt nervöst för han insåg förstås att det var vågat att ta isär smyckena. Han hade alla trådar kvar sa han och han kunde trä om allting, för han mindes hur varje pärla och varje silverlänk suttit. Det tvivlade hon inte ett ögonblick på. Hans minne var ett mirakel som ingen mer än han själv såg någon mening med. Hon sa att det inte gjorde nånting med smyckena, hon skulle ändå aldrig sätta dem på sig. Nu mötte Myrten Fjellströms bijouteripärlor Karl Gunnar Roséns ölburksringar under det vita molnet av vek kartong.

Det är inte färdigt än, sa han. Jag måste jobba mera. Jag tror det tar hela natten. Kanske i morgon också.

Hon ville inte fråga honom hur han tänkt att de skulle få mat om de inte kunde använda köket. Men hon undrade om han ätit hos syster Elva. Det hade han. Mamma Scans köttbullar och pulvermos.

Köpte själv. Lagade också. Elva tyckte det var toppen.

Jaså minsann, det sa hon.

Hon ljög inte! Det gör hon aldrig.

Nej, men hon kanske tyckte att det smakade på ett särskilt sätt för att du hade lagat det.

Hon önskade att hon själv hade haft lite av Mamma Scans håvor hemma. Medan hon ännu kom åt kylskåpet tog hon ut ost och mjölk och en korvbit.

Nu går jag och lägger mig, sa hon och hon tänkte intensivt på sina sömntabletter och deras löften. Du får lova mig och ta i hand på att du inte börjar pröva med ljuslågor när du är ensam.

Ingen fara, sa han. Jag är inte färdig så jag kan pröva ljuset förrän tidigast i morron bitti.

Han höll på att sätta upp sitt svartblanka hår med en gummisnodd så att det inte skulle falla ner under det minutiösa arbetet med silverflagorna och klistret. Hon borde ha frågat hur han tänkt orka till skolan men sa inget. Han var ofta vad Elva och hon kom överens om att kalla sjuk.

Hon rörde sig hafsigt och sopade ner en liten hög silkespappersflarn på golvet. När hon la ifrån sig mjölkkartongen för att ta upp silkespappret sa han:

Låt det vara. Jag tar det sen.

Hon hörde på rösten att han ville vara ensam. I det ögonblicket tittade hon upp där hon satt på golvet och fick då syn på undersidan av den lilla molnformade biten av styvt papper. Hon läste orden:

den 23 februari 1967 kl. 20.00
brektskyrkan, Stockholm
ngelisten .... John van Kesteren
Kristus .... Erik Sædén
latus .... Bengt

Hon reste sig så häftigt att hon tappade korv och ost och slog huvudet i bordskanten.

Ta det lugnt mamma, sa Anand.

Vad har du gjort!

Hon slet ner molnet. Han stirrade på henne när trådarna brast.

Du har varit i min översta byrålåda. Du har klippt sönder det här kortet! Anand, du får inte göra så. Du får inte röra nån av sakerna jag har där.

Det har jag inte gjort heller, sa han och han såg skrämd ut.

Kortet! Du har tagit det här kortet i min låda.

Nej, det tog jag i kartongen med brevena och pärlorna och allt-ihop.

Ljug inte, tänkte hon. Men han brukade inte ljuga och han såg häpen ut.

Du kan väl titta i din låda då, sa han osäkert.

Hon la ner det sönderklippta kortet som var ett programblad och vände sig bort från köksbordet. Benen hade blivit svaga. Telefonen ringde därute men hon hörde den bara med öronen. Hon gick förbi den ena efter den andra av två ringande telefoner in i sitt sovrum och medan det fortsatte att ringa öppnade hon översta byrålådan och tog fram ett kuvert. Där fanns de papper som visade att hon var född, att hon tagit sin examen, att hon var prästvigd, att Anand var adopterad. Och ett kort.

Hon la kortet bredvid det andra. På båda stod samma text fast på det kort som Anand fått tag på var den fragmentarisk i kanterna.

JOHANN SEBASTIAN BACH
JOHANNESPASSIONEN
Torsdagen den 23 februari 1967 kl. 20.00
i Engelbrektskyrkan, Stockholm

Hon fortsatte jämföra rad för rad för att inte göra något misstag.

Evangelisten........................*John van Kesteren*
Kristus............................*Erik Sædén*
Pilatus................................*Bengt Rundgren*
En tjänstekvinna................*Marianne Mellnäs*
Petrus....................................*Carl-Erik Hellström*
En tjänare..........................*Torsten Forslöw*
Sopranaria.......................*Ursula Buckel*

Ich folge dir gleichfalls mit freudigen Schritten... Ja, jag gjorde det. Jag följde dig. Jag gör det än. Men mina steg är inte alltid så glada. Jag haltar efter dig med blåa plastpåsar på fötterna. Och med prislapp i pannan. Det är nästan ingenting att skratta åt.

Hon måste fortsätta, för om inte varje bokstav stämde så var det fel. Ett spratt av minnet, dess nyckfulla sätt att plocka upp likheter.

Altaria............................*Birgit Finnilä*
Tenoraria...........................*John van Kesteren*
Basaria.............................*Matti Tuloisela*

Hon kunde naturligtvis inte komma ihåg hur dessa människor hade sett ut. Inte heller hur orkestern låtit. Men det fanns där. Minnet av en klang som var en helhet. Av dessa röster som växte upp som sällsamma blommor ur orkestermörkret.

Viola da gamba............*Elli Kubizek*
Violoncell...........................*Bengt Ericsson*
Cembalo.........................*Lars Edlund*

Cembalo var den gången ett instrument som hon aldrig hade hört förr. Det fanns kanske fler, men cembalon hade varit så tydligt egendomlig för henne.

Oboe	*Torleif Lännerholm*
Engelskt horn	*Ronnie Bogren*
Fagott	*Tore Rönnebäck*
Flöjt	*Börje Mårelius*
Viola d'amore	*Björn Sjögren*
	Lars Brolin
Luta	*Rolf la Fleur*
Konsertmästare	*Lars Frydén*
Radiokören, Kammarkören och Radioorkestern	
Dirigent	*Eric Ericson*

Ja, det var samma program och samma dag. Dagen för min andra födelse.

När Birger Torbjörnsson och jag kom och hälsade på Elias på sjukhemmet i Byvången talade han inte jämtska längre. Inte ett ord.

Ska du ha käppen stå hännen? sa jag.

Den ska stå här, sa han och tog tag i käppkryckan och makade den intill sig i sängen.

Jag vart så brydd att jag kom av mig. Norskan hade han ju släppt lite efter vart för flera år sen. Att han kunde tala rikssvenska visste jag. Han hade gjort det ett par gånger när Ingefrid Mingus var hos oss. Men inte så här. Fast talför var han då inte. Jag lämnade en ask med kakor som jag hade bakat, toscasnitt och rullrån. Jag hade med mig en liten kruka med en våreld också. Torbjörnsson hade med sig en flaska konjak som han beställt och fått ut i affärn. Elias tog den och läste på etiketten: MARTELL.

En bra sort, sa han. Ska vi ta ett glas?

Men Birger Torbjörnsson sa att han körde.

Jag tar mig väl ett glas i ensamheten, sa Elias. Det kan behövas här. Men jag sparar så att vi kan skåla när jag kommer hem igen.

Jag kunde inte tänka mig att han skulle stiga opp och använda den där käppen. Ärligt talat så var jag inte säker på att han skulle komma hem alls. Han hade i alla fall haft njurbäckeninflammation och fått sepsis. Det var detsamma som blodförgiftning sa Torbjörnsson. Förr var det klippt när man fick det. Men nu finns det antibiotika och efter några dygn hade Elias varit feberfri fast svag. Det var då han kom på sjukhemmet i Byvången. Jag mindes vad han sagt när jag berättat att min morbror Anund hade hamnat där till slut:

Solbacken i Byvången, kunde det vara nånting för en gammal lapp?

Nej, morbror hade inte tyckt om det. Ma må lämne ifrån sig sina vapen, hade han sagt, å varenda da schlutar mä att dom kör opp en tvättlapp i arschlet på en. Tocke dänn ställen ha komme te för en massa fruntimmer ska få jobb.

Men han hade bott dåligt, så det var inte mycket att välja på. Det var knappt mer än en koja, den åttkantiga stugan däroppe där de hade haft vårviste förr i världen. Hur det var så vantrivdes han inte på Solbacken och det värsta var att han förändrades. Han fick ju komma hem till mig och hälsa på och kunde till och med ta med sig rullatorn på bussen. Men han frågade faktiskt om lov innan han åkte. Du behöver inte be om nån permission sa jag. Men Anund hade blivit ängslig av sig och ödmjuk. Elias hade bara förändrats på det sättet att han slutat tala jämtska. Jag frågade honom rent ut varför han gjort det.

Ä, jag behöver armbågs avstånd, sa han. För det här är ett jävla ställe. Saftkräm och präster och joller. Och teven därute står på hela dan.

*

De var milda och jolliga och trodde väl att han var som ett spädbarn inuti. Nu skulle de mamma honom riktigt. De hade gungande bröst och kraftiga lår under landstingets ljusblåa syntettyg. Påsiga byxor. Det såg ut som lekdressar. De gick i barnkläder och talade barnspråk. Dagis sa de och kändis och loppis. Jättemycket sa de och jättedåligt. Snart slutade de väl att tala rent. En hel nation var på väg att infantiliseras. Elis blev rasande på de stora gungande, jollrande barnen som ville mamma honom. De pratade på som om han vore senil eller medvetslös. Så fort han slöt ögonen i sängen pratade de om skilsmässor.

När han kom till sjukhemmet och hade lagt sig på sängen var det en stor tant i lekdräkt som öppnade hans väska och började gå igenom innehållet.

Va fan gör du? sa han och blev förskräckt över hur svag röst han hade. Hon lät sig inte heller bekomma utan plockade igenom hans saker.

Je må si om du ha nåra mädisiner i väska. Dä må du inte ha förstår du.

Han borde ha rutit till åt henne. Men han hade inga krafter kvar. Rösten bröts och hon plockade vidare utan att ens begripa att han var vred. Skulle hon själv låta någon gå igenom hennes handväska eller byrålåda? Det kanske hon skulle.

Han låg och malde tanken att folk nuförtiden hade förlorat något. De försökte ta igen det genom att skrämma varandra. De som inte hade minsta möjlighet att skrämmas jollrade beskäftigt. Om han sa namnet på det förlorade, skulle de tro att det rörde sig om en sanitetsanordning eller ett tandläkarinstrument.

Han hade trott att det skulle bli svårt att få komma hem igen. Att de ville behålla honom och vårda honom och ta ifrån honom de sista av hans idéer om enskilt liv. Men de kunde inte fort nog bli av med honom på sjukhemmet. Han var färdigvårdad sa de. Det kom en kurator och föreslog att han skulle få hemtjänst. Han tackade nej. Då ville hon ha reda på hur han skulle klara av att handla varor i affärn och laga mat och städa. Han sa att han skulle klara det på samma sätt som han gjort förut.

Han tänkte inte tala om för henne att Ivar Mårsas fru kom och städade, att han gjorde opp svart med Reine om körningarna opp- och nerför backen och att han oftast åt hos Kristin Klementsen som inte tyckte det var roligt att laga mat bara åt sig själv. Att han till och med fick betala henne, för det fick henne att känna sig som om hon fortfarande hade pensionat sa hon. Han visste förresten inte om han orkade ner till Risten nu. Det fick väl bli barnvälling.

Hon hade aldrig funderat mycket på vem det var som skickat biljetten till Johannespassionen i Engelbrektskyrkan. En tant, sa mamma. En som brukade komma hit förr.

Då hade det inte varit särskilt viktigt vem som sänt den. Värre var att mamma försökt smuggla undan den.

Hennes snabba fingrar tar ett av breven som flaxat ner på dörrmattan och stoppar det i förkläsfickan. Inga blir nyfiken och lite full i skratt. Har mamma hemligheter? Kommer det kärleksbrev till henne?

Om hon varit ett barn skulle tanken ha skrämt henne. Men hon ska snart fylla tjugoett.

Det ringer på dörren och när Linnea går för att öppna häktar hon av sig förklädet som är vått av diskvatten framtill. Hon hänger det på köksdörrens handtag. Inga kan inte låta bli att ta upp kuvertet och titta på det. Hon står fortfarande med det i handen när mamma kommer tillbaka.

Fröken Ingefrid Fredriksson
Parmmätargatan 7
Stockholm

Någon hade strukit över adressen och skrivit dit *Mingus* och Pipersgatan 26 med kulspetspenna.

Hon vet mycket väl att hon är döpt till Ingefrid. Men ingen kallar henne någonsin så. Namnet ger henne en känsla av att brevet ändå inte är till henne och hon är tveksam när hon frågar:

Är inte det här brevet till mig?

Äsch, säger mamma och försöker snappa åt sig det. Det där är bara nåt som kommer.

Nu, så många år efteråt, undrade hon om hon verkligen mindes orden rätt: *nåt som kommer.* Betydde det att det brukade komma brev till henne? Varje år?

Ge mig det där nu, det är ingenting.

Bara en biljett. Säger hon inte det? Att man inte kan minnas ens det viktigaste i sitt liv med den tydlighet som ger säkerhet. Men idiotiska småsaker minns man: mamma står där med en våt fläck på magen.

Hon funderar nog inte på vem det var som skickat biljetten. Den där tanten som mamma talat om. Hon som brukade komma hit förr. Det är inte så viktigt. Det som betyder något är att mamma försöker bestämma över henne. Vad hon ska göra och inte göra. Och mamma är vältalig:

Jag trodde inte det där var nåt du skulle bry dig om. Du går väl inte i kyrkan.

Då måste hon ju ha vetat vad det var i kuvertet. Det kom kanske varje år. Till jul också? En tant skickar biljetter och mamma kastar bort dom. Som om jag vore en femåring som inte kunde gå till kyrkan och höra på en konsert. En biljett som ligger ensam i ett kuvert. Inte en hälsning. Ingen avsändare.

Och så går jag dit. Det måste vara några dar senare. En vecka eller ett par. Buss till Östermalm? Minns inte. Tjugotredje februari. Det betyder väl att påsken var tidig 1967.

Engelbrektskyrkan är stor och skrämmande. Inga förstår inte dess skönhet. Hon är van att lyssna till musik i trånga rökiga lokaler. När hon hör stråkarnas trevande introduktion känner hon rädsla. Den springer genom kroppen. Trevande, vaggande är musiken. Ingång i ett meditationstillstånd. Så tänkte hon numera. Då kanske hon tänkte *modernt* och att det varit en sorts räddning i kaoset att hjärnan kunde forma ett ord. Hon hade naturligtvis mycket väl vetat att Johann Sebastian Bach verkade på 1700-talet, i dess förra hälft. Men ett långt stycke in i musiken tror hon att verket blivit utbytt, att programbladet som hon håller i handen inte gäller längre utan att man spelar *nåt modernt.* Hon tänker på pappa och på den moderna jazzen som blev mer och mer sorglig. Ja, det tycker pappa också. Han menar inåtvänd och splittrad och utan melodi. Stjärnregnet faller inte över Alabama utan i rymder där det är glest mellan molekylerna. Här i Johannespassionens början ställer musiken ut människan i ödslighet och i väntan på en fruktansvärd fullbordan.

Det är Getsemane. Så tänkte hon nu. Sen kom den första kören. Då måste hon ha hört att det inte var modernt. Att det var Bach och 1700-tal, så som hon kanske hade hört det på radio utan att tänka så mycket på det.

Men förnedringen? Att lovsjunga förnedringen – hade hon förstått att det var vad kören gjorde?

Om hon hade gjort det så var det genom musiken, genom dess språng mellan underkastelse och jubel. Några ord kunde hon inte minnas från denna första gång. Hon hade gått in i ett ordlöst drama. Nu visste hon så väl att Jesus gick med sina lärjungar över bäcken Kidron in i örtagården där soldater med facklor och vapen skulle leta på dem och hota dem till livet. Men hon visste inte hur mycket av detta hon hade uppfattat då. Ett helt liv hade letat sig ner i den ursprungliga upplevelsen, många Johannespassioner i flera kyrkor.

Musiken sänker henne – långsamt? – i djup andakt. Fast vet hon vad andakt är? Annat än som ett ord: kvällsandakten i radio. Då stänger man snabbt av. I synnerhet om mamma är i närheten. Linnea är inte likgiltig för det religiösa. Hon hatar det. Men hon ser alltid till att skyla sitt hat med en ton sur förarglighet. Hon vill inte avslöja dess djup. Till vardags låtsas man att man inte har de känslor som skildrades i passioner och sorgespel.

Evangelisten, hans högspända stämma. Så hade hon hört den då och det mindes hon. Och att hans berättelse, vare sig hon förstått att Jesus och hans kära gick in i örtagården eller inte, handlade om levande människor. Hon hade säkert vilat i körkoralen om den oerhörda, den måttlösa kärleken. Kanske behövt vila efter chocken då hon förstått att de var människor, de som gick över Kidron.

Nu mindes hon diffust hurdan tiden varit när hon hörde detta. 1967. Ryssarna hade ännu inte gått in i Tjeckoslovakien. Ungern var länge sen – 1956. Pansarvagnar. Människokroppar. Blod på asfalt.

Allt det vanliga som nuförtiden gjorde henne slö av sorg. Då var det revoltens tid. Världsdörren stod öppen och slog. Det blåste rakt in i familjen Mingus tre rum och kök men bara Inga kände draget. Bensinen kostade inte ens en krona litern, allting var ju möjligt. Linnea for till bondauktioner i en Volkswagenbuss som hon lastade full med målade skänkar, spinnrockar och kopparsaker. Allt gick inte längre till nyinköp, hon hade börjat samla pengar på banken. Inga tyckte att man skulle spränga Världsbanken och dela ut pengarna till fattiga indianer. Numera revolterade de flesta med en inre kräkreflex och utan drömmar. Dörren var fortfarande vidöppen och de strömmade in – kurder, somalier, chilenare, kosovoalbaner – kanske indianer också. Men man gav dem fack som hette Rinkeby och Botkyrka och stängde om dem. Det stående skämtet på bjudningar var att det var en turkisk hjärnkirurg som hade kört en i taxin dit. Han påminde om en friboren men skuldsatt man i antikens romarrike, som varit tvungen att sälja sig till slav. Men innerst inne var man rädd för att han var en legosoldat från det sönderslagna Jugoslavien och man åkte inte långt ut i förorternas mörker med honom.

1967 hade hon haft en pojkvän som var en upprorets man. Pekkas känsliga bleka ansikte skiftade snabbt uttryck. Han frös mycket. Han skiftade tillhörighet också. Kom i ideologiska gräl och bytte ut bokstavskombinationen i sitt kommunistförbund mot en annan. Ett *l* eller ett *r* var avgörande för mänsklighetens framtid. Han brann blekt. Hon var rädd att han skulle ha stått bland Kaifas män och hetsat, om han varit i den där örtagården för nästan tvåtusen år sedan. Men kanske inte i turbakören. Döda ville han nog inte. Han hade haft förståelse för en del dödande i stor skala. En mycket abstrakt förståelse hoppades hon.

Att ingenting var abstrakt i denna musikberättelse, det måste vara det som tagit henne så djupt? Örfilen på gården framför översteprästens palats. Men hade hon hört orden och vetat om den? Annat än musikaliskt, precis som Petrus bittra gråt efter det fega svaret. För då hade det redan börjat.

Det.

Så kallade hon det länge. Kanske säger kvinnor som börjar förstå att de är med barn så. De tänker på *det* och det är inte gott att säga om de menar tillståndet eller embryot.

Det börjar under sopranarian: *Ich folge dir gleichfalls mit freudigen Schritten.* Altarian har hon uppfattat som jämmer. Och det är den väl också, den syndiga människans jämrande. Den hade säkert inte haft mycket att säga henne då, ett barn som hon var av en tid som avskaffat individuell synd och skuld och höll på att göra deklamationsnummer av den kollektiva skulden. Ingen hade anat hur den hemliga skuldkänslan i ett jäktat liv skulle komma att avlösa föräldrarnas följeslagare, som bara varit enkel skam. Fattigskam. Kvinnoskam. Den kunde man kanske mota undan som en efterhängsen hund. Men skuld – den var *die Stricke meiner Sünden.* Den band och snärjde och trasslade in själen i härvor med hårdknut och löpsnara.

Kanske hade hon bara uppfattat altarian som musikalisk jämmer. Som när moster Lizzie hörde Birgit Nilsson på radio och sa:

Har människan ont i magen?

Det börjar med glädjen i sopranarian, med de snabba ivriga stegen. Hon springer in i sitt liv, springer på arians livliga sextondelsfigurer och avlägsnar sig från allt som hon hittills levat och stretat med, så snabbt som om hon faktiskt hade tagits upp till himlen. Eller som man skulle säga nu: till en annan dimension.

Hon tyckte inte om de där orden. Hon ville varken veta av himlar eller dimensioner. Därför hade hon egentligen aldrig talat med någon om vad som hände henne i Engelbrekts kyrka den 23 februari 1967. Hon ville inte låta någon applicera religionspsykologiska termer på det. Hon frös till om hon tänkte sig att Brita sa: Din *unio mystica.* Det skulle hon säkert göra om hon anförtrodde henne vad som hänt den gången. Hon kanske skulle upprepa det, använda en term som omfattade alla möjliga människors konstiga upplevelser med en ljusvidgning som hotade att sära själen från kroppen som om de två verkligen varit två och inte bara orden för människa.

Han rörde vid mig.

Det var de enda ord hon tillät sig att tänka om detta och hon visste att de var bristfälliga och barnsliga. Han. Som om han var en man och hade händer.

Men jag är en människa. Jag har inte annat än bristfälliga ord.

Hon visste inte längre hur hon den gången hade genomlevt Pilatus obehag, hans hotande migrän, och lynchhopens hetsande. Judehatet som turbakören livade upp hade hon nog inte kunnat förstå eller ta ställning till även om hon varit sitt normala flickjag. Men hon var inte där. Hon kunde bara gissa hur musiken med varsamhet tagit henne till slutkörens *ruht wohl.*

Hon är i djup vila och vill inte resa sig i kyrkbänken när alla börjar gå ut efter slutkoralen. *Ruht wohl... ruht wohl... ihr heiligen Gebeine...* Ni var ben i en kropp som trasades sönder, nu är ni värda vilan och all den ömhet vi har att ge er. *Ruht wohl, ruht wohl...*

Hon hade varit med om någonting som hon inte förstod och inte kände igen. Förut hade hon alltid kunnat planera eller åtminstone förvänta sig det som hände henne. Det ingick inte i hennes livssyn och inte i någons som hon kände att det kunde förekomma okända upplevelser. Till och med förälskelsen var hormonellt och kulturellt förberedd. Hon kände igen den när den kom. *They say that falling in love is wonderful* brukade pappa spela. Det var bara att fylla i med ett ansikte och *I've got you under my skin.*

Men hon hade nog inte förväntat sig mycket av livet. De flesta människor hade nertonade anspråk. De kände sitt samhälles och sina familjers ramar. Att väggarna skulle ramla in, det hade hon inte trott. Att en glädje kunde spränga dem. Och smärta. Tillsammans.

Glädjefylld smärta. Blod och tårar. Kyssa såret. Smeka korset. Hon avskydde det med hela sitt hjärta. Då hade hon inte kunnat något om teologi eller om kyrkohistoria men nu ansåg hon att pietismen hade förvridit kristendomen och gjort den kristne till en sentimental självbespeglare. Så hon hade velat finna andra ord än glädjefylld smärta eller smärtofylld glädje för det som stannade kvar i henne. Men de orden fanns inte. Bara detta: *han rörde vid mig.*

Jag visste ingenting om mitt ursprung. Att jag var avlad och född var lika avlägset som ens inälvor är. När jag fick diagnosen colon irritabile i våras, tänkte jag ju inte precis på ett varmt tarmpaket som det kluckar och suger i och inte på lukten ur det. Lika overklig var min föreställning om mitt ursprung. Jag hade fötts av en fattig flicka från Jämtland. Min pappa var skidåkare. Det var blodlöst. Dessutom var det inte så.

När Anand hittade programmet till Johannespassionen bland Myrten Fjellströms papper fick jag veta att jag haft en tvillingcysta i mig. Vem skulle hon ha blivit? Och vem har gjort mig egentligen? Linnea har präglat mig, format, skulpterat, friserat och ansat mig. Hon har outtröttligt arbetat på mig i tjugoett år. Sen fick hon ge upp. Då inträdde Jesus Kristus.

Den första mamman födde mig ur sina inälvor, ur sitt blod och sina hinnor, ur slem och kroppsvarmt sekret. Hon stönade fram mig, kanske skrek hon också. När hon först upptäckte mig förbannade hon mig säkert. Höll hon någonsin i mig? Då borde hon väl ha blivit rörd och velat behålla mig. Men jag var kanske obehaglig. Jag luktade intorkad sperma och tillbakahållna fjärtar och blodkvalm och smärtans kallsvett. Kanske bakfylla också.

Jag hade den kranka blekhet som eftertanken ger och den ofrivillige faderns stora kran. Jag var troll som Kristin Klementsen säger.

Ändå ville mamman frälsa trollet. Hon skickade biljetter. Hon ville att jag skulle gå i kyrkan.

Jag föddes då. Biljetten var ingen papperslapp som kom fladdrande i slumpvinden. Hon ville mig nånting. Till slut nådde hon fram. Den 23 februari 1967 gav mig det liv jag har.

Jag trodde det var Gud. Det var det också.

När Elis kom hem från sjukhemmet låg han i kökssoffan. Därifrån kunde han se den stora sjöytan. Isen och den släta snön täckte den. Han låg och tänkte på vattnet som nu var osynligt. Aldrig hade det varit klarare, kallare. Djupare.

Varje höst svartnar detta vatten. Allt som fallit sönder och lösts upp gör det till intet.

Rena klara intet.

Det blir aldrig göl eller mörja, sjön håller inte fram sin skål full av ruttenhet och vämjelse. Den säger inte: Här är din död. Så luktar du när du faller sönder och ditt kött samlar sig i skrevan.

Nej, den klarnar.

Den kyler ner.

Ingen vet vart resterna tog vägen, om det ens var rester. Om de inte med ett annat sätt att se, var liv under förvandling.

Klar som glas men levande ligger sjön under sin is. Stenarna i stranden väntar att den ska slicka dem igen. De ber om att bli levande, de vill vagga som ägg i de stora vågorna.

Rena klara intet ruvar dessa stenägg, de omätliga reserver som finns vid dess stränder.

Elias låg däroppe i sitt gråa hus som han var så stolt över, för att timret var urgammalt och skiftade i silver. Han låg stilla som om han hade gett opp. Han bodde i ett konstverk, det hade han sagt till mig förut. Nu kunde han inte göra glaskonst längre. Inte teckna och måla heller. Han hade haft med sig glas när han flyttade hit. Jag vet förresten inte om han flyttade eller om han bara blev kvar. Och glasbitarna kanske kom senare. Det var skärvor av många olika sorter. Han hade olika namn för dem och visste precis hur de hade kommit till. Vilka temperaturer de smält vid och vilka kemikalier det fanns i dem. Då skulle han snart fylla åttio, men han hade planer. Han satt och plockade med sina vassa mångfärgade skärvor. Funderade på att beställa en liten ugn sa han och smälta ihop dem på ett särskilt vis. Men det vart aldrig av. Jag försökte uppmuntra honom att fortsätta men då blev han arg.

Ingen jävla terapi, sa han. Har det slocknat så har det.

Det var nog rätt ödsligt.

Men så kom detta med gammalt timmer. Ja, plank också och gärsgårdar och hässjevirke i högar som låg och multnade ner. Han gick omkring och såg på det. Man kan inte säga att han bara hade nöje av det. Det var nåt mer. En gång anförtrodde han mig nåt. Att leva det är att se, sa han. Att verkligen se.

Så var det för honom. Och timret såg han. Det märktes att han visste mycket om huggning och om hur kvistning och barkning gick till. Han talade om det färska timret, tallarnas lukt av terpentin och fina oljor och granrisets dofter när man kvistat. Det var svenskt, sa han. Det var helt enkelt lukten av Sverige. Inte Norge då, tänkte jag, men sa inget. Han hade varit utomlands i många år och när han gått gatorna i stora städer, hade han tänkt på den där lukten. Han sa det en gång: att man kan framkalla en lukt inne i sig. Han hade rätt. Jag kunde också göra det. Men då var det till exempel lukten av korianderfrön som smulades över en äppelkaka. Eller lanolinsalvan som Hillevi smorde in händerna med.

Det var länge sen det här timret låg i kedjor och björnbindningar och drogs ner till byn av svartlurviga hästar. Det hade åldrats och lavarna hade förenat sig med det och lagt gröna skiftningar över det som grånat. Det kunde finnas andra färger också. Han tittade noga efter ockra och rost och svartprickigt. Och hur trät vidgades i sina ursprungliga växtfåror, hur insekter kröp in där och la ägg och hur larverna gjorde gångar och förvandlade timret till gult pulver.

En hästmyra i huset var ju skräcken för oss alla. Men han gick där med sin käpp och petade och såg det med en sorts nöje. Liksom det där spåntaket han låtit lägga. Det skulle ju inte vara, varnade man honom. Och han svarade:

Nej, det ska inte vara.

Men jag var då glad att Myrten hade låtit ta ner det gamla taket på vårt hus och lagt på plåt.

Elias sa att det han tyckte bäst om att se var handbilat timmer, som tjänat länge och stått emot snöstormarna och höstblötan och sommarens knäppande hetta och som bara sakta gav efter för det obönhörliga. Det tog emot sporer och frön och äggstinna honor utan att spjärna emot. Tvärtom vidgade det sina springor och skrevor i fukten och började skimra i otänkbara nyanser som inte ens mossorna kunde göra efter. Falu rödfärg när den blekts ner till bara ett minne av djuprött, vindätningens silver, de kolnade ställena i ett timmerhus som i sista stund räddats från att övertändas. Allt sånt var hans glädje.

Han såg.

Men man kan ju inte bara ligga inne i ett konstverk och kalla det för att leva. Inifrån kunde han ju inte ens få syn på sitt timmer. Jag travade oppför den där svåra backen varenda dag med en bit kålpudding eller en kastrull ärtsoppa. Jag försökte övertala honom att göra opp med Reine om körning och komma ner till mig. Annars skulle jag tappa lusten för att laga mat, sa jag åt honom. För vad är det för liv när man inte har nån att sköta om?

Men Elias lämnade inte sin kökssoffa. Jag undrade mycket vad han låg och tänkte på.

Den första tiden vågar Inga inte tänka med ord på det hon hade varit med om i Engelbrektskyrkan och absolut inte skriva om det. Ändå går hon till bokhandeln och köper en dagbok för att göra det. Men hon kan bara fördjupa sig i det som i svindel. Hon är en som frivilligt tittar ner i ett bråddjup för att få känna blodvågen och välvningen i magen.

Det här är i magen. Men borde det inte vara i hjärtat? Hon har vaga aningar om att det finns en själens anatomi och att man kan lära sig något om den i bibeln. Man lyfter upp sina ögon och vänder öronen mot Gud. Ens njurar blir rannsakade.

Det finns också ett själens landskap med Saronsliljor på vårliga sluttningar, med Jordans flödande vatten och skugga under Libanons höga och doftande cedrar. Det är öknar där, deras nätters köld och dagars hetta. Och det finns avlägsna löften om honung och gräs och vila. Men detta landskap vet hon ännu inte om. Om sorlande bäckvatten ingenting. Hon traskar omkring med sin oroliga mage, vars skälvningar ger henne känslan av att hon snart ska börja falla från hög höjd. Men hon faller inte. En dag upptäcker hon att svindeln avtagit.

Hon förstår inte hur det har gått till. Den djupa yrseln och den starka omvälvningen i kroppens centrum – var det inte hjärtat ändå? – är inte längre kroppsligt förnimbar. Ljuskänslan, minnet av att vara genomglödgad, vara ljus, har mattats eller snarare flyttats bort ur kroppen. Till slut är det som något hon bara har hört berättas om.

Då börjar hon skriva i dagboken om det.

Hon vill inte börja förnumstigt: *Den 23 februari var jag i Engelbrektskyrkan och då hände det något.* Något vad? Konstigt. Eller förunderligt? Det finns en sorts själsspråk som känns tillgjort. Det tyckte hon under konfirmationsundervisningen också, de stunder hon hört på och de var inte många. Annars kan hon inte minnas att någon talat om Gud när hon växte upp. Jo, moster Lizzie förstås. Men mamma sa om Lizzies prat om Gud: Ja, hon tror väl på gubben i månen.

Inga trodde att gubben i månen var en smal pojke med ett lysande och genomskinligt huvud. Han hade ben med åtsmitande trikåer, som en prins. Han var Gud. Hon brydde sig inte om ordet gubbe eftersom det var mamma som sagt det. Mamma tyckte inte om Gud. Lizzie hade ingenting emot honom. Han hörde till tyckte hon, i alla fall när man talade med barn.

Om man skulle vara rättvis mot moster Lizzie, så var nog Gud hennes språkform för det oförklarliga. Gud fanns i himlen. Han hade gjort allting. Blommor och djur. Getingar också. Han blev ledsen när man ljög eller tog nånting utan lov. Då fick man dåligt samvete. Det fick man av Gud för att han var ledsen. När man dog var det som att somna. Sen var man hos Gud. Var man i himlen då? Nej, man liksom sov.

Det var alltihop. Gud, getingar, samvete. Och så denna sömn.

När de svårare frågorna började komma övergav moster Lizzie Gud lika självklart som Inga övergett sin nalle. Hon övergick till: Jag vet inte. Precis som mamma. Tänk inte så mycket på det där. Eller: Farbrorn var nog sjuk i huvet. Hon sa: Det är så i krig. Fast vi har inte krig *här.* För det mesta sa hon: Jag vet inte. Jag vet faktiskt inte. Tyst nu. Det där ska du inte alls tänka på.

Det kunde fortfarande komma upp en gammal vrede i Inga när hon mindes detta *du skall icke tänka!* Det elfte budet. Du ska i varje fall inte tänka själv. Om du funderar på allt ont som händer och hur Gud ändå kan vara god, blir du sjuk i huvet. Eller gör dig löjlig.

Till slut får hon i alla fall ner några ord i dagboken. De går inte att sudda ut heller. De stod där fortfarande efter så många år.

Gud du är med mig
Du uppfyller mig helt

Hon tyckte inte om orden då och gjorde det inte nu heller. De var felaktiga. Inte mycket, men de motsvarade inte den djupa yrseln och ljusutvidgningen. De var liksom gjorda, hade hon tyckt då. Och hon kunde nu, med ett livs erfarenhet, se att de var tillverkade efter mall. Men vad hade hon egentligen haft för mallar?

Hon arbetar mycket med dagboken. Varje kväll och varje morgon skriver hon sittande i sängen. Hon försöker föra sig själv tillbaka till stunden då det började i sopranens *mit freudigen Schritten:* jublet i de livliga tonstegen, förvissningen att ha funnit en väg att följa, en glädje som vidgades som om inget slut funnes på denna rörliga ljussalighet. Ja, att hon inte ens hade kunnat tänka i begrepp som slut och början. Men hon märker att orden inte är riktigt sanna, hur omsorgsfullt och ärligt hon än försöker formulera dem.

Detta är den tid då hon ska plugga för en tenta. Hon har Torsten Huséns Människokunskap bredvid sig när hon skriver i dagboken men har inte så värst dåligt samvete för att hon inte läser i den. Det som hänt henne i Engelbrektskyrkan känns viktigare än examen. Men det är också mamma Linnea hon för en gångs skull lutar sig mot: det finns det som är värdefullare än socialt arbete. I Linneas fall är det förstås att lyckas socialt. Och det är något helt annat än det som Inga har strävat efter genom sin utbildning. Linnea tycker att socialt arbete verkar tråkigt. Och så är det underbetalt. Hon kan inte begripa att någon vill ge sig in i det. Inga tycker själv att det är gråtrist nu, som strimmiga linoleummattor. Så har hon börjat känna för det sociala efter Engelbrektskyrkan och Johannespassionen. Utan att begripa det hon har varit med om.

Hon känner en vaknande, förvirrad vrede över att hon aldrig fått lära sig tänka. Algebra kan hon förstås och hon förstår att läsa statistiska tabeller och har lärt sig föreningskunskap. Men tänka. Vidga rummet. Välta väggarna. Nej, det har hon aldrig lärt sig och nu först begriper hon hur handikappad hon är. Pekka har hela tiden sagt det. Var han hade lärt sig tänka var ingen gåta; han skaffade nya väggar av solid politisk teori.

Men att verkligen välta väggarna?

Den utbildning hon valt passar bra in i den tid då barn vägs och mäts på barnavårdscentraler, då de trippelvaccineras och får näringsriktiga skolmåltider. Efter ansökan och styrkt behov kan de få åka på sommarkoloni. Barntänder lagas utan kostnad på folktandvårdens kliniker.

Hon tycker att det är konstigt hur fort Linnea har glömt. Hur hon har sopat undan det förflutna och velat sänka det som i havsens djup. Och göra det sociala nuet grått, sossepolitiskt och praktiskt taget onödigt. Hon är född 1914 och Kalle 1917. De har varit barn i europeisk krigstid.

Då åt folk gristrynen, säger Kalle.

Man köade för potatis och fick frysknölar på hälarna, för de avlagda finskorna man gick i till vardags var tunna. Under den tid då Linnea och Kalle växte upp gav man dem ingen föreställning om att de hade rätt till den plats de upptog i världen och till den näring som de behövde. De skulle överleva i ett samhälle som inte tillhörde dem. Det tillhörde människor som köpte fiskleverolja på apotek åt sina barn. Det var de fattiga och okunniga som fick rakitiska ryggar och trånga bröstkorgar.

Men samhället var en sak, världen en annan. Kalle berättar att han samlat blodiglar när han var barn.

Jag bara gick och ställde mig i gölen. Det var grönt vatten. Som en tjock mörja. Ha!

Han tycker om att Inga ryser åt hemskheterna i hans barndom. Stora råttor som var skalliga på ryggen. Gråsuggor och kackerlackor. Daggmask som han en gång ätit för att få tio öre av en full gubbe. Och de randiga blodiglarna.

Då sög dom sig fast, säger Kalle. Hela bena oppefter. Det var bara att plocka sen. Det blev små sår. Men jag bruka få ihop en hel burk och så sprang jag till fältskärskan med den. Hon satte dom på bölder. Dom sög ut varet. Jag fick en krona om burken var full.

Han får det att låta som om han levt i en rik värld. Den överflödade av iglar, flaskkorkar, tidningspapper, järnskrot, cigarrstumpar och nikt som han samlade och fick betalt för. Linnea tycker inte om anekdoterna från Kalles barndom. Han har gömt på dem länge, för också han vill sänka det förflutna i havsens djup. Men när han börjar åldras hoppar de ur hans mun. De är som svalungar som sedan länge varit flygga men hindrats av Linneas surväder att komma ut. Hennes kommentar till råttor som de sköt med slangbella och fick skadedjurspengar för, blodiglar och rostigt järnskrot är alltid densamma:

Du överdriver, Kalle.

Det gör han nog inte och historierna är inte oskyldiga. Ur dem sipprar Fattigsverige. Ruttet vatten, sophinkars bottenskovor och urinstinkande gyttja kring dass.

Linnea har köpt bil. Hon har bankkonto och halsband av odlade pärlor. Hon tycker inte om att Kalle vänder sig om och ser tillbaka. Upplösningen hotar därifrån.

Numera visste Inga något som hon inte kunnat föreställa sig då, i de glänsande linoleummattornas Sverige: Linnea hade klart för sig det som vi alla, till och med Kalle, förnekade. Hon visste hur det kan sluta.

Torsten Husén ligger oläst. Hennes kvinnliga kurskamrater, som är i majoritet, låter också kursböckerna ligga ibland. Men det gör de när de är kära. En kväll då de har druckit rätt mycket rött algeriskt vin och ätit popcorn med salt och smält smör sätter en flicka som heter Harriet tänderna i soffkudden och väser stönande mellan tänderna: *Jan! Jan! Jan!* Inga vill väsa *Gud! Gud! Gud!* när hon ser Harriet bita i den matelasserade soffkudden. Hon förstår att hon är olycklig. Det har hon inte begripit förr. Hon är övergiven av den hon älskar. Hon borde älska en pojke eller man så att hon stönade, men det gör hon inte.

Det är obegripligt hur det hon upplevt som ljussalighet har kunnat förvandlas till stum olycka. *Gud du har dragit dig undan från mig.*

Hon satt på en skinnklädd pöl framför byrån i vardagsrummet och tittade på de båda korten från konserten i Engelbrektskyrkan, det som var vågigt sönderklippt i kanterna och det som var helt. Hon kunde höra prasslet av silkespapper från köket. Anand arbetade.

Långt långt därborta, i ett förflutet som var dimmigt men hade små skarpa detaljer som stod fram, springer flickan som vill ha mer.

Mer av Gud. Mer av uppenbarelser och stora evenemang. *O grosse Lieb' ohn' alle Masse...* Hon nästintill kräver det och känner inte till någon annan form av religiositet.

Det var svårt att känna igen henne inifrån. Hon var en bekantskap som man skäms lite för, hon som sprang därborta och famlade efter salighet i tomma rymder och inte hade en tanke på att Guds värld inte alls är tom utan full av människor.

Hon kommer till slut på vad de som är kristna gör för att behålla sin närhet till det vidunderliga. De läser bibeln och går i kyrkan. Men högmässorna är svåra för en ljushungrig flicka. Bara att komma dit utan att nån märker det är knepigt. Hon vill inte att nån ska veta, för det verkar så udda att gå dit. Om mamma fick nys om det skulle hon bli sarkastisk. Om hon inte bleve arg. Det finns nånting hos mamma när det gäller det religiösa som skrämmer Inga. Bruket där de båda systrarna växte upp. Dom relischösa. Mormor. Frikyrkoförsamlingen. Lizzie säger att de var pingstvänner. Det bibliska finns hos mamma också, det finns som ursinne.

En söndagsmiddag berättar hon. Utan vidare. Det finns annars två saker hon ogärna talar om: bruket och adoptionen. De ska vara överhoppade, helst inte ha funnits. Men nu börjar hon tala över nötsteken. Hon har snart bara skärbönorna kvar på tallriken och petar runt dem, när hon säger att söndan var värsta dan. På bruket. Då gick dom heliga i kapellet. Och det var praktiskt taget allihop det, i varje fall fruntimren.

Du skulle ha sett hattarna. Svarta filtpuddingar. Och kapporna knäppta ända opp. Där stack en liten bit svartvit eller grå scarves fram. Halslista kalla dom den.

Mamma börjar alltid med utseendet och klädseln när hon gör en kritisk beskrivning.

Tjocka strumpor, säger hon. Melerade. Och så snörskor. Jodå, dom hade många sätt att visa att dom var bättre än vi andra.

Just då blir det otäckt. Alltihop sätter sig fast. Skärbönorna på tallriken med måsar. Söndag. Högmässa. Bättre än vi andra. Men hur vet mamma att hon varit i kyrkan? Stockholm är inte precis nån småstad där man ideligen blir observerad och rapporterad. Men mamma har nosat sig till det. Det är som första gången Inga hade mens. Hon förstod inte riktigt hur mycket hon blödde och hur ofta hon måste byta binda. Men mamma kände det och sa till.

Det var ju bra. Men det här är otäckt. Pappa måste veta om alltihop för nu gör han en insats som samtalsledare vilket sällan händer annars. Han brukar sitta tyst, leende. Han börjar tala om S:t Eriksmässan; han spelar på restaurangen där och vill bjuda dem på smörgåsbordet som är överdådigt.

Det skulle dom ha tyckt varit syndigt, säger mamma som fortfarande är kvar på bruket. I den stunden blir hon nästan komisk. Det gör det lättare för Inga att komma över det hemska och nästan övernaturliga i att mamma vet.

Ett par söndagar framåt besöker hon föräldrarna på Pipersgatan vid högmässotid. Det är ingen idé att öppet trotsa mammas övertygelser. Bättre att lugna henne med en undanmanöver. Det är ingen förlust heller, för Inga får inte ut något av gudstjänsterna. Hon skriver så i dagboken. Hon tycker väl att hon har gjort en insats med sin närvaro och att nånting borde komma ut. Som när man köper premieobligationer.

Predikningarna hålls på ett yrkesmässigt idiom som inte är obegripligt som läkarjargong, utan tvärtom tillrättalagt för åhörarna. Förståeligheten är vädjande. Ibland blir den för stark, som när man överdoserar vaniljen i en sockerkaka. Hon har försökt sig på kyrkkaffe också, men inte haft något att prata om när hon hamnat bredvid främmande och äldre människor. Nattvarden vågar hon inte gå fram till. Då har hon suttit musstilla i bänken och lyssnat till mumlet. Som väl är heligt. Prästen mumlar till var och en enskilt. Det är bara två gånger hon har varit med om det för nattvard firas sällan, ibland bara varannan månad. Man vill inte skrämma bort besökarna. Nattvarden är krävande. De två gångerna hon suttit hopkrupen och lyssnat när orgeln spelat *Salig är den stilla stunden,* har hon känt sig ansatt.

I stället för glädjen som fyllt henne i Engelbrektskyrkan, i stället för ljus och snabba steg, nästan språng mot fullbordan, tycks hon ha fått en depression. Hon är i varje fall ledsen och känner tomhet och leda. Efteråt skulle hon finna det obegripligt att hon höll ut.

Kärlek är som halm i skorna påstår moster Lizzie. Den ger sig alltid tillkänna. Också den här kärleken sticker ut. När Pekka kommer på henne känner hon lättnad, för det måste ju till slut hända något. Hon kan inte gå i denna djupa nedstämdhet längre.

Pekka avläser henne efter tidens psykologiska schema. Om hon berättar något för honom om sina innersta tankar och känslor, är det i själva verket något annat hon talar om. Något som hon inte själv vet om. Men han vet. Hon talar nämligen om en längtan som mycket enkelt kan botas, men vars tillfredsställelse hon ersätter med självbedrägeri. Det är aldrig Gud. Det är *nånting annat.*

Du vill att jag ska ansluta mig till baalsdyrkarna, näbbar hon. Han säger sig ju ha boten för hennes djupa brist. Den reser sig hög och mäktig och svullen. Det tycker han i alla fall själv. Den är Baal.

Biblisk jargong retar honom lika mycket som den psykologiska har börjat irritera henne. Hon underkastar sig naturligtvis kulthandlingarna, det har hon gjort sen länge. Till och med kvidande. Extas utlovas, men det blir sällan mera än *må bra.* Ja, hon ser annorlunda på det nu. Rätt kritiskt. Baalsdyrkan kan inte vara mycket till religion om den inte får en att *bli* bättre.

Må bättre räcker inte, säger hon.

Men Pekka har en teologi också. Det är den materialistiska historiefilosofin. Genom den ska hela samhället bli bättre. De kommer till slut till en uppgörelse. Inga lovar att läsa Marx Kapitalet. Pekka ska läsa de fyra evangelierna. Sen ska de diskutera det hela.

Pekka börjar diskussionen med Markus 16:17: *Och dessa tecken skola åtfölja dem som tro: genom mitt namn skola de driva ut onda andar, de skola tala nya tungomål, ormar skola de taga i händerna, och om de dricka något dödande gift, så skall det alls icke skada dem.*

Jag är chockerad, säger han och låter som i en radiopjäs. Det här är rena trollkarlssagorna. Det är ju bara magi och vidskepelse. Onda andar far in i grisar. Vatten blir till vin. Lik som redan luktar stiger opp och går. Och så massoschismen!

Han uttalar det så. Det är väl för att han bara läst ordet, aldrig hört nån säga det. Han är söt. Brunögd och blek och skälvande av förtrytelse.

Att underkasta sig tortyr, säger han. Och så går åskan när han fått för mycket av det goda.

Ja, dessa berättelser har tagit honom djupt som de gjort med de flesta andra. De kommer aldrig att tala om Kapitalet, denna monumentalt tråkiga bok som hon aldrig läste ut.

Hon lever bland människor vars samhälle är befriat från religion som en fisk från sina inälvor. Det som binder människor samman är inte tro. Det ska aldrig mera blir tro, inte någonstans i världen. Så starkt är det moderna förnuftet. Det ska inte bli tortyr, krig och utrotning orsakade av religiös tro, det vill säga av ruttnande inälvor. Hon lever i en avfanatiserad värld. Det förstår hon och hon är tacksam för det.

Det finns en gudstjänst tidigt på lördagskvällarna som de kallar aftonsång. Hon börjar gå dit, för då pratas det inte så mycket. Hon får tid att se sig omkring och hon ser mycket för hon vandrar från kyrka till kyrka denna vår och försommar.

I kyrkorna talar ett ordlöst språk från målningar och skulpturer. Det är på en gång lockande och obegripligt. Människor vänder upp ansiktena mot något som ser ut som snöbollar som faller från himlen. En man har horn i pannan. Det är Moses, det ser hon på Lagens tavlor som han håller framför sig. Men hur har han fått horn? Och allt som visas här är inte mirakler och fromma handlingar: barn dödas av soldater, groteska människor hetsar under ett kors. Hon vet för lite och önskar att hon hört på bättre under konfirmationsundervisningen.

Mamma ville att hon skulle konfirmeras. Det var egentligen inte så konstigt. Allt som angår Inga ska uppfyllas efter föreskriften. Tjugo år tillbaka i tiden anar hon en kraft. Eller en myndighet. Barnavårdsmannen.

De första tre åren måste de ha inspekterat fosterhemmet. Det var viktigt att allt var normalt med Inga. Normalt är ett starkt värdeord för Linnea. Inga har alltid haft det normalt långt utöver all slarvig, godmodig vanlighet. Aldrig halvstrumpor före första maj. AD-vitamin. Fickpengar. Skotskrutiga kjolar. Hon fick fara till fjällen med skolan. Hon ville inte, för hon tyckte inte om att sova i samma rum som andra. Men hon for till Duved. Hon måste vara normal. I den andan har hon konfirmerats i Kungsholms kyrka.

Vad hon kan minnas talade pastorsadjunkten framförallt om moral. Om att inte låta sig övermannas av frestelser. De trodde sig veta vad han menade för sorts frestelser men vågade inte fnissa.

Hur besegrar man en frestelse? frågade adjunkten en av pojkarna som var tvungen att böja sig framåt. Han var röd ända ut i nacken och ryggen skakade. Till slut lyckades han pressa fram något som lät som *ööh!* De hade alla storknat av återhållet skratt och adjunkten fick besvara sin fråga själv:

Genom bön, sa han.

Hon vet egentligen att hon borde be och läsa bibeln om hon vill behålla *det*. Ljusgenomglödgningen, utvidgningen av alla kärl, rusningen av blod och ljus genom kroppen. Närvaron.

Men bibeln är så konstig. Hon läser på måfå, fast hon förstår att det inte är så det ska gå till. Det står på ett ställe att Jesus tar lera och spott och lägger kletet på en blind mans ögonlock och att han då blir seende. Det där tror jag i alla fall inte på, tänker hon. I flera dar efteråt lyssnar hon på föreläsningar och pratar med de andra och går på bio och är alldeles normal. Men så fort hon blir ensam känner hon sig förvirrad och kan inte koncentrera sig på kursböckerna. Hon stryker en blus i stället eller lägger upp håret på spolar och säger sig hela tiden: Jag är normal. Det är normalt att tankarna flyger från det ena till det andra. Det finns ingen särskild mening med nånting. De flesta lever så här, de hoppar från tuva till tuva i tillvaron, det är ingenting konstigt med det, det är normalt. Man är glad och sen blir man ledsen eller hungrig eller känner att man behöver gå på toaletten. Tankar är aldrig djupa, de är som ödlor i en stenmur, kilar undan, försvinner. Det är normalt.

Men en sak är hon klar över: det är inte normalt att tänka så här. Tankar ska komma och gå som när man andas. Komma och försvinna. De ska inte holka ur en och efterlämna längtan som en svår värk.

Hon är mitt uppe i någonting som inte tar slut. Det rinner inte undan och försvinner. Till slut ber hon i alla fall: Var snäll mot mig. Låt mig vara.

Ta bort den här värken.

Hon finner till slut något som fyller ut hålet invärtes. Men för att få det måste hon gå i högmässan och lyssna eller försöka låta bli att lyssna på predikan. Då kommer det till slut.

Prästen står framför altaret, han är väl vänd mot Gud för han har ryggen mot människor. Så tänker hon då och så måste väl alla tänka om denna kulthandling.

Fanns det något som hon i sitt vuxna och verksamma liv ville ändra på i liturgin, så var det detta. Vänd dem inte ryggen. Gud är hos dem. Inte därborta eller däruppe, inte i din enskildhet. Det är bland människor Gud är. Vänd ditt ansikte mot dem.

Femton kvinnor och män den gången. Prästen sjunger långsamt en melodi som tycks vara mycket äldre än Bachs arior.

O Guds lamm...

Ett lamm. Varför det? Men hon hinner inte tänka på hur konstigt det är, för hon börjar sjunka nu.

O Guds lamm som borttager världens synder.

Ner i det. Sjunker. Som i ett havsvatten utan kyla.

Fräls oss, milde Herre Gud!

Och lär sig så småningom att svara nerifrån djupet:

Hör oss, milde Herre Gud...

Svara som på ett anrop. Som om lammet har ropat. Har fastnat nånstans, skadat sig. Är bitet och sårat. Som om det är lammet som ropar och ber och hon svarar: Här är jag! Jag ska hjälpa dig. Jag finns.

Det är det enda. Därför går hon dit. Och när några i församlingen går fram för att ta nattvarden, önskar hon nästan att hon vågat gå med dem. Men hon är rädd för dem. Kvinnorna har välknäppta kappor och filthattar som sitter rakt på huvudet. De ser ut som de troende i mammas berättelser från bruket.

Sen är det söndagsmiddag på Pipersgatan. Mamma har lagat nötstek med ärtor, potatis och gurka. Hon tycker att det ska vara så på söndagen och har det säkert från bruket. Om hon visste vad jag tänker skulle hon bli rasande. Hon vill utplåna bruket. Men ingen kan komma från ingenstans. Eller kan man det?

Mamma säger:

Du hör visst inte på.

Jodå. Piggbotten eller korgbotten, säger Inga för mamma har talat om kristallkronor, de har det ena eller det andra. Ovanför matbordet sitter en som har piggbotten. Det är en teknisk term, precis som frälsning. Alla har sitt som de intresserar sig för. Mamma talar om porslin nu. Hon serverar konserverade päron i små djupa tallrikar med ljuslila fasaner på. Och tjock vispad grädde. Inte en tallrik är sprucken.

Då vore de så gott som värdelösa, säger mamma.

Inga vet att de inte kommer att få se fasantallrikarna mer än en, högst två söndagar till. Linnea köper och säljer. Från början gick hon igenom dödsbon som Lump-Nisse köpt och plockade ut det som var värdefullt och köpte det. Det var väl inte riktigt snyggt att sälja det vidare sen. Att hon tjänade pengar på mellanskillnaden berodde ju på att Nisse inte begrep sig på antikt. Han tänkte på det som begagnat.

Ja, alla har sitt som de intresserar sig för. Kristallkronor. Rätta sortens melering på strumporna. Psykologi. Och Gud. Det är väl så. Som med pappa och musiken.

Nej.

Pappa är musiken. Han talar inte om den. Han är den och andas inte utan den. Så är det, utan all högtidlighet. Visst kan han någon enda gång säga nåt om den. Som att Petas såg så jävla lycklig ut när jag hitta den där basgången.

Petas är pianist. Första gången Inga hörde dem spela ihop, förstod hon inte varför han sa Gustaf åt pappa. Sen när låten var slut och de började på en ny sa han Bertil. Pappa förklarade för henne att det betydde G-dur och B-dur.

Så lite ord behövs det.

O Guds lamm...

Så borde teologi vara. Men det är den nog inte.

I det tysta vardagsrummet tänkte hon på det långa året hon vankat omkring i tröstlöshet och nu kunde hon knappt förstå hur hon kommit igenom det. Men sommaren hade vänt förloppet. Då kom verkligheten in. Inte på en gång. Hon arbetade på en uteservering i Torekov som underbetald servitris – eftersom hon inte var servitris utan studentska – och hon hade två kamrater med sig. De delade rum och pratade jämt. Pratet kvävde vintertankarna.

De kokar tångkrabbor i en kaffepanna ute på Hallands Väderö. Tre flickor med fjorton klänningar i inackorderingsrummets långsmala garderob. Utom servitrisuniformen som är en solklänning med bolero. En rosa, en ljusblå, en gul. Ingas klänning är för lång, men att lägga upp kjolen blir inte samma sak för det korta modet är svårt, man måste ha hela linjen. De pratar mycket om den där linjen och om hur man lägger på nagellack så att det inte flagnar så fort, om skor med slingback, hur svåra de är att gå med i sanden. Om Courrègestövlar svallar deras prat eller i alla fall om imitationerna och om pojkar, karlar till och med; de betygsätter dem och säger: Nu har jag en stora A vid hörnbordet, kom och titta. Äsch det är ju bara en AB+. Men titta på stjärten då, titta när han reser sig sen.

Det finns förstås saker som är lika vintriga och ensamma som förut. Hon kan till exempel inte ha Courrègestövlar, hon har för korta ben, och det tar emot att sätta betyg när man vet att man själv aldrig skulle få mer än B+ eller högst BA. Killar gör naturligtvis också så där och de har dessutom rätten att välja. Varifrån tar de den? Makt och pengar är det inte alltid fråga om. Onassis som har stor buk och korta ben kan välja Jacqueline Kennedy. Han har ju något annat också. Franska ministrar med flintskalle och kulmage tar sig unga slanka fruar med Audrey Hepburnögon. Men de här killarna har ingenting mer än sin kroppsstyrka som skiljer dem från flickorna, så det är väl fråga om den då. Den syns i deras lår när de rör sig och den ger dem rätten att välja, de *bjuder upp*. Har de fått damernas och sista så är det så gott som en utfästelse. Man får inte bli en skrattmödis. Det är farligt att göra dem besvikna. Då kan det kanske bli fråga om våld. Men det är ju tokigt tänkt, de är ju snälla pojkar som vill bjuda på en ice cream soda, fast det finns inte, så man får blanda glass och grapeläsk, det blir en konstig röra.

Allt svallar denna sommar, prat och havsvatten. Tankarna pilar som småfisk, vimlar och försvinner som ljusblixtar. Det är helt normalt och medvetslöst och soligt. Det finns så mycket rosor i Torekov, rosor mot stenmurar och trähusväggar. Ändå gömmer sig det vintriga och ensamma kvar längst inne. Det kyler. Särskilt den dagen de säger på radio att Sovjet har skickat stridsvagnar in i Tjeckoslovakien. Då tänker hon på Pekka, hur han ska känna sig, och hon blir arg på flickorna som är fjompiga och inte ens vet vad det rör sig om.

Den kvällen går hon ensam i kullerstensgränderna. Hon har gymnastikskor på sig och struntar i att benen ser stabbiga ut när hon inte har klackar.

Stridsvagnar. Det låter bibliskt. Hon har inte tagit med sig någon bibel. Stridsvagnar i Prag. Människor dör, deras bröstkorgar krossas.

Flickorna dansar nu. Sail along silv'ry moon. Ibland misstänker hon att hon finner det själsfint att vara beklämd och moloken och att hon har en medfödd fallenhet för att hitta material att nära sin bedrövelse med. Men man behöver ju ingen särskild spårtalang för att finna lidandet i världen. Felet är att hon inte som Pekka hittat ett botemedel. Hennes högmod balanserar på en egg.

Sovjet gick in i Tjeckoslovakien 1968. Det var inte från vår till sommar som hon tog sig fram i limbo. Ett årtal fastnitat i historien sa henne samma sak som almanackorna och dagböckerna i nedersta lådan: i mer än ett och ett halvt år hade hon gått med sin tröstlöshet. Hade hon inget lättsinne och ingen fräckhet på den tiden? Inte den minsta lust att kasta alltihop i putten och skratta åt det? En liten självplågare med korta ben och ett hopknipet allvar som syntes kring munnen på vartenda svartvitt fotografi från den där sommaren. Om den där flickan hade kommit till henne nu och berättat sin upplevelse, skulle hon antagligen ha försökt lirka bort henne från exaltationen med en lagom dos av humor. Men det var en besynnerligt stark flicka.

Det är rosor på gravarna i Torekov. Många sjökaptener ligger på kyrkogården där, deras sköra skelett är det förstås som finns kvar därnere. De heter Hjorth många av dem. Eller har hetat. De dog när ord som Balaklava och Port Arthur ingav samma vämjelse och skräck som Prag gör nu. Det finns ett anspråkslöst sjöfartsmuseum vid stranden, en bod fylld av vrakgods. Människor har kämpat sin dödskamp i vattnet. Sönderbrutna saker har spolats upp. Galjonsbilder med stelt leende kvinnor med stora bröst, som Anita Ekbergs. *Ting*. Men människors kött löses upp, som fiskkött faktiskt. De blöder på gatstenar. Olja från stridsvagnar blandar sig med regnvatten och blod. Tingen blir kvar. Och själen? Vad är själen?

Sen blir det aldrig likadant igen. Prat och sol svallar inte längre, hon tycker det är hett och tjattrigt. Hon försöker få tag på en bibel, men i en byrålåda i rummet de delar finner hon bara Mormons bok. När hon läser några sidor i den får hon panik, för att det är så vansinnigt. Kan människor få sig att tro på vadsomhelst?

Men ändå fortsätter den. Denna intensiva inre molande värk.

Det är förresten löjligt att kalla den för värk, för det gör ju inte kroppsligt ont. (Fast ibland är hon inte säker.) Det är som ett ställe bara, ett ont ställe. Om hon känner efter och samtidigt försöker tänka rationellt, så sitter stället bakom halsen, nej, längre ner, ungefär bakom bronkerna och det känns som om det hela tiden håller på att ge sig iväg, det vill falla neråt. Förloras.

Det finns inget *ställe*. Det finns inga konstigheter alls inne i kroppen. Om det vore ett psykologiskt fenomen (i stil med ångest) så skulle hon vid det här laget ha läst om det i sina kursböcker. Men det finns inte.

Ändå vet hon att när sommaren är slut och hon kommer hem till Stockholm igen och till studentrummet i Värtan, så måste hon ta itu med det. Hon har börjat tänka på självmördare. Inte på dem som tar livet av sig på grund av skulder eller avvisad kärlek eller för att de har en obotlig sjukdom. Hon tänker på en annan sort och hon förstår inte hur hon kan veta något om dem. De vars självmord orsakas av ingenting. Kniven ur mörkret. Så kallar hon det. Är det en kraft (döden?) och har den i så fall en motkraft?

Hon måste ta itu med det, för nu vet hon att hon är illa ute. Salighetskänslan och ljusberusningen, som det bara fanns otillräckliga och förresten falska ord för, har gått över. Men inte i likgiltighet eller glömska, utan i rädsla. Hon är i fara på grund av en kraft (krafter?)

som ingen talar om och som det inte står någonting om i de böcker hon har läst.

Det blir lite bättre sen i Värtan. Det är skönt att sova ensam och att få vara ifred ett par tidiga morgontimmar och en stund på kvällen. Då gör det inget om hon är allvarlig. Hon behöver inte bli bättre och roligare, utan får vara tung i huvudet och inte särskilt optimistisk. Hon irrar fortfarande mellan kyrkorna, för hon kan inte bestämma sig och känner aldrig någon tillhörighet. En eftermiddag får hon syn på ett anslag. Där står:

EFTER FRÄLSNINGEN

Med utgångspunkt från Apg. 9:1–9
diskuterar vi livet efter avgörelsen
under ledning av stiftsadjunkt H. Wärn.
Tisdagar kl. 19. Kursen börjar 19/9.
Lokal: Församlingsgården

Hon avskyr orden lika intensivt som mamma skulle ha gjort om hon läst dem. *Frälsning. Avgörelse.* Vilket klibb. Den där Wärn försöker med sina magiska nior och konstiga ord tränga sig på henne och få henne att dela hans grumliga värld. Som ett badvatten. Äckligt. Ljummet. Kallnande.

Hon går dit. Det är avgörelse om något. Fast hon förstår egentligen inte vad de menar med sina konstiga termer. Hon har inte ens behövt skriva upp siffrorna. De är ju obetvingliga: 9 1 9 19 19 9. Förberedd är hon dessutom. Hon har läst om Saulus som andades hot och mordlust och gick byråkratiskt tillväga för att komma åt de kristna och som såg ett så starkt ljus på vägen till Damaskus att han blev blind och som hörde en röst och blev en annan.

Hon går alltså dit och tror att det ska bli som att dela andras smutsiga badvatten. I lindrigare fall byta kakrecept. Ämnet är det rätta. Vad gör man efter frälsningen? Vad gjorde Paulus? Han slutade upp att jaga kristna. Avstod från att föra människor till tortyr, dom och avrättning.

Första kvällen på kursen erfar hon att Paulus mer eller mindre, nej, helt och hållet faktiskt, har åstadkommit kristendomen. Det är han som har gjort den till en religion. Han har stagat upp den i termer så att det går att tala om den; han har utvecklat den och skrivit den ungefär som en författare skriver en roman. Och detta är ingenting man hymlar om. Stiftsadjunkten säger det alldeles öppet.

Saulus blev alltså Paulus, en filosof, nej, teolog. Religionsförkunnare. Han var ett geni som Leonardo da Vinci eller Immanuel Kant eller Samuel Beckett. Det var ju bra för honom. Men en vanlig människa som aldrig förföljt någon, vad gör hon? Och detta är den andra insikt hon får av kursen: att en vanlig människa kan bli lika skakad som ett geni.

Hon förstår snart att EFTER FRÄLSNINGEN liknar alla andra kurser i höstkvällarnas Sverige. Man kan säkert långa stunder lyssna till det dämpade talet om batik, navigering, föreningskunskap eller bokföring utan att upptäcka var man är, annat än på kurs. Arbetarförfattare. Makramé. Jesus Kristus Guds son. Det är ingen som höjer rösten.

Stämningen ändras något efter två tisdagar. En kvinna med sidokammar i ett grånat och oregerligt hår har med sig hembakad sockerkaka och kaffe i termosar. Hon har släpat med sig alltsammans i kassar, koppar och fat också. Stiftsadjunkten blir generad och säger att det finns ett pentry i lokalen och visst kan de koka kaffe om de vill ha det. Då tar en bokhandelsmedhjälpare, som antagligen gått Föreningskunskap förra terminen, itu med saken. Han organiserar den så att de alla ska turas om att ha med sig bröd. Att det ska vara hembakat är outsagt, men kvinnan med sidokammarna har satt standarden. Den fjärde tisdagen gräddar Inga en tigerkaka i studenthemmets flottiga och svartskoviga ugn. I pausen, som nu är reglerad och tidsbestämd av mannen som arbetar i Fritzes Hovbokhandel på Fredsgatan, står hon och skär upp den och ser att den blivit degig inuti. Då ställer sig stiftsadjunkten tätt intill henne med två skedar i handen, medan de andra pilar fram och tillbaka med koppar och fat. Han säger lågt:

Varför har du kommit hit?

Hon blir så skakad att hon först inte kan svara. Hon inser nu att kursämnet är som ett sugande och strömmande havsvatten och förstår hur hjälplösa de alla skulle vara i det. Därför har de kavat upp på land. Stiftsadjunkten förmår inte föra dem ut i de starka strömmarna. Han kan bara hjälplöst prata på, medan kvinnorna blir kära i honom och männen organiserar kaffet och sig själva. De är nu Den rebelliske, Den allvetande, Den ständigt kritiske och Skämtaren. När de går över golvet, Inga med sockerkaksfatet och stiftsadjunkten Wärn med de två skedarna, säger hon:

Fråga oss allihop.

Han gör det, men inte med de nakna och dämpade ord han sagt till henne vid diskbänken. Han förvandlar dem till kurssvenska.

Nu tänkte jag att vi skulle ta upp frågan om vad ni väntar er av den här kursen.

Det blir alldeles tyst. Till och med Skämtaren tiger.

Jag tänkte att var och en av er kunde berätta för oss andra varför han – eller hon – kommit hit och vad han – eller hon – söker här i bibelstudiegruppen. Jag föreslår att vi berättar i tur och ordning.

Han börjar obarmhärtigt med kvinnan som tagit initiativ till kaffedrickningen. En av hennes kammar börjar glida ur när hon säger att hon nog söker gemenskap, att församlingsgemenskapen inte var som hon tänkt sig, den ger inte riktigt det som hon sökte, för det är så tyst och det ska det ju vara också, hon menar inte *så*. Och sen kyrkkaffet, det blir ju inget riktigt det heller, man önskar sig nåt mer. Sen åker kammen ner på golvet och Inga hjälper henne att leta efter den och då befriar stiftsadjunkt Wärn kvinnan och låter ordet gå till näste man, han som alltid är i opposition. Han säger att det rent ut sagt är mycket i predikningarna som han inte kan gå med på och likaså i bibeln. Han sväljer inte allt säger han och han har egentligen kommit hit för han vill veta om det är meningen att man ska göra det, för i så fall är det nog tack och adjö för hans del. Vad är det egentligen för fel på en privatreligion, en egen övertygelse? Det undrar han, men Wärn avbryter honom där och ger ordet åt honom som vet allt och han börjar mångordigt jämföra EFTER FRÄLSNINGEN med andra bibelkurser han gått. Så fortsätter det, men inte i tur och ordning för Wärn hoppar över Inga. Hon känner sig konstig, men lättad också förstås. Han tar det mycket försiktigt när han kommer till kvinnan som är blyg och har skär spetsjumper. Då säger han att det kanske inte går att redogöra för de skäl man har att ansluta sig till en bibelstudiegrupp. Alla skäl är inte uppenbara ens för en själv. Det djupaste skälet är kanske dolt. På det sättet kommer hon som aldrig sagt nånting och har spetsjumper att framstå som nästan den intressantaste av dem. De andra kvinnorna ser inte glada ut.

Det visar sig sen att han inte tänkt hoppa över Inga, han har sparat henne till sist. Till henne ställer han frågan på samma sätt som ute i kaffeköket. Han säger:

Varför har du kommit hit?

Inga blir blank i huvudet. Hon är ju själv kritisk och undrande och känner sig ensam och hon är skol- och kursutbildad och inte benägen att tro på trollkarlssagor och kan inte se något skäl till att en tro behöver fastställas och diskuteras. Men allt detta har ju redan sagts, mångordigt eller trevande, härsklystet, djupt blodrodnande och med tappade kammar. Men ingenting alls har sagts om det djupa suget. Det som förde dem hit men som också skrämde dem och fick dem att i stället för att ge sig ut i den starka strömmen bli kära i Herman Wärn eller etablera sig som Ledande debattör eller Kaffekokerska.

Hon svarar rätt tyst men tydligt:

Jag kom hit för att jag ville veta vad religion är för nånting.

Hennes svar är det enda han inte kommenterar och när hon förstår att han inte tänker göra det börjar hon skämmas. Hon hör inte ett ljud av vad någon säger under resten av kvällen utan är utlämnad åt det hårda ljuset från lysrören och blänket i bordets perstorpsplatta. Det är ju faktiskt en orimlig fråga. Hur skulle Herman Wärn med sin djupa, liksom brunaktiga röst och med ögonen som har samma färg som en novemberhimmel, med sina knotiga händer, sin svarta kavaj och sina svarta strumpor med grå ränder på, hur skulle han kunna besvara en sån fråga? Den bevisar bara att hon inte hör hit, att hon är orimlig, en sorts definitionshaverist. Den antyder dessutom att hon inte har någon religiös erfarenhet, vilket är fel. Något har hon ju faktiskt upplevt men det är över nu och det var dessutom så länge sen. Nitton månader har gått utan att det kommit igen. Kvar av det är bara oro och plåga.

Hon skyndar sig ut ur rummet när de två kurstimmarna är slut för hon vill inte prata med någon och tänker: Jag går inte dit mer. Aldrig.

Då ropar han på henne med sin bruna Hermanröst:

Inga! Jag har en sak åt dig.

Han sitter kvar vid bordet och håller på att skriva några ord på ett blockpapper. När han är färdig river han av det och viker ihop det innan han ger det till henne. De andra kvinnorna stirrar.

Hon vågar inte titta på lappen. Blodet pulserar från halsen upp i ansiktet. Det liknar feberflammor ser hon i spegeln när hon trycker fast baskern. Förut tyckte hon att de kvinnor som blivit betuttade i honom var löjliga. Men hon inser att om en sån känsla blir besvarad så är den inte löjlig längre. Kanske är det det här som är meningen med alltihop. *Varför har du kommit hit?*

Hon tar inte bussen hem, travar halvblind de långa trottoarerna. På Valhallavägen orkar hon inte gå längre utan ställer sig vid en hållplats. Hon kramar fortfarande lappen i kappfickan.

Hon bestämmer sig för att inte läsa den förrän hon krupit ner i sängen. Den ligger på nattygsbordet när hon tvättar sig och borstar tänderna och när hon tar på sig ett rent nattlinne. Hon tänker på vilka trista och urtvättade nattlinnen hon har och underkläder överhuvudtaget, så ändamålsenliga och slitna av tvättmaskinens cylinder. Hålen i metallen fungerar som hålen i ett rivjärn. Ja, de är trista. Fast rena förstås.

Sen läser hon lappen. Då är klockan kvart i tolv. Där står: *William James: Den religiösa erfarenheten i dess skilda former.*

Om någon hade frågat henne och hon inte hade haft något som helst stöd för minnet, skulle hon ha svarat att hon inte lärde sig mer under kursen. Att hon var dövblind. På ett sätt var det nog rätt, för hon såg inte mer på stiftsadjunkten. Men hon hade anteckningarna från kursen kvar och där syntes det tydligt vad hon lärt sig. Hon blev förvånad över allt hon tagit emot och införlivat med sig.

Nu, så många år senare, tänkte hon på sig själv som den där flickan, hon som var jag, utan midja och med så små fötter att hon måste köpa barnskor, att hon hade uthållighet. Hon hade suttit kvar fast hon känt sig löjlig, hon hade antecknat trots att hennes känsla av särskildhet hade fått en grundstöt.

När kursen var avslutad kom något som hon inte behövde några anteckningar för att minnas. Avgörelse? Ja, det var det nog. Fast utan egen vilja och alldeles utan mod. Det var snarast konvenansen som förde henne dit. Önskan att inte sticka av. Wärn hade när han tackade dem för deras medverkan sagt att han i sin predikan kommande söndag skulle ta upp några av kursens nyckelfrågor. Så om de ville komma och lyssna var de välkomna.

De kommer nästan mangrant till högmässan. Han tar några snabba skär förbi söndagens text och talar sen om ensamhet, tvivel, kritik och rationalism och om en dold kraft i det inre. De känner naturligtvis igen alltsammans, det är mer eller mindre deras egna ord. Men nu är han inte diskuterande och vetenskaplig. Tron öppnar sig för dem, säger han. Kristus öppnar sin famn. Han tar emot allt, också deras oro och tvivel. Ja, han lyckas få ihop det på något vis, men Inga tycker nog att det liknar trollkarlstrick. Han hade inte kunnat utföra dem på kursen, inte i lysrörsljus. Men häruppe vågar han försöket, i predikstolen som liknar en fågelholk där han hohoar sin jublande övertygelse. Han har klättrat upp ovanför dem och fått en annan sorts auktoritet än i studielokalen. Han har fått den av guldet i mässkruden och av albans vithet runt handlederna och av sanden som runnit ner i timglaset och föreställer Ingen Tid. Av den förgyllda duvan ovanför sitt huvud har han fått den, duvan som inte har någonting att göra med de skitande och pickande duvorna ute på Kammakargatan. Men han är inte riktigt så övertygande som han vill vara. Duvan sitter fast med mässingstråd.

Det är nattvardsgudstjänst. Det har Inga inte räknat med. Hon brukar ju sitta stilla då, lyssnande.

O Guds lamm
som borttager världens synder...

Detta lyssnande, lugnet inombords, de ohörbara orden från altaret, mumlandet, det är hennes nattvard. Orgeln som om och om igen spelar *Salig är den stilla stunden* och fortsätter att spela fast ingen längre sjunger. Mumlandet, ljudet av skosulor mot en grov matta, lugnet, det oförpliktigande, det kravlösa lugnet, det har varje gång varit gåvan hon fått och hon har känt en enkel tacksamhet för det.

Kursdeltagarna sitter alla i samma bänk. Nu lyssnar de till instiftelseorden. Sen reser de sig. Hon reser sig också. Det gör hon för att de andra gör det, det är en reflex. Nu ska de gå fram och hon ska släppa förbi dem. Men då förstår hon att hon kommer att bli ensam kvar i bänken. Alla som är där från kursen tänker gå fram. Och hon ska sitta kvar som om hon ville demonstrera nånting. Hon tror att Herman Wärn kommer att erinra sig de ord hon svarat på hans fråga: att hon ville veta vad religion var. De kan ju uppfattas som kyligt utanförstående, som om hon vore en som bara tittade på, när de andra gick fram med sin opposition, ja, med sin fjollighet och sin djupa blygsel. Tre av dem har passerat henne och innan den fjärde har trängt sig förbi går hon själv ut i gången. Hon går sakta som de andra och tittar ner i gångmattan av röd sisal och hon är rädd som en råtta, mest rädd för de andra i kursen, dem som hon borde känna gemenskap med. Hon vill gira ut så långt åt vänster som möjligt men det finns bara en plats kvar när hon kommer fram och den är mitt för altaret och mitt för Wärn, vars ansikte hon noga aktar sig för att se upp mot.

Sen kommer han med sitt mummel, han kommer allt närmare från hennes högra sida och till slut är hon tvungen att snegla, för hon vet inte hur man gör. Stoppar han den i munnen på en eller tar man den själv? Tuggar man? Hon minns inte hur hon gjorde vid konfirmationen, minns ingenting överhuvudtaget. Sen ser hon att man tar den, man lägger den i munnen och sluter läpparna. Inte en rörelse till. Så gör hennes granne som är den där föreningsmänniskan. Sen är Herman Wärns ansikte där och hans händer. Han nästan ler.

Kristi lekamen, för dig utgiven, säger han.

Hon är ensam i världen. Det är stilla. Det är en stilla väntan tills silverkalken kommer. Den lilla klunken sötma, inte en munfull. Och orgeln.

Kristi blod, för dig utgjutet.

Inom världen finns en stillhet och hon är i den.

Sen måste de resa sig, böja huvudet inför altaret och gå tillbaka. Men nu känner hon ingen tveksamhet. Rörelserna gör sig själva. Hon behöver inte tänka på hur det ska gå till. Sen sitter hon i bänken och är stilla.

Då vet hon att hon har fått uppleva det igen. Fast det var annorlunda nu. Det var inte jublande sång och inte ljus som bände ut stenväggarna. Den här gången var det bara stillhet.

Nu, nästan trettio år senare, tänkte hon: Allt blir obevekligen vardag. Allt utom detta.

Hur länge hade det dröjt innan hon tittade på stiftsadjunktens lapp igen? Förr eller senare måste skammen ha lagt sig, för hon hade en anteckningsbok med citat från William James bok Den religiösa erfarenheten i dess skilda former. Numera ägde hon den, hade så småningom hittat den på ett antikvariat. Den hösten hade hon gått till Stadsbiblioteket och beställt boken. Där slog hon upp James och fick veta att han var bror till romanförfattaren Henry James. Hon lånade ett par böcker av honom också. Och sen, för att hon tyckte det var utmanande för tanken att de gjorde så olika saker av sin begåvning och den stimulans de fått när de växte upp, läste hon också Williams biografi över den renhjärtade fadern.

Men framförallt var det Den religiösa erfarenheten. Det var där hon fick veta att den värld hon kommit in i var en gammal värld med dunkelhet och mystik och syner, med skarpsinne och vantro och tvivel, med extas och självplågeri. Det stod inte så mycket om tjänande och om glädje. En sådan livsförståelse hade uppenbarligen författarens sympati, men den fordrade ju inte långa utläggningar. Tillit och skräck var de två kamrarna i hjärtat av denna värld.

Hon lärde sig en sak redan i början av boken: att man inte behövde vara så respektfull inför allt man såg innanför skranket. Om det nu var så att man kände att det fanns ett skrank och att man själv stod utanför. Många som böjde sina huvuden i kyrkan hade något *som man endast av artighet kan kalla för religiositet.* Så skrev William James och det gjorde henne gott. Det fortsatte att göra gott genom hela livet, fast hon som präst inte alltid kunde ålägga sig uppriktighet. Hon var ibland artig mot de självgoda och deras grunda tro. Hon var ingen Kierkegaard. Men första gången hon läste James var hon ung och brinnande upptagen av frågan om äkthet. Hon ville så gärna vara äkta, men vad var det egentligen som bevisade att en religiös upplevelse var äkta och inte en uppdriven inbillning? Hon visste att man kunde driva fram känslor hos sig själv, önska sig upplevelser och tro sig ha haft dem inom så osäkra områden som trons och kärlekens.

Det var av William James hon fick bekräftat det hon anat: att en religiös upplevelse, en frälsning eller en syn eller en annan av alla de egendomligheter människor råkade ut för, var äkta om den förändrade ens sätt att leva. Om man handlade annorlunda efter en sån händelse, då var den genuin.

Där var det inget tvivel. Hon var annorlunda. Hon hade inte blivit godare eller ens bättre, men hennes liv var förändrat. Total håglöshet la sig över henne om hon försökte ta itu med kurslitteraturen. Hon orkade inte längre med studentlivet, varken studierna eller umgänget. Energi fick hon bara när hon läste William James och de böcker som han ledde henne till.

Nu mindes hon inte längre hur länge denna period av intensiv läsning hade varat. Men det dröjde antagligen innan hon kom på att hon var skyldig stiftsadjunkten Wärn ett tack för att han hade skrivit lappen med namnet på William James och hans bok. Hon skrev och fick ett brev tillbaka, där han sa att han var glad att han kunnat hjälpa henne och rekommenderade henne att läsa Nathan Söderbloms Den levande guden. *Käre Henrik* hade hon skrivit och han undertecknade sitt svar *tillgivne Herman.* Det var så förargligt. Det var nästan som en fläkt av den gamla skammen.

Hon tyckte bättre om James än om Söderblom. Trots all sin lärdom om andra religioner och i synnerhet om Indiens religiösa liv, drev ärkebiskopen Kristi sak. Hon tyckte mer om William James respektfulla undran inför något som han med tiden blivit oerhört kunnig om, men som han inte kunde dela. Just nu ville hon inte bli driven framåt. Hon ville veta.

Ja, det var då min vän
en gång för länge sen
en härlig tid
som verkade stå still...

Mamma har radion på. Nu kommer nyheterna. *I morgon föds etthundrasjuttiotretusen nya människor till jorden.* Man talar om ansvar för de fattiga och om solidaritet. Om svält. Linnea vet, precis som alla människor egentligen vet. Det är inte därför hon stänger av radion så bryskt att hon dryper diskvatten på den. Hon gör det för att det sägs i en rapport från kyrkomötet.

Prästerna brer ut sig, säger hon. Dom tror dom har monopol på det goda.

Och där sitter Inga, hennes enda och omsorgsfullt närda, klädda och uppfostrade barn, och tar sats för att berätta att hon har gett upp sina socialpolitiska studier och börjat läsa teologi. Inte konstigt att hon skjuter upp det.

Men när sa hon det egentligen? Det kanske inte hade blivit någon stor uppgörelse. I varje fall mindes hon inte. Att läsa teologi var inte detsamma som att börja studera till präst. Det hade hon säkert sagt åt mamma. Hon kunde bli forskare. Religionshistoriker, religionspsykolog. Lärare så småningom. Sa hon det? Antagligen. Men vad hade hon i så fall sagt när hon var färdig med sin teol.kand. och bestämt sig för att söka in på pastoralinstitutet? I dagboken stod det bara om samtalet med stiftsadjunkten som hon blev kallad till.

När hon ska dit är hon nervösare än inför en muntlig tentamen. Hon tror att stiftsadjunkten tänker ta reda på om hon verkligen vet vad det innebär att bli präst. Men hur? *Confessio Augustana* snurrar i hjärnan. Tänk om det heter *Augustiana*, om hon säger fel och gör bort sig redan från början? *Rättfärdiggörelse genom tron*, det handlar väl om den alltihop? Att förbereda den – nej. *Sakramentala handlingar.* Ovillkorligt måste man vara prästvigd för att *ett: ge absolution, två: förrätta dop*, men det tredje då? Vilken ömklig röra. *Institutum est.* Gudomligt instiftat är det, prästämbetet. Det skulle mamma höra. Resten är omöjligt att minnas. Olaus Petri, tänk om han tar upp honom. *Prästens yppersta ämbete är att lära sin allmoge Guds ord.* Det tycker jag också. Men stiftsadjunkten? Han kommer att fråga mig om Luther. *Prästens mun är allas vår mun.* Fast han vill förstås att jag ska redogöra för hans ämbetssyn och allt det där är som ett moras i hjärnan.

Men det är en kvinna. Stiftsadjunkten har blivit sjuk eller rest bort. I varje fall har han blivit ersatt. Eller kan han ha utnyttjat väjningsrätten? Han kanske inte ens anser att en kvinna kan bli kallad.

Anser du dig kallad?

Ja.

Vill du berätta om hur du blev medveten om att du är det.

Jo, det var mycket starkt. Det var när jag lyssnade till Johannespassionen. Fast så var det förstås inte, det var...

Inga börjar till sin förargelse snubbla på orden. Hon kommer att tänka på en spionfilm hon sett. Ett förhör med en blivande agent. För att se om han passar. Om han har den rätta hänsynslösheten. Eller vadå?

Hur menar du? säger kvinnan i prästklänning. Designad av Margit Sahlin tror Inga.

Försök berätta, säger kvinnan vänligt.

Jo, först hade jag den där upplevelsen, det är så svårt att berätta om den, jag vet inte vad jag ska använda för ord... men jag vet ju att det var som en – ja, frälsningsupplevelse, att det var...

Som. Hon borde inte ha sagt *som.*

Hur var den?

Jag kan inte säga det.

Jag vet att det är ömtåligt. Kanske det privataste du har. Men försök ändå. Vi sitter här för att komma närmare det som du har sett som din kallelse att bli präst.

Hon är faktiskt mycket vänlig. Men hon är på andra sidan. Hon är redan inne.

Jag tror inte det var då, viskar Inga och nu vet hon inte om hon överhuvudtaget vill komma in. In i det där. Men hon morskar upp sig och får ur sig, lite säkrare:

Det var det naturligtvis inte. Men det var den stunden, ja timmarna menar jag förstås, i Engelbrekt som ledde mig in på – jag menar gjorde att jag blev... att jag fick ett liv.

Ett liv?

Ja.

Hurdant liv?

Med Kristus, säger hon mycket tyst.

Hur blev ditt liv då, efter den händelsen?

Annorlunda.

Ljusare? Bättre?

Nej.

Hur blev det då?

Det blev svårare.

Vad gjorde du då, för att komma ur dina svårigheter?

Hon vet vad hon borde svara nu: Jag började be. Men det hade hon ju inte gjort. Så med risk för att hon aldrig kommer att slippa in på pastoralinstitutet svarar hon:

Jag började läsa.

Vad läste du?

Bibeln.

Det var i alla fall sant. Hon behövde ju inte berätta vad hon tänkt i början när hon läste den och att hon gett Pekka rätt i en del fall. Spott och lera på Bartolomei ögonlock. Gadaresiska svin. Och glossolali på pingstdagen. Men hon hade försvarat bröllopet i Kana. Att det ordinära bordsvattnet blev stimulerande vin i Jesu närvaro, det var väl absolut tänkbart. Men fick man tolka det symboliskt om man skulle gå prakten? Det hade hon velat fråga. Men det är inte den blivande agenten som ska fråga byråns chef om hurdan verksamheten egentligen är, om den är acceptabel. Allt det där måste vara klart redan.

Fast jag behövde hjälp, säger hon. Så jag började gå kurser, bibelstudiegrupper och sånt. Och i kyrkan förstås! Och så läste jag själv.

Du är en läsande människa?

Ja. Jag läste religionspsykologi. En del teologi också. Allt möjligt.

Tänkte du aldrig att din kallelse kanske var studier och forskning?

Nej, människor.

Hur menar du?

Jag höll ju på att utbilda mig till socialsekreterare när det hände. Men jag tyckte det var för mycket psykologi. Ibland tyckte jag att man kunde bli så – ja, att man kunde använda den där psykologin till att utöva makt.

Hurdå?

Man kunde manipulera helt enkelt. Så här: Man får en fråga, en som gäller mycket, nånting alldeles avgörande för den som frågar. Man upprepar frågan nästan ordagrant fast med en liten, liten manipulering. Är det så du frågar? säger man. Och så tystnad igen.

Du får nog ge ett exempel om jag ska förstå.

Ja till exempel att en kvinna kommer, hemskt olycklig och säger att hon är rädd för att flytta till lägenheten som socialen anvisat, den ligger så högt upp. Hon är rädd för sjunde våningen. Att hennes barn ska stå där och titta och så ramla ut.

Och du svarade?

Det minns jag inte. Jag minns bara att jag tänkte på tekniken. Då säger man: Du står där med barnet och tittar och utan att du vet hur det har gått till har barnet ramlat ut. Är det det du är rädd för, Lisbeth? Och i den avgrunden, i den hemska tystnaden försöker den där människan hålla sig flytande. Inte gå under av alla självförebråelser, all skuld. Och av skammen. Av allting hon inte orkar. Framför en människa som egentligen bara ska ge henne hjälp, framförallt ekonomisk lagstadgad hjälp.

Du tyckte inte det var rätt teknik?

Nej, jag tycker inte det ska vara nån teknik alls. Människor behöver få pengar när dom inte har dom. Och dom behöver få skulden bortlyftad så att dom blir starka. Modiga också. Och kan ta ansvar. Man måste tycka om dom. Och det sa mina lärare var oprofessionellt. För man kan inte tycka om alla. Men – ja, det var det som blev det avgörande för mig. Det växte fram ur det där jobbet med människor. Att få hjälp att tycka om.

Hur?

Av honom.

Du är blyg för att säga hans namn.

Ja, ibland.

Och kallelsen? Hur såg den ut?

Den kom sakta.

Hur länge sen är det du hade den där upplevelsen i Engelbrektskyrkan?

Sex år.

Den har inte avklingat?

Jodå. Men den finns. Den är annorlunda. Jag ser annorlunda på den.

Hon hade kommit in. Hon var inne. Nu satt hon i sitt vardagsrum och var kyrkoadjunkt med särskilda uppgifter och klockan hade blivit fyra på morgonen. Det sipprade in ett gråaktigt ljus som blekte gloriorna kring gatlyktorna. Hon hade alldeles för högt blodtryck och en indisk amöba förökade sig i hennes tarmar. Under de expressiva utbrotten dolde sig säkert samma gamla colon irritabile som förut. Hon haltade när hon gick.

Efter avgörelsen faller man fritt. Det är inte så märkvärdigt. Alla människor faller kanske fritt.

Myrten ljög för mig. Kan man kalla det annat? När hon blev sjuk andra gången skrev hon sitt testamente. Hon visste att det skulle komma en främmande kvinna till mig och säga: Jag är Myrten Fjellströms dotter.

Likafullt sa hon inget.

Men mitt pratade hon om. Då var hon inte rädd för att riva opp det gamla.

När vi var barn ville hon ha det till att en pastor som hette Edvard Nolin skulle ha varit hennes pappa. Det fanns brev från pastorn i Hillevis lådor. Hon blev finare än jag genom den där pastorn. Då talade jag om för henne att jag var dotter till en lord från det stora riket Aidan.

Myrten begrep nog att Hillevi skulle ha skrattat åt henne om hon frågat om pastor Nolin. Och jag visste att min morbror Anund hade sagt att Aidan var ett sagorike.

Barn kan leva i två världar. Ja, i flera.

*

Sommaren 1980 var orolig. Jag hade drivit igenom att vi skulle reparera huset. Det var för kallt och dragigt. Jag mindes när farbror Trond stod på en trappstege och borrade hål vid taket något av de sista åren han levde. Han försökte få ner sågspån mellan innervägg och yttervägg. Den gamla fyllningen hade klampat ihop sig. Han använde en kaffepanna och hällde spånet ur pipen. Det var ett riktigt petgöra.

Och hur ä dä nu? sa jag åt Myrten. Dä ha vorte alles tomt å fuktit millan väggan, dä ä ja säker på. Vi må inte sitte här och fryys. När vi blir äldre sa jag nog också. Hon förstod säkert att jag ville få henne att tro på att vi skulle sitta här tillsammans under kommande år.

Jag ångrade mig. Det blev bara oro. Myrten fick ingen lugn sommar, för vi kunde inte vara hemma när brädfodringen i väggarna revs opp. Hon for till nån hon kände i Stockholm, en gammal sjuksköterska som hon inte hade träffat på många år. Jag förstod nog att det hade med hennes sjukdom, med dess alltför troliga slut att göra. Nu tror jag det rörde sig om dottern också, om Ingefrid. Testamentet är undertecknat strax efter att hon kom hem från Stockholmsresan.

Jag gick till fjälls när Myrten var borta, följde Klemens opp till kalvmärkningen. Han ville sätta mig på en fyrhjuling vid Munarvattnet, för dit kan man ju komma med bil. Själv åkte han crossmotorcykel opp. Men jag gick. Sextiotre år gammal var jag men benen var det inget fel på. Fast jag får erkänna att det kostade på. Det blev också sista gången jag kom så långt opp.

Vad jag minns bäst från den gången är hur jag sitter vid bäcken som rinner från Hersen ner i Storåa. Jag sitter och ser på en tuva som bildar ett överhäng, så att det kalla och livliga vattnet går in i en dunkel liten grotta under strandbrädden. Tuvan är klädd med svartgrönskiftande kortraggig mossa och bär ett ormbunksstånd på krönet. Det är ljusgrön fjällbräken med bladfjädrarna nyss opprullade ur sina små brunfjälliga gömmen. Några grässtrån bär tuvan också och lite av dvärgbjörkens blanka lövverk ser jag därbakom.

Allt har sin plats. Ingenting kan kallas ogräs eller skräp.

Hela området är mjukt och tilltalande, nersänkt mellan kala fjällhedsbranter och fuktat av bäckens vårliga överloppsvatten. Ormbunksstånd växer i grupper och bildar en slingrande kedja mellan vitsvartkorniga stenar. Här och där är stenarna överväxta med grön, gul och svart lav.

Sånt behöver man inga fotografier för att minnas. Jag satt där i en hel vecka och skötte kaffeelden. Många gånger förut hade jag varit däroppe och jag är glad att jag inte visste att den här gången var den sista. Man blir gammal och benen rår till slut inte med fjällhedarnas sugande oppåt, oppåt. Men stället vid bäcken är kvar inne i mig: vatten, ormbunke, mossa och stenar mönstrade av lavar i klara färger.

Det var den sommarn de spelade bygdespelet på Röbäcks kyrkplats. Annie Raft som var lärarinna här några år hade skrivit ihop det, men alltihop var taget från verkligheten sa hon. Hon hade haft möten med folk under en hel vinter, såna som kunde berätta hur det var förr. Jag tror till och med att de fick kurspengar från Vuxenskolan till sitt kaffebröd.

Jakten vid Torshålet hette spelet. Det stod i tidningen om det. Sören Flack hade ju kommit hit och satt igång turismen som han sa. Den hade väl varit igång redan på den tiden Torshåle byggdes som jaktstuga åt de skotska herrarna, amiralen och hans vän lorden. Nu hade Annie Raft tagit gammalt skvaller och lagt in en kärlekshistoria i pjäsen. Det skulle vara kärlek mellan lorden och en lappstårsa.

Jag blev förstås mycket illa berörd av det där. Jag sa åt Myrten att hon skulle be Annie Raft ta bort den historien. De träffades ju i kyrkokören som Annie ledde. Lärarinnan sa att hon tyckte det var orätt att utelämna samerna. Det var deras historia lika mycket.

Men om vi inte vill, sa jag.

För vad hade vi i deras bygdespel att göra? Myrten förstod nog. Hon mindes det där som jag sagt som barn, att min mamma Ingir Kari hade varit vacker och att jag var dotter åt en skotsk lord från ett rike som hette Aidan. Hon sa att det nog inte var så farligt det som stod i pjäsen. Annie Raft hade sagt att det var en riktigt vacker kärlekshistoria.

Vad kunde hon veta om den?

Nej, det var orätt. Det bekom mig illa.

Det var full fart på Sören Flack. Han skulle sätta bygden på kartan sa han. När han fick höra talas om den där gamla skylten med Örnrovet blev han i gasen. Han fick handlarn att rota i bodarna och till slut hittade han skylten och de satte opp den igen. Men den här gången fick den stå framför Turistbyrån och på anslagstavlan satte han opp en karta som visade vägen opp till Giela med platsen utmärkt. De var oppe och klängde i ravinen också och fyllde i det vita krysset som jyöne Anund en gång hade målat. Ingen frågade mig vad jag tyckte. Turistbyrån ligger mittemot kontajn som vi slänger våra soppåsar i.

Det här kommer turisterna att älska, sa Sören Flack.

Vidare skrev han till lorden i Skottland och bjöd in honom till premiären på bygdespelet. Han bjöd in drottning Elisabeth II också. Det är fritt att skriva. Han visste förstås att hon inte skulle komma, men svar fick han och det kom i tidningen. Nu var det garanterat att det skulle komma folk, sa han. Och så lät han bomben smälla. Det var på byalagets årsmöte:

Lorden kommer!

Det var en fattig lord men genom vår ambassad i London hade Sören Flack fått anvisning på var han kunde söka pengar till hans resa. Flack såg till att Mittnytt fick veta om örnrovet också. Men de kom för att intervjua mig i kalvmärkningen och så långt opp kunde de inte ta sig med sin tunga kamera. Att de skulle komma och fråga mig om lorden från Aidan och om min mamma var gudskelov uteslutet. Annie Raft hade fått höra det där som en gammal historia, en från amiralens tid. Då var min mamma inte ens född.

Berättelserna finns inte i en särskild tid. De händer och händer igen.

Första helgen i augusti spelades Jakten vid Torshålet opp. Då var Myrten hemma igen och hon försökte övertala mig att åka med till Röbäck och titta på spelet. Men jag ville inte. Så det är bara genom Myrten jag vet hur det var. Men jag kan gott föreställa mig alltihop. Det var väl rutiga sjaletter och slokhattar och de sålde varm korv i pausen och kokte kaffe över öppen eld i byalagets största panna. Lotteri hade de också, för jag hade skänkt en duk som jag sytt på den vintern. Och så var det den där lorden. Men han var inte riktigt nykter sa Myrten. Svenska kulturrådet från London var med honom som sällskap och dan innan hade de spetat opp till Torshåle, det vill säga en fyrhjuling fick ta dem till slut. Då var kulturrådet rätt utmattat och hans mockaboots var gyttjiga och lorden var småfull och knottbiten men annars vid gott humör.

Men Myrten sa:

Du borde ha sett honom, Risten. Det borde du. För nu kan ingen säga annat än som det är.

Ja, så är det. Ingen torde i dag kunna förneka att jag är dotter till en skotsk lord. Hans son som är pär i överhuset och jag som har haft pensionatet i Svartvattnet är alldeles lika varandra. Vi har varit rödhåriga och det syns än i det gråa och vi har samma sorts blåa runda ögon och stora fötter.

När jag hörde detta vart jag förstås lite ånger. Jag borde ha vågat mig dit och sett det själv. Det kunde ju vara så att Myrten överdrev likheten för att vara snäll mot mig. Jag märkte hennes omtanke i allt denna sommar. Hur hon som varit tveksam om reparationerna till slut drev på snickarna. Hon ville inte att huset skulle vara kallt åt mig i kommande vintrar. Det var när hon hade kommit hem från Stockholm och från Östersund och testamentet var skrivet. Där stod ju att jag skulle ärva hennes del i pensionatet och få bo kvar i huset. Men det visste jag ju ingenting om då.

När hon såg att jag var ledsen för att jag aldrig fått se lorden sa hon:

Vi åker dit!

Det var som om hon blommade denna sista sommar. Hennes omtanke blommade men också hennes skönhet. Hon såg förstås ut så gammal som hon var, femtionio år. Men hon var stram i ansiktet utan att ännu ha blivit utmärglad. Ögonen var blåare än nånsin. Hon var blek men det var inte missklädsamt. Nu tog hon starka mediciner och jag begrep inte att en del av dem var smärtstillande. Håret hade börjat växa igen efter cellgiftsbehandlingarna. En gång under vår resa tog hon av sidensjaletten som hon alltid bar och lät mig stryka över håret. Det var som ett alldeles nytt hår, inte alls likt det kraftiga som hon hade haft förut. Mjukt och lite ulligt gled det under handflatan.

Jag kommer i alla fall inte att dö skallig, sa hon och skrattade lite.

Det var enda gången hon hänsyftade på vad som skulle komma att hända. Den kvällen grät jag mycket. Jag gick ut för mig själv, det var på en kyrkogård i en by som hette Grassmere.

Vi gjorde en riktig turistresa i Myrtens bil. Först åkte vi båt till Newcastle upon Tyne. Jag mindes namnet från min skolbok. Vi såg allt som man skulle se tror jag och Myrten bad en annan turist fotografera oss vid Hadrianus mur. Sen for vi in i Skottland och krokade på grusvägar över hedar med ormbunkar och stora fårflockar. Till slut kom vi fram till stället där lorden bodde. Det hette inte alls Aidan. Min morbror hade nog missuppfattat namnet. Eller också ville han att det skulle heta så.

Det var ju alldeles uteslutet att vi skulle ringa på eller vad man gör om man vill träffa en lord. Men huset visades för allmänheten. Drottning Mary av Skottland hade övernattat där en gång. Lordfamiljen bodde bara i en liten del av byggnaden. Så vi traskade runt och tittade på porträtt och rustningar och vi fick till och med se en salong med privata fotografier av hundar och prinsessan Margaret. Där var det en teve också och folk i visningsgruppen stod och tittade på den som på en uppenbarelse. Den var förstås avstängd. Men i alla fall. Nog var det tänkvärt att de satt där i sofforna och såg teve på kvällarna. Det tyckte jag med.

Vi såg inte till nån laird. Myrten sa att Skottland inte hade några lorder. Det hette laird på skotska. Men vi gav inte opp. Jag var nog benägen att göra det, men Myrten gav sig inte. Vi bodde i tre nätter på värdshuset och åt grillad kyckling, som serverades i en korg tillsammans med pommes frites. Man blev ganska trött på det. Men rödvinet gjorde Myrten gott och jag tror hon sov om nätterna. Det gjorde inte jag, inte mycket i alla fall. För vid det här laget hade jag förstått att hon tog smärtstillande tabletter och att de inte hjälpte henne mycket. Det var ryggen som var ond. Vi låtsades att det var ett ryggskott och att hon fått det genom att sitta så mycket i bilen. Men vi visste ju att cancern hade spritt sig till skelettet.

På eftermiddan den fjärde dan var det ett fint regndis i luften. Gräsmattan nedanför slottsterrassen var grön så att den lyste. När vi stod där öppnades en av de höga glasdörrarna och ett sällskap kom ut på trappan. De hade tre små hundar med sig som skuttade före dem ut på gräsmattan. Rasen hette King Charles spaniel sa Myrten sen. Sällskapet stannade alldeles nedanför terrassen, men de var inte längre bort än att vi kunde höra vad de sa. De talade franska sa Myrten. Då vände sig en liten karl om för att vissla på en av hundarna som sprungit iväg en bit. Myrten nöp till om min arm.

Det är han, väste hon. Din halvbror.

Men han talar ju franska, sa jag.

Han har franska gäster, det hörs på det där paret att dom är infödda fransmän.

Nu kom den lilla hunden som rymt fram till oss. Myrten satte sig kvickt ner och tog tag i hans halsband. Men hon dolde sitt grepp genom att vrida kroppen och så jollrade hon med hunden. På franska!

Hon sa att han var gentil vilket betyder snäll och att han var sage vilket betyder klok. Allt detta skrev hon opp på matsedeln sen när vi kom tillbaka till värdshuset, alldeles utmattade. *Comme tu es gentil!*

Det var en påfrestning att ha lairden så nära. Han var mycket vänlig och fortsatte med sin franska, som Myrten sa var rätt dålig. Det var förstås för att han hört henne jollra med hunden. Hon hade släppt sitt grepp. Sen talade de om King Charleshundar, att de fanns på en berömd tavla och lairden sa att de fanns på många tavlor, de var så älskade. Men Myrten sa att hon tänkte på en som hette Landseer som hade målat en tavla med just två såna här små hundar och en hatt.

Det var ju rätt larvigt alltihop. Vi sa inget om Thur's Hall som Torshåle egentligen hette och inget om nåt bygdespel. Vi skulle ju bara se på honom. Det gjorde vi, en lång stund. Och det var ingen tvekan. Han och jag var lika som två bär.

Myrten blev hela tiden sämre. När vi kom hem var det dags för jubileumskliniken igen. Hon fick sjuktransport till Östersund och flyget och jag följde med. I Umeå bodde jag två nätter på patienthotellet. Sen förstod jag att det kunde bli långvarigt. Då hyrde jag ett rum på stan. Det var egentligen avsett för studenter och toaletten var smutsig. Hur jag än gned fick jag inte bort den bruna beläggningen. Mattorna var genomdammiga, gardinerna hängde i smutsiga sjok. Men det gjorde ju inget. Till slut sov jag inte ens där. Jag var hos Myrten.

Måste du inte hem? sa hon. Hur ska det gå med tackorna?

Dom sköter Bojan, sa jag. Det gjorde hon när jag var till fjälls också.
Klarar hon det? sa Myrten.
Jag höll hennes hand och jag kände att hon var glad för att jag inte åkte hem.

Hur mår du?

Ä fasen...

Mer blev det inte. Men hon försökte le. Moster Lizzie låg i en stor säng på Danderyds sjukhus. Hon fick syrgas. Inga gick bort till sänggaveln och försökte fånga den vinkel ur vilken Lizzie såg världen nu. Den släta vitgula väggen, fönstret med en orolig grå himmel och en jämngrå fasad med fönster som såg blinda ut eftersom de inte speglade någonting. Hon ställde vasen med tulpanerna på fönsterbrädan och hoppades att Lizzie skulle vrida på huvudet ibland.

Hon var så mager. Förr hade det hört ihop med hennes livlighet, kanske varit en förutsättning för den. Hon far som ett torrt skinn, brukade Linnea säga om sin syster. Själv hade Linnea blivit tung och fått dåligt hjärta.

En gång hade också moster Lizzie brutit sig ut från bruket och pingstkyrkan och rest till Stockholm. Med två zäta och ett e hade hon gjort slut på Lissi. Linnea hade sagt åt henne att hon aldrig skulle klara sig i stan, hon som var ensam och bara sexton år. Linnea hade i alla fall Kalle och sitt jobb.

På den tiden var Linnea biografkassörska. Lizzie tyckte att biografen var en himmel och hennes syster var Garbo, mest på grund av ulstern som var köpt på avbetalning. Men Linnea ville att hon skulle åka tillbaka. Genom systern sipprade Fattigsverige och bönhus in i deras liv. Allt som skulle vara glömt.

Lizzie var sjuttiofem år nu och hade lungemfysem. De hade firat hennes födelsedag i dagrummet. Det var på senhösten och då hade hon fortfarande orkat gå uppe lite. Inga hade dragit vagnen med syrgasaggregatet efter henne. När Lizzie pensionerades hade hon arbetat som städerska på LM i Kransen i över tjugo år. Hon var inte alldeles ensam fast hon inte hade varit gift. Hon hade en pojke och han hade också kommit på hennes sjuttiofemårsdag.

Han är narkoman, sa hon.

Hon fick det att låta dramatiskt, som ur Garbos trettiotal. Sture var alkoholiserad och tog tabletter när han försökte vara vit. Han hade också kommit med blommor, en röd azalea.

Hur mår du morsan? sa han.

Har du kvar ditt arbete? frågade hon.

Visst. Det är klart.

Hur kan du komma hit mittpå vardan då?

Jag är sjukskriven. Det är ryggen, det vet du ju morsan.

När han gått började hon berätta om sin och Linneas barndom. Det hade hon egentligen aldrig gjort förr, inte sammanhängande. Nu berättade hon om stängheten, om fattigdomen och om bönhuset med de underliga extaserna. Om farsan i brukets smedja. Om att göra rätt för sig.

Konstigt nog fnissade hon när hon talade om sina föräldrar. Hon hade redan när hon bodde kvar hemma smygrökt och haft karlar (enligt Linnea). Hon tog inte bruks- och bönhuslivet på allvar. Men det hade Linnea gjort. Hon hade transformerat det till den strängaste ateism och till en arbetsamhet, renlighet och pliktuppfyllelse som hon trodde att hon själv hade uppfunnit.

Lizzie hade haft kul. Ännu på sin sjuttiofemårsdag kraxade hon cigarretthest och sa roligheter om det förgångna. Håret hade hon färgat rött så länge Inga mindes det, men under sjukhustiden började det gråbruna bryta fram under permanentkrullorna. Hon kallade sig själv för man.

Man har i alla fall haft kul, sa hon. Fast nu får man syrgas. Ta inte på dig den där skjortan med prästkragen när du går hit. Dom kan tro att man har blitt religiös på gamla dar.

Gapskratt.

Lizzie är formidabel sa avdelningsläkaren. Hon var terminalvårdens älskling. Det var bara när sonen kom på besök som hon blev ängslig. Hon var rädd att han inte skulle klara sig utan henne.

En grå och regnig eftermiddag sent i oktober hade hon berättat om

Linnea, om den unga sammanbitna flickan i brukssamhället.

Jag tror han var ingenjör, sa hon. Och Linnea var ju så snygg. Mörk. Inte som jag.

Ögonen fick kisrynkor som markerade det skratt hon inte riktigt orkade med att ge ljud åt.

Han gav henne hundrafemti kroner. Och hon stack.

Varför det?

Varför det! Vad skulle hon göra tycker du? Hon hade inget val precis. Hemma på bruket kunde det inte ordnas.

Ordnas?

Hördu, är du så helig så du inte har en aning om nånting? Den där ingenjörn var förlovad, så det var väl det enda hon kunde göra. Men han brydde sig om henne serdu. För han kom till mig efteråt och fråga hur det hade gått.

Hur gick det då?

Hur det gick! Åt helsicke förstås. Jag menar hon fick ju bort det. Men sen kunde hon inte få barn. Det var därför dom blev tvungna och adoptera.

Nu hade berättelsen tagit ett språng på tretton år. Från Linneas nitton år till hennes trettiotvå. Det var en historia som mest bestod av underförståddheter och svalda påståenden. Den slutade med att Lizzie sa:

Man var ju inte lika snygg. Och inte så klyftig heller. Men man hade nog mera kul i alla fall. Än henne.

Nu orkade hon inte säga såna saker mer. Inga undrade om hon tänkte dem. Hon höll hennes hand som kändes som en liten tass. Från sängen och från hennes kropp steg lukten av starka tvättmedel från sjukhustvätten upp. Hade hon vant sig vid dem eller kunde hon fortfarande längta hem till sin egen lukt? Om döden trodde Lizzie inte annat än att när det är slut så är det slut. Så hade hon sagt för länge sen. Med sin lilla utmagrade kropp och de obrukbara lungorna som ännu försökte få luft omfattade hon detta öde och var inte rädd. Inga kunde inte se någon skräck i hennes ögon. Hon brukade kunna avläsa den, hon hade sett många av dess varianter. Lizzie hade hittills inte talat om att hon snart skulle dö. Men nu sa hon:

Hör om Sture ibland.

Det är klart jag gör.

Lovar du mig det?

Ja, Lizzie. Det lovar jag.

Hon sov en stund. Inga la båda händerna om den lilla tassen och kände dess värme. De fick inte vara ifred länge. En vagn slamrade in med näringsdropp som skulle monteras. Det var två kvinnor och deras röster var glada. Kanske var de kvar i föreställningen att Lizzie skulle orka svara upp till allt beröm hon fått. När de gått trevade hon efter Ingas hand igen.

Du får gärna begrava mig, sa hon. Det gör mig inget.

Hon såg skrattrynkorna som strålar i ögonvrårna, en sekund inte mer.

Den sista natten frågade hon:

Hur kan du vara här så mycket?

För att jag vill det.

Jobbet då?

Jag är också sjukskriven.

Hon såg att Lizzie ville fråga vad som fattades henne men att hon inte orkade.

I gryningen gick Sture och hon därifrån. Han grät när de gick den långa gången ner till tunnelbanestationen.

Du är inte ensam, Sture. Vi är ju kusiner du och jag. Vi hör ihop.

När han steg av för att byta tåg vid T-centralen kände hon sig själv övergiven.

Det finns ingenting som styrker att det förflutna skulle ha något med nuet och framtiden att göra. Möjligen är det stängt och låst som ett skåp. Sköra trådar letar sig ut genom springorna och försöker ta sig in i tiden igen. Men de torkar lätt ut och förtvinar.

Ibland satt Elis och funderade på de glastekniker som fanns i hans huvud och som funnits i händerna på skickliga karlar vid bruket. Det finns mycket som bara är sparat i människohjärnor och som plånas ut med dem, om ingen bryr sig om att ta reda på det. Vi tror att vi har förbindelse med det som varit, men det förflutna är hopfogat av de spillror som förmår att intressera de levande.

De unga bläddrar förbi dödsannonserna i tidningen. Det hade Elis också gjort. Men till slut hade den tid kommit då han inte gjorde det längre. De döda var många och fast han bara ögnade över dessa bleka fält, hittade han alltför ofta människor han känt.

En morgon i maj 1981 hade han suttit och läst Svenska Dagbladet. Då bodde han ännu i villan vid glasbruket. Han fick syn på namnet Aagot Fagerli. Dödsannonsen var undertecknad med ett enda namn: Kristin. Det var över trettio år sen han var i Svartvattnet och såg den mörka kraftfulla Aagot, men han mindes hennes omständigheter och undrade vem denna vän eller släkting kunde vara. Vår kära stod det. Det var som om det dolde sig fler bakom det enda levande namnet.

Myrten Halvarsson.

Död förstås.

Annars skulle hon ha stått där. Aagot Fagerli var hennes faster. Han tog blyertsen som han tänkt använda till korsordet och skrev en uträkning i tidningssidans marginal. Det fick bli på ett ungefär. Han räknade om det, för han hade svårt att tro på vad han såg: om hon levt nu hade hon varit sextio eller sextioett. Men så gammal blev hon alltså inte.

Då fick han den där oron igen. Han hade den sen Eldbjörg dog för elva år sen. Att han levde över. Att han gjorde det orättfärdigt.

Och vem var den där Kristin? Om en enda människa med ett okänt namn satte in dödsannons för Aagot Fagerli måste de alla vara döda däroppe i handlarfamiljen.

Han hade lämnat något hos Aagot, som han aldrig hade kunnat komma åt. Ungdomsverket. De stupade förhoppningarnas gouache vars refus sänt honom till Tyskland. Vid krigsslutet hade han hämtat sitt förkastade tävlingsbidrag. Det hade blivit kvar hos Aagot när han gav sig av från Svartvattnet. Han hade ju flytt och inte vågat hämta någonting inne i byn. Han undrade hur målningen såg ut. Hade den varit värd all förtvivlan han känt när han gav sig av från Kristiania som mässuppassare på en Tysklandsbåt?

Flickan och hästarna.

Serine.

Det fanns gamla dukar på villans övervåning. Han hade sällan gått dit medan Eldbjörg levde. Men nu hände det att han var däroppe och vände på dem. Han kunde se lidelsefritt på dem nu och förvånade sig över hur ojämn han varit som målare. Men det fanns bitar från Kristianiatiden som inte bara var skickliga utan hade något mer i sig. Han tänkte: Jag visste ingenting, kunde knappt nånting heller. Och ändå. Det är underligt. Tänk om det där finns i mig. Om det finns kvar.

Han började fundera på hurdan den var, målningen med Serine och hästarna. Skissen till utsmyckning av Østansjø skole.

Förr eller senare får man höra det: Du är gammal nu. Du kommer inte mer att göra någonting som intresserar oss.

Ingen hade sagt det till Elis. Han var högt värderad. Men under de sista tio åren i Småland hade hans ingivelse blivit tunnare. Ingen sa det åt honom. Det kom inifrån, det grinade illa och det viskade: Du kommer inte att göra nånting mera, Elis. Här går Elias Elv omkring och är högt värderad. Men dig är det slut med.

Serine och hästarna. Han fick för sig att han hellre än något ville se den. Det kunde inte vara farligt nu.

Den gamla försiktigheten fick honom att först ta reda på om alla som känt honom verkligen var borta. Han gjorde det genom folkbokföringen. Men sen reste han. För säkerhets skull kom han från den norska sidan, med ett av Widerøes små flygplan från Trondheim till Namsos och landade under den stupbranta bergväggen. Han tackade för kakorna som smakat hembakt och vinkade åt dem som reste vidare och tänkte: Ja, här angår man fortfarande varann.

Hyrbilen väntade och han reste från Namsens blåsiga delta in i skogen, opp i fjället. Men först såg han Fjellkrufossen där han en gång suttit hopkrupen under en gran och hört en pastor ropa efter rymmaren.

Han erfor att det förflutna kan vara starkt i gamla människor. Det ville riva honom med sig i forsvirvlarna. Svart var det och vitt som tänderna i ett rävkranium. Forsen kokade och ville ta honom och allt som hade hänt honom och göra ingenting av det.

Som han stod där och nästan lutade sig över vattnet kom en vers opp i honom.

Jeg øjner i Natten det blændende
Syn af et hvidkledt Barn
Med voksbleke Kinder
Som drager, som minder,
Som gør at min Pande bli'r brændende
Gør at mit Hjerte bli'r Is.

Han vill spy. Och han rusar ut i korridoren. Då kommer en sykeplejerske och tar honom i armen och de går in i stuen med peisen och de levande ljusen igen och han spyr inte men blir is. Han vet inte hur han minns det, men alla är visst arga eller skäms de? Flickan som läste dikten får bannor. Får hon inte? Man ska inte läsa om döden och inte om döda barn i sanatoriets samlingssal. Hon gråter nog. Vad minns man? Det är så länge sen. Hon skulle ha läst nåt annat, men hon tyckte den var så vacker sa hon. Och det är ju Ellen! Doktor Odd Arnesens dotter. I henne har inte döden inrättat sig ännu och inga barnlik får henne att vilja spy. Det finns bara välvilja och svärmerier under den runda pannan med två finnar. Vad i herrans namn hette de? Inte karbunkler i alla fall. Hon har långa flätor, men snart får hon sätta opp håret. Hon gråter och skäms.

Men det är något underligt i detta. Vid Fjellkrufossen hade det inte hänt ännu. Fattiggutten hostade men hade ännu inte kommit till sanatoriet. Hur i helvete kunde han minnas dikten här? Rad för rad.

Han prövade den igen och den fanns i honom och han förstod att han måste ha läst den långt senare. Han måste ha sökt den på bibliotek och funnit den igen. Hur skulle han annars ha vetat att den var av Holger Drachmann? Hade han en gång av fri vilja velat släppa in döden och vansinnet i sitt liv?

Här vid Fjellkrufossen hände det av sig självt. Han borde alltså vända men gjorde det inte. Vill du verkligen till det *som drager, som minder,* tänkte han, är det det du vill? Vill du trampa igenom när du springer på ytspänningen på det som kallas för nu. Vill du bränna dig en gång för alla hellre än att bli is?

Sjuttionio år gammal var han när han reste vidare till Svartvattnet. Han hade talat med en som hade ett betryggande okänt namn och var boutredningsman efter Aagot Fagerli. Han bodde i Byvången men hade gått igenom dödsboet och sa att visst fanns det tavlor efter Aagot.

Män dä hänn sku va n'stor n'tavle då? Å förställa hästan? Å e stårs.

Den er det.

Ja, dä beror ju på då. Om stärbhuse vill sälja.

Nu blev du slug, tänkte Elis. Du har förstås provision. Han sa att han ville se tavlan först. Om det var nåt att köpa. Konstnären hade aldrig gjort lycka som målare.

Han fick namnet på den som hade nyckel till Aagots hus. Det var den där okända Kristin igen. Klementsen hette hon. Hon var fosterdotter åt handlarn sa boutredaren. Och gift i Norge med en lapp. Och så hade hon haft pensionatet i Svartvattnet. Som änka.

Han tänkte när han körde in i byn på de nätta biografier som de levererade utan anmodan. Angick man fortfarande varandra här? Det gjorde man förr, på gott och ont. Om folk inte själva ville berätta vad som hade hänt dem, så hörde man det så småningom i alla fall.

Där var avtaget ner till Tangen. Det stod en sopcontainer vid vägkanten. Och en turistbyrå enligt skylten. Men det var gamla posten som legat precis där ån föll ut. Samma hus var det. Här gick man ner till Lubben ut i – vad? Friheten, grinade gubben så att tänderna syntes. Fast utan ord. För själva meningen med hans liv var att ord var onödiga. Vi berömde oss i alla fall av att leva utanför byskvallret. Vi kände inga beroenden. Aldrig ett handtag från nån annan än familjen, samma hur eländet hårdnade. Med lapparna var det väl samma sak egentligen. Man var sin egen fast det var hårt. Så länge man inte skaffa getter eller tog emot fattigvård, sa Anund Larsson en gång. Men hans farsa gjorde visst bäggedera. Köttmickel. Han var svår på att stjäla också. Anund var död. Det hade han tagit reda på. Han hade gärna träffat honom, men det hade förstås varit oklokt.

Utanför bykvalmet andades man fritt. Fast tuberklerna arbetade i den fria lungan som i den fångna. Vi hörde ihop på nåt underligt vis.

Tavlan stod på Aagot Fagerlis vind. Ditopp var trappan brant, liknade mest en fast stege. Han klättrade opp med den lilla människan Kristin Klementsen framför sig. Hon sa att det inte var nån riktig tavla för den hade ingen ram och var inte ens målad med oljefärg. Hon var inte lika slug som boutredningsmannen. Sen vände hon på den stora pappskivan.

Det finns sådant som tycks ha hamnat utanför tiden. Till och med ting. Papp och bundet färgpigment, damm på baksidan, en viss blekhet. Så tiden hade väl angått den. Men mycket lite.

När han såg den visste han att han kunde ha blivit målare. Men han for till Tyskland. Det hände saker och ting. Han lät dem hända.

Här var Serine och hästarna. Det var liv.

Önskar vi oss något annat än liv? Hur ont det än gör.

Den eftermiddagen drack han för första gången kaffe vid Kristin Klementsens köksbord. Han tänkte på att han var inne hos handlarns och han var noga med att bara tala norska. Han ringde boutredaren och sa att han bjöd femtusen för tavlan. Han kunde praktiskt taget höra mannen i Byvången tänka.

Je må suspendér saka, sa han till slut. Dä ä brydsamt.

Jojomän. Om nån bjöd femtusen för en pappskiva var det lurt. Så Elis fick vänta på pensionatet medan boutredningsmannen gick i underhandling med arvingarna som alla fanns på den norska sidan, utkastade som springkorn av krig och kommunikationer. Särskilt besvärligt var det att en av dem, han hette Abel, var död och hade lämnat efter sig nio barn som alla skulle höras. Det kringspridda stärbhuset hade stora förväntningar på arvet.

När saken drog ut på tiden blev han kvar. Han hyrde en stuga av en som hette Reine. Till slut var det förstås klart med tavlan och han betalade femtusensexhundrafemtio kronor för sitt eget förut aldrig försålda verk. Då upptäckte han att han inte hade nån större lust att återvända till Småland och glasbruket och till sin tillvaro som högt ansedd fördetting.

Här fanns något som nästan fick honom att känna sig ung igen: han talade norska och ingen visste vem han var. Han hade inte anat att det kunde vara så djupt livgivande. Men det var något annat också. Inte mörkret. Det är ingenting. Det kommer ingenting ur det.

Ljuset var det. Ljuset som var kvar här, fast allt hade sjunkit ner och blivit skugga.

*

En lada kryper fram. Dimman släpper ifrån sig ladan sakta. En stor sten rullar opp. Lägger sig där den alltid legat. Dimman börjar andas ljus.

Det regnar varje dag, det är ett regn långt bort i tiden. Vätan dryper från kosidorna. De flyttar klövarna i upplöstheten. Nu skvalar en björk över vassa koryggar. Vindstöten förlöser vatten. I koögona är det ljus.

Flickorna har smala ben. De har jackor av stampad vadmal, det är stelt, tjockt och grått. En är fotknölslång, som en kappa. Den är ärvd. De går över bron. Gamla bron av trä. Bara en av dem tittar ner i vattnet.

Kvinnorna har bördor på ryggen. De kommer från sjön. De har sköljt tvättkläder i klart vatten. Sjön ångar ljus bakom dem. Granskogen stänger sig. Det finns inte ett rop därinne.

Grisen blöder på första snön. Gällbruas gråa trä har fått stänk. Skrapjärnet har kallt ljus i sig från vinterhimlen. Ångan står och vaggar i oroliga moln över järngrytan. Galtens öga stirrar, så blekt blått att det nästan är vitt. Det är rostfläckar i skopan. I snön är det blod, dynga, piss och halmstrån.

Det är en rävfälla av färskt virke. Står i höga gräset. Ett par ögon får egg av ljuset. Skär två skåror.

Liket ligger på ett sofflock. Fötterna är gula. Skäggstubben skuggar kindhålorna. Flickan med rutig klänning, knapprad i ryggen, har lagt dit blommorna: ängsklocka, brunkulla, skogskovall. Petat ned dem mellan trästela fingrar.

*

Han tyckte att han fick börja om från början. Praktiskt taget ingenting trodde han sig komma ihåg av hur man gör med oljan. Men minnet fanns i händerna och fingrarna och palettkniven. När han rörde dem väcktes det. Tungan stack ut i vänster mungipa. Han såg det när han gick förbi spegelbiten på väggen. Det hade den aldrig gjort när han arbetade med glas.

Pinnstolen han sjönk ner på blev snart fläckig och sen skovig av oljefärg. Han kunde inte sitta på den längre utan drog bara av palettkniven mot sitsen. Efteråt höll den skalan; bildens råskugga av färg fanns i den lätt kupade, den arselvänliga sitsen.

Han satt på en låda i stället, en urgammal en. Stirrade på den och tänkte fram en karl som bar lådor från en flakvagn in i affärn. Hette han Halvdan?

Omkring honom var det som var avsett att bli sopor. Papperstallrikar. Kesoburkar. Han använde tallrikarna till paletter och tvättade penslar i burkarna.

Han hade köpt sig ett hus, ett stort ett. Han borde minnas vilka som bott häroppe i backen en gång i tiden, men han kunde det inte. Vågade inte fråga heller för han var rädd att avslöja alltför stor kunskap om byns förflutna. Förresten gjorde det fan detsamma. Han hade annat att tänka på.

Det var en parstuga från början och ena halvan använde han till ateljé. Det var sommar och han behövde ingen värme. Men han lejde folk att isolera den andra halvan och reparera skorstensmuren som hade sprickor. Om detta tillstånd skulle vara över hösten och vintern behövde han värme.

Han hade varit rädd att det skulle ta slut när han skickade efter färg och duk och material till spännramar. Eller när snickarna började bulta i parstugans andra hälft och köra borrmaskiner och sågar. Men tillståndet som nu var utan hektik rubbades inte. Han arbetade utan att röra sig i det landskap vars sjunkna skugga han gjorde bilder av. Det verkliga landskapet hade bjärt målade hus och buskskog på allt som varit åker. Lägdorna var till nöds slagna. Han gick inte längre än ner till affärn och till Kristin Klementsens stuga.

Hon var lapp och fosterdotter men gift in i en lappsläkt igen. Hennes morbror var Anund Larsson, som Elis varit skolkamrat med men känt först efter kriget. Han hade visst också gjort sina utflykter i det svenska, men från början slet han med renarna. För vad gubben och farsan än sa, så var nog råslitet detsamma för dom som för oss. Kylan och värken och sömnbristen var nog lika.

Han mindes ett möte med dem, högt oppe i stenig mark. Det var på norska sidan, det fanns en fjällsjö där. Den var bråddjup med stenskravliga stränder. Han var en stryker och rymmare då och försökte dra sitt uppehälle ur sjön med några trasiga nät som han hittat i en bod.

De träffade på honom och gav honom kaffe och torkat kött. Kaffedrycken var gjord på björkticka. Den rann het ur pannan och värmde honom invärtes som bara det oväntade kan göra.

Vad hade de med honom? Farsan sa att lappjävlarna var lata. Att de stal renar för varann och att de stal näten ur sjön när de kom förbi på sina rajder. Och här satt han och näten som han inte visste vems de var låg i båten, fullt synliga, och de bjöd honom nåt som de kallade gáffi. För de kunde inte säga kaffe, de talade precis som när farsan och bröderna härmade dem. Men nu tyckte han att mumlet liknade orrprat i en myrkant, orden hade inga vassa kanter.

En av dem tog ton om kvällen. Det var en gubbe, hans ansikte var bakom röken som var tjock och vit och kom i pustar. För vad kunde de elda häroppe annat än kråkbärsriset? Så högt opp växte inte ens björk. Gubbens ansikte var brunt och veckigt som gammalt läder och tonen han höll och lät rösten darra kring var varken en sorgton från kapellet eller ett brännvinstjoande. Den var egen.

Ja, de hade sitt eget och de hade andra berättelser än den som gubben berättade hemma i Lubben. Hans handlade bara om hur han hävdade marken, körde lass efter lass av sten och kom i skuld till Kronan för sitt slit. Inte hördes den ofta heller. Det var tigandet som rådde, tungt som en fällbila.

Då sjöng mamma.

En gång.

Händerna vilar i diskvattnet. Hon tror sig ensam och ser rakt in i väggen. Som om det vore ett fönster där och som om det skulle gå att se nånting annat än fähuset och myren genom det.

Och när som Elia i ilande fart
jag lämnar den ödsliga strand,
all smärta försvinner och allting blir klart

Mer minns han inte. Där är det som avklippt.

Han hade velat tala med Kristin, som sa att hennes riktiga namn var Risten, och berätta för henne allt som kom opp, precis som hon gjorde för honom. Men han kunde ju inte utan att avslöja sig. Och ibland hade han för sig att det var bra. Han ville inte prata bort bilderna.

Vi levde med djuren vi också, hade han velat säga till henne. Dyngan brann stilla. Den föll ihop till brun värme. Den återsamlades från trägolvet där kon skitit platt och blött. Skoveln tog gåvan, skrapade ner den mot dyngluckan och sköt på den, så att den föll ner att samlas, brinna och multna. Vår förmögenhet.

Det som grodde hos oss, svällde i fukt och i omvandlad dynga. Det förväntade vi oss. Innerst inne visste vi nog vad det rörde sig om, för det var mamma som sådde. Vi tyckte inte ens det var underligt. Annars hade hon inget på åkern att göra förrän kärvarna skulle bindas ihop. Hon gick där och sådde för att hon var kvinna. Allt annat högg gubben in på med sina misshandlarnävar och vi andra karlar och karlämnen. Men inte sådden.

Hon sådde ur tro. Vi hade alla tillit till återkomstens underverk.

Det osade av vår tro. Det hade väl varit nåt att flina åt om man kommit till ställen som befriat sig från fähuslukten. Men vi hade ingen tanke på befrielse. Vi visste vad liv var. Värmen steg ur blodångan en järnkall slaktmorgon. Mamma vispade blodet när grisen pumpade livet ur sig genom sticksåret. Det fick inte bli bemängt med levrar. Så tog vi ur, så skållade vi. Skopa efter skopa ur järngrytan. Sist angrep vi det poriga och uppångade skinnet med järnskrapan. Barna hade locket av varsin ansjovisburk och skrapade vita styva borst. Nasse omvandlad. Efter att ha glupat och sörplat i flera månader blev han hanterad till mat. Öronen avskurna. Tarmen rensad. Det viktigaste var att testiklarna blev bortskurna. Annars sprätte fläsket och luktade ont i stekpannan. Det var väl det enda mamma nånsin vågade sig på att säga kritiskt om manlighet. Annars var lukter inget som nämndes. Nog kände man i näsan om mjölken var gällen, men den skulle i alla fall drickas så det var inget att spilla ord på.

Efter något som inte var så långt ifrån ett århundrade fanns lukterna kvar. De satt i en inre näsa och inga kringspillda ord hade förskingrat dem. Lukter var bortom gott och illa. De var känning. Som ur en stövel: självlukten, den obestridligt egna.

Mamma satt med pannan mot kosidan och drog. I bästa fall blev den smala strålen ur spenarna till en hinkbotten full. Mer liv kunde man inte dra ur en ko med vassa höftben och slakande sidor. Han önskade mamma en fet bondkossa som bullrade med våmmen och sket givmilt. Han kunde ju inte önska henne klänningstyg och kaffeservis utan att först önska fram den vita mjölkdimma som var rikedomens ånga och täta lukt.

Det varade i tjugotvå månader. De målningar som blev till under den perioden satt forfarande på väggarna inne i ateljén eller stod lutade mot dem nere vid golvet. Att ställa ut dem hade han aldrig känt någon lust till. Han ville inte läsa: *Du kan inte mer göra någonting som intresserar oss.* Det var en ung värld nu.

Han blev kvar. De första åren åkte han ner och övervintrade ett par, tre månader i ett lättare klimat. Men huset som kallades Gula villan gick till slut ifrån honom, det var ju egentligen en tjänstebostad för den ledande glaskonstnären. Elis fick sig en pensionärsbostad anvisad och tyckte att den luktade blöjor och välling. Han hade alltid haft lätt att hallucinera lukter.

Vinterkylan var kanske lindrigare i Småland. Men mörkret var värre. I Svartvattnet lyste snön. Ända in i kvällarna lyste den.

När han visste att han inte skulle måla mer, blev han inte så rädd som han trott att han skulle bli. Han var över åttio då och tanken att allt så småningom upphörde hade börjat sätta sig. Nu saknade han inte längre sina småländska vänner. De flesta hade förresten dött. Han tyckte om att vara ensam och det var ingen ny upptäckt.

Han trodde att han hade lämnat den tid som inte längre var hans. När han fick ett brev från Nationalmuseums chefsintendent blev han häpen. Man ville göra en retrospektiv på hans verk. Han hade trott att han hade lämnat både nederlag och segrar bakom sig. Under flera år hade han inbillat sig äga den sinnesjämvikt som de flesta eftersträvar och få erövrar ens i ålderdomen. Ataraxi hette den. Han ägde den inte. Glädjen rusade som en klotblixt i honom.

Det hade kommit brev där utställningskommissarien frågade efter en del pjäser i Ariel- och Graalteknik, var de skulle sökas och om han möjligen hade några kvar hemma. Då tänkte han på sina glashästar. Dem hade de inte efterfrågat. Han hade gjort dem i protest mot alla spinkiga glasdjur som härmade venetiansk glaskonst. Hans hästar hade varit stadiga och bredryggade, de hade haft godsets tyngd under handen – alldeles som en arbetshäst är muskelmassa och mörkt blodfyllt kött. Ren kraft. Dessa arbetsök hade han släppt lös i lysande färger och de hade fått lusten och livsyran i sig som en hästflock på skogen. De hade funnits i varenda bosättningsaffär och han hade varit generad över massförekomsten och sett på dem som en försörjningsartikel. Men vad fan var det egentligen för fel på att försörja sig?

Hans hästar hade inte blivit stående i nischer i styrelserummen och inte låsts in i bankfack. De hade stått på fönsterbräden av marmor i femtiotalets hyreshus och fått flisor slagna ur hovarna när det var bråttom med damningen. Ungar hade lekt med dem och slagit öronen av dem.

Sen började han fundera på sina glasserviser. De var bruksföremål som människor hanterat med glädje över deras enkla skönhet. Var inte glasserviserna del i hans bestående verk? Det mesta av det var förstås sönderslaget. Men var inte det själva meningen med detta gods? Det skulle hanteras och så småningom försvinna. Man slog in de vassa splittrorna i tidningspapper, innan man la dem i soppåsen. På utställningarna hade folk stirrat på Arielglasen och Graalvaserna och de provocerande glasklumparna. De hade betalat stora pengar för dem när de var nya och nu hetsade man fram auktionspriser som förvandlade dem till valuta. Man låste in dem i bankfack och där växte deras imaginära värde i en spökvärld av transaktioner. Allt som låstes in borde sjukna i mörkret och komma fram grumligt och sprickigt.

Det fanns kanske udda ting kvar av serviserna. Minnet av dem måste i alla fall finnas kvar hos kvinnorna som skrapat såsen från tallrikarna, diskat och torkat och ställt in dem. Om det fanns en serie museiexemplar vid bruket borde de kunna väcka minnena. Han ville ha dem med. Hästarna också.

Han hade börjat tänka i glas igen.

I skärvor tänkte han. Mångfärgade och vassa.

Om man kunde foga samman dem till något annat. Och smälta ihop. Kanske. Han gick och funderade på tekniker, på en liten ugn.

Han beställde och fick opp glasskärv med posten. Han hade bett att få det krossat i tio- högst femtonmillimetersbitar och sållat från småsplittror. Nu bredde han ut det och plockade i det med handskar på. Jag fick gåvan att göra flytande glas vackert, tänkte han. Och det flöt vackert och stelnade och blev vackert. Sen blev det så här vasst.

Gammal. Det hade han tänkt när Eldbjörg dog: Nu är jag gammal. Han kunde le åt det nu, för han hade bara varit sextiosju. Könsdriften hade ibland rest sig i kroppen. I samma stund som han torkade bort utlösningen slutade han tänka på den. När Eldbjörg levde hade den för det mesta varit dämpad. Bara när han reste ifrån henne för några dagar, blev den imperativ och måste tillfredsställas. Men när hon dött försökte den liva honom. Den ville få honom varm i en spasm. Den var sin egen vilja till liv, ryckig och het.

Han började se på sin ingivelse som en spasm och vände sig bort från den. De mångfärgade glasskärvorna blev liggande.

Det var två år sen. Arbetet på utställningen gick så långsamt att han var rädd att inte leva när den blev av. Han fick inte ofta något meddelande om hur det framskred. Tidvis glömde de nog bort att han fortfarande levde. De hade säkert blivit förvånade när de först upptäckte det. Nu letade de upp hans konstglasföremål på olika håll. En del fanns i utlandet. De ville ha ner Lykkeman-Nidingklumparna, men först hade han sagt nej. Sen började han minnas det hån som kritikerna öst över hans bästa verk. De drog mig genom en kloak, tänkte han. Tro om nån av dom lever? Den tanken fick honom att säga ja. De skulle få hämta klumparna.

Han kunde inte åka ner till vernissagen. Njurbäckeninflammationen och blodförgiftningen hade gjort honom trött. Han var osäker på benen. Ett gammalt spöke i snygg kostym – nej. Bättre att stanna hemma. Det skedde ändå i en annan värld.

Kvällen blånar och vill bli natt. Än håller sjöns vita yta ljuset som den sugit opp under dagen. Men skogen svartnar fort. Så länge man inte tänder lampan är man ett med dagsskiljet och låter det sakta hända med sig. Jag kommer att tänka på Hillevi, hur hon höll skymning här vid köksbordet. Också i den värsta brådskan försökte hon få den stunden.

Vad tänkte hon på?

Det finns nog tankar som man inte lärt sig av någon. Man är ensam med sig själv och man tänker: Det är som det är. Och här sitter jag. Mer blir det väl inte, om man ska göra ord av det. Men det är mera än ord.

Nu får jag nog aldrig igen de där stunderna. Jag kan inte mer sitta och se ut över sjön i kvällningen utan att tänka på ljuspunkten som kom närmare.

Det var en februarikväll. Jag såg den oroliga fläcken av ljus flimra långt borta på sjön och förstod att det var en skoterlykta. Men den kom långt ifrån, ljuspunkten låg och vaggade i blåskimret tills svärtan slöt sig om den. Till slut var den inte svullen och dimmig längre utan en vit punkt av ljus. Måtte det vara nån som vet var isen är strömsvag, tänkte jag. Så att han inte åker ner sig. Och vart ska han?

Jag gick väl och ordnade lite i köket. När jag tittade nästa gång hade ljuset kommit närmare och blivit stadigare. Han skulle in i byn förstås. Det fanns ju ingen annanstans att ta vägen. Men varifrån kom han?

När han kom i höjd med Tangen stod lyktan riktad rakt mot mitt fönster. Men nästa gång jag tittade var den slocken. Hade han kört opp på land därborta? Då skymtade nånting som rörde sig ute på isen och jag förstod att han hade släckt lyset, innan han passerade yttersta näset. Jag tyckte det var olustigt. Det var som om han inte ville bli sedd från byn. När skotern till sist kom fram som en klump ur mörkret körde han rakt mot huset där jag bor. Nu körde han in vid båthuset och jag kunde inte längre se honom.

Det dröjde ett bra tag innan jag hörde motorn starta igen, men sen kom skotern oppför den tvära backen från sjön. Han måste ha baxat den i land. Det finns stenar som sticker opp i strandkanten därnere. Skoterleden går ju annars över Tangen. Om man passerar den udden och kör rakt över viken, kan man ta sig opp några hundra meter bort från mitt hus. Där sluttar en lägda ner mot sjön. Den här karln hade tagit sig opp på ett svårt ställe. Han ville inte bli sedd, det förstod jag. Nu stod jag i det andra köksfönstret. Han hade fortfarande lyktan släckt. Jag kunde se föraren i overall och skinnmössa med nervikta öronlappar och pannlappen långt nere. Jag såg hur han rörde sig också och då kände jag igen Klemens, min äldste son. Han har renar på andra sidan Brannberge. Han är nu den enda som inte flyttar ner dem med långtradarsläp till vinterbetet i skogarna vid Byvången och Lomsjö. Det finns några fläckar gammal skog med lavar kvar däroppe och Klemens har inte så många renar nuförtiden.

Nu kom han klumpigt springande i sina skoterkängor och bultade på.

Nycklan, sa han. Te garasche och te Myrtens bil.

Men varför dä?

Skynda dig morsan! Å släck brolyse.

Jag hörde att det var allvar. Medan jag letade på nycklarna startade han skotern igen och körde opp den på vägen. Och sen vände han däroppe och kom ner igen. Han tog emot nycklarna utan ett ord, ryckte dem ur handen på mig. Jag tänkte att jag fick väl ge mig till tåls, men jag var brydd.

Genom fönstret som vetter mot sjön såg jag nu två ljusprickar till. De närmade sig byn. Då gick jag ut och ropade på Klemens, men han hörde inte för han höll på att köra ut Myrtens bil ur garaget. Den har alltid stått där. På sommarn kör Mats ut den och ställer den på gårn. Jag brukar sätta mig i den när det åskar, för man lär vara alldeles säker i en bil. Och eftersom det åskar mycket, så tycker jag om att ha den på gårn. Det är inte roligt att sitta och stirra in i en garagevägg. På annat sätt har inte Myrtens bil varit använd sen hon dog. Det är som om allting har stått stilla här. Förut tänkte jag inte så mycket på det. Jag visste ju inte om Ingefrid Mingus.

När Klemens steg ur bilen ropade jag att det kom två skotrar på sjön.

Gapa inte morsan, sa han. Gå in.

Jag såg att han kastade en blick opp mot affärn för att se om det var nån där. Men det var tomt. Bussen hade åkt för länge sen. Nu körde han in skotern i garaget. Och sen Myrtens bil efter den. Jag stod i köksfönstret och tittade på. Tänkte att han kommer väl in nu, men det gjorde han inte. Han började skotta framför garagedörrn. Han drog snöskjutarn fram och tillbaka och jag förstod att han ville ha bort skoterspåren. Jag tyckte inte om det här. Det sa jag åt honom när han kom in, men han svarade inte. Utan att ta av sig kängorna gick han in i köket och tittade ut mot sjön. De två skotrarna var på väg in mot byn utmed Tangen.

Dom kommer i alla fall inte häråt, sa jag.

Nu gick han ut i farstun och tog av sig kängorna. Han gick direkt opp på övervåningen sen, men jag hann se att han hade en bössa i handen. Det var en smal pipa på den så det måste vara en studsare. Jag ropade och frågade om han ville ha nåt att äta, men han svarade inte.

Jag började i alla fall göra i ordning smörgåsar, men jag hade inte mer än tagit fram det syltade fläsket och rödbetorna förrän jag hörde skoterknatter. Jag såg dem genom fönstret som vetter mot affärn. Det var två stycken, men jag kunde inte se vilka det var. De ställde skotrarna på plan där bussen stannar och gick fram och tittade ner mot oss. En av dem gick en bit ner och han kikade hela tiden i marken. Det gick fortfarande inte att se vem det var för jag hade ju släckt lampan på bron som Klemens sagt till mig. Den där figuren gick ett tag och snokade. Sen satte han sig på skotern igen och de startade båda. När de hade försvunnit märkte jag att jag hade fått hjärtklappning.

Det blev en konstig natt. Jag satt i köket och väntade på Klemens, men han kom inte ner. Till slut gick jag opp med en pilsner och en tallrik smörgåsar. Han låg i mörkret. Nu var det omöjligt att fråga nånting. Den här natten hade blivit svår. Den var redan en olycksnatt. Och utan att jag visste varför.

Jag låg vaken sen och hörde honom gå ner. Han spolade i toaletten. När han gick oppför trappan var stegen tunga. Frampå morgonsidan hörde jag honom gå ner igen, men den här gången slog ytterdörren igen efter honom. Jag kände mig ledsen.

Klemens är över femtio. Närmare sextio än femtio förresten. Han har sitt liv.

Det blev han som fortsatte med renarna efter Nila. Men han kom aldrig överens med de nya samerna som flyttat in norrifrån. Så länge hans farbror Aslak levde gick det an. Men när han dött var det som om Klemens inte räknades längre. Mats som inte hade varit så mycket ihop med sin farbror utan gått mig tillhanda vid pensionatet, hade inget riktigt intresse för renskötseln. Det var han som föreslog att Klemens skulle söka medlemskap i Röbäcks sameby, som den hette på den tiden, och flytta över till oss. Det hade till slut bara blivit tvister och bråk om betena i Langvasslia. Klemens fick utstå mycket och till slut rann sinnet på honom. En kväll i kalvmärkningen slog han ner en karl som räknades för mycket märkvärdig därborta. Stor renägare var han i alla fall. Klemens var inte nykter. Det är det enda som kan sägas om den saken.

Det blev i alla fall inte anmält, fast folk har blivit så pigga på det. Då gjorde Klemens slag i saken och började förhandla med Röbäcks sameby. Han fick komma över tack vare att Mats och jag ägde en stor part av hans renar. Vi var ju svenskar och skrivna i Röbäcks församling. Men villkoret var att han inte skaffade fler djur än han hade när han kom. Det var några hundra. Det säger sig självt att en familj inte kan leva på en så liten hjord. Inte nuförtiden. Han hade sin fru med sig och de två pojkarna. Hon heter Guro och pojkarna är uppkallade efter de gamla hövdingarna i farssläkten, Klemet och Matke. Det är stolta namn. Men pojkarna såg ut att bli fattigt folk.

Deras mor började arbeta som hemsamarit och ändå räckte inte pengarna. Hon kände sig svårt förödmjukad av att ta emot hjälp av mig. Stora summor var det inte, men de sved. Hon sa till Klemens att hon inte hade växt opp i sånt armod och att hon aldrig hade trott att hon skulle behöva hamna i det.

Efter tre år lämnade hon honom och tog pojkarna med sig till Langvasslia. Men där blev hon bara ett kort tag, sen flyttade hon ner i bygden. Då blev det svårare för Klemens att få träffa pojkarna, för hon gifte om sig med en same som bor i Jolet. Han hade skaffat grävmaskin. Så småningom gav han opp med renarna och köpte en maskin till.

Klemens hade flyttat opp i jyöne Anunds gamla hus, det åttkantiga. Där kan nog bara ensamma karlar bo för där finns varken vatten eller avlopp. Men han har en vedspis. Klemens ställde i ordning Anunds gamla rökkåta och kopplade sin hund på löplinan som morbror hade satt opp. När jag kom dit och hörde Musti skälla och såg röken stiga ur kåtan och ur det åttkantiga huset, var det några ögonblick som om morbror aldrig hade gått bort ifrån mig.

Sen kom Tjernobyl. Det där regnet.

Underligt nog har jag ett fotografi av det. Det var ett vårregn som föll mjukt på våra ansikten. Mats hade tagit en storöring på nät under isen. Han ställde sig på bron hemma hos mig och gav mig kameran och sa hur jag skulle knäppa. Han hade öringen hängande på en stång. Det var en ung björk som han inte hade kvistat av ordentligt. På fotografiet ser man regndropparna i kvistverket.

Det var det sjuka regnet. Det är det man tittar på nu om man tar fram fotografiet, inte på storöringen. Giftet fanns i vattendropparna som blänker i björkriset. Det kom osynligt ner över oss. Det kom därför att oroliga moln hade rört sig från öster till väster. För det mesta brukar det vara tvärtom hos oss. Lågtrycken vandrar in från Atlanten på en bana som förefaller evig.

Rädslan kom också ur det där regnet. Den föll i alla sinnen. Man talade om bäckeräll. Det var måttet på giftet och på vår ängslan att inte få nånting sålt av köttet. Men vi åt själva. Klemens sa hela tiden att det var överdrivet alltihop det där med bäckerällen och höutfodringen. Han lät dem beta. Det blev de ju inte lättsåldare av.

Sen Klemens gett sig av tidigt på morgonen hörde jag ingenting ifrån honom. Strax före tolv gick jag till affärn för att köpa mjölk och fick veta att en polisbil hade åkt genom byn och tagit av oppåt mot Björnfjället. Då fick jag den där hjärtklappningen igen och jag skyndade mig hem. Jag mådde så illa att jag inte ens gatt sätta på en kopp kaffe åt mig, fast det var precis vad jag hade tänkt innan jag gick till affärn.

Klockan kvart över två kom polisbilen. Jag hade suttit i fönstret hela tiden. Den parkerade utanför affärn och så kom en polis ut från baksätet och sen kom Klemens. Polisen som körde bilen stod och låste den. Jag tyckte att Klemens såg eländig ut. Varför kan jag inte riktigt säga. Det kanske var för att poliserna var så storväxta och hade svarta overaller med bälten och var fullbehängda med attiralj. De hade var sitt stort vapenhölster och det syntes att det inte var tomt. En av dem hade en kasse i handen. Det såg lite larvigt ut.

Det hade kommit ut folk från affärn och de stod förstås och tittade. De fick mig att känna mig erbarmlig, fast jag inte är det. Inte Klemens heller.

När de kommit in i köket, utan att ta av sig stövlarna i farstun, sa de åt Klemens att sätta sig i soffan. Han lydde och strök av sig mössan. Han hade mera vett än poliser. Nu sa den ene att de ville ha nycklar till alla uthus. Han la fram ett papper på bordet och jag hade svårt att läsa det, för jag tyckte det flimrade för ögonen och jag kände mig darrig. Klemens sa att pappret var från myndigheterna.

Det är en husrannsakningsorder, sa den ena polisen.

Jag frågade vad saken gällde men ingen svarade. Då blev jag arg.

Je må ha rede på va dä ä frågan om, sa jag. Om je ska lämne ut nycklan.

Då sa Klemens med låg röst:

Dom säg att je ha sköte en varg.

Jag kan inte hjälpa att jag kände lättnad.

Guschelov, sa jag och det lät förstås tokigt så jag la till:

Att dä inte va värre.

Dä ä illa nog, sa den ene polisen.

Sen tog de mina nycklar och Klemens fick följa med dem ut. Mitt i allt elände blev jag full i skratt när jag såg att han lät dem leta i fårhuset innan de kom till garaget. Han sa visst inte ett ljud åt dem. I garaget stannade de länge. Sen kom de in igen och sa att de skulle behålla nycklarna. Garaget var förseglat sa de. Jag såg att det var gulröda plastremsor på dörrn och förstod att det syntes opp till affärn. De sa att det skulle komma annat folk från Östersund och undersöka skotern. Nu ville de gå igenom huset.

Gå igenom huse. Har man hört.

Men jag kunde ju inte hindra dem. Leta du, tänkte jag när den ene gick in i salen. Ordentligt är det i alla fall. De tog Klemens med sig när de klampade oppför trappan. Han var inte betrodd att sitta i kökssoffan nere hos mig och vänta. De var länge däroppe och det rumlade från garderoben i Myrtens rum. Jag hade ställt mig i salen och lyssnade efter ljuden. När de kom ner hade de en bössa med sig. Jag såg att det var studsarn som Klemens burit opp på kvällen. De hade trätt en plastpåse över kolven och tejpat fast den nertill.

Klemens var omklädd nu och den ene polisen hade hans kläder som ett bylte i famnen. Han tog skoterkängorna i farstun också. Nu fick jag veta vad de hade i kassen. Det var plastpåsar. De la Klemens overall och raggsockor i en stor påse och kängorna i en mindre. Då såg jag att den andre polisen också hade ett bylte. Det var ett skinn, rullat med hårsidan inåt men så styvt att packen blev kantig.

Va ska ni mä skinne? sa jag.

Ingen av dem svarade.

Dä ä ju hundra år snart!

Jag räknade fort i huvet.

Åtti i alla fall. Va ska ni mä ett åtti år gammalt vargskinn?

Dä ä inte sagt hur gammalt dä ä, sa den ene polisen.

Jo! Dä ä sagt. För je ha sagt dä. Dä ä skinne efter en varg som Trond Halvarsson sköt år 1916 å gav te barnmorskan Hillevi Klarin. Hon vart handlarfru här sen. Dä skinne ä dä.

Men de sa att de inte var intresserade av gamla historier. Skinnet skulle undersökas.

Nu skulle de gå. Men Klemens var i bara raggsockorna. Han hade inga stövlar eller kängor hos mig. Skoterkängorna fick han inte lov att ta på sig igen. Så jag gatt leta på ett par gamla gummistövlar som till nöds gick på honom.

Aellieh tjidtjie hujnesne, årroeh, sa han när han gick.

Det är inte ofta han pratar sydsamiska med mig för jag är inte så bra på det. Men det här förstod jag. Det betydde att jag inte skulle vara ledsen.

Jag må säga att jag var mera arg än ledsen.

Du snövärld som jag så försiktigt steg ut i. Tittskåp jag öppnade: stilla och främmande liv. Två groddar syntes därinne, lite krumpna men rörliga i tittskåpets stillhet. En krubba var det. Fast Maria hade redan gjort sin himmelsfärd. I hennes ställe satt Hanna där och smågrälade med Simeon. Lugnet var omkring dem. Tills jag kom. Då tappade Maria snöret och ramlade ner i kaminen. Men värre skulle det bli: skåpet uppbrutet, snön trampad och svärtad av avgaser. Nu är varelserna skeva.

Förvandlingar hade pågått sen den gången Inga hade kört genom allhelgonas vita land och gått över kattspåren in mot förstubron med granrisbädden. Snön luktade inte köld längre. Den tinade och rann och suckade. Februariljuset var obarmhärtigt mot de gamla ansiktena. Hon hade inte trott att någonting kunde hända dem. Annat än att fåren fick inälvsmask och katten kräktes. Men nu hade polisen varit där.

De hade haft strömavbrott i stormen och inte fått något vatten, för pumpen till hydroforen stannade. Kristin Klementsen kunde inte ge fåren vatten, hon kunde inte ens ta sig till fårhuset för att släppa ut dem så att de kom åt att äta snö. Det hade drivit ihop och hon rådde inte med att skotta så stora mängder. Hela eftermiddagen brummade traktorer med snöskopor i byn och hennes son kom så småningom ner och plogade åt henne. Han skottade förstubron till att sluta av med och fick kaffe av Kristin.

Ä du tebaks Ingefrid, sa han vänligt.

Och hon var Ingefrid. I allt det förändrade, det uppbrutna, inte minst av snöstormen omändrade och kullkastade, blev hon upprymd och sa att det kändes som om hon hette det.

Jamen dä gör du ju, sa Kristin Klementsen. Dä ä ju ditt rätta namn. Vilket är ditt då?

Risten, sa hon.

Ingefrid som nu inte kände den minsta lust att hävda att hon hette Inga längre, frågade hur man visste sitt rätta namn.

Dä vet man av sig själv. Men inte på en gång.

Vilket är ditt rätta namn då? frågade hon Elias Elv som satt och såg ut som om han sov. Han vaknade med ett ryck och stirrade på henne med vattniga ögon.

Ja, det var en fråga, sa han.

Hon la märke till att han inte talade dialekt längre.

Medan de satt där hade det blivit kväll och Risten började steka upp kroppkakor som hon först tinat i mikron. Hon kallade dem för klobben och sa att de räckte åt alla, doktor Torbjörnsson med. Han hade hämtat post och tidning och kom ner med både Ristens och Elias Elvs post. Doktorn sa:

Det var roligt att Ingefrid kom tillbaka.

Ingefrid (ja, *Ingefrid*) såg att Elias Elv fick ett kuvert som det stod Nationalmuseum på. Han öppnade det inte, stoppade det bara i Svenska Dagbladet som han också fått. Anand satt bredvid honom, de hade dragit sig in i soffhörnet och hon förstod att han berättade om vargarna och hur det var när han växte upp bland dem. Men hon brydde sig inte om det. *Ingefrid* kände sig lättsinnig och upprymd.

Torbjörnsson hade löst ut en påse åt Elias Elv. I den var det en grön flaska med Aalborgs taffelakvavit. Elv sa att han föredrog jubileumsakvaviten men att de inte hade haft den i lager. Sen bjöd han dem alla på en snaps, men han var darrhänt så det blev Torbjörnsson som slog upp i de små glasen.

De skålade en smula högtidligt med varandra och började äta av de ångande klumparna. Inuti var det tärnat fläsk och messmör och Risten sa att det inte var vanlig klobb utan fettisdagsklobben. De åt under tystnad men Risten for upp och ut i salen och kom tillbaka med en ask som det stod Freia Sjokolade på och sa att hon hade glömt att ge den till Ingefrid förra gången.

Hon öppnade själv locket och visade innehållet. Det var en lång rödskiftande hårfläta. Hon lyfte upp den och ville att Ingefrid skulle ta i den, men hon kunde inte förmå sig att röra vid den. Det var nånting obscent med den, som med kläderna i garderoben däroppe, de slaka och övergivna. En tjock orm av hår.

Jag visste inte, sa Ingefrid. Jag menar att hon hade så långt hår. Det syns inte på fotografierna.

Men dä ä inte Myrtens! Dä ä din mormor Hillevis. Je förstog väl att du må ha ditt tjocka hår nånstans ifrån. Och att du har fläta! Tänk.

Sen satt Ingefrid där med flätan i knät i alla fall och strök över den och kände att håret var lite torrt och dött. Då tog Birger Torbjörnsson asken och stoppade ner flätan och la på locket och sa:

Ät din klobb nu, Ingefrid. Innan den blir kall. Och ta messmörssås till.

Hon fick en känsla av att han tog hand om henne. Det kändes ovant. Hon såg på de gamla människorna och på Torbjörnsson som tagit medicin innan maten. Han hade haft ont nånstans när han kom, det hade synts i ansiktet. De hade alla sina bekymmer och mer än så: sorger och djupa sår kanske. Men hon skulle inte ha själavårdande samtal med nån av dem, ingen krävde det av henne. Anand satt fortfarande och surrade om vargarna i soffhörnet och den gamle Elias var road. Då tyckte Ingefrid att hon måste säga: Nu så Anand. Nu räcker det.

Låt grabben berätta, sa Elias Elv. Vi har väl alla våra livshistorier. Dom kanske inte passar. Men vi har dom ändå. Risten här, sa han och nu vände han sig till Anand, hon blev tagen och bortrövad av en örn när hon var barn.

Är det sant? frågade Ingefrid.

Det står på skylten vid turistbyrån, sa Anand. Men dom hade satt fel namn. Kristin Larsson står det.

Ja, guschelov, sa Risten. Annars skulle turisterna springa här hos mig. Så dä ä nog bäst att du bara pratar mä oss om vargan.

Ingefrid åt och tänkte på hur amöborna skulle reagera på fläsk och messmör. Men de skulle åtminstone få sig en körare av akvaviten. Hon lyssnade på pratet, som nu handlade om att det blev tystare i byn och allt färre turister. Det var vägarbetet som gjorde det, sa Mats Klementsen.

Ja, vem vill åka åtta kilometer på nåt som är som Hô Che Minvägen, sa Torbjörnsson och Ingefrid förvånade sig över hur levande dessa bombkratrar var för honom tjugo år efter krigsslutet.

Stagnasjon, sa Mats. Dä ä va kommunalråde säg. Imella skål och vägg. Åt oss säg han att vi må ha en kickoff.

Va ä dä?

Dä ä dä som fick deg å överta pensjonate en gång i tia.

Dä va Myrten. Hu va alldeles bestämd på dä.

Det är slut med fisket, sa Elias Elv. Den dag turisterna kommer på det är det klippt alldeles.

Slut är det väl inte. Nog finns det fisk, sa Torbjörnsson.

Inte som förr, sa Elv och Ingefrid såg att Risten gav honom en lång blick.

Förr? sa hon.

De enades om att pensionatet hade för få gäster, knappt några alls i jämförelse med campingen. Men Mats hade fått en idé. För den skålade de och sa:

Kick off!

Kick! Kick!

Hon undrade varifrån de tog sitt goda humör, var reserverna fanns. Klemens hade de inte nämnt hittills men nu började Mats tala om honom. Han var uppe vid deras gamla vårviste och gjorde i ordning Köttmickels kåtor som höll på att rasa ihop. Då berättade Risten för Ingefrid att Mats idé var att ställa i ordning hela vistet för visning och bygga en stor kåta, där han kunde servera kaffe åt turisterna. Klemens skulle arbeta med detta tills rättegången inleddes. De trodde det skulle bli fram i maj eller juni.

En sån jävla kalabalik för en varg, sa Elias Elv.

Ja dänn satans ohyran, sa Mats.

Nu blev Anand upprörd och sa att vargar var kloka och omtänksamma djur som skötte om sina ungar. Risten la armen om honom och sa att det var de visst det. Men att Mats var arg för att den här flocken hade tagit renar för Klemens.

Men han feck tika i alla fall, sa Mats.

Då började Anand tala upprört och gällt och utan uppehåll. Han malde helt enkelt och överröstade den som försökte göra ett inpass. De anade nog att det inte varit svårt för henne att få rektor att ge honom ledigt från skolan. Hon skulle själv undervisa honom under sin sjukskrivningstid. Det var inte första gången klassen hade behövt en vilopaus från Anand. Hon kände den gamla hopplösheten och tänkte på sig själv som Inga en lång stund. Inga med hopplösa Anand.

Då sa Elias Elv:

Nu må du höra om Georg Mårsas katta.

Och sen började de berätta om detta mytologiska rovdjur som skrämt vettet ur folk som oförvarandes kom in i köket hos Mårsa. Hon hade dött vid tjugotvå års ålder men veckan innan varit vid full vigör och tagit en svart vattensork stor som en hundvalp. Och Anand tystnade faktiskt.

Risten hade rest sig och gått ut i salen igen. När hon kom tillbaka hade hon ett gammalt Kinaschackspel med sig. Mats och Birger Torbjörnsson började spela med Anand. Elias Elv skulle vara fjärde man, men de fick hjälpa honom med kulorna för han såg inte så bra. Det var ett mycket vackert gammalt spel med mångfärgade glaskulor och Anand tog dem mellan fingrarna och rullade dem och hade svårt att hänga med i spelet.

Dom är fina, sa han.

Du skulle se Elias glassaker, sa Risten. Han har alla möjliga fina klumpar och hästar och allt möjligt av glas.

Får jag det?

Kom du bara, sa Elias Elv och i samma ögonblick tycktes han se skarpt som en örn, för nu hoppade han över flera av Torbjörnssons kulor och tog dem och doktorn kved.

Ingefrid hade kommit tillbaka till Svartvattnet för att fråga om Myrten Fjellström varit i Stockholm och lyssnat till Johannespassionen i Engelbrekts kyrka den 23 februari 1967. Om hon rentav hade sjungit i kören. Men än hade hon inte fört det på tal. Det var lättare att hålla sig till händelserna i byn. Att tala om Myrten var brännande. De vilade ut i byn och Risten blev livlig och talför trots sina bekymmer om Klemens.

När Ingefrid frågade om det inramade fotot av Tage Erlander på väggen i pensionatets sällskapsrum, fick hon veta att statsministern verkligen varit på besök där, vilket man också såg av fotografiet. Han lutade sig lång och skranglig mot spisen i sällskapsrummet.

För några månader sen hade hon läst byns namn i brevet från advokatkontoret och hon hade inte sett någonting framför sig. Inte något isbelagt vatten, inga ljusprickar kring en bågig strandlinje. Inte små hus och gråhet, inte ens ris och bråte och mörker. Finns Svartvattnet? Så hade hon tänkt när hon körde genom de mörka skogarna. En brant sluttning ner mot en stor ödemarkssjö. Men man fick inte säga ödemark. Risten tyckte inte om det. Det var en bygd de levde i. Knappt hundra människor på branten som en gång varit tät, mörk granskog och nu höll på att bli det igen. Snöa över. Snöa ner. Det finns inget subjekt i den handlingen. Väx och slya. Skoga igen. Tills bara suset susar. Ingentingsuset.

En samling hus som bildade ett mönster med gapande hål. Murket och mörkt om kvällen när hon kom. Men en by än så länge. En mänsklig anordning, bristfull och bräcklig men också aktningsvärd. En bågrörelse av hus omkring en stor vik, ett försök att ringa in vattnet som de kallade svart. Varför?

I nästan femtio år av hennes liv hade byn inte funnits. Det bekymrade mig inte, tänkte hon. När jag föddes var det full fart säger Risten. Det kom utav kriget. Av allt man hade fått sälja till militären: hästfoder, ved, mjölk, potatis, ägg, slaktgrisar, halm. Och officerarna bodde på pensionatet som hade en annan ägare då. 1951 var statsministern här. Han såg fallet och minnesstenen över Holmlund och Antonsson som omkommit vid en minolycka under kriget. Sen åt han middag på pensionatet. Han fick lingondricka. Det var mest IOGT:are i kommunstämman då.

Tro va han tänkte om oss, sa Risten.

Fanns Myrten Fjellström här då?

Ja, hu hette Halvarsson då förstås. Hu hade nyss komme från Stockholm å vorte föreståndarinna för poststasjon.

Hon hade övat in sånger med skolbarnen och varit med på pensionatet när de gav middag för Erlander. I stämmor sa Risten. De sjöng

Ack Värmeland du sköna och Plocka vill jag skogsviol. Och så Flamma stolt förstås. Flaggan hade varit hissad.

Det kunde hon omöjligt minnas, tänkte Ingefrid. Men hon var inte rålös som hon skulle ha sagt själv. Hon plockade lite här och där, när minnet av en händelse inte räckte till.

Vad åt ni?

Ja, dä minns ja inte. Dä va väl fisken förstås.

Gädda?

Ingefrid såg Tage Erlander för sig med en stor kokt gädda.

Å heller, sa Risten. Öringen eller rödingen va dä. Å sen kom dä en rekti surstek. Nu minns ja, för han tyckte om steken. Ma visste ju om dä hänn besöke långt i förväg så ja hade lagt två fina oxstekar i svagdricka, syrad mä lite ättika. Surstek hade han fått som barn sa han. I Värmland. Å mä lingon å gurka som här.

Det hade hänt. Det var historia. Kristin Klementsen kunde också liva upp minnet av desserten: man klär en rund form med rulltårteskivor och häller fromagemassa i den. Som får stelna. Sen stjälper man opp den.

Dä va förstås mylta i både fromagen å rulltårtan. Charlotte russe. Så hette han. Efterrätten. Å dä va sillbord före. Mä lingondricka! Dä va ju idiotiskt. Sånt minns man.

Eller diktar, tänkte Ingefrid. Det är historia. En anordning av minne och dikt som fått stelna i en form.

Det var ingen hejd på Kristin Klementsens berättande när det väl kommit igång. Hon ägde ett sinnenas minne och var ännu nära varje skrovlighet i tingens yta som hon en gång upplevt dem. Eller diktade hon?

Ingefrid hade som alla människor haft sinnena vidöppna när hon var barn. Då hade hon levt med den nästan bedövande kaneldoften ur bageriets källarfönster och med skarp urinlukt från skoldasset och hade vetat hur det knottriga tjärade papptaket på soptunnehuset kändes under handflatorna och knäna en het augustidag. Hon visste hur tjärbubblorna sprack och att fläckarna på knäna blev bruna snarare än svarta. Hårstrån på vårtor hade hon sett tydligt och finnar med gula toppar. Hon hade känt vem som luktade kålsoppa och därför vetat vad de haft till middag hemma hos den pojken. Hon hade sett den bulliga stoppen på en armbåge avvika i färg mot det maskinstickade yllet och vittna om en mammas försök att komma så nära som möjligt genom en inventering av stoppkorgens garnrester. Hon hade vetat vem av flickorna som hade mens och inte klarat av bindbytena under en lång skoldag och sett att kioskägarens tumnagel spruckit i en fåra som löpte ända ner till nagelroten. Hon hade hört att det var söndag när hon vaknade, därför att trafiken var avdomnad och fotsteg hördes på trottoarstenarna. I nyponsoppan hade hon sett universums tillkomst när hon rörde ut grädden i virvlar och galaxer och hon hade vetat hur klistret på ett frimärke smakade och att kyrkklockor lät annorlunda i stan än de gjorde på landet; i stan var det död i dem och grus och lera och fläckade sidenband men på landet var det nätvantar och pingstliljor och småkakor i klockklangen. Nu visste hon inte hur hon orkat leva i en värld av så stor tydlighet och skärpa. Allt hade gått från sinne till minne utan omväg och tryckts in som i varmt vax.

Risten tycktes ha haft sitt minne mjukt längre än vad som är vanligt. Hon hade säkert knådat och format det också. Vem kunde veta vad som återstod av det ursprungliga avtrycket. Men hennes berättelser övertygade åtminstone Ingefrid om att vi lever i en värld som varken är virtuell eller abstrakt. Den är tät som kärnan i en hasselnöt.

Ingefrid fick lust att med egna ögon se de ställen Risten berättade om. Hon tog bilen och åkte till Pärningbacken som varit Myrten Fjellströms pappas morfars. Risten sa att han hade kallats för Lakakungen därför att han varit en förmögen virkeshandlare och stor skogsägare. Hans hus hade legat och låg ännu i byn Lakahögen några mil bort från Svartvattnet. Hon for längs backiga vägar genom hyggen och nyplanteringar. Risten sa att denna väg gick på skogen och försökte med uttrycket hålla fast något som Ingefrid kände igen: *Ni vet kanske vad tiomilaskogen vill säga. Inte en gård, inte en koja på mil och mil, bara skog.* I tiomilaskogen hade Gunnar Hede blivit galen i snöstormen och getterna hade slickat hans händer och vädjat om en barmhärtighet som inte skulle visas dem.

När Selma Lagerlöf skrev En herrgårdssägen hade hon räknat med läsarens förtrolighet med den väglösa skogen. Nu var den genomdragen av timmertransportleder. Skogsbolagen hade plöjt jättars fåror i kalytorna och rivit upp sten som sedan urtiden sovit under mossa. Blottad i dagsljuset liknade den undanschaktade stenbråten det som vräkts undan på en byggarbetsplats. Hyggena var ruderatplatser, timmeråkrar och anläggningar för pappersmasseråvara. Över alltihop seglade en vråk.

Ristens *på skogen* var en besvärjelse som bara hjälpte hemma vid köksbordet. Än obarmhärtigare blev världens tillstånd mot hennes diktande minne när Ingefrid kom fram till Lakahögen och såg sin morfars morfars hus. Det fanns inga mångfärgade glasrutor i verandafönstren. De var förspikade med plywoodskivor. Förstutrappan var mör som ost och på verandagolvet hade någon för länge sen trampat igenom. Det stack upp kala trädskott ur hålen.

Hon hade nyckel med sig och kunde öppna innerdörren. Kylan var råare inomhus. Huset var kalt och utrymt, plundrat till och med på de kakelugnar och det locktak Risten talat om. Tapeter med våldsamma mönster talade om att här hade varit bebott på 1970-talet. Bruna rundlar mot senapsgul bakgrund i köket, röda rundlar på ljusbrun grund i nästa rum som måste vara salen. Där låg en vaddmadrass och några pornografiska tidningar. Bilderna levde knappast upp till nutida krav. Damerna som skrevade såg för beskedliga ut. Mössen hade pulvriserat en hushållsrulle.

Ingefrid hade frågat efter vägen hos en granne och frun i huset hade sagt att de sista som verkligen bodde i Pärningbacken var grönavågare. De hade odlat hampa bakom svinstallet men annars varit renlevnadsmänniskor. Madrassen härrörde från ett senare stadium.

Det är mitt hus, tänkte Ingefrid. Mitt arv och min egendom. Vad ska jag göra med det? Låta Röbäcks frivilliga brandkår bränna ner det som övningsobjekt?

Hon visste inte mycket om Låkakungen. På ett tidningsurklipp som Risten visat hade han vargskinnspäls och satt i en släde dragen av renar. Runt honom stod folk i samedräkt. Bilden var tagen inne i Östersund, på Gregorimarknaden.

Han hade ägt många renar men låtit samerna sköta dem. Här i Pärningbacken hade han haft kristallkronor och piano. Hennes morfar och mormor hade vigts härinne i salen. Hon hoppades att det inte skett just där madrassen låg.

Den råa kylan i huset sa: *I dessa nejder låter Gud inte gäcka sig.*

Hon måste låta riva det. Sen fick aklejorna ta över. Risten sa att Pärningbackens förväxta gårdstun var översållat med aklejor om sommaren. Aspslyet bidade redan sin tid och stack upp mellan plankorna i verandagolvet. Till slut skulle granskogen komma med sitt mörker.

*

Ville kyrkoherden i Byvången ha en halt präst?

Jag har en bruten tå, sa hon. Så jag kan bara ha träningsskor. Och så har jag en amöba i tarmarna. Finns det toalett i sakristian? Annars går det inte.

Hon nämnde inte sitt höga blodtryck. Det skulle antagligen inte påverka honom. Han var i desperat behov av en präst i ytterkanten på sitt pastorat. Och Ingefrid orkade inte vara sjukskriven och sysslolös längre. Inte heller ville hon fara tillbaka till Britas församling och få ännu högre blodtryck. Det värsta var samtalet med henne. Hon råkade säga:

Hej, det är Ingefrid.

Varför säger du så? frågade Brita.

Jag är döpt till det. Jag ringer för att begära tjänstledigt.

Brita skrattade och ville inte tro det. När Ingefrid lyckats övertyga henne sa hon:

Det här är pubertalt.

Hon visste inte om hon menade tjänstledigheten eller att hon återtagit sitt dopnamn.

Det gäller ett vikariat bara, sa hon. Jag är snart tillbaka.

Du strandsätter mig.

Ingenting frågade hon om Röbäcks församling. Ville hon inte att den skulle existera?

Midfastosöndagen hade Ingefrid sin första gudstjänst som vikarie med halv tjänst och med förrättningar endast i Röbäck. Hon haltade fram till altaret i ett par vita träningsskor av märket Adidas. Kyrkkaffet var en avvaktande tillställning, men efteråt kom en tropp på nio kvinnor och bultade på i prästgården.

Stig in, sa Ingefrid. Jag har det lite kalt här. Men ni är så välkomna.

Hon hade med Ristens och Birger Torbjörnssons hjälp lånat ihop möbler till nedervåningen. Mats hade kört dit två sängar och ett skrivbord från pensionatet.

De satte sig inte. En silverhårig och mycket ståtlig dam som hette Ingeborg Grelsson tog till orda:

Vi ha komme för vi vill ha tebaks syföreninga.

De såg alla sammanbitna ut och deras taleskvinna hade med sig en bok med syföreningens räkenskaper och började redovisa resultaten. De hade fått in tvåtusenetthundra kronor föregående år och skickat alltsammans till Röda Korset.

Ma må känne att ma gör nåt, sa hon. För barna i alla fall.

Vi tar en påtår, sa Ingefrid. Eller tretår blir det väl. Jag brygger lite kaffe.

Hon fick veta att syföreningen hade förvandlats till studiegrupp. När de fick kaffe rann stelheten av dem. Nu föll de varandra i talet: de ville ha syförening med högläsning som de alltid hade haft och de ville bestämma boken själva, fast Ingefrid fick föreslå.

Å vanliga gudstjänster, var det en som sa.

Har dom varit ovanliga?

Ja, dä ha vöre temagudstjänster.

Under jakten va dä älggudstjänst.

Dä va älghorn och granar i kore. Å prästen hade jaktdress.

Kamoflaschjacka å skinnböxer.

Men vi vill inte ha sånt. Vi vill ha vanlig högmässa. Som i da.

Förra åre hadd prästen som va då, klädd ut seg te påskkäring. Hu kom på skoter te ett bröllop i Roland Fjellströms hotell.

Ett par av dem fnissade åt påhittet men stämningen var i grunden upprörd.

Ve konfirmasjon va dom vita kåpen inte ren.

Å så skulle vi ha gudstjänster i hemmena, för dä kom så lite folk.

Vi skulle va närmre, sa hon. Närmre folke. Men då kom knappt nån. För alla går ju inte ihop. En del ha inte vöre hos varann nånsin. Dä finns ju sånt som folk ha komme ihop seg om. För länge sen.

Jag lovar att det ska bli vanliga gudstjänster, sa Ingefrid. Det enda ovanliga blir mina skor. Jag har en bruten tå.

Innan de sa adjö fick hon telefonnumret till en naprapat i Byvången.

Pojken har ögon. Den gåvan har inte många. De flesta tittar bara. Rösterna tjattrar:

Så vackert!

Ja, ser du så vackert det är!

Sensibla läten. När de kvackat sitt vackvackvackert hade Elis känt sig som om han runkat fram det vackra åt dem, med säker teknik. Luftandars och livskällors. Den skulle ju ha vackra namn också. De hade varit nöjda om han sa: Den är gjord i Graal. Eller: Det här är gjort i Ariel.

Men pojken såg. Han frågade:

Hur fick du in ungen i glasklumpen?

Elis försökte förklara hur det gått till. Han var rädd att Anand skulle tröttna, men det gjorde han inte.

Dom ska på utställning, sa Elis sen. På Nationalmuseum.

Han visste att han skröt men det livade upp honom. Anand blev bekymrad.

Dom kan gå sönder, sa han. På den här hemska vägen.

Jag har sagt åt dom hur det är. Dom kommer vanliga vägen opp men sen far dom tillbaks över Norge. Klumparna ska flyga från Trondheim. Nu ska jag visa dig glasbitarna. Dom har jag inte gjort nånting med.

Anand blev sittande vid köksbordet med glaskrosset i lådorna framför sig. Han var djupt koncentrerad och de sa ingenting på länge. Först tänkte Elis säga att han fick ta lådorna med sig. Men han besinnade sig och sa:

Plocka ut några åt dig. Du kan ta den här asken.

Det hade varit Polarknäcke i den. Den hade inget lock, men de kom överens om att lägga en plastpåse om den.

Sånt här trodde jag inte fanns, sa Anand. Alla färgerna.

Ser du den rubinröda? Den färgen är förbjuden nu.

Varför det?

Den är giftig.

Då tar jag några röda till. Får jag det? Jag kanske får komma igen också? För jag vet inte riktigt hur jag ska ha det än. Det kanske blir så att det fattas i nån färg.

Han hade redan tänkt ut nånting. Det fanns i hans huvud.

Återigen fick han lust att säga: Ta alltihop! Men han hejdade sig. Han ville att grabben skulle komma igen.

*

Anand måste gå i skolan i Byvången. Det gick inte an att läsa med honom hemma längre. Nu börjar det igen, tänkte hon. Varför kunde vi inte få ha det här lugnet.

Han passade inte ihop med andra barn. Nu var de förresten ungdomar. Själv såg han ut som ett barn fast han gick i högstadiet. Hemma var han alltid djupt koncentrerad på sina förehavanden. Men tillsammans med andra spårade han ur. Det hade börjat redan på daghemmet. Han saboterade alla grupplekar. Små grodorna övergick i hela havet stormar. Det blev alltid krig när Anand lekte. Han rusade runt och han väckte en vild lust hos andra barn att också göra det.

De skolades vid dryga ett års ålder in i ett schemalagt liv. Under hela sin barndom levde de inlåsta för att inte bli överkörda eller våldtagna. De var omgivna av plastleksaker. Fick de se en hund försökte de dra ut nosen på den eller vrida svansen i spiral. De visste genom Disneyfilmerna att djur fungerade på det sättet.

Praktiskt taget som spädbarn fick de lära sig allt som hörde till ett civiliserat samhälles disciplinerade gruppliv. Ingefrid tyckte inte det var konstigt att de av och till fick lust att rusa runt och vråla. Men hon var olycklig för att det var Anand som satte dem på spåret till det vilda landet.

Hans hy var mörk, hans ögon osannolikt stora och svartglänsande. När han växte blev han klumpig och kutryggig. Han hade ett stort mellanrum mellan framtänderna. En period hade hon insisterat på att han skulle vara kortklippt. Det hjälpte inte, han såg i alla fall vild ut. I pjäser och tablåer undvek man att ge honom svans. Pedagogiken var oförtröttligt korrekt. Anand fick vara ängel i ett julspel tillsammans med en Lucia vars föräldrar kom från Somalia. Men det hjälpte inte. Han var sjövild och såg ut som ett ufo.

När han var sex år började han försvinna. Fröknarna hittade honom i olika skrymslen. Daghemmet var inrymt i ett gammalt hus och det var en olägenhet sa föreståndarinnan. En dag kunde de inte hitta honom. De letade igenom alla rum och larmade till slut polisen. När det började bli kväll kom Anand fram. Han hade varit i en garderob där daghemspersonalen förvarade jul- och påskprydnader. Den var låst, men eftersom han hade ögonen med sig visste han var de hade nycklarna till alla sina hemliga rum. Han hade tagit med sig nyckeln och låst inifrån. Inga hade förstås blivit tillkallad. Hon gick igenom rummen och ropade på honom, för hon kände till hans förmåga att gömma sig när han ville vara ifred. Han kom ut så fort han hörde hennes röst.

Får jag åka hem nu? sa han.

Det skar henne i hjärtat. Fick man verkligen tvinga barn till samvaro? Måste man alltid vara synlig? Var låg det självklara i det sätt att leva som deras maktspråk dikterade?

Hon anade att han var nöjd med sin eftermiddag och att han i avskildheten inte tänkt så mycket på vare sig fröknarna eller de andra barnen. Det fanns en lampa i garderoben och därför hade han kunnat leka med guldpapperssakerna och de granna påskäggen. Hon visste precis hur det hade gått till. Han hade suttit intensivt koncentrerad och mumlat över dem. Så gjorde han hemma med sina saker. Där behövde han inte låsa in sig för att få vara ifred. Han hade rävboan som varit Linneas. Det gick att förena svansen med nosen genom en svart nypa under hakan på räven. Vidare hade han en gammal tropikhjälm som han fått av Becka och ett skallerormsskinn i en ask från samma givare. Han hade de små aporna som inte hör något ont, inte ser något ont och inte vet om något ont överhuvudtaget. De var av onyx och Ingefrid hade låtit honom överta dem, för hon hade tyckt att de var en bild av hans inre. Han hade många andra granna saker och mest av allt älskade han det som det var guld på. Ingas bijouterier hade han i en sammetspåse. Hon hade inte haft hjärta att hävda att de skulle ligga oanvända i en byrålåda.

När det blev advent öppnade fröknarna garderoben och de hämtade stjärnor ur den. Efter ett tag började det brinna. Anand stod tyst och såg på medan alla skrek. Brandlarmet visslade, fröknarna skyfflade ut barnen på gården utan ytterkläder. Branden släcktes med en hink vatten av den rådigaste av fröknarna. Brandsoldater anlände till pojkarnas oerhörda, nästan förstummade förtjusning. De var två stycken och de säkrade garderoben som de uttryckte det. Sedan fick barnen i tur och ordning prova deras hjälmar.

Det kunde egentligen ha varit en lycklig eftermiddag. Men den blev Anands inträdesbiljett till psykiatrin. Föreståndarinnan sa att de hade funnit en tändsticksask i fickan på hans jeans.

Jag har åtta fickor på jeansen, sa Anand som alltid var saklig.

Hade du det? frågade Ingefrid. En tändsticksask.

Hör du inte vad jag säger! Vi har ju hittat en tändsticksask på honom!

Föreståndarinnan var långt över gränsen till hysteri. Anand fick aldrig tillfälle att svara. Men när de kom hem frågade Ingefrid om han hade tänt en eld i garderoben med julsakerna.

Bara en liten, svarade han. Inte den där stora.

Inga tog honom till barnpsyk och läkaren sa att Anand skulle utredas. Han tycktes ha samma förhållande till sitt språk som barnen på daghemmet hade till djur. Anand sattes i ett lekrum med en stor sandlåda där han kunde bygga landskap och sätta figurer i aktion. En psykolog observerade honom. Hon rapporterade till läkaren som också var klinikchef. Han kallade Inga till sig och gav sitt utlåtande: Anand var en fullt normal och välutvecklad pojke.

Nu var det ju också Anands idealtillvaro de hade satt honom i. Han fick leka ensam och koncentrerad med en vuxen i rummet som satt med papper och penna men inte störde honom. Det påminde honom säkert om när Ingefrid skrev på predikan.

Hon sa att orsaken till att hon kommit till dem med pojken var att han hade svårt att vara med andra barn. Han blev för uppspelt. Eller snarare upphetsad.

Daghemspersonalen tycker att han stör. De kan inte hålla ihop gruppen när han är där. Och så har han tänt på i en garderob. Men när vi är ensamma är han lugn.

Läkaren sa vänligt att den oro som daghemspersonalen påtalat kunde hänföras till bristen på fadersbild och till isolering med modern. Det kändes som ett slag på käften men hon visste ju att alla vuxna människor då och då måste stå pall för ett sånt. I längden oroades hon mer av att han använde begreppet normal. Hon hade föredragit frisk.

Efter garderobsbranden gick hon aldrig tillbaka till daghemmet med honom. Den gamla syster Elva som varit diakonissa blev hans dagmamma. De två trivdes alldeles utmärkt ihop. Inga skulle inte ha vågat berätta för psykiatern eller daghemsföreståndarinnan att Anand nu hela dagarna var tillsammans med en sjuttiosexårig och mycket from kvinna. Försök att få ut honom mer bland andra människor, hade klinikchefen sagt. När han var sju år måste han börja skolan. Det kunde man inte komma undan. Till dess kunde han i alla fall få ha den barndom han ville ha.

Ingefrid hade sagt ifrån om all tjänstgöring utanför Röbäck, men kyrkoherden ringde och bad henne ta en konfirmandgrupp. Det gällde bara en enda gång. Pastorn som hade gruppen låg i influensa. Hon sa ja för att hon ville pröva om Anand var mogen för konfirmationsläsningen. Han fick följa med och satt rätt tyst den första halvtimmen. Sen såg hon att han började bli otålig. De talade om vilka människor man hade ansvar för. Hon försökte vidga deras tankar om ansvarstagande men tyckte inte om sin egen pedagogik. Den var för beräknande. Det var som om hon ville att de skulle trilla i fällan och bry sig om hela världens befolkning. Om de kom därhän, skulle det bli ett mycket abstrakt engagemang.

Då sa Anand:

Hur ser Gud ut?

Hon kunde inte gärna säga att de inte talade om Gud just nu. Det skulle för övrigt inte stoppa Anand som började se uttråkad ut. Han saknade sinne för det abstrakta. Länge hade hon sett det som en brist i hans utrustning men tänkt att Guds rike också måste höra sådana till. Numera tänkte hon: det hör kanske i synnerhet sådana till.

Hon försökte styra om hans fråga så att de andra fick svara på den. En ambitiös flicka sa att man inte kunde se Gud, för han var som en kraft.

Hurdå kraft? sa Anand.

Du kan ju inte se elektricitet till exempel.

Jamen hur ser han ut?

Ingefrid måste nu ta Anand vid hornen. Hon kände honom; inget annat återstod.

Jag tror inte heller att man kan veta hur Gud ser ut, sa hon. Dom som har mött Gud har haft olika beskrivningar. Nu ska ni ta fram era biblar och leta i Första Konungaboken efter ett ställe där det står om en man som lägger sig att sova under en ginstbuske.

De prasslade villigt med bibelbladen.

Leta i nittonde kapitlet.

Flera hade redan funnit honom.

Vad heter han?

Elia.

Läs från det att han går ut i öknen, sa hon till flickan som jämfört Gud med elektricitet. Hon knuffades lite med en granne i bullig täckjacka som hade viskat något i hennes öra. Men sen kom hon igång:

> *Men själv gick han ut i öknen en dagsresa. Där satte han sig under en ginstbuske; och han önskade sig döden och sade: Det är nog; tag nu mitt liv, Herre...*

Ingefrid lät en pojke med skrovlig röst läsa om ängeln som kommer med brödet som bakats på glödande stenar och kruset med vatten. Elia piggnade till. Han åt och drack. Sen gick han till berget Horeb och där fick en flicka läsa några verser. Hon läste bättre men Ingefrid avbröt henne i elfte versen och lät Anand ta vid. Han tyckte om att läsa högt och glömde aldrig någonting han läst. Hon tänkte med något som inte var långt ifrån en rysning att han alltid skulle minnas det som han nu läste och som de andra antagligen hade glömt innan de steg på skolbussen för att åka hem.

Då gick Herren fram där, och en stor och stark storm, som ryckte loss berg och bröt sönder klippor, gick före Herren; men icke var Herren i stormen. Efter stormen kom en jordbävning; men icke var Herren i jordbävningen. Efter jordbävningen kom en eld; men icke var Herren i elden. Efter elden kom ljudet av en sakta susning. Så snart Elia hörde detta, skylde han sitt ansikte med manteln och gick ut och ställde sig vid ingången till grottan. Då kom en röst till honom och sade: Vad vill du här, Elia?

Hon teg en stund när han slutat. Hon tänkte bespara dem utläggningar men hoppades att några andra än Anand skulle minnas susningen och att de skulle tänka på den när de hörde löven i en trädkrona röra sig i vinden eller ljudet av fint regn på fönstren.

Varför gömde han ansiktet i manteln? frågade hon.

Det var ingen som kunde svara på det. Hon fick lov att själv säga att Elia hade varit rädd för att få se Gud.

Är det ingen som har gjort det då? frågade Anand och nu lät han definitivt otålig.

Nu ska vi slå upp Andra Mosebok, tredje kapitlet.

De läste om hur en buske brinner när Mose är ute och vallar sin svärfars får och hur Gud ropar i busken.

Då skylde Mose sitt ansikte, ty han fruktade för att se på Gud.

Han skulle ha tittat, sa Anand. Då hade man vetat.

Ingefrid talade en stund om de bilder av Gud som människor gjort sig. Men det tjänade ingenting till att tala med Anand om skiftande gudsföreställningar. Han vidhöll att han ville veta hur själva Gud såg ut.

I drömmen kan man kanske se Gud, sa Ingefrid. Vi kan läsa om en sån dröm i Daniels bok.

Nu prasslade inte sidorna så villigt längre. Det var flera som tittade på klockan. Hon lät Anand läsa eftersom han var den enda som fortfarande hade ett intensivt intresse för saken. Han hade inte läst färdigt då de reste sig. Tiden var ute. Det fanns ingen skolklocka i församlingshemmet och den behövdes inte heller. De höll själva reda på tiden och nu prasslade täckjackorna medan Anand läste:

> *Medan jag ännu såg härpå, blevo troner framsatta, och en som var gammal satte sig ned. Hans klädnad var snövit, och håret på hans huvud var såsom ren ull.*

De slamrade ut. Anand och hon var ensamma och hörde en stund deras röster. Sen slog ytterdörren flera gånger och det blev tyst.

Dom var dumma som stack, sa Anand. Det bästa kommer ju nu. Ska du höra?

Ja, läs du.

> *Hans tron var av eldslågor, och hjulen därpå voro av flammande eld. En flod av eld strömmade ut från honom.*

Ja, sa Ingefrid, så där drömde Daniel.

Jag tror det var sant jag, sa Anand.

De talade aldrig om Myrten. Ingefrid förstod inte varför det hade blivit så. Första och andra gången hon varit i Svartvattnet hade Risten i alla fall svarat på frågorna hon fick. Men nu blev det allt svårare och till slut alldeles omöjligt att föra Myrten på tal. Hon undrade om Risten var bitter. Hon kunde ha anledning till det, hon som trott att hon stått sin fostersyster så nära. Men hon verkade inte vara en människa som skyllde sin smärta på andra. Undvek hon snarare det som gjorde ont?

Aldrig en antydan om vem som kunde vara Ingefrids far hade hon gjort. Var det där det låg? Visste hon något?

Men Ingefrid vågade inte fråga.

Om byn fick hon veta mer för var gång hon satt i spisvärmen i Ristens kök. Det kom fram en stor kartong med fotografier som hade tillhört Myrtens faster Aagot. Släktingarna i Norge hade bara intresserat sig för den del av arvet som kunde omsättas i pengar. Men Risten hade tagit hand om kartongen före auktionen. Hon var upprörd över att de låtit Aagots linne gå under klubban. Det var gamla saker, lakanen hade knypplade spetsar och det fanns broderier i plattsöm som Aagots mor hade gjort under sin korta fästmötid.

Varför var den kort? frågade Ingefrid.

Risten log lite avigt.

Dä bli brått iblann, sa hon.

Nu kom Ingefrids morfars fars bröllopskort fram och där såg man Lakakungens dotter i slöja med krans av vaxblommor.

Men så här skulle dä se ut egentligen, sa hon och visade ett bröllopsfoto där bruden bar en stor krona, som egentligen inte var någonting annat än en ställning av metalltråd. Den var så överlastat prydd att Ingefrid tyckte den såg orientalisk ut.

Vad är det för nånting?

Dä ska va stenar som gnistrar. Dä ä väl glasbitar mest, i alla möjliga färger. Och mässingslöv och sidenband och silkespappersblommer.

Få se, sa Anand.

Han studerade fotografiet mycket noga och ville veta färgerna. Men dem hade förstås Risten inte reda på. Hon hade inte varit född när kortet togs sa hon. Han blev besviken. Risten fyllde i med vad hon visste:

Dä va nog stenar som va röa som rubiner och gröna som smaragder.

Och gula som tigerögon, sa Anand. Och silkespappersblommorna, rörde dom sig?

Ja, dä gjorde dom nog. När bruden geck.

Jag menar i luftdraget. Eller när det var levande ljus under kronan.

Det tror jag nog. För att inte tala om på sjön.

Sen berättade hon att på den tiden det inte fanns någon väg till kyrkan hade brudföljena, som då kallades för brurskrejen, rotts i flera båtar till Tullströmmen. Därifrån hade hela skrejet vandrat ner till Oppgårdsnostre på andra sidan fallet och strömmen där de hade båtar liggande. Det var hofjonkare som var marskalkar i höga hattar och brurframma som hade klätt bruden och kronan och småbrurpigor och släktingar och barn, allihop i en lång rad med brud och brudgum främst. Man kunde mycket väl tänka sig att silkespappersblommorna hade rört sig då och att mässingslöven plingat fint. Men det var ett sånt brurskreje som aldrig kom fram till Tullströmmen.

Varför inte det?

För att alla drunknade.

Ingefrid såg att Risten blev ledsen när hon berättade det men det var svårt att förstå vad som egentligen berörde henne så nära. Händelsen med brudföljet som drunknade i en storm på Svartvattnet hade inträffat för hundratjugo år sedan. Det kunde inte vara någon personlig sorg. Men nu ville hon inte tala om den mera fast Anand låg på. Ingefrid avledde genom att fråga om hennes mormor Hillevi hade haft en brudkrona med gnistrande stenar och kläppar och blommor.

Nej, sa Risten. Hon hade också lite för brått.

Hon sa inte mer. Det var underförstått att bara de oskyldiga brudarna fick ha krona. Eller i varje fall de som kunde gälla för det. Det gjorde Ingefrid full i skratt att kvinnor i hennes släkt i tre led hade gått händelserna i förväg. När hon kom tillbaka till prästgården och blev ensam med Anand i det ekande huset, satte hon sig att se på fotografierna hon fått med sig. Kvinnorna hade lämnat sina släkter och passerat sockengränserna som brudar. De hade mässingskläppar och glasbitar och blommor av papper och vax i kronorna av metalltråd på sina huvuden. Om vaxkonvaljer och pappersrosor hade talat om deras oskuld och förväntade fruktsamhet, så hade glittret av glas och metall säkert varit tecken för den egendom de förde med sig och den de gifte sig till.

I de mäktiga samiska släkterna förde kvinnorna renar över till nya betesområden. När de fick barn innebar det nya klipp i renkalvars öron. Egendom fördelades, men den drogs också ihop. Förmera, föra över, dra ihop var innebörden i denna trafik. Det var fest och fiolmusik när kvinnorna i sina drottningkronor fördes över. För också i byarna trafikerade brudarna ägogränserna och bar egendom i sina jungfrukronor: skogsskiften, beteshagar, slåttermyrar, åkerlappar, kor och getter.

Men Ingefrids mormor Hillevi hade kommit utan egendom. Hon hade haft sin utbildning med sig, sin duglighet och sina höga ambitioner. Hon reste över många gränser för att gifta sig. Av kärlek?

Och Risten själv. Hon hade inte haft några renar med sig till Norge. Hon sa inte mycket om sitt giftermål. Men något hade undsluppit henne om en lånad silverkrage. Om det inte lät bittert, så lät det i alla fall beskt. Och gamle Elias hade sagt till Ingefrid:

Dom var riklappar, Nila Klementsens släkt. Det var nog inte nådigt att komma in i den.

Inga värdeutfästelser i brudkronan hade Risten haft. Bara en myrtenkrans och en vit slöja ovanför samedräkten. När Nila sprängde sig själv till döds i en olycka vid en ammunitionsdepå, blev hon ensam och fick fullfölja ett helt annat öde. Hon blev den som fick dra försorg om sina barn.

Som Linnea tänkte Ingefrid. För vad bidrog egentligen Kalle med när popen och rocken hade besegrat hans musik? Kunde han ens betala konjaken och cigarretterna själv med det han tjänade på sina gig?

Hon fick en underlig känsla av skam inför denna sega kvinnostyrka. De hade blivit ensamma Hillevi och Myrten, till slut också Risten. Omsorgskraften hade inte längre haft någon riktning. Vattna blommor. Baka skorpor. Vänta. Till Risten kom i alla fall den där gudasände gubben som satt i soffhörnet och doppade mandelkubb i kaffet.

*

Hon hade sitt första syföreningsmöte en torsdag därför att de alltid hade haft syförening på torsdagar.

Samma vilke teveprogram dä ä, sa en av dem och lät smått ilsken. Ingefrid trodde först att det var av förargelse för att hon gick miste om en eller annan serie, men när de pratat en stund förstod hon att de tyckte att televisionen hade slagit sönder deras föreningsliv.

På Myrtens tid, sa de ofta när de pratade om körsång och amatörteater. De tyckte det var spännande att Myrten haft en dotter som ingen vetat om. De hade tyckt om sin postfröken. Det var av syföreningskvinnorna hon fick veta att Myrten brukade åka ner till Stockholm för att lyssna till körmusik i en stor kyrka.

Hade hon varit där den 23 februari 1967? Hon kanske snabbt gick till utgången och ställde sig att se på dem som passerade ut. Hon ville känna igen flickan som hon lämnat ifrån sig.

Ingefrid blev upprörd och hade svårt att inte visa det så hon gick ut i köket. De visste naturligtvis inte om Myrten varit i Stockholm just i februari 1967. Ingen kunde längre veta det. Det var som om det aldrig hänt. Myrten kunde ha stått i kyrkporten. Eller inte stått där. Ingefrid märkte att hon grät. Hon började fylla på kaffe i den stora bryggaren som hon lånat från församlingshemmet och försökte låta bli att tänka på Myrten Fjellström. Hon skulle göra det när hon blev ensam. Inte förr. Och hon skulle inte grubbla över henne. Bara låta dessa bilder vandra. Skarpa och diffusa och alltid motsägande.

Det stora femtiotalshuset med sitt skal av grå eternitplattor var inte längre så skrämmande kalt. Mats Klementsen hade på nytt kommit med Isuzun och lastat ur en byrå och två skinnfåtöljer från pensionatet. Risten hade skickat med gardiner till hela nedervåningen. På logen hade doktor Torbjörnsson haft en kökssoffa stående, en sån som egentligen var en gustaviansk säng. Han tyckte den skulle stå i Ingefrids kök.

I alla händelser far den bättre hos dig, hade han sagt. Det snöar in på gälln. Mats har lovat göra ett lock av spånplatta. Så att du kan sitta på den.

Syföreningskvinnorna hade också presenter med sig: en broderad kudde, ett par smådukar till kaffebord och en brödkorg av näver. Hon såg sig omkring i ett hopplock som hon aldrig skulle ha valt, inte med de stränga smakregler som rådde i den samhällsklass hon tillhörde i Stockholm. Det vällde in parafernalia över henne. Här får du en lysduk. (Hon visste inte ens vad det var.) Här är ett fårskinn. Det är golvkallt i prästgårn, det vet alla.

Stanna hos oss.

När hon var ung hade hon i full förtvivlan frågat sig: Vem älskar kyrkan? De här gamla kvinnorna gjorde det. De älskade kyrkan som hon varit på femtiotalet. Det gjorde nog ingen annan.

Hon reste sig och gick efter en bok.

Jag ska läsa ur Torntuppen sen, sa hon. Precis som ni har bestämt. Men jag börjar med ett stycke ur en annan bok.

De lyfte blicken från sina handarbeten, förväntansfulla. Hon försökte föreställa sig dem under den gudstjänst då de hade vänt sina ansikten mot älghornen i koret.

Det här är skrivet på trehundratalet av en man som man kallade för Guldmun, sa hon. Det gjorde man för att han talade så vackert.

Se framför dig Elia och det otaliga folket runt honom. Offret vilar på stenaltaret. Alla står stilla och tysta, endast profeten ber, och strax slår lågan ner på offret, allt väcker häpnad och allt är fyllt av djup bävan.

Gå sedan över till det som sker idag, och det är inte bara förundransvärt att skåda utan överträffar allt häpnadsväckande. Där står prästen, men inte för att kalla ner eld utan den heliga Anden, och bönen är utförlig, men inte om att någon fackla från höjden skall förtära det som ställts fram utan om att nåden skall falla över offret och därigenom upptända alla själar och göra dem mer lysande än smält silver.

Hur kan någon utan att vara galen eller förvänd förakta en förrättning som väcker en sådan bävan?

I slutet av mars kom det mycket snö. Ljuset lyste igenom byarna. Hon tyckte det var underligt att det var vår med långa ljusa kvällar men samtidigt bittert kallt. På morgnarna kunde hon inte urskilja termometerns gradskala i snöbyarna utanför fönstret. Det knakade i huset, det väste och ylade utanför. Hon kröp för det mesta ner i sängen när hon fått iväg Anand med skolbussen. Ibland låg hon till klockan var över nio. Hon undrade om det inte var fler än hon som gjorde det.

En eftermiddag, i sydostlig snöstorm, kom flygeln. Flyttbilen hade nätt och jämnt orkat fram i drivorna på vägen. Det var Myrten Fjellströms instrument som en gång hade stått i villan i Byvången. När Dag Bonde Karlsson dog och hon flyttade hem till Svartvattnet och blev poststationsföreståndare igen, hade hon låtit församlingen ha den till låns. I det lilla huset som hon delade med Risten fick den inte plats. Den hade stått i församlingsgården sen dess, men nu skulle man inte ha den där längre.

Och rätt ska vara rätt, sa kyrkoherden. Den är ju din nu.

Men Ingefrid visste att han ville bli av med den. Församlingen hade skaffat keyboard och förstärkaranläggning.

Det var ingen idé att röra den när den varit ute i kylan. Hennes pappa hade arbetat på verkstaden i en instrumentaffär och han hade talat om instrumenten som levande varelser. Hon gick runt den och tyckte det var underligt att hon ägde en flygel.

Tänk så glad pappa skulle bli om du lärde dig spela ordentligt.

Hon hörde mammas röst så tydligt som om hon hallucinerat den, när hon stod framför flygeln som fortfarande kändes iskall att ta i. Det hade varit svårt att få Inga att öva. Hon hade varit hopplös.

I den samhällsklass som inte ens hade något namn, men som ur landsbygdsmylla och obestämd underklass kavade mot småborgerligheten, var alla ungar hopplösa. Mask i stjärten och trasiga tänder, dålig hållning och lättja, viljelöshet, gulgrönt snor och uppnosiga svar kom rakt ur den proletära komposten. Där var det nog varmt och gott. Men man skulle härdas med pianospelning och realskola i ekande lokaler.

De hade i själva verket stort hopp om oss, tänkte hon, och det var först sen jag tagit studenten som mamma slappnade av lite. Snällheten var ju naturlig för henne, men för den goda sakens skull hade hon varit tvungen att hushålla med den. Ja, Linnea är ju så märkvärdig av sig, hade farmor sagt. Då hade Inga velat ta stoppnålen ur farmors nålkudde och sticka den i stjärten på gumman. För om inte mamma hade försökt hålla fint och prydligt och tagit hand om pappas gager och låtit honom få precis lagom mycket sprit, hur skulle det ha gått då? Han var alltid snygg i välstrukna skjortor. Inga tyckte att han luktade Aqua Vera ur mun också och förstod inte orsaken. Om han var hemma en kväll somnade han i soffan. Fast han var förstås sällan hemma.

Det var mamma som hittat på att de skulle byta namn. I musikerkretsar hade pappa alltid kallats för Kalle Mingus. Det var för att han beundrat Charlie Mingus så mycket. Han hade inte trott att det gick att ta det namnet men mamma sa:

Försök får du se.

Hans band hette Kalle Mingus Swingsters. Så bytte de namn och Inga Fredriksson blev Inga Mingus. Då var jazzen redan på väg ut och rocken in, så ingen i skolan hade vetat vem Mingus var. Pappa fick inte många jobb. Han hade slutat på instrumentverkstan för länge sen och nu fanns ingenting att gå tillbaka till. Den nye ägaren hade gjort om butiken till skivaffär. Linnea hade stått i butiken. Hon hade på sätt och vis ersatt pappa fast inte som instrumentreparatör förstås. Hon stod vid disken och sålde skivor.

Som vuxen hade Inga ofta undrat hur det gick till när Linnea köpte lumpaffären på Hantverkargatan. Varifrån hade hon fått pengar? Det ville hon inte berätta. Men när den gamle lumphandlaren för länge sedan var död, då sa hon det till slut: hon hade köpt en tavla hos honom. Hon köpte den för att hon tyckte den var snygg och hon hängde den ovanför soffan. Det var en hage och en åker och så var det kor. Hon hade gett tjugofem kronor för den. En dag gick hon förbi en konsthandel på Birger Jarlsgatan och såg en tavla som var nästan likadan. Det stod ett namn i hörnet. Hon hade aldrig tänkt på om det stod något namn på hennes tavla. När hon kom hem såg hon det: Krouthén.

Då börja det pirra lite, sa hon. Hon gick tillbaka till konsthandeln och frågade om kotavlan. Den kostade tretusen.

Du kan nog inte fatta hur mycket pengar det var då, sa hon.

Sen gick hon runt till konsthandlare i stan och till slut sålde hon tavlan för tvåtusensexhundra. Hon gick tillbaka till den gamle som sålde begagnat och hittade böcker som hon trodde var värdefulla. Hon gick runt och frågade och så sålde hon. Ljusstakar. Kristallvaser. Allt möjligt.

Till slut blev det pengar, sa hon. Riktigt bra med pengar. Då köpte jag gubbens lumphandel. Han måste sluta för han såg inget längre.

Mamma skulle ha tyckt om att hennes dotter hade flygel. Men hon skulle inte ha velat att den kom från den där kvinnan. Den fattiga flickan från Jämtland.

Det fick Ingefrid att minnas en gammal dagdröm. Eller en kvällsdröm snarare för hon brukade ha den när hon skulle somna. Det måste ha varit efter händelsen med tanten i trappan, då hon fått veta att hon var fosterbarn. Men drömmen hörde till ett skede innan mamma ännu hade sagt att det var en fattig flicka från Jämtland som hade fött henne. I den drömmen hade hennes mamma bott i en Djurgårdsvilla. Inga kom dit och var nästan vuxen och finklädd. Hon träffade damen som var hennes mamma och hon var ung och ljus och vacker. Hon hade varit ännu yngre när hon fick Inga, så ung att hon inte hade kunnat klara upp ett barn. Hon var moderlös själv. Pappan var amiral.

Hon brukade tänka ut fantasin innan hon skulle somna, men ibland blev den besvärlig med alla namn som skulle hittas på och åldrarna på folk i den nya släkten. Till och med hundarna skulle ju ha namn. Och segelbåten och alla rosensorterna i trädgården. Det blev mer och mer invecklat. Det hände att hon inte kunde somna för att huvudet snurrade av namn och årtal. Själva livet i Djurgårdsvillan var inte så svårt att hitta på. Hon tog det ur William Lockes romaner som mamma hade flera band av och som hon älskade och aldrig sålde.

I den drömda Djurgårdsvillan som hade fönster ut mot Saltsjön, stod det en vit flygel. Hemma hade de bara haft ett litet piano.

Tänk så glad pappa skulle bli om du lärde dig spela ordentligt.

Men det var inte bara det att hon övade för lite. Det var detta andra: hon var inte musikalisk som pappa. Inte som Myrten Fjellström heller. Vad är jag egentligen? tänkte hon.

Flygeln var ostämd. Den var helvetes ostämd och helt enkelt vanskött sa Birger Torbjörnsson. Han hade varit hos henne och prövat den. Myrten Fjellström hade han känt ganska bra och han tyckte det var en skam att de hade misskött hennes flygel.

Jag tänkte donera den till församlingen, sa Ingefrid.

Det ska du inte göra. Låt dom ha sin keyboard.

Hon anade att han hade hört en del religiös pop under sitt liv i församlingen.

Men jag kan inte dra på mig en flygel här. Jag ska ju tillbaka till Stockholm.

Jag ska hjälpa dig att sälja den, sa han. Det är en fin gammal Bechstein. Det lönar sig för en pianohandlare att åka hit och titta på den. Men då måste den vara stämd.

Birger ordnade med en pianostämmare. Det blev dyrt för han reste ända från Östersund och måste komma två gånger. Mellan stämningarna skulle flygeln vila och sätta sig i sitt nya klimat. Efter den andra stämningen kom Birger igen. Han var rätt nöjd nu sa han och så spelade han Tomtarnas vaktparad. Men han kallade den för Heinzelmännchens Wachtparade. Han hade fått noterna i julklapp när han var elva år.

Det var lite tyskt då allting.

Jag har hittat Lili Marlene på tyska, sa Ingefrid. De låg bland Myrtens papper.

Hon skämdes för att säga Myrten Fjellström och kunde inte säga mamma.

Spela den en gång till, bad hon.

Den här kan jag riva av i sömnen, sa Birger och så lät han tomtarna marschera igen. Efteråt drack de kaffe. Här var det inte bara församlingslivet som gick på kaffe. De små byarna puttrade hela dagarna i kaffedoft och småprat. Men alla klagade över att folk så sällan gick in till varandra nuförtiden.

Dom menar på kvällarna, sa Birger. Då är det teve. Förr i världen var det nog lite speciellt här. Nu är vi globala. I alla fall på kvällstid.

Plötsligt frågade han:

Hur går det för dig? Får du veta nåt om din mamma?

Inte mycket.

Han tuggade länge på en bit mjuk pepparkaka.

Hon sjöng vackert tror jag. Hörde du henne i kyrkan?

Nej, hon sjöng inte där. Annat än i kören. Vi hade en lärarinna som stod för sången på begravningarna. Jag gick inte i kyrkan då.

Men nu gör du det.

Ja.

Han var en stor och tjock karl. När han kom utifrån och det var kallt fanns det smärta i hans ansikte. När han tog medicin mot den försökte han göra det omärkligt. Risten hade sagt att han hade kärlkramp. Hon hade också berättat att han hade pensionerats förra året och att han höll på att skriva en bok. Om våra sjukdomar, sa Risten. Han säger att det är vår historia.

Nu satt han och såg Ingefrid rakt i ögonen. Hon blev nästan generad.

Du behöver inte redovisa, sa hon. Jag har ingen rätt att fråga. Jag hör själv att det låter som om jag vill dra in dig i nånting. Kyrkkaffe med komplikationer.

Nån tro har jag inte, sa han. Har aldrig haft.

Han tog en bit pepparkaka till och mumsade en stund under tystnad. Hon hade velat säga någonting, för hon var rädd att hennes tystnad verkade som ett krav. Men hon kom inte på något.

Jag kan inte tro på nånting som jag inte kan hålla för sant, sa han. Jag lärde mig det där som student. Det var när jag läste på min första tenta.

Han var oklippt. När han kom in hade nackhåret varit isigt under mösskanten. Nu hade snön smält och hårtopparna lockade sig.

Jag pluggade in människokroppens alla ben på latin och letade i ett antikvariat efter ett kompendium om musklerna. Då kom jag över Ingemar Hedenius Tro och vetande. Att man inte skulle tro på nånting som man inte kunde hålla för sant, det var väl en rätt naturlig tanke för en naturvetare. Men för mig var den som en skalpell rakt in i dököttet. Jag levde knappt ser du.

En ung student? Som inte levde.

Ja, jag menar andligen, som du skulle uttrycka det. Jag hade växt opp i dimmor. Dom var germanska. Farsan var anstucken.

Vad är det?

Påverkad av nazismens idéer. Allt det där kunde man ju skjuta ifrån sig så länge kriget varade. Jag levde mitt pojkliv och var mer intresserad av flygplansmärken än av politik. Men kriget tog slut och tyskarnas kz-läger öppnades. Då blev min andliga misär akut.

Han satt tyst och var långt borta i tiden. 1945. På sommaren då jag kom till, tänkte hon. Här nånstans. Risten hade sagt att Myrten var hemma hela den sommaren. Hon hade sagt det innan hon blev så förtegen. Hade Myrten vetat om det som Birger talade om nu?

När dom öppnade lägren sa farsan att det var propaganda alltihop. Likhögarna på tidningsbilderna var arrangerade av dom allierade. Jag gick där i min tankegyttja och kom ingenvart. Försökte inte heller.

Men när du blev student, då kom du vidare.

Det var bara en slump att jag fick tag på den där boken. Jag hittade inte det kompendium jag letade efter, men jag köpte den och Dashiell Hammets Glasnyckeln.

Nu ska jag hålla mun, tänkte hon. Den pastorala förlossningskonsten hör inte hemma här. Det här är en människa som klarar sig själv. Han säger så mycket han vill.

Det blev en sorts omvändelse, sa han. Men den hade inget med nån religiös kris att göra. Jag tror inte jag visste vad religion var annat än som suckar och utsagor som var för vaga för att vara påståenden. Det mesta i Hedenius bok föll förresten bort för mig. Jag minns ingenting nu. Mer än detta: man ska inte tro nånting som det inte finns några förnuftiga skäl att hålla för sant. Fråga mig inte hur det gick till att jag kom att vända på resonemanget. Du kan tro på det som går att hålla för sant. Det var min omvändelse till förnuft. Utan särskilt mycket bök eller uppståndelse i hjärnan gled utrotningslägren in i min föreställningsvärld. Jag insåg att jag kunde hålla dem för sanna. Det förändrade allting. Det var liksom inte samma värld längre.

Det hedeniuska förnuftskriteriet var förresten ett verktyg som jag hade användning för varenda dag. Det kändes som att borsta tänderna i hjärnan. Farsans prat rörde mig inte längre. Förresten tystnade han när hans hjälte hade skjutit sig och hejdukarna hade hällt bensin över liket och tänt på. Jag tror nog att min andliga slöhet under uppväxttiden verkat som ett försvar. Nu hade jag inget behov av nån uppgörelse. Jag var några år för gammal för det. Och farsan hade blivit som en gammal tomsäck. Jag tyckte nästan synd om honom. Han orkade inte med att orera längre. Mamma räckte honom potatiskarott och såskopp och nickade uppmuntrande när han lyckades få ett litet utbrott. Jag hade mitt liv på annat håll. Jag hade väl helt enkelt blivit vuxen.

Det blir inte alla, sa Ingefrid.

Han såg på henne en stund. Det såg dråpligt ut för han tuggade hela tiden. Han hade återgått till kanelsnurrorna. När han till slut svarade, insåg hon att det var med varsam kritik:

Det där Hedeniuskriteriet, opp och nervänt eller inte, gjorde mig faktiskt inte högfärdig.

Hon serverade honom tyst mera kaffe ur termoskannan.

Jag märkte ju att människor höll allt möjligt för sant utan att ha övertygande skäl, fortsatte han. Och att dom vägrade att tro på sånt som var uppenbart bevisat. Men jag var ju likadan. Jag regerades som alla andra av känslor. Först i alla fall. Sen hade jag ju förnuftskriteriet. Jag tog mig i kragen med det. Hela min verksamhet var ju en aning skum om man såg den ur förnuftssynpunkt. Jag var ju doktor. Folk trodde på mig utan att blinka. Vad skulle dom annat göra? Dom kunde ju inte gå och ta en med.kand. för att kontrollera mig. Dessutom mådde dom bättre av att tro på mig. Att åtti procent av alla åkommor och sjukdomar läker ut av sig själva var nånting som jag höll för mig själv. Om jag sa det skulle dom ju tappa tron på mig. Eller gå till en homeopat.

Så jag levde med mina patienter i en härva av försanthållanden och beroenden. Ömsesidiga. Dom gjorde mig till doktorn. Jag kände mig som doktorn. Hur kunde jag göra annat?

Jag kom att läsa Tingsten sen. Det var nån gång i slutet på sextiotalet. Jag var en riktig bygdedoktor då. Provinsialare. Tingsten hörde för mig ihop med Hedenius och den där debatten om tro och vetande som gjort så stort intryck på mig, fast jag hade missat dess egentliga innehåll: religionsfrågan. Jag hade lyssnat på dem i Uppsala, det var en debatt i aulan. Jag minns fortfarande Tingstens gälla gumröst när han fick avsluta en replik i förtid och skrek: Jag återkommer till Jesus! Då var allting en sorts intensiv förnuftsövning. Det hade börjat gå över i rena cirkuskonsterna.

Och där biskoparna stod sig slätt, sa Ingefrid. Det har jag förstått när jag läst om det. Dom var för yrvakna. Vana att bli lämnade ifred. Men när Tingsten skrev om sig själv och sitt liv, då lät förnuftets röst som ett ynkligt människopip. Var det inte så? Jag har också läst hans memoarböcker.

Jo. Han var åskrädd och vettskrämd för döden. Han bekände ju att han hade fallit på knä och bett om förskoning både från åsknedslag och utplåning.

Han var alltså mänsklig, sa Ingefrid.

Sen borstade doktor Torbjörnsson smulorna från byxorna ner i sin kupade hand och la dem i koppen.

Nu ska jag gå, sa han. Du är väl inte mörkrädd här i huset?

Nej, sa hon. Jag har ju Anand.

Javisst ja. Du var ju ensam i pensionatet första gången.

Hon förstod att Mats hade pratat. De pratade om henne som de kallade Ingefrid. Om mig, tänkte hon. Hon var innesluten i deras prat.

Birger Torbjörnsson kom förbi och sa att nu var doktorsboken i hamn. Den var inte på långa vägar färdigskriven, men han hade allt material som han behövde.

Det bästa har jag därute i bilen, sa han. Nu är jag klar med genomgången och ska lämna tillbaks lådan.

Bara han sa ordet låda förstod jag.

Ä det Hillevi Halvarssons böcker?

Det var det. Han hade inte ord nog att berömma henne sa han. Allt hon såg och upplevde när hon gjorde sin gärning med barnsängskvinnorna och med barnen och med de fattiga som hon hjälpte, det stod i hennes svarta vaxduksböcker.

Risten, vad är det? sa han.

Han satt där och var nästan uppspelt för sin bok. Våra sjukdomar är vår historia, säger han jämt. Han har lagt pussel med dem i alla år och han har en bild av hur människorna i våra bygder har levt och hur de har dött. Men jag har inte lagt pussel. Det finns bitar som jag har skjutit ifrån mig.

Nu får du säga mig hur det är, sa doktor Torbjörnsson. Du vart blek och ser faktiskt dålig ut.

Dä ä ingenting, sa jag. Men du ska ta in lådan hit. Dä ä en bok som måste bort.

Nej, sa han. Det går inte.

Då må du lämne in alltihop på länsmusée. Men du ska inte ta böckerna tebaks te församlinga.

Han såg mycket tankfull ut. Till slut sa han:

Det går inte ser du. Det här är arkivalier nu. Allting är uppmärkt och registrerat. Komminister Zachrisson gjorde det på en gång när han fick materialet. Man kan inte ta bort nånting.

Vänta åtminstone, sa jag. Vänta tess Ingefrid Mingus ha åkt tebaks te Stockholm igen. Behåll lådan.

Nej, sa han.

Då förstod jag att han hade läst den bok som låg nere i botten på lådan.

Man har alltid berömt mig för mitt goda minne. Själv vet jag hur bedrägligt minnet är. Nu vet jag det bittrare än någonsin.

Jag undrar varför han skriver på den där boken. Ingen kommer att vilja kännas vid det han berättar. Det är en annan sorts ohyggligheter folk vill ha nu. Den grå massan av löss som rör sig i en hårbotten kväljer. Stanken ur sura blöjor och de variga såren bjuder emot. Att liv kvävdes i uppgivenhet är inte att stå ut med. Hillevi gjorde precis så mycket att det inte tog henne förnär. Men det vill Torbjörnsson inte veta. Hur ska hans läsare stå ut med det?

Det allra förfärligaste är ett barns död. Det finns ingenting värre.

Var grävde dom ner det? Det fanns väl inget annat ställe än dyngkasen. Marken var ju frusen på vintern. Kanske grävde dom fram det sen och begravde det i myrn. Om man kan kalla det begrava.

Jag vill inte veta. Jag får aldrig veta det heller.

Den dan hade jag svårt för tanken att Elias Elv skulle komma ner på eftermiddan och sitta i min kökssoffa och vänta på postbussen. Alla skal hade fallit av gubben. Först norskheten. Det var ju länge sen. Egentligen visste jag sen lång tid tillbaka att han var hemma här i bygden. Men fast jag hade läst i Hillevis bok med de vinröda sammetspärmarna, hade jag inte förstått att han egentligen hette Eriksson. Jag hade nog inte velat förstå det.

Är det verkligen minnet som bedrar oss? Första gången jag såg honom var i maj 1981. Aagot hade dött och sterbhuset skulle sälja en tavla som stod på hennes vind. Då kom den här karln från Norge. Jag visste att han hade målat tavlan själv. Det förstod jag så fort han vände på den. Det var nånting i hans ansikte som sa det. Han tittade på den tunna flickkroppen mellan hästarna. Jag tänkte: Att du kunde måla så fint. Inte bara sommarnattsljuset. Utan flickkroppens ömtålighet. Att du hade en sån varsamhet mot det sårbara.

Elias Elv kom den eftermiddan precis som alla andra. Jag kunde ju inte precis hindra honom. Det var Mats som körde. Men först gick han i affärn. När han kom därifrån hade han en kasse med sig. Han gick försiktigt nerför min lilla backe. Det var bra skottat och för varje steg högg han fast käppbrodden i den hårdpackade snön. Jag gick inte emot honom ute i vindfånget som jag brukar, för jag mådde inte bra. Det hade kommit ett illamående över mig och jag hade ont i bröstet. Jag ville vara ifred och tyckte det var svårt att möta honom. Då säger gubben:

Jeg ønsker en fredelig jul og et riktig godt nyttår!

På norska – som i gamla dagar. Och vi befann oss i slutet av mars. Jag trodde att han hade blivit glömsk. Då stolpade han fram till köksbordet och la opp ett paket ur kassen. När jag tog av pappret såg jag att det var lutfisk. Norsk dessutom.

Dä ä inga ordning, sa han. Nu ha dom lutfisken te vårn och kräften hela åre. Men fisken ä väl lika go för dä.

Jag sa att jag skulle koka den och göra sås till. Men att jag måste vila mig lite först. Jag mådde illa och hade ont.

Å fläsk, sa han. Stekfläske ovanpå.

Dä ä nåt norskt påhitt, sa jag. Men visst kan ja göra dä om du vill.

Norskan han talar är ju inget apspel, tänkte jag. Han är ju norsk, på sätt och vis. Han kanske är allting som jag sett och hört av honom, hur illa det än hänger ihop.

Brita ringde och sa att hon hade varit på premiär i helgen. Dramaten hade tagit upp en Millerpjäs som hette Den sista yankeen.

Kan du tänka dig att Anita Wall steppade!

Det var måndag i stilla veckan. Anita Wall steppade. Brita ändrade röst och sa:

Jag önskar du vore här nu. Jag skulle vilja ha dig vid min sida under påskhelgen. Som det nu är har jag Åke. Han är snäll men inte särskilt inspirerande.

Sen dog samtalet ut. Nu går hon igenom altarutsmyckningen med personalen tänkte Ingefrid. Och mässhakarna. Dag för dag. Från djupviolett till vitt och guld. Hon fick upp ett minne från Indien: de skulle få se ett traditionellt skådespel. Men först fick gruppen komma in bakom scenen och se på hur skådespelarna gjordes till gudar och demoner genom påklädning och sminkning. Man hade förstått att européer var intresserade av tekniken. De fick se skickliga yrkesmän med stift och fina penslar arbeta fram de gudomliga särdragen. Men turisternas roade intresse kunde inte ge gudarna liv. Det var förbehållet andra åskådare.

Längtan hem hade kommit som en häftig kväljning när hon stod i det trånga sminkrummet: Jag är inte road av teknik. Jag vill ha liv. Mitt drama är inte här. Det är annorstädes.

Becka ringde. Det var inte så konstigt att samtalet kom när hon tänkte på Indien, för Becka ringde var och varannan dag.

Jag förstår dig inte, sa hon. En stiftelse!

Ja, en stiftelse där styrelsen tar ställning till ansökningar om bidrag. Du kan ringa Staffan Wikner. Han har allting klart.

Vem är han?

En advokat jag känner.

Du har gått till en advokat!

Ja, han blir verkställande ledamot i stiftelsen.

Du har svikit mig! sa Becka. Du har svikit LEAD och Indien.

Det är omöjligt att svika Indien, det är för stort, tänkte Ingefrid men sa det inte. Staffan hade sagt åt henne att i alla lägen avvakta och hänvisa till honom. Men hon tyckte ändå att hon måste trösta Becka:

Du får ju möjligheter att söka pengar till LEAD:s projekt.

Möjligheter, sa Becka bittert. Ja, dom är nog bra. Men pengarna som du faktiskt lovade oss hade varit bättre. Vet du vad pengarna ger egentligen? Makt. Det är det dom ger.

Ja, jag vet det.

Man slipper övertyga idioter och smickra självbelåtna SIDA-tjänstemän, sa Becka. Intrigera bland indiska lokalpolitiker. Man kan bara göra det som man vet är rätt. Bara göra det! Å Inga du anar inte vad jag har längtat efter det.

Makt?

Ja. Det är klart. Skulle du inte vilja ha makt över verkligheten?

Nej, sa Ingefrid. Nej, det skulle jag inte. Det är magi.

Men Becka lyssnade inte.

När de lagt på tänkte Ingefrid att hon faktiskt hade lurat henne igen. Hon hade inte sagt någonting om de fem basbelopp som stiftelsen efter hennes död alltid i första hand hade skyldighet att utbetala till Anand. Hon skulle ha haft lust att berätta för Becka om Linnea också, vad hon gjorde med sina tillgångar. Skulle Becka ha skrattat? Nej, hon skulle ha kvidit.

Linnea hade haft näsa för antikviteter och när hon sålde sin affär fick hon bra betalt. Hon investerade pengarna i nya föremål som hon fyllde våningen på Norr Mälarstrand med. Med tiden gick det upp för henne att det inte var stor idé att låta dottern ärva dem.

Du säljer bara det du får, sa hon. Det har du gjort hittills. Du säljer underbara och sällsynta saker utan urskillning och skänker bort pengarna. Det kan jag lika gärna göra själv.

Sen började hon skänka ljusstakar och tavlor, kinesiska krukor och silkessjalar och ikoner från det gamla Ryssland till välgörenhetsauktionerna på Skansen. De sköttes av en fryntlig värmlänning med smort munläder och Linnea satt på första bänk i hatt och kappa och såg rätt flott ut. Men när hon rörde sig var hon tung och hennes dåliga hjärta hade gett henne svullna vrister. Auktionerna sändes i television och Inga hade sett Linnea avtackas, en gång med en stor silverkandelaber i knät, en annan med en liten kaffekanna ur en engelsk servis från 1700-talet.

Hon hade påskhelgens fyra gudstjänster att förbereda. När telefonen ringde var hon intensivt sysselsatt och kände irritation. Hon trodde det var Becka som ville försöka övertala henne igen eller Brita som skulle ställa allt tillrätta efter det vagt obehagliga samtal de haft. Men det var Birger Torbjörnsson på en mobiltelefon.

Jag är i Östersund, sa han. Jag for in med Risten. Hon är inte bra. Kan du åka hem och stilla åt tackorna?

Sen dog linjen. Vad var det med Risten? Hem, tänkte hon sen. Varför säger han så? Och stilla åt tackorna. Hon hade hört uttrycket förut. Stiill sa Risten. Det måste betyda att de skulle ha mat.

Hon hade en nyckel till huset. Risten hade gett henne den och sagt: Det är ju ditt hus. Du ska komma hit så ofta du vill. Det är bara att stiga på. Nu packade hon de böcker hon behövde för predikoförberedelserna och la ner sin laptop i väskan. Det kunde dröja innan de kom tillbaka om de åkt ända till Östersund. Vid närmare eftertanke tog hon en del matvaror ur kylskåpet och la dem i en påse. Sen ringde hon till expeditionen på Anands skola och sa att han skulle fortsätta med bussen fram till Svartvattnet och gå ner till Ristens hus. Hon kom att tänka på Torbjörnssons gamla hund. Var den ensam hemma? Hon hade inte Birgers mobilnummer. Till slut försökte hon koppla om sin telefon så att hon kunde svara hos Risten, men upptäckte att det inte gick. När hon ringde Telia sa de att byn inte fått AXE-växel än.

Hon är inte bra. Det var svårt att förstå vad det betydde. Var de på lasarettet? Hon kunde ringa dit, men hon ville först uträtta det han bett henne om. Hon förstod att Risten kände oro för fåren.

När hon kom till Svartvattnet gick hon direkt in i fårhuset. Dörren till den lilla timmerbyggnaden var stängd med en enkel hasp. När hon öppnade hörde hon rörelser därinne och sen ett svagt ljud som var mittemellan ett kurrande och en hostning. Sen blev det tyst. Fåren hade kommit på benen bakom sin avbalkning av timmerstockar. De drog sig samman och rörde sig inte fram mot henne. Dom är rädda, tänkte hon. Dom trodde att det var Risten. Nu ser dom att det inte är hon. Eller känner dom det på lukten?

Ljuset var svagt. Det kom från ett fönster med åtta smårutor fulla av spindelväv som det hade fastnat höboss i. Det var en tät lukt av hö och får därinne. Men knappast av dynga. Hon trevade på väggen och hittade en gammalmodig svart kontakt som kunde vridas runt. En naken glödlampa tändes i taket. Hon såg att de hade gråtoviga pälsar och var oformligt tjocka. Bukarna vällde ut åt sidorna. Tre stycken var de. De kände igen människor och var rädda för främmande. Hon hade trott att de bara kände enkla saker som hunger och smärta. Hon borde säga nånting för att lugna dem men visste inte riktigt vad. De förstod väl inte ord i alla fall? Hon tänkte på Anand, vad han skulle ha sagt om han varit med. Det är lugnt!

Så hon sa det. Sen gick det bättre att prata. De lyssnade ju. På insidan av deras avbalkning satt en vattenhink fast i en ställning. Den var alldeles tom. Det fanns inte en hösmula på foderbordet. Birger Torbjörnsson måste ha gett sig av snabbt med Risten och inte hunnit ordna nånting. Hon måste hämta vatten åt dem och ge dem hö innan hon kunde gå härifrån.

Hon kände sig iakttagen. Det hade prasslat till. Det var någon mer inne i fårhuset. Den här gången kändes rädslan först i magen. Hon drog sig tillbaka till dörren och öppnade den utåt innan hon noga tittade sig omkring. Då såg hon att det låg en katt högt uppe i höet. Den tittade på henne.

Det är lugnt, sa hon. Jag ska hämta nånting åt dig också.

När hon kom tillbaka med vattenhinken sa en av tackorna ett ljud. Hon bräkte inte precis. Det var ett kort och uttrycksfullt ljud. Hon hade tagit ett par steg fram mot timmerbalken som skilde dem från Ingefrid. Hon känner igen min röst nu, tänkte hon. Det här börjar ordna sig. Men så fasansfullt tjocka dom är. Det kan inte vara nyttigt.

Katten smet iväg in i höet när hon kom med högaffeln. Hon fick bara ut små tofsar och förstod att hon hade fel teknik. Så småningom fick hon bättre grepp och la ner ett fång på foderbordet. Det hade en mättad lukt som låg och vägde i hennes medvetande. Ett minne ville bli till, men det blev inget. Fåren hade druckit vatten i långa sugande klunkar. Hon anade att de hade en rangordning för de knuffades inte. Det gjorde de inte heller nu, när de gick fram och stack in sina huvuden mellan foderbordets stänger. Den största av dem stod närmast avbalkningen. Ingefrid tyckte om ljudet när de åt. Det lät gott.

De måste ha varit törstiga för vattnet i hinken var nästan slut. Hon hämtade en till och tog med sig ett fat med rå lutfisk åt katten. Hon hade hittat den i kylskåpet. Allting verkade oförberett. Risten måste ha sjuknat snabbt.

Birger Torbjörnsson ringde först vid sjutiden på kvällen. Då var han på väg tillbaka.

Risten har haft en infarkt, sa han. Inte nån stor och massiv. Jag tror det ordnar sig.

När han kom fram gav hon honom av deras middagsmat, som hon tagit till i överkant i tanke att han kunde vara hungrig när han kom. Han berättade hur han funnit Risten. På förmiddagen hade han varit där och hon hade sett blek och dålig ut när han åkte.

Jag skulle till dig och lämna in arkivalier förresten. Men när jag åkt halvvägs till Röbäck vände jag. Det var nåt med hennes ansiktsfärg och med hela intrycket som inte var bra. Hon satt i soffan när jag kom och Elias Elv stultade omkring och försökte hålla eld i spisen. Han hade gett henne vatten att dricka och letat på en Alvedon. Men han förstod nog inte hur sjuk hon var, för han hade inte ringt nånstans. Hon hade ont och jag undersökte henne. Det var ingen tvekan precis. Så jag ringde. Medan vi väntade på helikoptern kom räddningstjänsten från Röbäck och gav henne syrgas.

Mår hon bra nu?

Hon är trött. Men hon har inte ont längre för hon får morfin. Relativt sett så mår hon väl skapligt.

Han satt och klappade sin gråhund på huvudet.

Att ni tog hit den här, sa han. Det var ju bra. Jag hann aldrig hem. Jag åkte mot Östersund så fort helikoptern hade lyft.

Du sa inget om hunden när du ringde.

Nej, då tänkte jag bara på att få Risten lugn. Hon hade sån aga för tackorna.

Jag hittade nyckeln på ditt gömställe, sa Anand. Du skulle nog tänka ut nåt svårare. Och sen har hon fått pasta. Det gillar hon. Och lutfisk. För det gillar inte vi.

Så bra, sa Birger. Men Ingefrid ångrade att hon gett hunden över ett kilo rå lutfisk. Det kom långa pysande suckar ur baken på den. De hade en elakartad stank.

Jag har gett fåren hö, sa Ingefrid. Fast inte nåt annat. Det finns en trälår med nån sorts foder i. Men det ska dom väl inte ha. Dom är ju så tjocka.

Då log han. Det var första gången denna kväll.

Dom ska lamma, sa han.

På tisdagen åkte Klemens och Mats till Östersund för att hälsa på sin mamma. De var inom, som de sa. De skulle hämta några toalettsaker åt henne. Ingefrid tänkte på sjukhuset och på människorna i Östersund, hur de skulle se på de här två. Småväxta var de och Klemens hade en orangeröd fiberpälströja på sig, veckiga läderbyxor och bälte med en krokig kniv. På huvudet hade han en pälsmössa där hårlaget var bortnött i greppet. Han sa ingenting på hela tiden. Hon frågade Birger när han kom, om Klemens gjorde sig förebråelser. Vargskjutningen och den kommande rättegången hade tagit hårt på Risten.

Han sköt den inte, sa Birger. Han hetsade den på skotern och slog ihjäl den med bösskolven. Nog är Risten orolig för rättegången. Och för dig.

För mig? Mitt blodtryck har säkert gått ner vid det här laget. Jag äter ju medicin.

Birger sa att han hade brått för han måste upp till Elias. Han visste inte om han hade nåt att äta.

Han får mat härifrån, sa Ingefrid. Anand bär upp den till honom och värmer den. Men varför är Risten orolig för mig?

Det svarade han inte på. Han verkade hetsad och bekymrad. Först när han gått tänkte hon på att hon skulle ha frågat honom om tackorna, när de skulle lamma.

Det här går bra, tänkte hon. Till och med Elias Elvs gamla hund får vad han ska ha. När Anand kom med skolbussen hämtade han in ved och övertog eldningen i köksspisen. Han kilade med matkassar uppför backen och han bar ut vatten till fåren. I skolan var han en pajas, men ensam med henne eller tillsammans med äldre människor var han lugn. De hade mycket att stå i, men konstigt nog blev det tid över. Hon satt ofta och såg ut genom fönstret. Det är isiga fläckar i backen som jag får akta mig för, tänkte hon. Men landsvägen är bar. Björkarna skiftar färg nu. Kvistverket är inte längre svart. Det finns en blåbrun ton i det, en som jag inte visste om förut.

Härinne tänkte hon mycket på sin mor. Även om det kändes konstigt att kalla henne så. På kvällen kröp Anand ner i Myrtens säng. Själv låg hon i Ristens rum.

Det som gör Myrten till en god människa är hennes fostersysters kärlek, tänkte hon. Man kan inte väcka en sån kärlek och en smärta på gränsen till bitterhet genom att hålla en oklanderlig fasad. Hon måste ha gått genom de här små rummen och varit god för den gamla kvinnan som hon till slut levde tillsammans med.

*

Påskveckan var fylld av skoterknatter. Det hade kommit turister till stugorna på campingen och till Roland Fjellströms hotell. Mats hade också fått gäster i pensionatet. Den äldsta kyrkvärden hade varit tveksam till skärtorsdagens aftonmässa, den andra hade helt enkelt avrått henne. Folk har för mycket att göra, sa hon. Påsk är en stor helg här. Men Ingefrid sa att Jerusalem också hade varit fyllt av påskförberedelser. I Svartvattnet köpte man korv och skinka, frysta pizzor, potatischips, öl, cigarretter och påsar med konfekt. Det pågår alltid. I Rom, i Alexandria och i Jerusalem. Men några går över bäcken Kidron när det blir kväll.

Birger ringde och sa att Risten mådde förhållandevis bra. Men hon var mycket trött och orkade inte prata. Ingefrid hade hälsat till henne att allt var lugnt hemma: Elias fick mat, fåren fick också vad de skulle ha och hon hade hört sig för om hur de skulle skötas.

Det var bara på sätt och vis sant. I Svartvattnet fanns två getbönder. En av dem hade haft några får för länge sen. När hon ringde honom och frågade om lamningen hade han sagt att det där brukar dom väl sköta själva. Sen frågade han:

Har robandena falli ner?

Han kunde inte förklara vad det var, men om de hade fallit ner så var det dags.

Hon ringde en jäktad veterinär och frågade vad robandena var. Han lät irriterad när han svarade att det betydde bäckenbanden.

Ha dom fallit ner?

Det tror jag inte. Men jag ska gå och titta.

Alla tre idisslade och hon hade svårt att få upp dem på benen. När de väl stod upp kunde hon inte se några band. Men en av tackorna hade ett juver som svällt upp och såg spänt ut. De var alldeles lugna. Efter en stund hade de fört över sitt lugn till henne. I höet låg katten och tittade. Hon kunde höra motorljuden från skotrar, men i fårhuset var det skum dager och stillhet.

Hon gick in och sökte på nätet efter hemsidor om får. När hon hittade en veterinärsajt och läste om lamningskomplikationer fick hon kväljningar. Man måste ta på sig plasthandskar och gå in och vända lammet om det kom med fel ända först. Om inte efterbörden kom ut som den skulle, måste man försöka få tag på den också.

Och hur känner dom sig då? tänkte hon.Om dom har ont redan förut och man går in med en hand och rotar i dom. Hur ska man själv stå ut?

Hon läste om lamm som stöttes bort av tackan och om tackor som hade dåliga instinkter och inte förstod att slicka sina lamm torra när de var födda. Då dog de ohjälpligt i lunginflammation, det förstod hon också. Det enda riktigt nyttiga hon läste var att man skulle stänga av åt den lammande tackan med lammgrindar, så att hon fick vara ifred. Ingefrid slog av datorn och gick ut för att se om det fanns något att stänga av med. Hon hittade ingenting som liknade stängsel. Men hon fortsatte att leta i uthusen och fann till slut en sorts grindar. Två av dem släpade hon ut i fårhuset. Hon ville inte oroa tackorna med att pröva att ställa upp dem inne i deras avbalkning. Men hon stod och tittade och försökte tänka sig in i hur hon skulle få dem att stå upprätt och inte falla ner. Hon måste ha ståltråd. Nej, då kunde de göra sig illa. Det var snören hon behövde. Plötsligt kände hon ilska mot Birger Torbjörnsson. Han borde vara här. Han är i alla fall läkare, tänkte hon.

När hon fått tag på en rulle klädlina i ett av Ristens skåp kände hon sig lugnare. Hon hade faktiskt hittat plasthandskar också och ett par gamla frottéhanddukar.

Anand och hon åt potatismos gjort på pulver och färdiga köttbullar till middag. Innan hon åkte till kyrkan skickade hon iväg honom med en portion åt Elias Elv. Hon sa att han inte skulle glömma att värma den och att han måste diska efteråt. Anand som gjort inköpen hade på eget bevåg köpt öl åt Elias och läsk åt sig själv. Hon la ner en påse kakor och en förpackning med kokosbollar och såg honom sträva iväg uppför backen.

När hon satt i sakristian och samlade sig kände hon fårlukt. Hon hade inte haft tid att duscha och inte att byta om helt och hållet. Hon tänkte på de herdar som känt att Gud var nära där det fanns gott bete. Där rikt vatten strömmade ur klippgrunden kände de tacksamhet mot honom. De hade gjort ett själens landskap som liknade de ängar de brukade ströva på med sina fårhjordar. När Guds lamm låg på altaret med hopbundna ben, luktade det som hennes kläder och kropp gjorde nu.

Det var sex människor i kyrkan. De skrapade med fötterna och hostade, men till slut blev det stilla. Hon tog dem över bäcken Kidron in i örtagården. Hon var säker på det. Det fanns en kärna av stillhet och de var tillsammans i den.

När hon kom tillbaka gick hon direkt till fårhuset. Den minsta tackan stod upp och hon kunde se att det spända juvret blivit blankt. De andra låg och idisslade. Hon tyckte att den lilla tackan andades annorlunda nu, kort och besvärat. Hon åkte upp och hämtade Anand hos Elias Elv så att han kunde hjälpa henne med lamningsgrindarna. Hon stod i farstun och såg att de båda satt vid köksbordet med en massa olikfärgade glasbitar utbredda på tidningar framför sig. När hon sa att Anand måste följa med hem och hjälpa henne med grindarna, sa den gamle Elias:

Ha robandena falli ner? Då ä dä fråga om timmar.

Hon hann inte fråga hur han kunde veta nånting om bäckenband hos får. Hon tog med sig Anand som var ovillig att lämna skatten av glasbitar på köksbordet. De gick in i fårhuset för att stänga av åt den lilla tackan. Men de fick inte grindarna att stå. Till slut grät Ingefrid.

Det är lugnt mamma, sa Anand och klappade henne på armen. Han hade aldrig varit något keligt barn. När han var mindre påminde han om en liten hundvalp som fort växer ifrån att bäras och sitta i knät. Men han visste hur det skulle gå till, han kunde tecknen för ömhet.

Vi går och lägger oss, sa hon. Vi kan bara hoppas att hon håller sig till i morgon bitti. Då ska jag skaffa hjälp.

Hon sov knappt nånting den natten. Med någon timmes mellanrum var hon ute i fårhuset. Där tycktes tiden ha stannat. Men det bullrade i våmmarna, så den rörde sig väl ändå. Hon hade läst att fåren hade ett helt system av magar. Genom dem gick tiden i en lugn jäsningsprocess. De såg meditativa ut när de idisslade. Nu hade de blivit förtrogna med Ingefrid och kom fram mot henne. De sa de små ljuden som var en hälsning eller ett litet kurrande av förväntan. De visste att det fanns något i foderlåren som hon kunde ge dem. Det var en starkt doftande blandning av krossad säd, bruna flingor som smakade sött och ett fett gulaktigt mjöl. Risten tyckte tydligen inte om pellets utan blandade själv deras kraftfoder. Hon hade hälsat att givan skulle vägas upp. Det var mycket noga att det inte blev mer än ett halvt kilo per dag och tacka för de tålde inga snabba omställningar, i synnerhet inte i lamningstiden. Ingefrid hade låtit Anand väga, han gjorde det på grammet.

Tidigt på morgonen var allt sig likt därute, men nu ringde hon till Mats och bad honom komma och hjälpa till med lamningsgrindarna. När de fått den lilla tackan instängd kände hon sig lugnare. Hon fick en egen vattenhink och Ingefrid ströade med ren, glatt halm åt henne. Hon frågade Mats en massa saker som han inte kunde svara på.

Morsan ha allti skött fåra själv, sa han. Men dä ä väl bere å ge dom lite å äte. Å vatten förstås.

Här väger vi fodergivan, sa hon och kände sig sakkunnig.

Birger Torbjörnsson kom tillbaka från Östersund på påskaftons eftermiddag och hade en massa mat med sig. Ingefrid tog honom med sig ut i fårhuset och frågade honom om han tyckte den lilla tackan såg ut som om hon skulle lamma.

Jag tycker allihop ser ut som spärrballonger.

Vet du var bäckenbanden sitter?

Det borde väl vara här nånstans, sa han och måttade över ryggen på den stora tackan.

Tycker du att dom har fallit ner?

Nej, hur skulle det gå till?

Hon måste inse att hans läkarblick inte sa honom någonting om får. När de skulle äta hämtade Ingefrid Elias. Reine hade för många taxikörningar och Mats hade fullt upp med ölutskänkningen på pensionatet. Det hade invaderats av norska ynglingar.

Dom lägg opp stövlan på borde, sa Anand som kilade omkring överallt och hade ett remarkabelt minne för ord och tonfall.

Hon gasade uppför backen och kände sig som en byinnevånare, för här gick bara mycket gamla kvinnor till fots. Man gasade i vitgrå moln och for femtio eller hundra meter till affären. Anand sa affärn nu eller affan. Motorn fick gå medan man uträttade sitt ärende. Puttrandet lät antagligen hemtrevligt. De flesta kom ner för att köpa en platta öl.

På påskaftons kväll åt de av maten från Åhléns i Östersund. Det var mimosasallad, revbensspjäll och lax, köttbullar och prickig korv, grillade kycklingklubbor och brieost. Med tanke på allt kolesterol Birger fraktat hem och nu höll på att lasta i sig, kokade hon inte några påskägg. Hon kunde inte märka att någon saknade dem. Köttbullarna var åt Elias som hade dåliga tänder. Anand och hunden åt resten. Birger tog fram en påse med ett halvt kilo lösgodis, när de skulle se en långfilm efter maten. Ingefrid somnade i paneldivanen.

Det var snälla, lugna får. De höll sig. Hon kunde genomföra påskhelgens tre återstående gudstjänster utan alltför stor oro. Anand höll vakt i fårhuset. På tisdagen efter annandagen då hon var ledig blev det milt solsken och små smältvattenbäckar rann i backen. I söderlägen töade marken fram med sorkhål uppborrade i det grågula gräset. På natten var hon ute tre gånger och tittade på den lilla tackan. På morgonen stod hon som förut. Juvret såg ännu större ut och Ingefrid tog sig in i hennes avstängda lilla värld och kände på det. Det var glatt och spänt men inte varmare än det borde vara. Hon hade legat vaken på morgonsidan och tänkt på juverinflammation. Hon beslöt sig för att inte läsa mer om får på nätet.

Det blev tråkigt i längden när ingenting hände. Hon öppnade luckan på baksidan och släppte ut de två större tackorna i hägnet bakom fårhuset. De åt begärligt av granris som Mats hade kommit med. Hon skottade framför luckan och fick dynga på kjolen när hon skulle åka på församlingsafton i Röbäck. Det tog tid att byta och så kom hon försent. Hon slog ut en kaffekopp när hon reste sig för att be och säga slutorden.

Hon hade expeditionstjänstgöring och möte med en entreprenör och ett par medlemmar ur kyrkorådet för att planera ett vägbygge till kapellet vid Boteln. Anand vaktade när han kom från skolan, fast motvilligt nu. Han ville helst vara hos Elias Elv och plocka med glasbitar. Birger lovade åka ner med jämna mellanrum och titta in i fårhuset när hon var borta. Han lånade henne sin mobiltelefon, så att hon alltid skulle vara tillgänglig om det hände något därinne.

Risten hade fått telefon vid sjukhussängen nu och kunde ge goda råd. Men det gällde att inte fråga för mycket och inte visa ängslan.

Ingefrid låtsades vara full av tillförsikt inför Risten och märkte att hon fick något av den själv. Nu kände hon snarare otålighet än rädsla.

Dagarna gick. Den lilla tackan som Risten kallade Pärlan reste sig med möda när hon idisslat. Den största som hette Ruby lät ibland kort i andningen. Det var för mycket att säga att hon flämtade. Men var hon nära? Birger Torbjörnsson sa bara: Det vete fan. Jag tycker dom ser likadana ut hela tiden. Han var inget vidare på att diagnostisera får. Både Ruby och den som hette Diana hade stora och spända juver nu. Fortfarande visste hon inte var robandena satt, fast Risten hade försökt förklara i telefon.

En kväll var det snöyra, på morgonen skvalade regnet. Risten hade fått flytta från intensiven till en vanlig vårdavdelning. Ingefrid skrev på predikan till första söndagen efter påsk och Ruby stönade ibland. Solen störtade ner, det sipprade i marken. Ljudet hördes också där snötäcket låg kvar. Bäckar och rännilar risslade undertill, solvärmen underminerade snön och gjorde skorpan skör. På sjön hade blåsvarta fläckar slagit upp på isen. Hon läste Domarboken i bibelkommissionens översättningsförslag men var en okoncentrerad referent. Fårhusets täta lukt och skiftningarna som gick över sjön med grådagrar och regnslöjor från öster var verkligare än stamstriderna och hon somnade över pappren. En förmiddag när hon läste om Simson och de trehundra rävarna vars svansar han band ihop och satte eld på, såg hon en räv gå över sjön. Hon fick en känsla av att allting sker samtidigt, att Jael nyss hade tagit hammaren och slagit tältpluggen genom Siseras tinning, att Linnea levde och stod och såg sig kritiskt omkring på Ristens och Myrtens möbler, att den gamle Elias var död och kom gående backen ner för att tala om det för Ingefrid. Hon vaknade till och tänkte att hon nog vågade ta en kopp pulverkaffe innan hon gick ut och tittade till tackorna.

Samma eftermiddag ringde Brita Gardenius och Rebecka Gruber kort efter varandra. Den ena ville att hon skulle komma tillbaka, den andra att hon skulle betala ut mer pengar till LEAD. När hon hörde de hetsiga rösterna hade hon svårt att se deras ansikten framför sig. Det kändes som om hon bara levde i nuet och en mycket liten bit bakåt. Åttio mil och ett par månader borta hade hon svårt att minnas

Britas och Beckas ansikten tydligt. Den värld som nu hade tätnat omkring henne, hade för mindre än ett halvår sen varit okänd. Minnen var hon tungt lastad med, men de var annorlunda än de hon haft förut. De förkastade hade kommit tillbaka.

Hon sa till Elias Elv:

Jag stirrar på dom här fåren och så fort dom kröker en överläpp tror jag det är färdigt.

Kröker dom överläppen? sa han. Då har dom ont.

Är det sant? Jag menar bara att jag stirrar så att jag till sist inbillar mig att det händer nåt. Jag är ju ovan, jag har aldrig varit med djur.

Förr levde man med djuren, sa han.

Hon visste inte om han menade sig själv eller människor förr i tiden. Han satt med båda händerna på käppkryckan och såg ut genom fönstret, antagligen utan att se. Han hade ett litet raksår på kinden och den vita skäggstubben var ojämnt avskrapad.

Ett liv utan djuren är ett gudlöst liv, sa han.

Det förstummade henne.

På kvällen hade Ruby svårare än förut att ta sig upp. När hon till slut vaggade fram mot foderhäcken klövjad med sin lammbörda var den främsta platsen intagen. Hon knuffades ett par tag med sitt hårda huvud men fick ge upp. Hon åt av höet en stund. Sen blev hon stående medan en hävning gick igenom det grå ullberget. Den gick genom Ingefrid också. Det var en kroppens inlevelse som hon förut bara hade känt med Anand. Nu var hon säker på att tackan hade ont. Den korta svansen stod rakt ut. Könsöppningen var svullen och skälvde. Det rann lite från den, en tunn färglös strimma.

Mats hade förberett med två sammankopplade grindar, så att hon lätt kunde stänga av kring en tacka till. De två andra åt färdigt och la sig för att vänta ut magarnas arbete. De skulle så småningom få upp en halvsmält höboll att idissla och såg mycket kontemplativa ut. Hon knuffade och sköt sakta iväg den stora tackan mot avbalkningen så att hon kunde stänga om henne. Nu hade hon tydliga värkar.

Ruby fick en egen vattenhink och en bit saltsten. Ingefrid såg över sina förråd av frottéhanddukar och plasthandskar. Timmar och dagar hade gått och hon hade levt nära de stora lugna djuren. Hon var utvakad men kände sig inte så rädd längre.

Timmar gick nu också och hon var glad att det blev natt så att hon fick vara ifred. Det fanns ändå ingen som kunde hjälpa henne. Det som behövdes var stillhet och vaksamhet. Hon var inne och pälsade på sig allt varmt hon kunde hitta i Ristens garderober. Det blev kallt att stå stilla i fårhuset. Myrtens svarta persianpäls vågade hon inte ta. Men hon fann en gammal täckkappa och en islandströja och ett par läderstövlar med näbbar. När hon kom ut igen stod Ruby tålig i sitt värkarbete.

Det tycktes inte framskrida under förnatten. Hon la sig ner och idisslade och Ingefrid vågade gå in och koka sig en kopp choklad. Men hon drack inte ur den, för hon ville ut till fårhusets lugn igen. Där prasslade halmen i ströbädden när de rörde klövarna, annars var det tyst. Katten visade sig i höet när hon kom in och försvann snabbt igen. Som en upptäcktsresande och en nyfiken urinnevånare möttes de i den kroppsångande grottan. Kattstackarn tror som en indian att allt kommer att vara som det alltid har varit, tänkte hon. Och jag? Stillhet och återkomster hörde inte till hennes liv, knappast till någon människas längre. I mässan försökte hon återskapa dem eller åtminstone göra ett tecken för dem. Det kunde ännu läsas av några få.

Nu kände hon inte igen könsöppningens rinnande veck och skrynklor längre. Det stack fram något. För varje värk som hävde kroppen såg hon det tydligare. Först var det som en grov näbb. I trötthetens halvdvala fick hon för sig att tackan skulle föda en örn.

Det var två vita klövar, tätt sammanpackade i en hinnpåse. I nästa värk såg hon att det låg en nos över de små klövarna. Tackan arbetade. Hon sträckte fram halsen och drog upp överläppen. Smärtan tog hon emot som om den kommit rullande med regnen över sjön eller smugit upp som kölden en vinternatt. Hon var nere i botten av sin kropp och mötte den.

Nu gled lammet ur henne i sin saffransgula påse och hon kallade ögonblickligen på det med ett kuttrande i tre små låga ljudstötar. Det spratt till. Ruby vände sig om och började slicka kring huvudet och nosen. Hinnan var seg men det gick hål på den och den följde med in i hennes mun. När hon kallade igen hängde en tamp av fosterhinnan i hennes mungipa. Lammet svarade med mycket liten röst och började vackla upp och ställa sig på knäna. Nästa tag med moderns tunga kastade omkull det igen. Men det var en seg varelse som snart var uppe på benen och sökte med nosen. Den gick omkull ett par gånger till medan Ruby slickade. Pälsen som var gulvit började krulla upp sig. De påkiga benen blev allt stadigare.

Ingefrid undrade över navelsträngen, men den måste ha åkt med när tackan bearbetade påse och lamm. Nu var varelsen helt befriad och vacklade mot moderns buk och puffade med nosen. När den fann juvret slickade tackan den fortfarande i baken och den taniga lammsvansen rörde sig fram och tillbaka i en sprittning.

Uppe i höet glodde katten på spektaklet. Omvärlden blev till igen. Ingefrid kände att det kylde på kinderna som blivit våta. Hon blev plötsligt fruktansvärt hungrig och törstig.

När hon värmt på sin choklad och brett korvsmörgåsar, vågade hon ta det lugnare vid köksbordet. Hon la sig i soffan och dåsade några minuter i förvissning om att det var stilla därute. När hon kom ut hade tackan lagt sig och sträckte ifrån sig benen. Efter tjugo minuter födde hon igen, men när hon reste sig för att slicka det fick hon tag på fel lamm. Det förstfödda hade fortfarande en blodig strimma slem på ryggen och hon började bearbeta den med tungan. Den nyfödda låg i en vit påse och såg död ut. Ingefrid tog en handduk och klättrade över timmerbalken. Hon torkade lammets huvud och petade bort fosterhinnan runt nosen. Då spratt det till. När hon makade det fram till tackan började hon slicka och efter några minuter vacklade den nyfödda upp. Det var ett långbent lamm med halva kroppen täckt av krullig gråvit päls. Den andra halvan var slät. Esau och Jakob i en varelse. Ruby såg nöjd ut eller i varje fall oberörd. Nu drack hon vatten. Som allt hon företog sig skedde det med besked. Det blev inte ens en bottenskyla kvar i hinken.

Klockan var två på morgonen. Det ljusnade ute. Ingefrid ströade med ren halm och hängde kvar vid avbalkningen i väntan på efterbörden. Risten hade sagt att det var viktigt att hon tog vara på den.

Den fick inte trampas ner i ströbädden och ligga och ruttna. Då skulle det bli farliga bakterier.

Moderkakans strängar och druvliknande blodklumpar kom tjugo i tre med ett par lätta krystningar. Hon tog upp det i en hink och gick neråt sjön och stjälpte ut det. Åt räven hade Risten sagt.

Lite halm till. Hon tog bort den nersölade handduken. Nu var det fint. Små ljud från lammen. Pirrande svansstumpar när de diade. Tackan verkade belåten med sakernas tillstånd. Hon hade fått vatten i hinken och ett fång hö i foderhäcken. Nu låg hon. Ingefrid gick in och skalade av sig kläderna som luktade unket av blod och ströbäddens dynga. Hon duschade i den minimala kabin som Risten sa att Myrten låtit bygga in. När hon la huvudet på kudden ville hon tacka Gud. Men hon sov redan.

Anand hade nåt i kikarn. Han pusslade inte på måfå med glasbitarna utan valde mycket noga. Men han tycktes ha bekymmer också. Då drog han sina blåbruna läppar från tänderna och grinade. Han kunde sitta länge med läpparna spänt särade. Saliven glänste på tänderna. Elis antog att han tänkte på vargarna. Vi är av samma blod, dom och jag, sa han. Men hans mamma tyckte inte om det. Elis hade försökt förklara: föräldrar gillar små lamm, inte vargar.

Men jag ställer opp vargar i julkrubban, sa Anand. Vargar och lamm. Det hörs ju att det ska vara båda.

Han var besatt av motsatser. Elis förstod honom inte riktigt. Men han trodde det handlade om ekvilibrium. Han sa de konstigaste saker, i varje fall om de hade sagts nere i affärn eller i skolan. Att han hade sett en vit panter i en tall vid församlingshemmet. Hopkrupen.

Det begriper jag inte, sa Elis. Var det Bagheera?

Nej, den var vit säger jag ju.

Hade det snöat?

Ja, massor.

Han mumlade över de utvalda glasbitarna:

Eld och vatten. Pilsner och mjölk. Om jag hade en som var som mjölk.

Opaliserande, sa Elis. Det ska väl inte vara så omöjligt att få tag på en sån.

Tillsammans med Anand hade han hörapparaten på för jämnan. För det mesta visste han vad folk skulle säga, för de hade sagt det förut. Men med Anand visste man inte.

Hur gammal är din hund? frågade han utan att titta upp från glasbitarna på tidningspappret.

Han är femton.

Jag är fjorton.

Det tror jag inte, sa Elis. Du är nog fan yngre. Men du har väl gått med på att vara fjorton. Och heta Anand.

Nu mumlade han över sina glasbitar igen:

Tjära och bärnsten. Blod och piss. Vad är motsatsen till tårar? Vet du det? Dom är ju genomskinliga. Nåt tjockt mörkt måste det vara.

Ibland finns det mest mörker, sa Elis. Det har jag i alla fall trott. Men jag hade nog fel. Jag var en dålig målare då.

Anand svarade inte. Han knåpade på med bitarna. Men han var bekymrad.

Dom är precis som jag vill ha dom. Alla i den här kartongen är precis. Men dom är för tunga.

För vad då?

För trådarna.

Han var hemlighetsfull. Det var nånting han hade i kikarn.

Och sen kan dom inte hänga på trådarna. Jag har haft pärlor och sånt förut. Med hål i.

Han var ledsen när han gick hem. Han hade sett nånting och så kunde han inte utföra det. Elis visste inte vad det var han hade sett. Men han tyckte det var bra att han inte berättade det.

När pojken kom upp nästa dag efter skolan sa Elis att han hade funderat.

Skulle du inte kunna hänga dom på fin mässingstråd? Och göra hål i dom. Som i pärlor.

Jag har inget att göra hål med. Dom är hårda.

På glasbruket kan dom göra små hål, sa Elis. Dom gör allt möjligt nu. Dom säljer en massa skit åt turister som kommer och tittar på hyttan. Smycken av glas.

Han beställde mässingstråd i affärn och skrev till glasbruket och gav dem dimensionen. Han vågade inte ringa för han hade svårt att höra vad folk sa i telefon. Det gick bättre när han såg ansikte och läppar.

Nu gör dom hål när vi skickar ner bitarna, sa han. Tänk efter om du har alla som du vill ha med i kartongen nu.

Välj noga, o vargar, sa Anand.

Sen gick Elis efter en ask där han hade vigselringarna, Eldbjörgs smycken och sin kungliga medalj, åttonde storleken. I ett silkespapper låg en pärla. Han tog fram den och la den på bordet. Själv hade han svårt att se dess skiftningar men han mindes dem. Gråskimrande. Som vinterdimma över svart, öppet vatten.

Den är från Svartvassån, sa han. Jag hitta själv musslan och bröt opp den. När ingen såg.

Fick man inte ta opp dom?

Jodå. Men farsan och gubben blev förbannade om man lekte. Jag skulle rensa timmer utefter ån.

Vilken gubbe?

Min farfar.

När var det?

Nittonhundrafemton.

Anand hade tagit pärlan mellan tumme och pekfinger och vred på den under lampljuset.

Det är inget hål i den.

Jag vill inte göra nåt heller, sa Elis. Ibland har jag funderat på att svälja den. Men då kommer den bara ut igen.

Vet du vad du ska göra.

Nej.

Du ska svälja den precis när du dör.

Varför det?

För att allting vi har inom oss när vi dör, det blir kvar.

Har din mamma sagt det?

Ja.

Min morbror Anund låg på samma sjukhem som jag, på Solbacken i Byvången. Det är högst sannolikt att han låg och såg in i samma husvägg.

Du ska komma hem snart Risten, sa doktor Torbjörnsson. Det är tussilago i diket nu. Ingefrid berättade att Ruby har fått två fina lamm. Bagglamm båda två. Pärlan hade fått ett litet bagglamm och Diana hade ett bagglamm och en liten tacka. Det riktigt kryllar i fårhuset, sa hon. Du måste komma hem och titta.

Anand hade skickat en skinnbit ombunden med sidenband och med en röd glasbit i. Elias hade beställt en flaska portvin som Birger Torbjörnsson tagit med sig hit. Blommor hade jag fått också. Men så fort de åkt sin väg låg jag och såg in i samma vägg som min morbror Anund.

Jag tänker att allting började den dan jag hade glömt hans visa, *Ett brudfolk var på resan att vigas vid varann.* Inte ett ord mer än första raden kom jag ihåg fast jag ville sjunga den för Anand, när han satt och tittade på fotografierna och såg de stora brudkronorna med mässingskläppar, silkespappersblommor och juveler av glas.

Minnet kan man inte befalla över.

Mot slutet av sitt liv när han låg här på sjukhemmet var jyöne Anund bitter över att han glömt bort det sångsätt som kallas joejkedh och de sånger som heter vuelieh.

Tjuvarna tog inte bara fjället och skogen för oss, sa han. Dom tog orden också. En sån som ja har inte ens ord att sänka sorgen i.

Du ha väl ord, sa jag. Så mycke sånger som du ha skreve.

Jag påminde honom om att jag kallat honom för Laula Anut när jag var liten. För att han sjöng för mig.

Men dä va laavlodt, sa han. Je sjöng boksånger. Å dä va inte på rätta språke. Men joejkedh, dä ä nåt annat. Minns du n'hänn? Om den vita renen, hur han springer... springer... pulkan slänger och je ä snart hos Sara Marja... minns du dän? Vilar... nana nanaa... på hennes kudde...na na nanaa... mä hennes kind mot min. Kommer du ihåg dän?

Men dä ä väl klart, sa jag. Dä va ju i höstas som gubben Lassjo va här och sjöng den.

Roligare har man hört. Men Anund var alldeles förhäxad av gubben som kom norrifrån, när vi skulle fira Mikaeli. Året innan hade de haft en rocksångare som jojkade. Det var ju ingen riktig jojk och de äldre blev förargade. Men turisterna tyckte om det.

Mikaeli är lapparnas helg säger man här. Det blir ett sår efter det ordet. Det har skavt för länge. Att inte få ge sig själv och sitt folk namnet, det såret vill inte läka. Men fast byborna kallar Mikaeli för lapphelgen så kommer de till festplatsen. Det händer ju så lite. Maten tycker de om. Men de kallar den för lappkok.

Mikaeli är väl inte så mycket annorlunda än bybornas heimvåcku, då gubbarna går i slokhatt och steker kolbullar. Turister och hemvändare köper dem på papptallrikar för trettio kronor styck och tycker att det är som förr i världen. Men när rocken dånar handlar det inte om det hårda hamrandet i våra hjärtan. Inte om hur det är här. Vad bryr turisterna sig om girigheten och bidragsmicklandet, om ledan och övergivenheten – eller ens om motvärnet. Att vi sätter blomlådor på broräckena till exempel. Det kommer asfulla norskar och kastar dem i ån, petunier, pelargonier och tagetes. Välter möblerna på festplatsen och sprejar hakkors på Föreningshusets väggar. Fast det är nog spitt att dom vet när Hitler levde. Det säger i alla fall Elias.

Och rocken dånar. Den överröstar fallet.

De tog hit den där gubben som var så styv att jojka. Han jojkade från estraden på festplatsen och folk applåderade och då jojkade han en till och en till. Lång och invecklad var varje vuelie och den handlade för det mesta om sorg. Det var dimma och det var moln och fjäll och renar som sprang mot vinden, men det blev ju lite långdraget för dem som inte förstod hans språk. Och det var nästan allihop, för han var norrifrån.

Framemot kvällen när han hade fått lite mera i sig, kom han på sånger om jakt och vilda färder. Och till slut när det vart natt och nästan alla hade gått hem, påstod man att han hade sjungit oförskämda sånger, både om det ena och det andra. Den som hängde kvar där ända till slutet var morbror Anund. Till sist kom Kalle Högbom som är ordförande i byalaget och har hand om nyckeln till Föreningshuset och sa:

Nu må ni pallre er heim gubbar. Je må låse.

Då drog de sig opp till pensionatet där gubben hade fått ett rum. Men de hade ingen tanke på att sova. Gubben jojkade för livet och ibland hörde man morbrors röst oppi alltihop. Jag vart rålös. Pensionatsgästerna fick ju ingen sömn. De bultade i väggarna och stampade i golvet. Jag gatt väcka Mats och be honom köra opp de där två sångsvanarna till Anunds stugkoja. Ännu när Mats satt ute i bilen och startade för att fara därifrån hörde han gubbens glidande toner darra som när en renhjord drar över fjällhedarna och den skymtar i dimstråkena. Då tyckte han det var riktigt fint, och han mindes när han var pojke och var med sin farbror Aslak oppe i fjället.

Ja, den gubben beundrade min morbror. Han hade inte övergivit det gamla sångsättet.

Det var mest dragspelet morbror ångrade. Fast jag tyckte det var dumt. Så mycket roligt som han hade haft med det och gjort folk glada och till och med haft en liten försörjning av det. Men han sa att det blev dragspelet som bestämde. Melodin han spelade kunde inte röra sig fram och tillbaka på rätta sättet, inte vagga i vinden, inte darra och bölja. Det var staket omkring den, så den kunde aldrig bli riktigt vild och hård och så mjukna igen och bli som det lena sjövattnet – nej. Och en ton var en ton när man tryckte ner den, den var liksom bestämd och ingenting att glida på. Inte kunde man göra ett hugg i sången heller och inte vagga fram och tillbaka på en ton och den kunde inte fås att låta som när vargen pressar strupen och ljudet ropar i hans tomma mage. Så hemskt får det inte bli. Också vinden blir tämjd i de sånger som man sjunger till dragspelet eller gitarren, det är som om myndigheterna hade bestämt hur mycket det får vara av allting, sa morbror.

Men renarna är vindens barn. Alltid går de mot vinden och sånger som det är mycket vind i lugnar dem. När man sjunger en visa då söker man opp det som har stått i en bok eller på ett papper. Det ska vara som i boken annars är det inte bra. Det är laavlodt. Men en vuelie ser du, den söker sig till minnet för att rädda det, den får döda hjärtan att bulta.

Jyöne Anund! Om jag kunde tala med dig. Det är ödsligt att ligga här och se in i väggen och tänka på det som varit. Det hjälper inte att det är samma vägg. Laula Anut. Älsklingsmorbror. Inte för att jag hade nån annan. Du vart förtvivlad när jag togs ifrån er. Det var när din syster Ingir Kari hade dött sa du. Då gav du dig iväg till Norge, till gruvorna och Ishavet.

Men det var inte sant.

Hillevi tog hand om mig. Du sa att hon och kommungubban trodde att jag blivit slagen och du var förstås djupt sårad av detta. Min morfar som de kallade Köttmickel var mera van. Alla beljuga lappen brukade han säga. Hur det var med märkena på min rygg och mina armar, det kunde ju både morfar och du göra reda för: att jag hade blivit tagen av en örn. Men du har alltid sagt att sånt tillåter inte myndigheterna och inte byfolket heller. Man får inte ha såna öden. Där tror jag dig.

Men varför sa du att Ingir Kari Larsson dog strax innan jag kom till handlarfamiljen och att Hillevi tog hand om mig därför att jag blivit moderlös? Det var inte sant, morbror.

Min mamma levde ända till 1923 på det där lilla sanatoriet i Strömsund. Jag var sex år när hon dog. Nu förstår jag varför du dök opp i byn den gången. Du kom till hennes begravning.

Jag hade en mamma och jag kunde ha fått träffa henne igen. Men det ville ni inte. Hillevi och du har alltid sagt att hon redan var död när jag kom till handlarns. Hillevi måste själv ha trott på det där till slut. Hon berättade så livligt om hur hon efter begravningen gick opp till morfars viste och hämtade mig. Hennes minnen av detta var alldeles klara.

Men de var osanna. Hon hade hämtat mig tre år tidigare.

Vi vankar omkring och tänker på det som har varit. På våra alldeles klara minnen av det.

Du gav dig iväg Anund. Inte när min mamma dött som du alltid har sagt, utan när hon hade åkt till Strömsund. Det var så gott som döden det, nog förstår jag den saken. Men ändå. Du åkte ifrån oss.

Ingen kunde veta att Ingefrid Mingus skulle dyka opp och att kyrkorådet skulle besluta sig för att låta göra en väg ner till det gamla kapellet på udden i Boteln. Då vart jag orolig för min mammas grav, som inte är utmärkt med nån sten. Du ville nog att den hade haft en gravsten morbror, men du hade inga pengar. Jag blev rädd att grävskoporna skulle gå fram över graven och sa till Ingefrid att hon måste märka ut den. Jag ska bekosta en sten sa jag. Jag skämdes för att jag inte hade gjort det tidigare. Men hennes grav var som hon själv, nästan omärklig.

Vi talade om detta på telefon och Ingefrid lovade mig att beställa en sten. Hon frågade mig om min mammas årtal och jag skämdes för att jag inte hade reda på när hon var född. Men hon dog 1921 sa jag.

När Ingefrid kom till sjukhemmet hade hon en lapp med sig. Den skulle hon skicka till stenhuggeriet och där stod:

INGIR KARI LARSSON
* 1903
† 1923

Jag sa genast att det måste vara fel. Men så var det, morbror. Ingefrid hade sett efter i kyrkboken. Min mamma dog 1923. Det står i pappren.

Jyöne Anund, det var ett främmande barn du mötte på bron den där vinterkvällen när jag var sex år. Jag vet att det var tvunget att ni lämnade bort mig. Men jag tycker att du svek mig när du ljög. Det gör ont i mig gamla människan.

Varför for du ifrån Ingir Kari, din syster?

På allhelgonaafton stod en främmande kvinna här i farstun. Bortlämnad eller tagen? Vad kan man förstå?

De hade nånting som hette gyminga. Kvällen före Kristi himmelsfärdsdag gömde sig ett lag unga kvinnor någonstans i byn. Ett löst sammanhållet gäng av ynglingar skulle leta på dem. De drog från gård till gård och frågade efter kvinnorna. Formeln var:

Kan du garantere gårn?

Man fick inte ljuga. Var kvinnorna gömda på gården kunde man inte garantera att den var tom. Då började sökandet i bodar och hölador.

Ingefrid hörde karlarna när hon kom hem efter ett besök hos en gammal sängbunden kvinna i Skinnarviken. Bilar dånade förbi i hög fart, gasade och tvärvände. Det måste vara en tio, kanske femton bilar som for runt bland gårdarna.

Dom ha aschle fastsvetsat i bilsäte, sa Elias Elv. Knappt dom ta seg loss när dom ska in å sove.

Men de hade den urgamla gyminga och var mycket stolta över den. Bara i två byar till hade leken överlevt.

Det hade regnat men vårkvällen var ljus. Slänten ovanför landsvägen var snöbefriad. Fläckar av snö låg kvar i det gulgrå gräset kring fårhuset, det såg ut som om harar lagt av sig vinterpälsen. I hägnet där fåren om ett par veckor skulle beta växte det höga aspar och regndiset låg blåskiftande i kvistverken.

Hon skulle bara in och byta om innan hon stillade åt tackorna. Men när hon var på väg ut igen ringde Brita. Hon pratade på. Det var studiedagar om den nya liturgin och ett seminarium om personalutveckling och temagudstjänst för bostadslösa och det var bekymmer med kyrkorådet för utgiftsposten Främmande tjänster. Det var framförallt: *Kom hem.*

Du är bergtagen, sa hon.

Men det var hon inte. Det var inte alls som Brita trodde: blånande fjällvyer och dramatiska historier om den som var hennes mor. Allting var mycket vardagligt. Hon hade överhuvudtaget inte varit till fjälls, för hon hade inga skidor och hade inte tid. Det var länge sen nån pratade om Myrten.

Jag har tre tackor och fem lamm att passa, sa hon. Min mors fostersyster är fortfarande kvar på sjukhemmet.

Det måste väl finnas dom som är bättre ägnade att passa får än du, sa Brita. Hon skrattade faktiskt. Sen började hon tala om församlingen, att den ville ha henne tillbaka. Det här är så olikt dig sa hon. Du har alltid verkat bland människor. Det har varit ditt liv med Gud. Inte att gömma dig.

Hon hade väl rätt. Eller hade åtminstone haft. Hon hade haft sin glädje bland människor. Men när hon blev sjukskriven hade Jesus ord om ensamhet i Markusevangeliet kommit för henne: *Följ mig bort till en öde trakt, så vi får vara ensamma och ni kan vila er lite.* Fast trakten var inte öde. Bilmotorerna röt i backen upp till de övre gårdarna i byn. Och inte hade det varit mycket vila heller.

Här gömmer man sig i alla fall i kväll, sa hon. Vi har nåt som heter gyminga.

Men Brita frågade inte vad det var och samtalet avslutades precis som förra gången i en stämning av vag olust. Det slutade åtminstone inte i fullt gräl som när Becka ringde.

Hon hade ett bekymmer i fårhuset som hon inte hade berättat för Risten. Pärlan var en dålig mamma. Hon stötte ofta bort sitt lamm. Hon hade från början inte ens slickat det riktigt torrt. När hon fått i sig fosterhinnan gick hon ifrån den nyfödde. Ingefrid hade gnuggat lammet med en frottéhandduk. Hon blev gråtfärdig av rädsla när den lilla tackan inte ville ta till sig lammet och låta det dia. Var gång hon förde det fram mot juvret sparkade tackan.

Hon hade varit full av tillförsikt efter Rubys lamning. Då hade hon fått se vilka färdigheter som fanns inbyggda både i modertacka och lamm. Lammen sökte darrande efter juver och värme och var starkare på sina stakiga ben än man hade kunnat tro när de våta och duvna slickades fram ur sin påse. Pärlans lamm sökte också men det blev hela tiden undansparkat. Till slut la det sig i en liten våt och darrande krok.

Hon hade läst om hur viktig råmjölken var och fick en ingivelse att mjölka tackan i en tekopp. När hon sprang in efter koppen trodde hon knappt att det skulle lyckas. Hon väntade sig att bli undansparkad som lammet. Men det skedde inte. Tackan åt kraftfoder medan Ingefrid drog i spenarna, den ena först och den andra sen. Det kom en liten stråle av tjock gul mjölk. Hon tog lammet i knät och bjöd det mjölken i en tesked. Men det gick inte att få in den i hans lilla hoppressade mun. Då doppade hon pekfingret i mjölken och satte det mot munnen. Han sög genast. Sen gick det lätt att komma efter med skeden. Hon började gråta. Det var en sån oerhörd lättnad. Den stod knappt i proportion till något hon upplevt. Hon förstod sig inte själv. Det var bara Anand som hade gett henne så starka känslor förut. När hon satt med det nyfödda lammet i knät mindes hon hans första tid hos henne. De långvariga diarréerna. Mattheten. Uttorkningen som hade gjort hans lilla mörka ansikte skrynkligt och gammalt.

Den ovälkomne var ett bagglamm. Han hade en liten tom påse klädd med tättkrulligt skinn och en rund penisknopp. Från den stack ett par långa hårstrån ut som spröt, och när hon fått i honom så mycket mjölk att hans beckiga avföring gick kom det också några droppar urin. Då såg hon att hårspröten var till för att föra ut kisset från kroppen.

Hon la sig på knä i ströbädden och försökte gång på gång att föra honom fram till juvret. Men tackan sparkade otåligt. Då svepte hon in honom i en torr frottéhandduk och tog honom med sig in för att ringa till veterinären. Pärlan hade lammat under arbetstid, men veterinären lät ändå irriterad. Hon erfor att ett lamm är ett mycket litet bekymmer. Han talade i en mobiltelefon och hon föreställde sig att han med andra handen stod och rotade i en stor ko.

Har du efterbörden kvar? Smörj in det i ändan med den då och på ryggen och försök igen.

Hon tog på sig gummihandskar och gjorde som han sa. När lammet började söka tog hon ett stadigt tag om tackans bakben. Det ryckte i skankarna men till slut vände hon sig om och nosade lammet i baken. Sen började hon äta hö igen. Och lammet sög. Svansstumpen dirrade. Det varade inte lång stund men han hade ändå fått i sig något.

Pärlan hade också haft den goda smaken att lamma på en måndag som var Ingefrids lediga dag. Hon tillbringade nästan hela dagen på knä och hon var osäker på om hon störde närmandet till tackan genom att vara med hela tiden. Men ett par försök att gå ifrån dem gav ett resultat som skrämde henne. Lammet blev svagare. Det låg ensamt i ströbädden när hon kom tillbaka och det darrade.

Hon hade hittat en nappflaska i Ristens hylla med mediciner och redskap. Det gick att mjölka direkt ner i den och hon hade inga svårigheter att få lammet att suga. Han somnade så snart skvätten i flaskan var slut. Sen gick hon och ringde till Lantmanna att de skulle skicka en kartong mjölkersättningspulver med bussen.

På kvällen hade tackan börjat finna sig i den ovälkomnes attacker mot juvret. Ingefrid tog lite kraftfoder i handen och matade henne när lammet diade. Det varade så länge det varade. Men klockan sju på kvällen kom bussen och kartongen med Lammex. Han var torr och verkade piggare när hon gick in för att laga mat åt Anand och Elias.

Pärlan blev en nyckfull mamma. Den lille fick dia när han kom åt och det var mest när tackan stod med huvudet inne i foderhäcken. Men han litade mer på Ingefrids flaska vid här laget och bräkte med skrikig röst så fort han såg henne. Hon hade skaffat sig ett bekymmer sa Elias. Han tycktes ha en underlig kunskap om får.

Den där är en liten mjölktjuv, sa han om den ovälkomne.

Ja, han försöker dia de andra tackorna ibland. Men då måste han göra det bakifrån.

Och så skiter tackan på honom, sa Elias. Smutsen i pannan avslöjar alltid den som stjäl mjölk. Förr lät man såna där vara. Det var ingen som hade tid att springa med flasker.

Men då dog dom ju.

Man tog bort dom, sa han. Det var inte värre än att knacka en kattunge.

Hon ville inte diskutera det med honom. Han skulle aldrig förstå hur glad hon var att lammet levde. Hon förstod sig inte själv. Det var starka och oreflekterade känslor hon hade och till dels var de obegripliga. Hon såg en tussilago som växte i vägbanan, en köttig järnvilja som tagit sig upp rakt genom oljegruset. Då tänkte hon på sitt lamm och önskade honom den viljan. När alla tre hade lammat och hon åter fick sova på nätterna var hon lycklig. Jag kan inte säga annat tänkte hon. Vilket ord förresten. När använde jag det sist? Hon var lycklig för att lammet levde, för att hon fick sova, för att Anand var någorlunda lugn i skolan och för att hon hade hittat ett par stora skoterstövlar som hon kunde gå i utan att den brutna tån smärtade.

Hon hade Myrtens päls på sig när hon gick i fårhuset på kvällen. Det blev fort kallt därinne och hon ville vara kvar länge. Lammen skuttade nu. De hade trinda magar och de små baggarna stångade varandra. Tackorna låg och malde sina idisselbollar med miner av fromt överseende. När Ingefrid klev över avbalkningen och satte sig i halmen skuttade flasklammet upp i hennes knä och la sig tillrätta i de svarta persianvecken.

Det var en rå kväll, hon var tacksam för pälsen. Ute var det bländljust, skuggorna hade inte ens börjat blåna. Hon såg inte himlen genom det lilla fönstret, bara brantens halvruttna fjolårsgräs. Det fanns Pär i backe bland tovorna, ett oansenligt vårtecken som Risten ivrigt hade frågat efter. Den hade knutit violetta knoppställningar under snön och stuckit upp först av allt. Hon hade letat upp den i en flora som Risten hade ropat in på auktion efter Aagot Fagerli. Backskärvfrö. Det fanns spjut av kvickrot i gräset. Björkknopparna var svullna och klibbiga.

Karlarna måtte inte ha hittat kvinnornas gömställe, för bilarna råmade fortfarande i backarna. När rösterna ropade tycktes de komma ur det som Risten kallade urtia. Anand hade frågat när urtiden var och Ingefrid hade svarat att det i alla fall inte kunde vara länge sen den upphörde här.

Ett par bilar stannade utanför affären och hon hörde karlröster ropa. Hon la ner bagglammet vid Pärlans sida och hoppades att han skulle få kura ihop sig i pälsvärmen. Sen klättrade hon över timmerbalken och kikade försiktigt ut genom dörren. Birger Torbjörnsson var på väg ner mot huset. Han är med och letar, tänkte hon. Han ska väl fråga om jag kan garantera gården.

Hon fick infallet att gömma sig. När ingen öppnade hemma hos Risten måste han rimligtvis titta in i fårhuset. Hon sparkade av sig de stora skoterstövlarna för att inte smutsa ner i höet. Det fanns ett stort hål där hon tagit höfången de sista dagarna och i det kavade hon sig upp och arbetade sig inåt. Det luktade så starkt för att det var blomsterhö från buvallen. Så hade Risten sagt. Mats slog åt henne. Doften och minnet av hödoft långt tillbaka övermannade henne samtidigt. Somrar hade åldrats och tätnat härinne i gräshärvorna. Hon hade lust att sjunka i det. Hon ville någonting som hon inte hade namn för. Smälta lukter och gräskittlingar, ruva dem som en tät massa. Minnet var ett system av magar i förbindelse med varandra och hon kunde kanske nå längre ner, ju mer hon smälte av tätheten i det torra blomsterhöet.

Då hörde hon Birgers röst ropa och kände att hon hade velat vara med i gyminga. Men vem frågade prästen om hon ville gå ut en vårkväll och gömma sig i hö? Hon skulle dessutom ha sagt nej. Den förra prästen hade spelat kort med några kvinnor som lärt henne meta lake på iskanten. Spelet hette plump och var säkert mycket barnsligt. Men den lilla del av församlingen som var aktiv tyckte inte om det.

Nu började Birger riva i höet med händerna. Han hade förstås sett skoterstövlarna. Så dumt. Nu var hans tunga kropp på väg att kava sig upp. Han flåsade.

Rädslan kom till henne utan förvarning. Den kändes som en kvävning när hon fick syn på hans ansikte. Det log. Hon tänkte på en mask. Att han hade en mask för ansiktet. Att han inte hade något annat ansikte, det var tomt under. Hål rakt ner i honom. Ner i botten.

Hon var för rädd för att kunna skyla över skräcken. Hon drog sig bara längre in och skulle inte ha fått fram ett ljud även om hon försökt. Munnen var torr.

Då gled han tungt ner igen. Hon såg inte ansiktet längre, hörde bara hans röst:

Du kommer fram när du själv vill Ingefrid.

Han stod stilla därnere. Hon hörde inte ett ljud och kunde inte röra sig. Hon var bortom all förställning.

Men jag kan inte garantere gårn, hörde hon honom säga. Han lät godmodig. Precis som vanligt. Det var bara Birger Torbjörnsson, den tjocka doktorn. Nu hörde hon fårhusets dörr slå igen och efter en stund startade hans bil.

Då kom allting tillbaka. Hon var löjlig. Det här var värre än att spela plump och meta lake och röka för många cigarretter. Det var larvigt. Hon var larvig. Blev aldrig vuxen, inte längst in. Och hon avslöjade sig. Precis som den gången hon hade skickat en bön till Brita Gardenius. Sen dess visste Brita hur hon var. Som den här tjocka doktorn nu. Han skulle haka fast i henne.

Hon låg kvar i höet, hopkurad. Nu hade hon röst igen. Den gnydde: Jag vill vara ifred, vara ifred. Låt mig vara. Till slut lät det bara gnälligt. Hon hade kväljningar och började kava och klättra ner. Hö rasade på golvet. Jag måste ta upp det. Inte trampa i det med stövlarna. Gasbrandsbakterier hade hon läst om. Allting kunde bli en enda utdragen katastrof med lammen.

Hon gick ut i majkvällsljuset och borstade mycket noga Myrten Fjellströms päls framtill. På bron tog hon av den och hängde den över räcket för att borsta baksidan. Hon insåg att hon måste ha en klädborste. När hon tog i dörren var Gud nära.

> *Jag kan inte komma ifrån det där minnet och det är lukten som är värst. Jag ber dig inte om befrielse. Bara om krafter att rå med det.*

Sent om kvällen när det blivit tyst i byn fick hon Anand att gå i säng. In i det sista yrade han om äventyr i vasst glas. Han såg så mycket. Bubblade på med munnen full av tandkrämslödder. Men nu ville hon vara ifred. Datorn stod och susade på köksbordet. Ingen lampa var tänd. Datorskenet var blått på håll.

> *Det är inte många människor förunnat att få byta liv. När möjligheten ges är viljan inte tillräckligt stark. I allmänhet håller man nog fast vid sitt vanda liv som vid solkiga underkläder.*

Man vet att de borde bytas, men det får vänta lite. Lukten är så förtrogen.

Ännu tystare. Som i urtia.

Att byta minnen är svårt, till och med smärtsamt. Men du har haft en avsikt med mig. Jag vet inte riktigt vilken den är, men jag känner den.

När jag kom tillbaka till det här huset, till den gamla kvinnan och hennes uråldrige och nästan genomskinlige vän, märkte jag deras nyfikenhet på mig och jag var under några ögonblick redo att tillmötesgå den. Jag stod i dörren och tyckte att jag bara var utklädd till präst och bar lika många namn som jag ägde handväskor. Jag var på vippen att börja haspla ur mig innehållet i dem. Det som fick mig att hålla tillbaka leveransen var en svindlande leda. Du ingav mig den.

En kanna te. Hon tänkte ändå inte sova. Det är bättre att tänka så: Jag tänker i alla fall inte sova. Det är farligt att säga sig: Jag kommer inte att kunna sova.

Vem skulle jag kunna ge det här minnet? Med den lukten.

Vem?

Den professionella Brita? En snäll pensionerad landsortsläkare?

Det tycks vara din mening att jag ska ha det själv. Bara jag. Jag vet inte din avsikt men jag känner den. Vill du ha det av mig?

Från början visste jag datum och årtal. Nu kan jag inte ens säga vilken årstid det var. Händelsen har vandrat genom många av minnets magar. Ändå hade det inte upplösts. Vill du säga mig detta: att det har upplösts. Att det är på väg att upplösas?

Eller att jag vårdar det.

Det var en kvinna som dog i en tragisk olyckshändelse. Efteråt snuddade jag vid tanken att hon blev misshandlad till döds.

Man kan inte snudda vid tankar.

Jag tänkte: Han slog ihjäl henne.

Men så var det inte. Hon hade fått sina huvudskador i en cykelolycka. Det var fastställt.

Fastställt?

Hatet finns kvar.

Hon hade två barn. Nu är deras namn borta för mig.

Änklingens namn har jag aldrig kunnat minnas. Länge visste jag vad barnen hette och jag hade reda på deras ålder. Men han har aldrig haft något namn. Inget ansikte heller.

Smutsblond var han, beige. Ända från början var det något obehagligt med honom. Vagt för all del. Han var en smal karl med snabba gester, välvårdad på ett knoddigt sätt. Jag föraktade hans hårvattensslickade frisyr och grälla kavaj med sprund därbak.

Menar du att det började så?

Att hans hat växte ur mitt förakt.

Begravningen. Han är otröstlig men kikar upp ibland. Håller båda barnen i händerna. Kistdekorationen är torftig. Är han verkligen så fattig? När han skulle ge mig sitt telefonnummer skrev han det på baksidan av en gammal spelbong från Täby galopp. Barnen är rädda.

Jag tror först att de är rädda för döden som tagit deras mamma. Men de stirrar på väggarna. De har aldrig varit i ett kapell eller i en kyrka. Det är nog skrämmande kalt för dem. Inga mattor, inga kuddar. Ett kors med en krokig hängande man.

Både under begravningsakten och efteråt försöker jag få dem att förstå att du har tagit till dig deras mamma. Att allt som var hon är i ditt oändliga minne nu. Jag sa: Ni hjälper Gud att ha mamma hos sig. Ni två vet ju allting om henne. Hon är hos er också när hon är hos Gud. Men de stirrade på kistan.

Fadern luktar sprit. Den doften misstar jag mig inte på. Att dölja den under Tulo eller Aqua Vera tjänar ingenting till. Jag har barndomens skarpa näsa för den lukten. Det har de här barnen också, det är jag säker på. De är rädda och det gör mig mycket illa till mods.

Jag hör mig för hur han ska klara sig med barnen. Får aldrig grepp om vad han egentligen sysslar med på firman. Han kallar den bara firman. Bilar? Försäkringar? Han säger att han inte vet hur det ska gå för dem och så gråter han. Barnen blir ängsliga men håller tillbaka gråten. Det tycker jag är anmärkningsvärt.

Ja, mitt kritiska omdöme är med. Det omtöcknas inte av medkänslan, försvagas inte ens. Jag säger att jag ska sända en diakonissa till dem, en som kan följa hur det går för dem och se till att de får den hjälp de behöver. Men han vill att jag ska komma själv.

Vi har fått så fin kontakt, säger han. Jag hade inte trott att nåt sånt skulle vara möjligt. Jag menar jag tror ju inte på Gud eller så. Men det här är nåt alldeles... ja nåt som jag aldrig trott kunde hända.

Så låter det. Nåt alldeles särskilt. Mellan dig och mig. Tänk att sånt kan hända.

Han ringer gång på gång. Då önskar jag att jag hade hemligt telefonnummer. Han säger att han måste få träffa mig. För han står inte ut längre.

Jag ber en manlig diakon gå dit, det är Harald. Han kommer tillbaka och säger att det är mig de vill träffa. Barnen också.

Vi går dit tillsammans, säger jag.

Mitt omdöme och min erfarenhet och till och med min naturliga misstänksamhet är hela tiden med. Men de hjälper mig inte när han ringer på dörren.

Äntligen blev det natt över den stora sjön. Den ruttna isen blånade långt ut. I viken var vattnet svart och livligt där åns vatten dansade ut.

Det syntes mindre och mindre av det, för mörkret var inte annat än en skymning, otät som en gardinväv. Den smugglades ut från granarna i strandkanten och suddade ut allt som var skarpt och klart och tydligt.

Isen skulle gå snart sa byborna. Sjön sköljer snart.

Han sköljer.

Ingefrid la sig på den hårda kökssoffan.

Det är vid sjutiden på kvällen. Det minns jag. Här är allting mycket tydligt. Anand sitter vid köksbordet och leker med små plastdjur. Han ska just gå och lägga sig. När det ringer är han kvickt på benen. För kvickt. Men jag hade nog inte kunnat hindra änklingen att komma in ändå, för han har barnen med sig. Han håller dem i varsin hand, hårt. Som om han vore rädd att de ska smita nerför trapporna och försvinna.

Nu var det så tydligt. Hon satte sig upp igen. Hur länge hon hade sovit visste hon inte riktigt. Var minnet betjänt av mörker och domning? Av att få arbeta ifred.

Anand blir vild förstås och drar med sig barnen in i köket och bubblar på och visar plastdjur och berättar om vargar. Han visar djuren på sin flanellpyjamas också. Änklingen står på hallmattan och säger:

Jag var tvungen att komma.

Sen gör han något som jag definitivt inte tycker om: sträcker ut handen och släcker hallampan.

Nej, nu blir det för mörkt, säger jag och tänder igen. Sen går jag snabbt före honom in i köket för jag vill inte vara ensam med honom en sekund till. Jag har morgonrock på mig och önskar att jag inte tagit av mig kavaj och kjol och prästskjorta så snart jag kom hem.

Vi får träffas i morgon, säger jag och undrar hur han fått min adress. Vi har flyttat från Axelsberg till Gröndal och gatuadressen i telefonkatalogen är inte den rätta.

Du måste förstå att jag inte kan ta emot nån hemma.

Jag tvekar om jag ska säga sörjande eller konfident. Båda orden känns fel.

Församlingsborna kommer till min expedition, säger jag. Dit är du mycket välkommen.

Är det inte lite opersonligt? frågar han och jag lägger märke till att det äldsta barnet som är en flicka i skolåldern vaksamt följer samtalet.

Inte alls, säger jag. Mitt arbetsrum är mycket trevligt. Vi har dessutom ett särskilt samtalsrum. Där kan ni alla tre känna er mycket välkomna. Men nu är det sent och jag ska lägga min lilla pojke. Så vi får ses i morgon.

Jag känner mig som om jag läser upp nånting. Det gör inget intryck på honom. Han talar om för mig att han inte står ut längre. Känslan är för stark. Jag aktar mig noga för att fråga vilken känsla och blir mer rakt på sak.

Nu ska ni gå hem till er, säger jag och tar flickan i handen. Då händer två saker på en gång. Anand sätter igång att krångla. Mannen som nu står vid sovrumsdörren börjar gråta. Nu skriker Anand gnälligt att han vill att pojken och flickan ska stanna kvar och leka med hans djur. Änklingen gråter med riktiga tårar. Jag tror inte på dem, ändå tillrar de nerför hans kinder, som inte är lika nyrakade som första gången jag såg honom. Spritlukten är stark omkring honom. Han drumlar in genom sovrumsdörren och säger att han måste få prata med mig. Ensam, säger han. Då gör jag en dumhet: jag går ett par steg efter honom in i sovrummet. Det gör jag för att jag ser barnens ansikten och tänker att jag måste förskona dem från det här uppträdet. Han drumlar och snavar inte längre utan är kvickt på fötter från sängen där han satt sig. Och så stänger han dörren bakom min rygg.

Äntligen, säger han. Jag har längtat så.

Det är det värsta: flödet av ord över hans läppar. Först är det gråtmilt och passionerat. Han säger att det inte är lätt för en karl att bli ensam och tar mig om överarmarna och pressar sitt underliv mot mitt. När jag gör motstånd börjar han fnissa och kalla mig en liten satunge, en riktig liten rackare som nog vet hur hon ska behandla en karl så han blir riktigt upphetsad. Du kan nog dina konster du, säger han, det visste jag hela tiden. Mina armar har han låst med sin högerhand bakom min rygg och jag måste falla baklänges för att han inte ska bryta en arm på mig. Jag hade aldrig trott att han var så stark, hans kropp såg egentligen spenslig ut.

Du har längtat det begriper man, du är som jag, jag är språngkåt och du har längtat efter en riktig karl. Känner du lukten av en riktig karl nu?

Och det gör jag, det är det värsta. Han har fått fram sin svullna lem och tar tag i den och kör den mot mitt ansikte. Han håller fast mig med knät nu och drar med den hårda lemmen över mina läppar. Jag pressar ihop dem och försöker rycka undan ansiktet. Ett tag är lukten så outhärdlig att jag vill skrika. Men så minns jag hans barn och Anand därute och förstår att jag måste hålla tyst så de inte blir vettskrämda. Det värsta är att det verkar som en överenskommelse mellan oss att jag ska tiga och han viska. För han väser och tisslar sina tirader om den lilla satungen, lilla prästhoran som vill ha kuk som klär av sig innan hon öppnar dörrn och tigger om det och har svarta strumpor, oj så läckert stumpan, du ska få vad du vill ha serdu, mellan oss finns det inga komplex längre...

Det var det ordet som väckte mig. Komplex. Jag blev så fruktansvärt arg, jag är det än.

Vreden ger mig kraft att köra knät rakt upp i hans underliv när han reser sig på knä för att slita av mig strumpbyxorna. Han låter som en sparkad hund när jag knäar honom och innan han hinner komma över mig igen är jag uppe och kastar mig så häftigt mot sovrumsdörren att jag först slår pannan i den. Han har hämtat sig från smärtan och får tag i min morgonrock och när jag ramlar ut i köket blir den kvar därinne. Det sista jag hör är ljudet av tyget som slits sönder. Sen blir det tyst. Barnen stirrar på mig och underligt nog är det den stora flickan som börjar gråta först. Sen börjar pojken också snyfta. Anand frågar:

Var är din morronrock?

Jag har fortfarande strumpbyxorna på mig. De är sönderrivna upptill vid resåren.

Kom, säger jag till hans barn. Jag har blivit stående i hallen med Anand i famnen. Det är tyst från sovrummet. Han har tydligen nån sorts försyn för barnen i alla fall. Eller också skam. Kan han ha skam?

Jag går mycket tyst in i köket igen. Ur översta kökslådan tar jag upp en förskärare.

Vad ska du göra? säger Anand.

De två främmande barnen gråter ännu häftigare.

Jag ska göra smörgåsar, säger jag.

Gör det då, säger Anand och tittar strängt på mig.

Jag drar åt mig telefonen där jag sitter vid köksbordet med kniven i handen. Det är inte riktigt tyst, nånting hörs från sovrummet. Som om han andades häftigt. Eller gråter han igen? Först hade jag tänkt springa ut med Anand och ringa polisen från en grannlägenhet. Nu tvekar jag om att ringa alls. Barnen har slutat gråta. De stirrar på mig och på kniven.

Vill ni ha smörgåsar? säger jag.

De skakar på huvudena.

Nej, jag kan inte låta polisen komma in här och skrämma upp barnen ännu mer. Jag slår diakonens nummer i stället. Han svarar inte.

Ta på er jackorna igen, säger jag. Ni ska strax gå hem.

De lyder, men lite för snabbt tycker jag. Hur det än är så måste de här barnen ha hjälp.

Jag tar upp telefonluren och slår några siffror på måfå. Sen sitter jag med luren för örat och väntar. Anand har börjat leka med plastdjuren igen. De andra står i hallen. Jag ser deras bleka ansikten under hallampan. Ögonen ser ut som hål i tyglappar.

Sent omsider kommer han ut. Då börjar jag prata i luren. Jag är inte säker på att det låter övertygande.

Det är bra. Så snart som möjligt då.

Han skrattar lite. Men inte åt det fingerade samtalet tror jag. Det verkar som om han är på väg. Märkvärdigt nog är håret slickat igen. Han måste ha kammat sig framför spegeln i sovrummet. Jag säger några lama ord till.

Ja ja... tack så mycket. Då väntar jag på det. Så snart som möjligt.

Det gick visst lite vilt till, säger han. Leendet är uppspelt. Eller försöker i alla fall vara det. Men sen går han. Tar barnen i händerna och försvinner och jag rusar fram och lägger på säkerhetskedjan.

Jag tycker att Anand verkar lugn, men jag låter honom i alla fall leka en stund till och skär upp bröd som jag sagt. Han äter en smörgås och dricker ett glas O'boy. När jag lagt honom går jag in i sovrummet för att ta reda på röran i sängen. Då slår lukten emot mig.

Hon satt i kökssoffan och tänkte att när hon var tillsammans med Pekka hade hon inte tyckt illa om den. Sen hade det varit ett par män till. Snälla pojkar. En var bibliotekarie. Och så studiekamraten i Uppsala, han som doktorerade i religionshistoria. Hon hade inte tyckt illa om den då heller. Hon tänkte en stund på lukten medan hon gick och la in i spisen. Mindes den bäst från Pekkas tid. Ett snitt i rå potatis. Regnvåt jord. Mossa. Mandel. Det var ingen romantisk doft, men den var jordisk. Hon hade tyckt om den.

Härinne är den en stank. Han har sölat i min kudde och på morgonrocken. Han har gnidit omkring satsen, det finns ingen annan förklaring. Han måste fått utlösning flera gånger. Det klibbar på väckarklockans glas och på spegeln och det klistrar ihop tyget i skjortan med prästkragen. Där har det redan börjat torka.

Jag är ute i badrummet och kräks men jag kan inte gråta. Det är tyst i lägenheten, bara kylskåp och värmeledning susar. Jag har ingen tvättmaskin i badrummet utan är tvungen att vänta till morgonen. Och om inte tvättstugan är ledig? Jag knölar ner allting i plastpåsar och ställer dem vid dörren. Först då kommer jag på att jag kan kasta bort alltihop. Men jag vågar inte gå ut i trapphuset till sopnedkastet.

Klockan och spegeln måste jag torka med vått hushållspapper. Fast jag tror att jag är tom i magen och att kväljningarna inte ska leda till någonting, kräks jag gallgult slem som hamnar på sängen. Jag måste göra i ordning ett nytt bylte och lägga det i en plastpåse.

Jag ber och ber om krafter när jag kommit i stillhet, men jag får dem inte och kan inte sova. Jag är urholkad. Tankarna är vassa splittror. Jag ligger klarvaken med värkande mellangärde på soffan i vardagsrummet och fryser. Men jag vill inte gå in i sovrummet efter en filt.

Jag ligger under min kappa ända till gryningen. Då fryser jag så jag måste gå in och stänga sovrumsfönstret. Det drar iskallt genom springan under dörren. Nu luktar det inte längre därinne.

När jag ska klä mig på morgonen känner jag att min svarta kjol är fuktig. Den har jag lagt på en taburett bredvid sängen, en liten möbel med stoppat lock. Om man lyfter det finns det syskrin under.

Jag är omisstänksam, kanske omtöcknad av sömnbrist, så jag lyfter kjolen mot ansiktet och luktar på den. Han har avslutat sin kväll med att urinera på kjolen och taburetten.

Det faller mig aldrig in att polisanmäla honom. Jag tar kontakt med socialtjänsten och säger att jag tror att de två barnen far illa. Jag berättar att han gjort vissa närmanden i deras närvaro. Ganska brutala tänker jag säga men hejdar mig. Jag säger i stället att jag tror att barnen är rädda för honom.

Jag hör aldrig någonting mer om hur det går för dem. Jag kan inte minnas att jag försöker få reda på det heller. Det ger mig känslor av skuld och tillkortakommande. Men äcklet är starkare.

Blir någonting uthärdligare för att man berättar det? Blir det ens sant?

Du vet att det delvis är dikt. Det är länge sen. Man kan inte minnas. Men man måste hålla ihop sin värld och får använda de förbiflimrande flagor man kan fånga. Djupt nere i sömnen kanske man hämtar dem.

Jag kände en sån lust att ha roligt. Att vara med. Det var därför jag kröp upp i höet idag.

Jag minns så lite. Inte ens årstiden. Inte hans namn. Jag vet att du minns honom. Att du bevarar honom. För mig försvinner han. Det är som om han blir blekare. Ansiktslös. Jag kan inte tänka mig att han lever.

Du utövar ett milt tvång.

Varför vill du säga mig att han lever? Att han går omkring och har spelbongar i fickorna. Skam. Glädjeämnen. Kanske sorg. Vill du att jag ska tro det? Att han går där och är en människa bland människor.

På kvällen kom Anand hemrusande och sa att han skulle gå på fest på Föreningshuset.

Tjejerna måste betala festen för killarna. Det är på lördag. Dom satt i Isakssons lada. Dom hade gjort ett hål, det blev som ett rum inne bland höbalarna och så kröp dom in och så drog dom åt sig en bal och ställde den för hålet. Men killarna hitta dom. Jag har ingen kavaj.

Kavaj?

Det är ju fest.

Först tänkte hon säga: Jag tror inte det är nån som har kavaj här. Men det var första gången han sa nånting med riktning mot framtid och vuxenhet, så hon lovade honom en kavaj. De for på fredag morgon och det tog två och en halv timma till Östersund. Han blev förtjust i en kavaj av ljusblå fuskmocka och till den ville han ha en rosa skjorta och svarta byxor. Hon köpte alltsammans och lät toppa håret på både Anand och sig själv i en alldeles för dyr salong och så åt de kinesmat på en restaurang innan de for hem. De hälsade på hos Risten på sjukhemmet när de for förbi, men Ingefrid sa ingenting om flasklammet. Mats hade lovat att gå ner två gånger och ge honom mat. Hon hade ställt ljummad Lammex i termosar på medicinhyllan.

På lördagskvällen när Anand klätt på sig den ljusblå kavajen, tog hon fram ett elastiskt band som hon köpt på hårsalongen och sa att hon tyckte att han skulle sätta upp håret. Det ville han förstås inte men när han fick se att bandet var guldglänsande tog han det med sig för att prova det framför Myrtens toalettspegel. Han kom ner som en man i miniatyr. Känslan att han trots allt skulle klara sig rullade i en varm våg genom henne. Att han skulle bli vuxen. Fast originell. Att han skulle bli en karl som hade håret stramt tillbakastruket. Han kanske skulle finna en plats i världen, där han kunde gå omkring och vara snabb och påhittig och respekterad. En teater kanske? En liten, liten karl med svartglänsande lockar.

Birger hämtade honom med bilen. Han skulle ändå köra Elias Elv som skulle med till festen på Föreningshuset.

Vi ska skaka dammet ur dig.

Och till Ingefrid tystare, i förlitan på att Elias inte hörde så bra:

Han sitter för mycket ensam nu när Risten är borta.

Men Elias som festen till ära tagit på sig hörapparat med snäckor i båda öronen sa:

Ja, hos henne är det ett jävla drag med folk jämt.

Ingefrid visste att hon borde säga att han skulle komma ner som vanligt till huset om eftermiddagarna. Men hon gjorde det inte. Ensamheten var för dyrbar.

Är du inte omklädd? sa Birger när han fick se henne.

Hon hade inte tänkt tanken att hon skulle med. Han sa att hon skulle skynda sig. Och så rusade hon utan att tänka upp på Ristens rum och tog fram strumpbyxor och den svarta kjolen och kavajen. Men hon insåg i tid att hon skulle dra på dem en förstämd högtidlighet om hon klädde sig på det viset. Även om hon tog en vanlig blus under.

I kapprummet var det trängsel. Folk hängde flera jackor på samma krok och det låg kringsparkade träningsskor och skoterstövlar långt utåt golvet. Ingefrid drog av sig mössan. Håret föll ut och hon ångrade att hon löst upp flätan när Birger stirrade på henne. Femtio år och utslaget hår. Hon hade en kräppad konstsidenklänning i en blågrön färg som glänste metallaktigt. Den hade besparingar på axeln och ett avskuret midjeparti som ett brett bälte. Tyget i blusdelens framvåder rynkades lite vid besparingarna så att bröstén kom att ligga i draperingar. De var kanske lite för generösa. Alltihop kändes genant när hon väl fått av sig kappan. Men Birger sa att det var en fin klänning.

Den har varit min mammas, sa Ingefrid. Den är omsydd för hon var större.

Då har den varit på Föreningshuset förr!

Nej nej, det är inte Myrtens. Den är efter min mamma Linnea. Från fyrtiotalet.

Det är recycling då, sa Birger.

Retromode. Jag har skor med kilklack till men dom tog jag inte.

Hon kände sig modigare nu.

Det är fint med kängor. Du har så små fötter.

Det kändes i alla fall naket att gå in i den stora lokalen med folk som satt vid borden kring väggarna och tittade på alla som kom in. Hon var van att ha kavaj och prästskjorta när mycket folk var samlade. Hon brukade ha hela ansvaret för att allt avlöpte som det skulle. Hon brukade gå fram till människor och säga några vänliga ord. Men om hon skulle göra det nu vore det fel och beskäftigt. Hon kände sig reducerad och osäker och avundades Anand som redan hittat barn att prata med. Fast yngre förstås. Alltid yngre. Kavajen hade inte förändrat honom så mycket som hon hade hoppats.

Det fanns en struktur i samvaron, trots att hon inte var ansvarig för den. Det såldes lotter och folk köpte läskedrycker och gotter från en disk längst bak i lokalen. Det var mellan trettio och fyrtio vuxna människor vid borden och ett antal barn som inte kunde fastställas, eftersom de hela tiden var på språng med Anand i täten. Hon hörde att hans röst började bli gällare. Rummet var stort och ekade. Det var byggt för att tre eller fyra gånger så många skulle få plats därinne. Det fanns en scen med fråndragna draperier. I fonden syntes en kuliss med björkar och en sjö. Det såg mycket mellansvenskt ut. Anand rusade förbi, bromsade på träningsskorna när han såg att hon tittade på scenen och sa:

Där stog din mamma och sjöng.

Hur kan du veta det?

Det har Elias sagt.

Hon såg frågande på Elias Elv men han gjorde gester mot hörsnäckorna för att visa att det ekade i dem.

Hon har själv berättat det för honom, sa Anand och försvann mot läskedrycksdisken.

Han måste mena Risten, tänkte hon.

Tyget i ridån var gulbeigt och mönstrat med små romboider i turkos, rosa och gult. Det såg ut att vara från femtiotalet. Det var alla möjliga tider härinne. Sextiotalslampglober klädda med vitt tyg. Nästan nya stolar i formpressad svart plast. Gubbar. Barn. Kvinnor med guldsmycken på jumpern. Men inga handväskor. Det var bara Ingefrid som hade det.

Vad sjöng Myrten på den här scenen? Hon visste inte ens vem hon skulle fråga och kände sig alldeles oväntat rädd för Elias Elv. Det hade aldrig fallit henne in att det kunde vara något skrämmande med gamla människor. Men det var det. Många undvek dem. Överlämnade dem till präster och vårdpersonal.

Nu får vi kaffe, sa Birger.

Det kom mera folk. Yngre människor. Redan från kapprummet hördes deras röster och hon fick för sig att de varit nånstans och druckit öl innan de gick till Föreningshuset. Sprit också kanske. De hojtade men när de kom in såg de unga karlarna ut som kalvar som oförvarandes kommit ur lagårdsmörkret ut i klart dagsljus. Nu måste det vara över femtio vuxna i lokalen. Det började bli varmare. Från början hade hon frusit i sin finklänning.

De fick kaffe med stutar som det var rökt renkött och pepparrotsgrädde i. Det fanns också stutar med getost och messmör. En del letade på brickan för att få tag på dem med gammelost. Barnen fick hämta grillkorv vid disken som egentligen var en avlång lucka ut mot köket. Det luktade kaffe, grillos och tunga parfymer nu och värmen steg. En ung pojke som var född i ett kronotorp som de kallade Kroken spelade Lyckobringaren på dragspel och sen på begäran Drömmen om Elin och Hammarforsens brus. Som avslutning spelade han ett stycke för virtuoser av Erik Frank. Ingefrids och Birgers blickar möttes. Det kändes som en sammanstötning i en rymd där det sannerligen fanns plats att irra på egen hand. Hade han på känn att hon visste att det var Novelty Accordion?

Det kom en karl och berättade historier på jämtska men ingen vid bordet där Ingefrid satt var nöjd med honom. Han var tillrest och hans dialekt hade brister som var uppenbara för dem. För henne var den hursomhelst obegriplig. Det var nog bra för historierna var inte rumsrena. Folk såg på henne när han kom till poängen. Annars tycktes de nästan ha glömt bort att hon var prästen.

Läraren på skolan hade fångat upp Anand och småbarnen och lugnade ner dem med en frågesport som han improviserade. Sen berättade han om spöket i Föreningshuset och då hyssjade folk skrattande och hörde på. Spöket hade hörts yla en natt på 1950-talet. Det hade varit bio på kvällen men då hade ingen hört nånting. Men sen ylade det hemskt. Ingen som gick förbi den natten vågade gå in.

Nästa dag gick i alla fall Georg Mårsa dit, sa läraren. Det var i fullt dagsljus och det hördes ingenting därinifrån. Det var han som hade nyckeln och skötte filmvisningarna. Han skulle hämta veckans film och skicka tillbaks den med bussen. När han skulle ta den i garderoben där dom hade projektorn kom spöket fram. Fast det var tyst.

Och törstigt, ropade någon från ett av de andra borden.

Vad var det för spöke?

Barnen fick gissa. Läraren sa att det var en tävling.

En hamilton, skrek Anand.

Det lät bisarrt och Ingefrid önskade att han hållt tyst. Men läraren sa att han vunnit.

För det var Georg Mårsas stövare. Han hade råkat stänga in den när han ställde in projektorn.

Va dä inte en schiller? skrek en ung karl och folk skrattade.

Nej, Mårsas har allti haft hamilton.

Anand fick en påse twist men gav den till två flickor som samtidigt hade ropat: En hund!

Dom visste om det i förväg, sa han till Elias. Men det gjorde jag också. Fast dom är ju småbarn. Jag vann i alla fall. Jag visste att Mårsas alltid har haft hamilton. Det har Birger sagt.

Hon ville ta tag om honom och sätta läpparna mot de svarta lockarna som var åtstramade av guldbandet i nacken. Han var inget småbarn. Han var någonting annat.

Sen kom gräddtårtorna in och Anand såg ut som om han ville sjunka ner i dem.

När dansen började sköt de in borden mot väggarna. En karl skötte grammofonen från scenen och Ingefrids ögon mötte Birgers igen.

Det var dansbandsmusik, Vikingarna. Hon trodde först att han kände sig för med blicken för att han tänkte dansa med henne. Men nu såg hon den nästan omärkliga grimasen han gjorde åt musiken.

Jag har bättre musik med mig, sa han. Men vi väntar ett tag med den.

När folk började dansa tog han upp sin portfölj och visade henne: Tommy Dorsey och Stan Getz.

Honeysuckle Rose, sa hon.

Gillar du den?

Min pappa brukade spela den.

Hon önskade att han sagt: Kalle Mingus! Är du Kalle Mingus dotter? Men det sa han inte.

Han hade ett band, förklarade hon. Kalle Mingus Swingsters.

Birger log som åt nånting ljuvligt. En utslagen pion eller en barnstjärt.

Han var fin pianist också, sa Ingefrid. Fast han ville sällan visa det. Han var för ödmjuk. Han hade en pianist i bandet som han tyckte var ett geni.

Vad hette han?

Jag minns inte. Men pappa kallade honom för Petas.

Petas Svensson! Herregud. Och Lulle, vad hette han på altsax?

Rudolfsson.

Kalle Mingus Swingband.

Swingsters.

Kalle Mingus Swingsters. Gävle folkpark nittonhundrafyrtiåtta eller så. Jag bodde i Ockelbo. Jag har haft skivor med Petas och Lulle och din farsa.

Jag har några med mig, sa hon. Jag la ner dom för jag tänkte att jag skulle kunna spela dom på den där gamla grammofonen hos Risten.

Sjuttiåttavarvare?

Ja, han gjorde andra också, senare. Men dom här gamla har jag aldrig kunnat spela.

Då ska du akta dig för handlarns grammofon. Den är en antikvitet. Första grammofon i byn. Att spela skivorna med dom där gamla stiftena är som att köra dom med en tandläkarborr. Vi ska göra nåt åt det där.

När folk hade dansat ett tag höll han upp en av sina skivor och ropade över larmet:

Spela lite musik för oss geronter också!

Vad är en geront, sa Anand.

Det är en dromedar som går ensam i snön och har puckeln på magen.

Det var alldeles tomt först. Ingen gick upp för att dansa. Nu bjuder han upp mig tänkte Ingefrid. Men det gjorde han inte. Hon kände sig lättad och samtidigt besviken. Erna och Kalle Högbom steg ut på golvet och Kalle stod med Erna tätt intill sig och liksom stötte in sig. Det var In the mood. Ingefrid ville röra sig, fötterna gick av sig själva i kängorna. Men ingen bjöd upp henne. Det är klart dom inte gör, tänkte hon. Och det är ju bra i och för sig. Bara bra.

Erna och Kalle dansade tätt och hårt nu. Deras kroppar var femtio år tillbaka i tiden och man kunde se att Kalle hade varit styv att dansa. Att han fortfarande var det och följde rytmen, fast knäna var lite stela. Och Erna verkade lika mjuk som då. Hon var som en ung flicka och det var bara Kalle och hon på golvet. De kunde lösa upp sin täta förening och ta ut en sväng ibland. Då höll Kalle henne på rak arm och hon for ut ifrån honom och gick sen runt och tillbaka med små snabba, stötiga steg och blev infångad. Alla tittade på dem. När låten var slut applåderade man. Kalle var allvarlig och tittade rakt i väggen. Erna plockade med sitt halsband och bet i underläppen. Men hon log. Nästa låt kom och den passade också Kalles stötiga stil. Han kindade med Erna och svängde henne väldigt bestämt.

Nu var det flera som gick upp. Det var Lady be good. En fot började röra sig på Elias där han satt och åt tårta. Det ryckte i gubbkroppen. Han sa nånting.

Jag hör inte!

Han viftade med handen mot grammofonen och sen väntade de tills låten var slut.

Vad sa du Elias?

Jo, jag fråga om dom var snälla mot dig.

Vilka?

Ja, vad var det han hette? Mingus i alla fall.

Ja, dom var snälla, sa hon. Jag har haft det bra.

*

Hon låg i Ristens säng och lyssnade till bilarna. Det hördes höga röster. Två bilar tycktes ha stannat på planen vid affären och man hojtade åt varandra. Nästintill fyllevrål. Flickskratt ilade genom nattluften. Förarna gasade igen. Hon hörde däcken slira.

Hon hade inte fått dansa, inte blivit uppbjuden. Korrigerade sig själv: jag har inte dansat ikväll. Men en liten stund var jag hel: jag var Inga från Parmmätargatan och prästen i Röbäck och Ingefrid i konstsidenklänning. Den stunden med In the mood och när vi pratade om Kalle Mingus skivor då var jag hel och hållen.

Var dom snälla mot dig?

Ja, jag var deras ögonsten.

Mamma är på Nalen och lyssnar på pappa och hon har blågrön metallskiftande klänning och skor med kilklack av kork. Det är 1942 eller nånting sånt. Fast det är sällan de talar om det som har varit. Inte som i Svartvattnet där man berättar dialekthistorier och spelar dragspel och pratar vid kaffet och tårtan om hur tuberkulosen höll på att utplåna hela Tangen och har reda på jakthundarnas härstamning ett halvt århundrade bakåt i tiden. För att inte tala om människornas.

Kalles och Linneas förbindelse med det förflutna var tunn och flyktig. Nalen 1942. Cellullskläder under kriget. Fotboll på Råsunda. Längre ner i det som varit ville de inte gärna sänka sig. Om de yppade något om varifrån de kom, så var det i form av en anekdot där poängen tog loven av det som ville stiga upp. Det sjönk ner igen i lort och leda. Sällan, oändligt sällan glimtade ett bärnstensfärgat sjövatten där eller en dikeskant med ruggar av blommor. Det gick inte att hålla kvar sånt för den fräna nässelstanken bakom dasset steg genast upp och klafset av gyttja på vägen och sjövattnets iskyla vid klappbryggan. Det förflutna luktade och var dragigt och snålt och Kalle och Linnea vände ryggen till när det famlade efter dem. Pappa härmade programbladspojkarnas rop på fotbollsläktarna:

Pooo... gramm! Pooo... gramm till mattsen å signalsystemet!

Då var man i stan igen där man levde och där det var verklighet.

Nu var han död och hon var ledsen för att hon inte förstått att tränga vidare med honom, ner i det som inte bara var ont. Långt nere i glömskan som alltid är ett opålitligt rike låg lukterna och åtbörderna i ett gammalt Sverige. Någon gång gjorde de sig levande i ögonblicket. Det var sällan. Men det hände. Då såg hon på sin pappa att han kände ömhet för det förlorade. Men hennes nyfikenhet avvisade han som en taktlöshet: Du skulle ändå aldrig förstå. Hon märkte en giftig rest av bitterhet och han var en okänd man.

Ömhet och bitterhet fanns hos honom, men han kunde inte tala om dem. Han spelade Moonlight in Vermont och On the Road to Mandalay och var redan långt borta.

Först trodde Elis att det var en norrman som kom. Men det var en svensk fast han kom i en norsk hyrbil. Hur gammal han var gick inte att avgöra. Mellan arton och trettiofem såg alla lika gamla ut. De behövde ju inte dra ut tänderna nuförtiden.

Han kom fram till huggkubben där Elis råkade stå i solgasset. Han hade tänkt spänta lite tändved.

Elias Elv. Eller hur? skrek han. Fantastiskt att träffas.

Suppen skällde så det var inte lätt för karln att göra sig hörd. Han var snaggad men inte ända ner i svålen. Det stod upp piggar av rödaktigt hår. Och så hade han undertröja. Ovanpå den satt en väst med många fickor. Det fanns fotografirullar i dem, det uppenbarades genast. Med viss fingerfärdighet pillade han fram en rulle och laddade en kamera som han bar på.

Det gör väl inget om jag tar en bild, sa han.

Ge fan i det.

Men en bild måste jag nog ha, sa han. Det här är ju fantastiskt.

Ge fan i kameran, sa Elis och Suppen gick närmare på stela ben och bröstade av sitt grövsta skall. Men det dog rätt snart ut. Han var inte i full kraft längre, tröttnade fort och ville helst ligga i solen alldeles intill ladväggen och steka sig omtöcknad.

Jag är från Expressen, sa karln. Kommer med anledning av utställningen på Nationalmuseum. Jag får gratulera. Vilken fantastisk framgång.

Visste han inte att det var vågor ur ett gammalt hav som slog opp på den vanligen stilla och steniga stranden? Det var nåt lurt med honom. Han gjorde sig till. Eller gjorde sig dum med flit. Nånting var det. Han tyckte att de skulle gå in för han ville gärna sitta och prata lite. Men Elis sa att det gick bra ute. Det var bara att prata på om han hade nåt att säga.

Det är ett långt liv, sa karln och sneglade bort mot bron och dörren till huset. Han påminde om en sån där som åker runt och stjäl. Snart bad han väl om ett glas vatten.

Fantastiskt, sa han igen.

Elis stod kvar vid huggkubben. Hett var det men han hade hatten på sig och skulle inte svikta i första taget. I värsta fall går jag och sätter mig på gällbrua tänkte han. Om jag tar mig dit bara.

Nu sa journalisten från tidningen Expressen att de ville göra en riktigt bra story på Elias Elvs märkliga levnadsöde. Han sa att det var fitjö han skulle göra och när Elis frågade vad det var kunde han inte förklara det fast han pratade länge. Men han kunde åtminstone stava ut det och det var förstås engelska.

Fitjö, sa Elis prövande och Suppen lyfte huvudet och skällde ett par slöa grova tag.

Det tycktes inte betyda så mycket att Elis ingenting sa, för karln kunde hans levnadshistoria som ett rinnande vatten ända från Oslotiden och Kunstakademiet. Han hade den från andra tidningars arkiv, från konstböcker och gamla utställningskataloger. Han kunde ha ställt opp i teve och blivit miljonär på Elias Elvs levnadsöde.

Och så har vi Tyskland, sa karln. Från nittonhundratjusex till nittonhundratrettifem. Hur var det där?

Va?

Hur var det i Tyskland?

Jag är inte döv, sa Elis vilket var nästan sant, för han väntade på Anand och hade satt på apparaten.

Det finns ingenting med från den tiden i den här retrospektiven, sa karln.

Nej, jag gjorde inte glas på den tiden.

Står ingenting i katalogen heller, sa han. Inte i nån katalog vad jag kan se. Eller konstbok.

Nähä.

Varför det?

Va?

Ni har haft många utställningar men aldrig nånting med från den tiden.

Ditt dumma nöt, tänkte Elis. Skulle dom frakta opp stenväggar. Hela aulor. Men det har du nog ingen aning om, du med ditt fitjö.

Men det hade han i alla fall för han sa:

Det var ju stora saker. Riktiga paradgrejer.

Suppen sov nu. Han hade sträckt de grova tassarna ifrån sig och snarkade så det fladdrade i maskrosorna. Elis önskade att han själv kunnat lägga sig nånstans. Eller åtminstone fått sitta. Då sa nötet:

Hur var det med medlemskapet då?

Va?

I det tyska nationalsocialistiska arbetarpartiet. Hur var det med det?

Blodet kom igång i hela kroppen. Det var en upplivning som han annars aldrig var med om nuförtiden. Det rusade i alla kärl. Stockades, trängdes. Susade i öronen. I de finaste kärlen i fingrarna stack det.

Skam var det då inte och inte heller rädsla. Häpnad? Ja, kanske häpnad. Och nåt som liknade uppskattning, släkt med beundran. Det var en snedig fan, den där med den röda snaggen som stod opp i taggar, som smörbestruken.

Var har du det ifrån?

Snaggen log, liksom lycklig.

Vem, ändrade sig Elis.

Det var egentligen bara en yttring av blodrusningen. Han hade inte väntat sig svar. De ville ju aldrig uppge källor. Det var inte moral, för det trodde han inte de hade någon. Men det var juridik. Så han blev ännu häpnare, ja brydd riktigt, när karln sa:

Hon heter Dagmar Dickert. Född Ellefsen. Hon hälsade så mycket.

Sen tog han fram ett exemplar av Adresseavisen och bladade fram ett uppslag. Elis tog upp glasögonen ur fickan på tröjan och satte dem på sig omständligt långsamt. Han hade en känsla av att han behövde vinna tid. När han fick fokus såg han en stor bild av en gammal kvinna, en blomvas med prästkragar och en kaffekopp på en rutig duk. Där låg en ringlös ådrig hand som ett föremål.

En gumma i vilken den stora elden rasade.

Jag har träffat henne, sa journalisten. Men hon såg rätt risig ut egentligen. Jag tror hemtjänsten hade klätt opp henne när journalisten från Adresseavisen var där. När jag ringde ville hon att jag skulle ta med mig ett par flaskor Rosita från Sverige.

Vad är det?

En billig campariimitation.

Han spelar ut henne mot mig, tänkte Elis. Gjorde förstås likadant med henne. Fast det behövdes nog inte. När han ögnade på Trondheimtidningens artikel om den norskfödde Elias Elvs stora retrospektiva utställning, som från Nationalmuseum i Sverige skulle vandra till Oslo, förstod han att Dagmar Dickert själv hade ringt till tidningen. Tagit sig en klunk ur flaskan. För att underhålla elden. Väntat.

Visste du att hon satt i fängelse efter kriget?

Han svarade inte.

Klippte mattrasor berätta hon.

Det vrålar i eldhålet. Hämnd! råmar elden. Än är jag vid liv. Tro inte annat. Ingen sur pust ur en nästan tandlös mun, utan en eldflamma het som ur helvetet. Jaså, du lever än? Det gör jag med!

En gång reste du din väg utan ett ord. Det var 1926. Men inte går tiden. Inte nere på botten.

Du fick berömmelse. Jag fick fängelse. Du tog mina pengar och for ostraffad till ett nytt liv. Du hade ju din stora begåvning. Ett geni tar pengarna och far iväg. Ena gången lämnar han en ostädad ateljé med urdruckna årgångsflaskor ur den ellefsenska vinkällaren. Andra gången en fängelsecell där han borde ha suttit. Geniet.

Fängelse kan du inte få. Men skam.

Skam är du värd och skam ska du ha.

Tänker en liten gumma så i sin tandlöshet? Musklerna har förtvinat men tanken är redig och klar. Hatets låga skär som en svets.

Då hörde han den unge mannen, journalistsnillet på väg mot berömmelse i sin tid. Han hackade fortfarande frågor i hans kött. Men det var känslolöst nu.

Far åt helvete, sa Elis.

Det är inte schyst. Jag har åkt trehundranitti mil sammanlagt. Jag har vänt bladen i gamla tyska tidningslägg. Du borde förresten kommentera det för din egen skull.

Han börjar bli intim, tänkte Elis. Nu säger han du.

Du ställde en fråga och jag besvarade den. Nu är det väl rimligt att du svarar, envisades karln.

Men Elis vände sig mot huggkubben och tog opp yxan. Han gjorde det för att markera att samtalet var avslutat. Han tänkte återgå till sin vardag. Klyva ven. Åtminstone spänta lite. Han var trött på tjat och ville vara ifred. För att understryka sin inställning höjde han budet till *far ända in i helvete!* Då vaknade Suppen. Han for opp och morrade, för syns skull mest och av sympati. Han var en gammal trött hund. Det mesta sket han numera i. Men ändå: Morr! Far åt helvete du. Gör det.

Det var då journalistgeniet fotograferade.

När min son Klemens stod inför rätta var det inte några fina karlar från riksorganisationen där, inga samer med utbildning och granna dräkter. De kommer bara när det gäller viktiga och principiella mål hörde jag. När det rör sig om betesrätten i skogslanden, då kommer de klädda i sina högtidskläder.

Och det förstås, Klemens är bara en gammal lapp. Det kan man gott säga. Han hade inget ont av skogsbönder, bara av vargen. Han hade fått sjutton renar rivna av vargtiken och de två hanar som var hennes onda yngel. När han kom till tingsrätten i Östersund var han inte klädd i samedräkt, för han äger ingen. Han skulle få en till konfirmation av sin farbror Aslak. En kvinna i Langvasslia, hon var släkt med oss, var vidtalad att sy den. Men det blev aldrig av för Klemens kände sig inte nöjd med att stå i Röbäcks kyrka och vara lapp. Så var den tiden.

Nu är tiden en annan och Klemens är tvungen att leva i den. Han har levt i en hel del tider och jag har inte haft makt att skydda det som är hans rätta liv. Det var sannerligen inte vuelieh och gamla sagor som han levde med. Han var renskötare, ingenting annat. Han var som hans farbror Aslak hade lärt opp honom: kasttömmen på axeln och hunn i haserna. Så levde han. Hunn har sprungit ihop med hans skoter och ibland före. Blir han för utschasad brukar Klemens låta honom hoppa opp framför sig. Nu är det väl slut med det och allt annat.

Hans mors morbror Anund Larsson tog kål på många vargar i sin dar. Det var han högt aktad för. Men han hade inte längre några renar att värna om. Hans far, min morfar och Klemens mormors far Mickel Larsson, förlorade all sin renmakt därför att vargen härjade så svårt i hans hjordar. De renskötarfamiljer som bodde här då höll på att få samma öde, de måste till slut ge sig av. Här var ett varghål, inte ett ställe för människor sa de. Morfar blev kvar och försökte ha sig fram. Till slut fick han lov att skaffa ett par getter som han kunde ta in om nätterna. De killade snällt åt honom och jag skulle tro att det var de som gav mig mjölken, ända tills jag fick flytta ner till byn och handlarns.

Det skrevs mycket i tidningarna om åtalet mot Klemens. Det som han gjort sig skyldig till hette faunakriminalitet. Det var miljöministern som sa det. Han yttrade sig inte om det enskilda fallet, men grova jaktbrott förekom i stor omfattning sa han och ofta utövades de med de grymmaste metoder. Han skulle lägga fram ett lagförslag om två års fängelse som högsta straff.

Ma tro tamejfan ma drömm, sa Mats när han fick läsa det. Två år i fängelse för en varg. Dä få ma väl knappt för å ta ihjäl en människa. I alla fall inte på fyllan.

Om rättegången sa han att Klemens hade gått i baklås och att det var därför det gick så illa för honom.

Men Klemens sätter inga lås för sina tankar. Jag tror varken Mats eller jag vet av orden för den värld som han har i huvet. Här sitter han ibland vid köksbordet med sin tipskupong och så lyfter han huvet och ser vinden ta regnet ur ett hängdräktigt moln och driva det fram över sjön. Det tittar han länge på. Ibland har han suttit i knäppkalla vintern och sett sina renar ligga i flock på isen, hur de tagit vara på det snåla spillet av solljus mellan molnrullarna som västvinden matar fram. De lyfter huvena så att kronorna rör sig som grenar i en avlövad skog, för de vill känna om det finns en vind som de kan gå emot, en levande luftled att springa i. Det var Klemens som talade om för mig att björn står däroppe i Brannberge och blåser i ramarna så att det visslar. Att jag hade en lekätt under fårhuset och att hon hade fem ungar, visste jag inte av förrän han sa det.

Men nu hade hans hjärna alltså gått i baklås. Polisundersökningen hade dragit ut på tiden och det är vi för all del vana vid här, men nu var det fråga om DNA-prover som skulle skickas iväg och analyseras. Det tog sin tid. När det till slut var klart sa åklagaren att Klemens skulle häktas på sannolika skäl misstänkt för grovt jaktbrott.

Han visste ju om de där två karlarna, som oturligt nog hade varit efter honom på skoter och råkat komma fram till slaktplatsen. Deras vittnesmål skulle han nog ha svarat opp emot. Att blodet på hans byxor och på gevärskolven kom från en varg, det hade han kunnat förstå att polisen hållit för sannolikt. Det var ju blod från ett djur, *maelie*. Inte *virre* från en människa.

Men att en snusprilla skulle kunna tala om vem som haft den i mun, det gick han helt enkelt inte med på. Det fanns de som trodde att han var dum. Det är han inte. Mats kallade det för att gå i baklås. Det tror jag inte var riktigt det heller.

Han ville inte längre. Han ville inte vid den värld han var tvungen att leva i. Det är det närmaste jag kan komma hans tankesätt. Så han nekade. Det hade han gjort från början och nu fortsatte han med det, fast de sa att det var bevisat att han hade tagit ihjäl den där vargtiken. Advokaten talade med Mats och sa att det var lönlöst att neka. Han skulle bättre kunna försvara Klemens om han sa som det var. Att han förlorat så många renar kunde kanske ses som en i viss mån förmildrande omständighet. Men då måste Klemens svara på frågorna.

Morsan, få honom å ta reson, sa Mats. Dom ha ju täge DNA.

Men jag begrep faktiskt vilken blötmark Klemens skulle hamna i om han ändrade sig och sa att han ljugit. Fast jag inte kunde förklara med förnuftiga ord, så visste jag hur han kände sig. Mats blev arg på mig, men jag sa:

Du och jag tror på DNA-prov. Men varför gör vi dä egentligen?

Dä ä ju för fan bevisat, sa Mats. Vetenskaplit.

Vi ha läst om'et i tininga, sa jag. Dä ä därför vi tror på't.

Ma må väl tro på va folk säg. Vetenskapsmän.

Och det gjorde alla förstås. Jag med. Men Klemens vägrade.

När tingsrättens dom föll befanns Klemens Klementsen skyldig till grovt olaga jaktbrott och straffet utdömdes till ett års fängelse. Han skulle dessutom betala ett skadestånd på fyrtiotusen kronor. Några fyrtiotusen kronor hade han förstås inte och det har inte jag heller. De pengar jag sparat hade Mats fått låna för att bygga om köket i pensionatet när hälsovårdsnämnden härjade som värst. Advokaten sa att det var idé att överklaga bara om han ändrade sin utsaga och tillförde utredningen något nytt. Men åklagaren ville föra opp målet i Högsta domstolen. Det var av principiell betydelse sa han. Efterföljandet och avlivandet av vargen hade skett med stor hänsynslöshet och grymhet. Så sa han i mittnytt. Där var också en karl från länsstyrelsen, som sa att faunakriminaliteten måste beivras. Med större skärpa och konsekvens. Han sa att utrotningsjakt på varg hade bedrivits i de här trakterna. Och, får man dessvärre säga, med stor framgång. När vi nu har fått början till en vargstam måste vi inse dess bräcklighet och värna om de enskilda djuren. I det här fallet dödades det värdefullaste djuret i flocken, nämligen vargtiken som vid obduktion visade sig ha tre foster i livmodern.

Ungefär så gick hans psalmer. Jag kan inte säga hur det äcklade mig. Obduktion. Livmoder. Är vargar som människor? Jag visste bara att Klemens inte kunde vara borta ett år från renarna. Innan han gick i fängelse måste han sälja vad han kunde och slakta ut resten.

Han var fattig för den dom han fick. Något liv hade han inte längre. Jag var glad att de hade tagit gevären och vapenlicensen ifrån honom.

Asparna var ännu outslagna men knopparnas spetsar hade brustit och lagt ett kopparfärgat dis i kronorna. Om man satt på förstubron och tittade in i deras värld, var det inte ett virrvarr av gren och kvist utan ett mönster. När en regnskur drog igenom det tonade det först ner till rödbrunt och så skiftade det över i gråviolett. Jag kommer inte längre än så här, tänkte Ingefrid. Sitter på bron och ser på grenar. Sitter i kökssoffan och ser på sjön. Det skulle finnas en urskogsbit med doftticka och rynkskinn kvar längst uppe på Brandberget. Där fanns också lo och mård och gamla svarta tjädertuppar. Hon visste inte hur man tog sig dit över hyggena. Birger sa att orrarna fortfarande spelade uppe i fjällmyrarna. Men om fjället hade hon hört att det var för blött innan midsommar. Snön smälte fortfarande, bäckar och åar gick inte att ta sig över.

I hägnet efter sjön växte gräset nu dygnet runt i stora saftiga ruggar. Det luktade syrligt, nästan fränt av daggkåpa om man satte sig ner i det. Hon hade släppt ut tackorna och lammen sedan Mats sett över stängslet. Nu behövde de bara en saltsten, vatten drack de ur sjön. Klemens hade lovat att skovla ut ströbädden och lägga den på kasen. Men han ville inte gärna visa sig i byn efter rättegången, så hon funderade på om hon kunde hitta någon annan som gjorde det. Han var i Ristens morbrors gamla kåk uppe vid Björnfjället. Domen hade inte vunnit laga kraft. Den skulle överklagas, men inte av honom. Han var besynnerligt likgiltig. Eller stel. Eller nånting som hon helt enkelt inte begrep. Avstannad.

Hon hade åkt dit upp på den gropiga vägen med smältvattenssjöarna som speglade kallblå himmelsbitar, farit förbi kronotorpet och över den rusande Krokån. Runt Klemens åttkantiga hus växte små beniga björkar med svarta leder och utväxter. Under dem sprakade fjällsyran upp med stjälkar och blad som bara återhållet skiftade över i grönt. Som om de hellre frös i klarrött. Hon hade kommit till en annan årstid; här var björkknopparna inte mer än bristfärdiga, de hade inte utvecklats till små kletiga löv som nere i byn. Fjället hade gammal snö på sig och hedarna bar denna förmiddag ännu ett trasigt flor av nysnö som kommit under natten. Bäcken nedanför Klemens stuga rasade neråt, gulskummig och vit som ett rovdjursbett. Vattnet var brunsvart och isen snurrade i virvlarna.

Hon hade med sig tunnbröd som hon fått av syföreningstanterna efter deras senaste bak. Hon hade också köpt en ask gomme i Jolet och en bit norsk gammelost. När hon gick upp mot huset med korgen, dansade Klemens svarta hund på löplinan och skällde med stor njutning.

Det lilla huset var invändigt inte så högt i tak som hon trott. Det fanns ett innertak av bågnande masonitskivor. Det hade släppt igenom regn eller snö men vätan hade torkat och gjort landskap, där sjöarna hade bruna stränder och myrarna var uppsvällda och höll på att falla ner ur kartbilden. Det var en lukt av vedrök och tobak därinne och en fadd kaffedoft som drev upp ett minne som hon inte fick fatt på. Framför sängen låg en dubbelvikt trasmattebit. Hon hade aldrig sett nånting så lortigt men anade att det var hundens sängplats. Det var inga lakan i sängen, bara ett turkosfärgat täcke som såg nytt ut. Tre kuddar var staplade på varandra, den översta hade en brun fläck efter Klemens bakhuvud.

Han frågade om hon ville ha kaffe och hon tackade ja. När han sysslade vid den låga vedspisen såg hon på väggarnas brädfodring där han hade hängt upp kläder. Det hängde också fiskredskap, nät och giller på spikarna. En del saker såg gamla ut.

Är det där en rävsax? frågade hon.

Då log han.

Bra stor n'räv i så fall, sa han.

Björn?

Den bågformade saxdelen med sina grova tänder var rostig.

Du har den väl som prydnad? Jag menar som nåt antikt.

Ja, nog ä han antik.

Han hade ställt flera fotogenlampor långt inne i ett hörn. De behövdes inte nu. Vid den här tiden bände sig sommarnattsljuset in genom fönstren som satt högt upp. De visade den oroliga himlen med sina förbifarande molnflagor som ett evenemang i en teveruta. Någon annan underhållning tycktes han inte ha. Hon såg inte radion först. Men när han satte fram en stol åt henne och hon fick en ny vinkel upptäckte hon att den hängde på en krok i taket. Han följde hennes blick men sa inget. Det var ju inte alltför svårt att räkna ut att han hade bästa mottagningen däruppe. Men klev han upp på en stol för att sätta på den? Hon ville inte fråga. Hon kunde inte fingra på hans liv. Det var i alla fall obegripligt. Tystnaden var obegriplig, råmandet i granarna när vinden tog i var det också. Det var träspån, bark och torra kvistar framför spisen. Han trampade runt i dem. Plåtröret från vedspisen gick en bit rakt upp och vinklades sen mot en centralare punkt i taket. Kring den plåtskodda rökutgången var det sot.

Det låg en stapel jakttidningar på en bänk. Bredvid dem stod en skrivmaskin, en gammal grön Halda.

Skriver du? flög det ur henne.

Maskin ä efter Anund Larsson, sa han.

Han sa inte mycket när de drack kaffe och eftersom hon ålagt sig att inte fråga ut honom blev det tyst. Han lovade i alla fall att komma och ta ut ströbädden. Brukade göra det åt morsan. Men det skulle nog dröja lite. Före kalvmärkningen i alla fall, sa han.

Hon blev glad att han talade om kalvmärkningen. Han måste ju kunna fortsätta med renarna åtminstone tills den nya domen fallit och vunnit laga kraft. Om han ville och orkade. Precis när hon skulle sätta sig i bilen och stod med ett stort stycke svartrökt renbog i famnen sa hon:

Det kan dröja innan målet kommer upp i hovrätten säger Mats. Åratal.

Han svarade inte.

Om det blir samma utslag, sa hon, jag menar om dom fastställer tingsrättens dom. Då ska du tala med mig. Om skadeståndet menar jag.

Han vände sig om och hon trodde att han skulle gå. Men han spottade.

Dä vart lurt mä snuse, sa han.

Hon förstod att han haft bekymmer. Han hade inte velat spotta så länge hon var där. Men nu hade prillan frätt för länge mot läppen. Ristens pojkar hade fint sätt, det hade hon märkt förut.

*

Risten var blek när hon kom hem och hon såg åldrad ut. Det syntes när hon rörde sig. Hon var så försiktig, tittade på fötterna när hon satte den ena framför den andra. Hon höll sig i räcket de korta stegen över förstubron och släppte det ogärna. Ingefrid bestämde sig för att bo kvar hos henne ett tag. Anand kunde ta kökssoffan så länge. Han var ändå mest uppe hos Elias Elv som då och då fick sändningar med postbussen. Glasbitar, sa Anand. Det var bara några dagar kvar av terminen och han längtade ut. Han skulle leta efter fjädrar. Birger hade kommit med en vingpenna från en vråk och en grann liten nötskrikefjäder som han hittat i skogen.

På torsdagen måste hon åka till Röbäck och ta emot syföreningen hemma i prästgården. Hon tyckte det var ödsligt i det stora huset. När hon skulle plocka blommor att ta in hittade hon inte mycket. Det var mest daggkåpa i gräset. Det blommade inte så mycket som det doftade ute. Det kanske finns osynlig blom, tänkte hon. Försommaren tänker i vällukt. Men i vasen på bordet blev det bara stora, nästan utblommade vitsippor. Deras rödådrade kronblad fladdrade i korsdraget när hon försökte vädra ut unkenheten. Prästgården hade stått tom för länge.

När hon läste ur Fridegårds Torntuppen för de gamla kvinnorna i syföreningen, gjorde hon det med ett förbehåll som hon inte direkt hade utsagt. De skulle diskutera boken en stund efter läsningen. Varje gång, det höll hon envist fast vid. Men det var inte lätt. De såg ner i sina handarbeten och låste ansiktena på ett sätt som hon började bli förtrogen med. Men hon tänkte inte lämna dem ifred med själen efter statare Frid som irrade omkring efter döden och visade sig på oväntade ställen. Fenomenet skulle ut i ljuset och betraktas noga. Hon ville dra spöktron ur dem. De stretade emot. Ibland kom en häftig och dunkel utsaga. Om att det fanns mycket som man inte begrep. I alla fall. Hon kom ingen vart med dem och ångrade djupt att hon gått med på att läsa Torntuppen.

Det värsta var att hon inte ensidigt kunde predika förnuft. Hon hade haft svårt att skriva sin predikan till Kristi himmelsfärdsdag. Att få dem att förstå att evangeliet berättats av människor i en annan tid och med en annan tro på fenomen som himlafärder och sjukdomsbotande, var inte görligt. Inte på så kort tid som hon hade på sig i alla fall. Det värsta var att hon hade en känsla av att hon fuskade med ord. Svävade ut i det symboliska och abstrakta. Där satt de med sina liv. Sjukliga många av dem. Övergivna av en värld och ett samhälle som de knappt kände längre. Vad de behövde var inte abstraktioner.

Jesus visste det, tänkte hon. Han såg dem ständigt omkring sig. De krokryggiga och de blödande. De som hade en hinna över ögonkroppen och de som låg i kramper och tuggade läpparna som kött. De vars händer var feta av pengar och de som alltid svalt. De kom till honom inte för ordens skull, inte för att höra vackra symboliska utläggningar. De sörjande kom till honom med sina lik. Den som var illa sedd föll på knä och bad om ett uns av kraften som hundar tigger för smulor och kvarlevor.

De kom för kraften.

Har jag kraft att ge dem? Eller har jag bara stämningar att förmedla?

Hon berättade om Torntuppsläsningen för Birger. Han måste ju ha haft samma bekymmer som läkare. Gamla människor häruppe hade övertro också när det gällde botandet av sjukdom. De for till en gubbe ovanför Jolet på norska sidan och köpte salvor. Det förekom antagligen också läsningar över sjuka ben och onda ryggar.

Men dom aktar sig för att säga nånting till mig om det, sa han. Dom vet var dom har mig.

Hon satt i aktern på hans båt och han rodde utmed stranden. De hade först farit över sjön med motor. De skulle uttra hade han sagt när de åkte och hon hade inte vetat vad det var. Men nu uttrade hon.

Det var svenska flaggans dag. När de lämnade byn hade Elias och Risten suttit i trygghet framför teven och tittat på den kungliga familjen. Hon hade velat prata med Birger om hur man gav sig i kast med den vidskepelsen och med andra, men han hade all uppmärksamhet på fisket nu. Att uttra var ett sista litet privilegium som en markägare hade påstod han. Han hade rätt att släppa i en utterbräda med många drag på en kort sträcka utanför fäboden. Nu for de fram och tillbaka. Han var inte riktigt nöjd med hur hon skötte linan.

När vi for ut visste jag inte vad en utter var, sa hon. Annat än ett djur.

Det bor en sån utter på udden här. Har vi tur får vi se henne. Hon har ungar nu. Man hoppas och ber. Praktiskt taget, la han till och såg lite generad ut.

Det han annars kallade uttern var en liten bräda målad i blått och gult. Den löpte snällt en bit ut efter strandlinjen. Ingefrid höll i linan och skulle börja dra in den om det ryckte och sprattlade. Hon hoppades innerligt att det inte skulle nappa, men det sa hon inte. Hon var rädd att inte klara upp inhalningen och att få ut de tafsar och drag som det inte var fisk på. De skulle läggas över på andra sidan båten. Det fanns stora möjligheter att göra fel och trassla till det. Han hade varit otålig när hon började lägga ut och en krok fastnade i hennes jacka. Det hade varit kinkar och snurr på linan, men det hade han inte velat erkänna. Han påstod att den var korrekt upplindad, intill förbannelse som han uttryckte det.

Det var absolut vindstilla och sjön var blåsvart och blank som metall. Skogens bild stupade ner i djupet. När det var grunt såg hon ett landskap av sten därnere. Deras konturer var suddiga av en gulgrå hinna. Hon stirrade mot udden och tänkte på utterhonan. När Birger vände, vilket var en svår manöver som fick henne att känna sig hunsad, såg hon fjällen. De hade vita snöflak kvar men mörknade neråt i violett. Solen hade blivit rödare och svullnat.

Inte en fena, sa Birger. Inte ett jävla liv. Det skulle ha blåst bara lite, lite. Då du.

När de kom till vändpunkten beordrade han:

Ta opp!

Hon trodde att de skulle sluta och kände stor lättnad. Men det var fel:

Vi försöker när det blir lite mörkare, sa han. Det kan blåsa opp också. Lite grand. Nu far vi om udden och ser om vi kan få syn på nån bäver.

Han rodde hela vägen runt för att inte skrämma bävrarna om de var ute. När de kom in i viken rodde han tystare, stack försiktigt ner årbladen som i en smälta och drog dem åt sig utan plask. Det var bäverfälld björk på stranden. Bjorsk, sa han. Hon la märke till att han använde jämtska ord om skogen och djuren. Han sa tjadur och renoxe och kallade den kallt inställsamma lavskrikan för röutjoxan.

Nu vilade han på årorna och nickade bortåt. Hon måste skruva på sig på aktertoften för att se. Två mycket små änder låg i vasskanten och rörde sig så lite att vattnet nätt och jämnt blänkte i det rödaktiga ljuset. En bit framför dem vällde en plog av vatten ur det svarta. Vattnet blev brungyllene där det skars upp. Framför plogen en platt och strimmad skalle med sol på. En bäver var mycket ljusare brun än hon hade trott. Eller hade de olika färger? Så nära kom han att hon hörde luftstötarna ur näsborrarna. Sen fick han deras vittring och slog sönder vattenytan med den silvergrå svansen som en böjlig spade.

Birger rodde vidare och visade henne bäverhyddan som var en oformlig hög av grenar och kvistar tillstoppade med jordkokor och dyiga sjok från botten. De var längst inne i viken nu. Här var botten full av grenar och sten med gulaktigt dyskägg på.

Jag tyckte jag såg ett hus, sa Ingefrid. Ett litet grått.

Det har varit ett stall. Men det håller på att rasa ihop. Det fanns en sommarlagård också, men den har gått åt helvete redan. Bara spåntak, det håller inte i längden. Men bustugan har plåttak så den står.

Är det här din fäbod? Kan vi titta på den?

Den hörde till fastigheten när jag köpte den, sa han. Visst kan vi titta. Men det är inte mycket att se. Vallen har växt igen.

Kunde inte Ristens tackor beta här då?

Nej, det går inte för rovdjuren. Då måste man bo här och vakta dom.

De klev ur och hon var tacksam för stövlarna. Det gick inte att komma ända in på strandkanten med båten för den fastnade på stenarna. Han förtöjde kring en liten gran och de gick som i en tunnel av asp och gransly på något som han sa hade varit en stig.

Jag ska försöka röja lite i sommar.

Hon hade lagt märke till att nästan alla hade dåligt samvete för att de inte rådde med att hålla efter växtligheten, som brakade fram i det ljus som nu varade nästan dygnet runt. Vallen var fortfarande urskiljbar. Det var inte så många skott av björk och gran i den än.

Men det kommer stormhatt sen, sa Birger. En högväxt jävla historia som tar över fullständigt. Smutsblå blommor. Giftiga rötter. Men vad gör man?

Stugan var liten och silvrigt grå. När de kom närmare såg hon att timret på sina håll var murket och liksom urätet. Hon hade väntat sig små fönster med många rutor men han förklarade att Aagot Fagerli hade satt in vanliga fönster redan på femtiotalet.

Hon hyrde ut, sa han. Till turister. Dom ville ha utsikt men lämna efter sig ett sopberg nere i ladan där. Det multnar fortfarande. Utom flaskorna förstås.

Hade hon inga djur som betade här?

Nej, inte Aagot. Men hennes syster Jonetta hade ett par kor och en stor flock getter. Hon rodde över och mjölkade.

Men rovdjuren då?

Dom höll man efter. Jag tror hon gjorde ost i kokhuset också. Det är den där timmerhögen. Jag har faktiskt gjort försök att röja opp här. Men det är tungt.

Är jag släkt med Jonetta?

Ja, det är du förstås. Aagot och Jonetta var din morfars systrar.

Kan vi gå in?

Hon la märke till att han inte var så villig, men han gav efter för hennes iver. Nyckeln hade han gömt under takskägget.

Dörren gick inåt. Det fanns en sorts förstuga eller vedutrymme innanför den och där kändes en skarp stank.

Lekåtten, sa Birger. Han skiter här hela vintern. Men man får väl anta att han håller efter råtten.

På timmerväggen hängde nät, pimpelspön och ett par bambuställningar att binda fast vid kängorna och gå på snö med. Han sa att de hette trugor. En gammal fårskinnspäls höll på att multna och ärmen som lossnat vid axelsömmen drogs ner mot golvbräderna. Han öppnade in till stugans kök som var större än hon väntat.

Jag har låtit mura om och så har jag satt in en ny vedspis. Den är klenoden här.

Det fanns en kökssoffa utan lock. Den var avsedd som säng men måste vara för kort för nutidens människor. På en blåmålad skänk stod tre fotogenlampor och en emaljerad mugg. Hon hade sällan sett en så kal interiör. Köksbordet var omålat men stolarna kring det var blå.

Åttaslåstolar, sa hon.

Och det vet du, skrattade han.

Min mamma sålde antikviteter. Mest allmoge.

Det fanns en liten kammare innanför köket med en riktig säng, som måste vara snickrad på plats. Stolpbenen satt fast i golvet. På väggen ovanför den hängde ett oljetryck, en bild av Jesus. Man såg ansiktet och huvudet med törnekronan, de långa ljusbruna lockarna. Hans ögon var starkt blå, manteln som skymtade var röd.

Vänta ska du se, sa Birger och lossade tavlan från vägggen. Här har Aagot pillat in en dikt. Eller vad det är. Hon måste ha gillat den i alla fall.

Det låg ett sammanvikt papper på tavlans baksida, pressat intill ramkanten. Han vecklade ut det och räckte det till Ingefrid. Pappret hade gulnat och bläcket var brunaktigt. Men skriften var fortfarande läslig.

Dessa tårade fönster
sönderslitna vatten
tåliga, tåliga skog.
Att leva är att söka ly
och ha ett lavlikt tålamod.

Rena modernismen, sa Birger.

Jag vet inte. Är det det?

I alla fall är den inte av byns diktare Anund Larsson. Han rimmade. Och inte är det Aagots handstil, det vet jag för det fanns en del papper kvar efter henne uppe på vinden hos mig.

Det är skrivet på baksidan av ett kvitto, sa hon. Trövika Samvirkelag. Tjugotredje i sjätte nittonhundrafyrtiofem. Själva gamla midsommarafton.

Va?

Han hade tydligen aldrig kommit på idén att vända på pappret.

Brus, sa han. Nån har skrivit ett kvitto för hand på två flaskor läsk och ett par bullar. Dom hade gott om tid förr i världen.

Han stoppade tillbaka pappret.

Nu går vi.

Han hade fått en tanke som han inte ville ha. Ingefrid såg det på en gång. Nånting förbryllande och möjligen obehagligt. Men hon hade inget emot att lämna stugan. Den luktade unket och fränt och det fanns en kyla kvar därinne, trots att junidagen hade varit varm och vacker.

De gick ner till stranden på andra sidan och tittade ut mot sjön där de hade uttrat förut.

Det blir inget mer fiske ikväll, sa han. Det är för lugnt. Dom har skarp syn och anar jävulskap när uttern kommer glidande. Men om vi sitter en stund får vi se solen försvinna bakom fjället. Då simmar den i apelsinsås. Det är vackert som fan här om kvällarna.

De satte sig bredvid varandra på en grov björkstam som hade fallit och höll på att murkna. Runt den växte stora gula ranunkler som han sa hette ploppen. Men Ingefrid hade hört att de kallades smörbollar på andra håll.

Vad var det med dig förut? frågade hon. Det var som om du hade sett en syn.

Ja, det är väl inte konstigt i så fall. I bustugerna, där såg man saker och ting ser du.

Han skojade. Men hon visste att det var något han inte ville ut med.

Gammalt trodde man att dom döda drog in där om vintrarna och bodde och rumstera om, sa han. Den här buan har jag aldrig hört några onda rykten om, men vad vet man.

Vad det än var som hade hänt honom inne i det kalla och illaluktande huset, så ville han inte prata om det. Det blev spökprat i stället. Hon började tala om sina bekymmer med syföreningsdamerna och Torntuppen igen.

Syner, sa han. Inte vet jag. Men nånting kan man väl se.

Och hålla för sant?

Han log inte åt anspelningen utan frågade:

Är kyrkan alldeles främmande för sånt?

Nej, snarare försiktig. Och diplomatisk får man nog tillägga. Den mystiska traditionen har inte varit stark hos oss.

Jag hade en sån upplevelse en gång, sa han. Det är många år sen. Tjuge, tjufem tror jag. Men jag har inte glömt den. Det var på ett hotell i Östersund. Då hade jag aldrig hört talas om nåt sånt. Jag visste inte ens att det fanns. En sorts... ljusupplevelse. Och mer än det. Ja, ni har ett ord som jag tycker är bra för just den saken. Salighet.

Ordet hängde mellan dem när de stirrade ut över sjön. Fjällen var en blåviolett massa som glödde i kanterna och solen började lösas upp i det hav av apelsinsås han talat om.

När jag försökte ta reda på vad som hade hänt med mig kom jag förstås in på medicinska förklaringar, blodtrycksfall och sånt. Fast det räckte inte. Så jag läste om fotismer och lärde mig facktermer som unio mystica och transcendens. Inget för en hederlig provinsialare precis. Men jag tyckte faktiskt salighet var bra. Jag var salig. Det var precis vad jag var. Men det varade inte så länge och det kom aldrig igen.

Fjället svalde det halvupplösta solklotet. En skarp kant glödde till några ögonblick, sen var den helt och hållet undergången och det blev kallt. Vattnet var metalliskt svart. Ingefrid darrade lite och överdrev det. Han la mycket riktigt armen om hennes rygg, men klappade den rätt hårt och sa:

Nu rör vi på oss.

Han rodde dem över under tystnad och det var först när de satt i bilen som hon frågade:

Är det därför du går i högmässan? Jag menar för att det ska hända igen.

Nej, inte alls, sa han. Det är en helt annan sak.

Hon trodde inte han skulle säga mer. Innan de kom in i byn svängde han upp i den branta backen till sitt eget hus.

Vi ska ha oss en teknek, sa han.

Det var en stor mugg hett te som han hällde en skvätt brun rom i. Han bjöd på chokladbitar men efter en stund började de äta hårda ostsmörgåsar och till slut tog han fram en falukorv och skar tunna skivor av den. Huset var litet och han berättade att det från början haft två rum innanför köket, en kammare och en bagarstuga som ännu under Aagot Fagerlis tid varit oisolerad. Nu hade han gjort ett enda rum därinne, låtit mura in en stor spis med invändiga värmekanaler och lagt glasfibermattor i trossbotten.

I bagarstugan var det inte ens mullbänk under golvbräderna förut, sa han. Folk kunde konsten att frysa förr. Jag skriver om det också. I min doktorsbok. Håller till på vinn. Jag har inrett ett arbetsrum där.

Du undrar nog vad jag har i kyrkan att göra.

Det kom oförmedlat och han stoppade samtidigt in ett stort lass knäckebröd med falukorv i munnen och tuggade ljudligt.

Jo det gör du. Det har du gjort hela tiden.

Ja, du berättade om ditt förnuftskriterium. Fast det behöver ju inte hindra...

Mitt var det ju inte precis. Men jag gjorde det till mitt. Levde det. Sen hände det där förfärliga.

Det där som ni inte gärna talar om?

Nej, inte det. Utan många år senare. Annie Raft.

Lärarinnan.

Ja, hon var min... ja inte sambo eller så. Vi hade sällskap.

Ingefrid tänkte att det måste vara ett uttryck från hans ungdom. En visa, som Risten nångång i början hade sagt att Myrten brukade sjunga, kom för henne: *Här är vägen där vi gått i söndagsstilla kväll.* Lärarinnan och doktorn i sällskap. *Här vi suttit hand i hand på mossbelupen häll.* Hon kände en konstig irritation, en sån som unga människor kan känna över äldres fånigheter, och hon skämdes för den när han sa:

När hon dog visste jag inte nånting. Vart jag skulle ta vägen. Ingenting. Jag var hålig inuti. Det är svårt att beskriva. Det var inte när jag levde på, när jag var på vårdcentralen och jobbade och liksom utförde momenten. Utan annars. Det kunde hända varsomhelst, i affärn eller hemma eller nånting. Då var det... jag menar när jag steg in i mig själv, när jag var tvungen till det, då var det som att ta ett kliv in i ett rum, ett alldeles välkänt rum och så fanns det inget golv. Förstår du?

Jag försöker.

Man står där och ska kliva in och så finns det inget golv. Ingenting.

Han gick ut i köket efter tekannan. Hans stora ansikte hängde veckigt och var blekt i nattljuset. Dagen hade varit lång, han började bli lite orakad.

Så jag sökte henne överallt.

Han sa det medan han slog upp te.

Inte minnet av henne, sa han. Nej, jag ville ha tag på *henne.* Jag var arg på henne också. För att hon höll sig undan. Det var ju inte sant. Jag menar – det var osant. Jag kunde inte hålla det för sant enligt några förnuftiga kriterier att hon höll sig undan och gömd. Ändå var det vad jag upplevde. Så starkt. Det fanns stunder då jag insåg att jag inte kunde sörja henne för jag var för arg. Antingen var jag arg eller också fick jag ångest.

Han var tyst en stund och malde knäckebröd mellan oxeltänderna.

Sen kom jag till kyrkan. Det var en ren slump. En begravning, det var en gammal bybo som dog. Assar Fransson, handlarn. Du vet Sylvias pappa.

Hon skakade på huvudet. Man förutsattes alltid känna till alla människor i Röbäcks socken.

Textilforskaren. Hon brukar vara här på semestrarna. Det var ju ingen omvälvande händelse precis att hennes farsa dog. Han var över nitti och hade bott på ålderdomshemmet i Byvången i flera år. Där satt jag och längtade efter Annie. Hon brukade sjunga i kyrkan, på begravningar mest. Hon hade sångutbildning, men det blev aldrig nåt av för hon var för blyg. Skräckslagen faktiskt. Men oppifrån läktarn kunde hon sjunga, för så länge folk inte såg henne gick det bra.

Jag satt och sörjde och saknade henne. På riktigt. Det var ingen som sjöng på den här begravningen. Hon fattades på ett verkligt sätt. Det gjorde ont men det var inte ångestfyllt.

Sen var kyrkan länge det enda ställe där jag kunde gå och känna den där rena oblandade sorgen efter henne. Så jag började gå på söndagarna. Jag tog med mig blommor och gick till graven sen. Då fick jag ju vara ifred. Blev inte indragen i nåt kyrkkaffe och en massa prat.

Och högmässorna? sa Ingefrid.

Ja, jag vet inte vad jag ska säga om dom. Jag vande mig liksom. Och så började jag känna igen momenten. Jag tyckte bättre om en del av dom. Satt faktiskt och väntade på att dom skulle komma. Som välsignelsen. *Låt ditt ansikte lysa över oss.* Ja, det är ju galet. Ett ansikte. Som lyser. Fast jag satt i alla fall och liksom väntade på det. Vissa psalmer också. Retade mig på när prästen inte hade valt dom. Det har ju varit en del präster här. Vikarier som har försökt med allt möjligt modernt. Men när det var som bäst och jag satt och väntade på en viss psalm eller på välsignelsen eller nåt annat som jag visste skulle komma, då förstod jag att jag hade hamnat i ett sammanhang där upprepning betyder återkomst. Det är en väldigt stor skillnad på dom orden: upprepa och komma åter.

Det var naturligt, som årstider. Den största helgen är ju på våren också. Jag skulle inte vilja missa påskdan.

Det här var liksom motsatsen till harvandet på vårdcentralen. Eller en teveserie som gick på utan annat slut än att avsnittena hade blivit femtitvå eller hundrafyra. Det är struktur på kyrkoåret och det tycker jag om. Påskdan. Gud nåde den präst som inte väljer *Vad ljus över griften!* Det är väl konstigt: *Han lever, o fröjd!* Själva glädjen i det. Den är liksom bortom allt det där teologiska tugget. Ja, förlåt. Jag är fortfarande förnuftsberoende och tänker vara det.

Ingefrid, du måste förstå. Jag håller det inte för sant att någon övernaturlig varelse, han må heta Jahve eller Oden eller Allah, har talat till människor och inte att Det Stora Lysande Ansiktet styr och ställer med världen. Jag vill inte såra dig, men så är det för mig.

Annie fanns inte i kyrkan. Men jag kunde sörja henne där. Det tyckte jag var naturligt. Utanför kyrkan var det till att börja med inte naturligt och jag levde mellan dom där två tillstånden. Ångest och infantil vrede. Men till slut kunde jag sörja henne utanför kyrkan också. Vid graven till att börja med. Men så småningom överallt. En regnig dag kan sorgen komma över mig så starkt, att jag måste lägga ifrån mig det jag har för händer och bara sitta och se på det regnstrimmade glaset. Ren oblandad sorg.

Zerfliesse, mein Herze, in Fluten der Zähren, gnolade Ingefrid lågt.

Vad är det?

Det är en altaria i Johannespassionen.

Jag förstår inte ordet Sehren.

Zähren. Tårar. Ren oblandad sorg är nog en gåva.

Ja du Ingefrid, du har inte så många själar i kyrkan om söndagarna och här är en av dom. En ateist.

Du lever ett kristet liv.

För att jag går i kyrkan om söndagarna?

Nej, för att du har tjänat andra. Du gör det nu också. Det är ett kristet liv. Det är människor som behöver våra gärningar, inte Gud. Mig gör det ingenting att du inte tror på Gud mer än du tror på Oden. Jag tycker att religion ska vara en privatsak.

Det var en förbluffande utsaga från en präst.

Kanske det. Det hindrar inte att jag tycker att människor har rätt att få hjälp och stöd, ja till och med undervisning i religiösa ting. Om de vill ha det. Och de har rätt till nådemedlen.

Rätt?

Ja, från mänsklig synpunkt.

Finns det en annan?

Ja.

Det var tyst en lång stund, sen började gråhundstiken tassa omkring. Hon la sig stönande på ett ställe men blev inte nöjd och försökte ett annat.

Hon tycker att jag ska gå, sa Ingefrid. Det är sovdags för länge sen. Har hon fått lutfisk igen?

Nej, hon fiser så där grymt ändå. Jag kör dig hem.

Hon tänkte på att han sa hem om det lilla vita huset där Anand sov i kökssoffan.

Jag går, sa hon. Det är en så vacker natt och det luktar blommor. Dom luktar fast dom inte har slagit ut. Jag tror gräset drömmer eller nånting.

Jag följer dig, sa han. Jag måste röra på mig. Jag borde banta förresten. Men det blir ju aldrig av.

Tänk den där gubben. Han hade satt sig i salen och på bordet hade han hittat en psalmbok som Ingefrid glömt kvar. Hon hade skrivit predikan därinne och bestämt psalmerna. Det låg ett märke vid nummer 268.

Elias surrade: Va ä dä här? Dä ä ju en frimicklarpsalm! Va ska den här?

Han var så upprörd att händerna darrade. Jag torkade av händerna och gick in och tittade i psalmboken.

Mångtusende vagnar, o Herre, du har,
och vilken du väljer för mig
kan göra detsamma, ty lycklig jag far
till himlen i sällskap med dig.

Lugna ner dig, sa jag. Va bryr du dig om psalmer.

Dä va ett jävla regemente förr, sa han. Frikyrkliga psalmer feck man inte sjonge i Svenska kyrkan.

Hur vet du dä?

N'hänn psalmen ville je vi skulle sjonge när min mamma begrovs men dä feck vi inte för prästen. Norfjell hette han. Och nu stå'n hännen, i deras egen psalmbok. Dom ha ändra sig. Va skulle dä tjäna till å förbjuda'n?

Hakan darrade på honom och han dunkade käppen i golvet. Nu får han slag tänkte jag. Vi är gamla och måste ta det försiktigt. Han är mycket äldre än jag.

Ta dä lugnt, dä bli märken i golve. Dä ä gran så dä ä ömtålit.

Va va dä för fel på n'hänn psalmen? Mamma sjöng'en.

Du kommer ihåg fel, sa jag. Eller fanns han i norska psalmboka?

Jag kände mig illa till mods, för jag la ju ut fällor för honom.

Je kommer väl för i helvete ihåg psalmen! Mamma sjöng'en. Hu va norska men hu geck i kapelle i Skinnarviken. Om hu feck skjuss.

Härifrån? sa jag.

Då tittade han opp.

Ja från Tangen. Va annars ifrån?

Jaha, sa jag och väntade på mer. Men det kom inte mer. Han stirrade i psalmboken.

Nu kommer Ingefrid, sa jag. Du kan fråga henne.

När Ingefrid fått av sig kappan satte hon sig mittemot Elias och läste psalmen.

Jag hade den på Kristi himmelsfärdsdag, sa hon. Jag försökte anknyta till föreställningen om Elias himmelsfärd i Andra Konungaboken.

Han ä arg för att dom ha täge bort'en ur psalmboka, sa jag.

Dom tog inte bort den! Elias lät nästan skrikig. Den fanns aldrig i psalmboken. Och den fick inte sjungas i Röbäcks kyrka.

Han hade vela haft den på sin mammas begravning, sa jag.

Ingefrid satt med psalmboken i knät och började gnola fortsättningen.

Och när som Elia i ilande fart
jag lämnar den ödsliga strand,
all smärta försvinner och allting blir klart
hos Jesus i fröjdernas land.

All smärta försvinner och allting blir klart, sa hon.

Elias satt fortfarande och väsnades med käppen i golvet. Men nu småhackade han bara. Han sa ingenting mer om sin mamma den kvällen. Det behövdes ju inte heller. Jag visste ju vem *E.E.* var, han som Hillevi hade skrivit om. Till Ingefrid sa jag ingenting om honom. Jag var rålös. Det hjälpte inte att fråga doktor Torbjörnsson vad han tyckte att jag skulle göra. Han var lika brydd som jag.

Har hon frågat? sa han. Tror du hon vill ha reda på mer?

Då ja inte vet!

Jag tror i alla fall jag anar var dom höll till, sa han. Du har ju sagt att Myrten var hemma hela sommarn.

Ja, hu skrev härifrån. Kriget va ju slut. Dä geck å skicka brev igen och ja ha dom i klaffbyrån.

Jag tror dom var i buan, sa han.

I bustugan? Åt a'Aagot?

Ja, jag är nästan säker på det.

Herregud, sa jag. Myrten kan inte ha veta vem han va. Va han kom från för folk.

*

Strax innan midsommar var det nån som satte eld på en husvagn på campingen och en natt fick Reine hämta en kvinna som hade blivit misshandlad. Det var ju illa att polisen inte kunde komma. Reine har fått en sorts vaktutbildning för att åka dit i sin taxi och reda opp det, när nån går bärsärk. Han brukar ha en grov käpp med sig, för beväpnad får han inte vara. Nu skulle polisstation i Byvången läggas ner och styrelsen i byalaget gick omkring med en protestlista, som vi skulle skriva på. De hade med sig en förteckning på alla brott i Svartvattnet och Röbäck och Skinnarviken det senaste året. Jag sa åt dom att jag tyckte att det borde ha stått att det där fyllot som misshandlade sin sambo var turist. De hade fått ihop en hel del: tjuven i sommarstugorna och Klemens varg och tjuvskyttarna på Brandberget som ingen fick tag på, fast de hade punkterat däcken för dem. De hann ge sig av, stal en bil som stod vid bron medan ägaren var nere i Tullströmmen och fiskade. Tjuvskyttarnas bil kom polisen ingen vart med, den var stulen den också. Men polisen fick i alla fall se älgkon som de skjutit och skurit filéerna och stekarna ur. Hon var dräktig sa Ville Jonssa som var först vid slaktplatsen. Norskarna som hade gömt dunkar med lönnbränd sprit i nån grop från kriget, ett ammunitionsförråd tror jag, dem hade de också skrivit opp och hakkorsena på Föreningshuset och en otrevlighet i Mats nya kaffekåta som han fick ta reda på med plastpåsar på händerna och slagsmålet på campingen då Roland Fjellström åkte in i kioskfönstret och skar sig i ansiktet när han försökte skilja karlarna åt. Om rattfyllon hade de skrivit så allmänt att vi allihop fick skämmas, ja, skämdes gjorde man ju ändå. Men värre skulle det bli.

Jag skulle just lägga steksill i pannan när Mats kom in med en tidning i handen.

Har Elias inte kommi?

Nej, sa jag. Reine ä väl försenad.

Dä va bra dä. Du ha inte sett dagtininga?

Det hade jag ju inte. Han räckte mig Expressen och jag såg att det stod nånting om Elias Elv på framsidan. Jag blev inte förvånad för vi visste ju att han var berömd. Det hade varit en utställning.

Härinne ä dä mer, sa Mats och bläddrade.

Mitt inne i tidningen var det två stora bilder på Elias och en på hans hus. Rubriken var:

Här gömmer sig nazisternas paradmålare

Jag var tvungen att sätta mig. Men jag tror jag gav nåt ljud ifrån mig, för Ingefrid som hade suttit i salen och skrivit på sin dator kom ut i köket.

Vad är det? sa hon.

Mats gav henne tidningen oppslagen. Hon fnissade till. Jag kunde inte för mitt liv förstå hur hon kunde göra det. Inte först i alla fall. Hon räckte mig tidningen och då tittade jag en gång till. En gubbe med hatten på sned, tre dagar gammal vit skäggstubb och med yxan höjd mot världen. En gammal svart hund, gråvit i nosen och med överläppen oppdragen över det gula tandgarnityret.

Det fanns också en ungdomsbild av Elias Elv med vågor i håret, kostym och slips med kråsnål. Ett ateljéfotografi från Tredje rikets storhetsdagar. Jag vart så arg att jag satte mig igen. Jag hade i alla fall ingen lust att fortsätta att steka sill åt honom.

*

Doktor Torbjörnsson kom farande ända opp på gräset framför farstubron och hans gråhund glaffade mot Suppen. Han blev spak när han märkte att det var en tik.

Vill du äta middag hos mig idag, Elias? ropade doktorn från farstun. Risten hade inte tid.

Är hon sjuk?

Nejdå. Kom med nu. Det blir riktig ungkarlsmat. Falukorv och bruna böner. Och ingen kaninmat till.

När de hade ätit och fått varsina två snapsar sa han att han skulle visa en sak. Det var Expressen.

Jaha ja, sa Elis. Där kom det alltså. Och dom har läst det därnere?

Jodå.

Vilken jävla bild. Har Ingefrid läst det också?

Ja.

Jaja, det är ingenting att göra åt det. Han var nog en riktig stjärna den där. Kommer att få pris.

Det tror jag inte, sa Birger Torbjörnsson. Artikeln är inget vidare. Jag sätter på lite kaffe.

Han kom med konjak också.Vill ha mig att prata tänkte Elis. Tänk att det där nötet med kameran var så slug. Hade rest över halva Europa för att få ihop det här. Ville skapa sammanhang och göra historia. Det är sånt man får Stora journalistpriset för, vad än Torbjörnsson tror. Man gräver opp lite multnad dynga och får den att lukta färsk skit.

Elias Elv, berömd glaskonstnär, norsk flykting undan Terbovens bödlar, femtiotalsmästare i Arielteknik, var i själva verket en nazis-

tisk plakatmålare, läste Torbjörnsson. Jag har svårt att tänka mig dig måla plakat.

Det gjorde jag inte heller. Jag målade muralt. Stora saker.

Var du partimedlem.

Ja.

Min farsa gillade deras idéer.

Det kan jag inte säga att jag gjorde, sa Elis. Jag var sugen på att måla muralt. Stora beställningar fick man bara om man var medlem och hade deras märke på kavajslaget. Jag hade en kamrat, han var norrman från början, som jobbade direkt under den som var chef för allt byggande då. Generalbauinspektor Albert Speer.

Han tog tidningen och läste artikeln igen.

Det luktar verkligen färsk skit om det här uppgrävet, sa han när han la den ifrån sig.

Han tänkte att journalisten hade gjort sitt jobb. Inte för att reda ut livets härvor av motsägelser och kasta ljus över viljans irrande och den bristande uthålligheten hos den mänskliga moralen. Det var inte alls sånt han var ute efter. Han ville skriva historia. Vem skriver annars historia i vår tid? Historia är kort. Den är förbrukningsvara. Enkel och rak ska den vara och med en lockande färsk skitlukt.

Till slut smuttade Elis på konjaken i alla fall.

Vill inte Risten att jag ska komma till henne mer nu?

Jodå. Men du vet hurdant humör hon har. Hon sa att du var en gammal tok. Och att du var idiot när du var ung var ingenting som förvåna henne.

Och Ingefrid?

Jag vet inte.

När Torbjörnsson körde hem honom sa han:

Ska du inte tala med Ingefrid.

Det är inget att förklara, sa Elis. Det är som det är bara. Jag var med. Jag gav mig inte av till Paris förrän på hösten trettifem.

Jag tänkte inte bara på det här. Du skulle tala med henne om Myrten också.

De hade stannat framför huset. Birger Torbjörnsson gick runt för att hjälpa honom ur bilen. Han var tacksam att han på det sättet fick lite tid på sig. Först när de kommit opp på bron och Torbjörnsson släppte hans armbåge sa Elis:

Vet hon om det?

Nej, det tror jag inte. Men risken är att hon tar reda på det själv.

Om nätterna drömde han ofta att han var i en stad. Den var besynnerligt folktom. Stora byggnader lutade över bråddjupa kanaler och när han såg ner i vattnet tycktes stenmassorna ha brustit och hamnat därnere, halvupplösta. Han traskade broar och gator men kom aldrig fram dit han skulle. Ändå visste han på ett ungefär var han var och hade tydliga riktmärken. Det fanns två sorters igenkännanden i denna nattliga stad. Ett hade han inne i drömmen då han kände igen en monumentalbyggnad med väggar som fukten sipprade från. Nu är jag där, tänkte han i sitt drömmande. Där sitter ju marmorduvorna ovanför portalen. Dem känner jag igen. Nu viker jag om hörnet och är snart framme.

Det andra igenkännandet hade han i vakenheten. Det var samma stad, han drömde den gång på gång. Till slut hade han en riktig förtrogenhet med den, fast han inte ville det. I sina vakna tankar började han kalla staden Laguna. Den var gjord av ljus lika mycket som av sten. Av himmelsljus, havsljus och drivande vatten som kom in med blåsten. På sätt och vis var det Venedig. Men den var större och tystare.

I vakenheten mindes han att marmorduvorna fanns i Menton. De hade suttit på en fris ovanför entrén till sjukhemmet. De näbbades inte, för de var inga turturduvor. Han hade sett Eldbjörgs snabba blick på dem och hur hon lika snabbt vänt bort den. Som om hon sett något oanständigt. Och det var oanständigt att sätta ett par gravduvor över ingången till ett sjukhem.

Han var i stenstaden och såg ut över vattnet. Måste komma därifrån. På andra sidan lagunen låg den verkliga världen. Där fanns sanden, här blev den glas. Han ville ta sig över och kände språnget men kunde inte ta det.

Han vaknade i kökssoffan och tänkte: Jag är nittiofyra år och jag strövar i Laguna om nätterna, i en stad som jag har gjort själv. Det finns ingen annan. Stad och vatten har samma namn, därför att de är gjorda av samma materia. På långt håll kan man inte se om murarna är av speglande vatten eller av glas. I det flimrande ljuset vet man inte om havsytan är smält sand som stelnat och klarnat.

Mise en abîme.

Kastad i tillvarons hjärta.

Kan inte ta språnget ur det.

Nätter som den här visste han något om döendet. Det var andnöd och törst och fängsel. Då försökte han vakna riktigt och tänka på Ingefrid, som antagligen trodde att det var en sorts övergång. Hur kunde hon ha fått för sig det?

Vi vill förstås alla ha en form på livet. Hon vill ha det till en vandring mot ett mål. En sorts berättelse med ett slut. Klassisk sonatform.

Men där han vandrade om nätterna fanns ingenting att vända tillbaka till och inget mål att uppnå. Denna stad var en succession av bilder, vandringen mellan dem labyrintisk och den förde ingenstans. In i dem, ut ur dem gick han. Den var ett spegelkabinett med ständiga och ibland förvridna reflexioner av samma bild. Åtrån driver människan fram genom labyrinten. Längst in väntar döden. Där är bilderna slut. Inget ljus. Inget sorlande vatten.

Ingenting tränger in i stadens hjärta, blykammaren.

Vägbiten ner till kapellet var klar att grusa. Per Ola Brandberg som brutit den ville gräva ett dike längs sträckan, så att den inte blev översvämmad. Bäcken brukade flöda i snösmältningen och han spådde att det mitt på den nybrutna vägen skulle bildas en sjö som gjorde den oframkomlig ett par veckor. Om inte vägbiten spolades bort helt och hållet.

Brandbergarna hade byggt timmertransportvägarna i hela trakten, ända från den första basvägen på andra sidan sjön under det berg som de tagit sitt namn efter. Så Per Ola borde veta. Det sa Risten fast hon hade varit emot vägbygget ända från skotningen tidigt på våren, när prästbolets tallar brakade ner över det som skulle bli vägen. Det spåddes dystert om denna stump i Röbäck och Svartvattnet, men Mats Klementsen sa att det var *bere tull*, vilket Ingefrid nu visste vad det betydde: ingenting annat än dumheter. Byborna unnade inte samerna vare sig kapell eller begravningsplats sa han. Men i byn påstod Kalle Högbom att det inte var lapparnas kapell, det var kyrkans och hon tillhörde alla. Det var bara att det inte fanns annat än lappar att begrava på den tiden, när de inte hade nån riktig kyrka. Detta jävades av Hans Isaksa, vars släkt härstammade från de första nybyggarna. Han menade att byfolk också hade begravts därute från början och för övrigt hade det varit garveri i många år och inte kapell och nån jävla väg behövdes inte till det där myrhålet. Detta yttrade han tämligen högröstat vid kassan i affären, men samebyns ordförande råkade stå vid tidningshyllan och rota efter tipslappar och han röt till:

Hur ska likbilen komma fram då!

Ni ä ju naturfolk, sa Isaksa. Kan ni inte gå med era lik ni?

Då höll det på att bli slagsmål för Per Erik Dorj trodde sig inte kunna med ord förklara för en byidiot som Isaksa vad det var för skillnad mellan ett naturfolk och ett ursprungsfolk. Bara otrevligheter alltihop, sa Risten som berättade om kalabaliken för Ingefrid. Samer och bybor kan gott ha samma kyrkogård, det har vi haft länge. Är vi annat än människor allihop? Och vad ska dom ut på den där udden och göra? Där har det alltid legat nåt ont i luften. Varför min mamma skulle begravas därute begriper jag inte. Men det var väl nån idé dom fick, när Lakakungen hade gjort om garveriet till kapell igen och skänkt det tillbaks till kyrkan. Som inte ville ha det. Det kan jag tala om för dig, för det sa alltid Hillevi. Men vad skulle dom göra? Ligger man därute blir man bara bortglömd, väg eller inte. Jag skulle då inte vilja ligga där. Dit hittar väl bara rävarna. Man borde inte röra vid den där marken alls och framförallt inte med några maskiner. Det var Ristens övertygelse. Hon hade utan tvekan ställt sig på fel sida i kapellvägsstriden och rök ihop med sin yngste son om både vägstump och dike. Hennes yttersta argument var att kapellets förnedring under garveritiden och dess slutliga undergång hade blivit spådda av en gammal lapp, som en gång råkat somna på udden i Boteln. Där byggdes kapellet sen. Det var länge sen, ja borti urtiden kunde man lugnt säga. Men lappgubben visste antagligen vad han talade om, eller sjöng rättare sagt, det hördes på den vuelie han gjorde om sin dröm. Ristens morfar Mickel Larsson hade en gång kunnat den, åtminstone någorlunda och hennes morbror Anund hade mints en del ord i den. Själv mindes hon *maelie jih goelkh,* det betyder djurblod och hår sa hon och *daesnie gerhkoe edtjh tjåadtjod,* det var att kyrkan skulle stå just där på den udden, det hade han alltså spått och det blev ju verklighet också med det där lilla rödfärgade kapellet.

Ingefrid hade inte haft något stöd från kyrkorådet i sin vånda över detta vägstumpsbygge. Frågan väckte olust på sammanträdena och den äldsta medlemmen menade att lapparna var krångliga. Kyrkoherden sa att kapellet bara varit till bekymmer sen det skänktes tillbaka till kyrkan och återinvigdes. Det skulle underhållas och det kostade. Nu ville samerna ha en vändplan och parkeringsplats också. Och någon användning för kapellet hade man just inte. Två brudpar från Stockholm hade vigts där och det hade varit fest på hotellet efteråt. Det var vildmarksbröllop stod det i tidningen sen, ett påhitt med paketpris av den driftige Roland Fjellström. Men samerna hade ilsknat till och nu skulle de ha bröllop därute, det första sen Kristin Larsson vigdes vid Nils Klementsen år 1939 och i fortsättningen tänkte de också begrava sina döda där.

Ingefrid befann sig alltså mitt i en strid med argument från nybyggartiden, en sån som regelmässigt bröt ut om gemensamma angelägenheter och hon önskade att hon kunnat stå utanför men det var omöjligt. Var inte Lakakungen hennes morfars morfar? sa byalagets ordförande. Vad skulle Efraim Efraimsson ha tyckt om att man bröt opp marken kring hans gåva och gjorde turistväg dit? Jag har inte en aning, sa hon. Vi kan inte veta vad människor för så länge sen tänkte och önskade. Men den åsikten var hon ensam om. De hade i själva verket bra kläm på förfädernas synpunkter och framförde dem på Föreningshuset och i Länstidningens och Östersunds-Postens insändarspalter. Hon hade själv tänkt skriva och försöka att sakligt reda ut vägbygget, men Mats rådde henne att låta bli. Han sa att de hade haft en präst som fått ge sig av för att han predikat mot kalavverkningarna på Brandberget och en annan hade blivit nerbruten och sjukskriven i ett bråk om prästbolets fiskevatten. Och eftersom hon var dotter till fostersystern åt Risten, kunde byborna få för sig att hon fischlade ihop med samerna om hon gick ut för hårt.

Är vi annat än människor allihop?

Det tyckte Ingefrid var de enda kloka ord som fällts hittills med undantag för Per Ola Brandbergs varning att vägen kunde bli bortspolad. Det behövdes bara att vårfloden i fjället ett år kom samtidigt med snösmältningen på lägre nivå. Vägen borde få sitt dike och samtidigt fick Brandberg lov att schakta för en vändplan, dock så liten som möjligt. Hon hade studerat den enda karta över begravningsplatsen hon hittat och trodde sig kunna hoppas på det bästa. Ristens mammas grav låg i alla fall neråt sjön. Men enligt vad de påstod skulle det finnas många omärkta och utplånade gravar här. Samerna sa med stor bitterhet att träkorsen blivit uppryckta och man hade gjort en brasa av dem på garveriets tid. Hon visste inte vad hon skulle tro. Någon gravkarta äldre än 1916 kunde hon inte hitta i kyrkans arkiv.

Hon tyckte att Per Ola Brandberg kunde ha sagt till om diket från början, men han hade förstås vetat att det skulle bli bråk om varje moment av vägbiten och varit slug nog att ta en sak i taget för att få behålla uppdraget. Hon hade varit med ute vid kapellet när det gjordes utsättningar för vändplanen och kontrollerat mot kartan. När han skulle sätta igång visste hon inte riktigt. Men hon fick veta det.

Hon satt en kväll på expeditionen för att ta igen pappersarbete som hon låg efter med på grund av det fina försommarvädret. Klockan var över tio, så hon blev förvånad när det var Brandberg som ringde från kapellet på sin mobil. Han svarade bara kort på hennes första fråga, att han ofta jobbade natt när det var ljust. Sen sa han:

Dä si inte nå bra ut mä grävninga.

Går det inte? Är det sten?

Sten ta ja nog, sa han. Men dä ä ben.

När hon inte tycktes förstå sa han:

Ja ha fått opp ett lik.

Det var en kort bit fågelvägen över Boteln till kapellet. Men Ingefrid måste fara runt och komma in på basvägen norr om Rössjön. Hon hade sagt åt honom att inte röra någonting, framförallt inte gräva mer. Han skulle bara vänta. Det enda han hade att säga var: Dä kostar dä också.

Han var en lång karl och nu var han utan ansikte, för han hade stupat mössan över ögonen mot den låga kvällssolen från andra sidan sjön. Han satt på en sten och rökte när hon kom. Traktorn stod med skopan höjd. Det var brun myrjord kvar i den. Och ben utan tvivel.

Det kanske är nåt djur, sa hon. Efter ren kanske. Dom hade ju garveri här.

Här slakta dom inte, sa han. Skinnena körde dom hit på slädar. Över sjön.

Hon bad honom sänka skopan och så varsamt som möjligt tömma den bredvid det nyss grävda. När han klättrade upp i traktorn såg hon att det fanns fler benrester där han grävt förut. Han måtte inte ha sett det på en gång. Nu kom den bruna jorden rasande ur skopan och minst två ben till.

Jag vill låna din mobil, sa hon.

Först hade hon tänkt ringa till Sven Elonsson som arbetade på kyrkogården i Röbäck. Men sen insåg hon att han kanske inte med full säkerhet kunde skilja mellan ben från människa och djur. Hon ringde till Birger i stället och sa bara att Brandberg hade grävt upp ben vid kapellet.

Kan du komma?

Det var nånting med Per Ola Brandberg som gjorde henne nervös. En sorts hån. Outtalat förstås. Men han lyckades andas ut det med cigarrettröken och spotta det i myrjorden inte långt från benresterna. Hon kände att det fanns panik i henne. Hon ville inte ha honom där, ville inte se hans färglösa, långlagda ansikte, dess triumf. För det var vad det var fråga om. Varför förstod hon egentligen inte. Men det var fullt klart vilken sida han stod på i bråket om vägen. Även om han tjänade pengar på att anlägga den.

Åk hem nu, sa hon. Ta traktorn med dig.

Men han hade bilen, sa han. Och det skulle ju grävas färdigt.

Nej, det ska inte grävas mer. Det är slut nu.

Dä ska väl läggas igen.

Det ska handgrävas då. Ingen maskin mer här.

Ja, vi få se.

Nej, du hör vad jag säger.

Dä ä väl kyrkoråde som bestämm. Om dä ska grävas eller inte.

Åk hem, sa hon. Nu.

Han hade nog aldrig tagit order av ett fruntimmer förr. Hon märkte att han blev hätsk. Så skulle det alltså gå. Hon hade fått en fiende i vägstriden. Han var kanske inte den första. I affären hade hon fått ett par slängar: Ska lappan ha egen tjyssja nu. Ja, dä ä ju så jävla marskvardit mä dom nuförtia. Sagt bakom en hylla i affärn, lagom högt. Nej, hon var inte deras kelgris längre, inte som när hon kom och var dotter till en av dem och tog vikariatet i Röbäck.

När hon blev ensam hörde hon trastar. De porlade och jollrade som om de ville berätta något för henne. Hon hörde bäcken. Den var också pratsam. Det pratades om helt andra saker i skogen. Inte om lik och ben. En doft låg och svävade i kvällsluften. Hon undrade om det kunde vara från blåbärsblommorna. Skogsstjärnan och skogskovallen var doftlösa. Fattigskog tänkte hon. Mager och risig på myrlänt mark. Vad hade människor härute att göra?

Och jag, tänkte hon. Varför sitter jag här och varför har jag ställt till detta?

Förlåt mig, bad hon. Jag vet inte vad jag ska göra nu.

Trastarna fortsatte att tala med varandra. Eller kanske emot. Hon förstod dem inte. Inte vattnet heller.

Ge oss din frid. Gud, ge den tillbaka till den här platsen. Fast jag gjorde fel.

Hon började frysa och måste röra på sig. Det tvang henne att se på såret i jorden igen och på de halvt synliga benstumparna.

Hon hörde Birgers bil på långt håll i den vindstilla kvällen och tyckte det dröjde outhärdligt länge innan den kom fram på den sista vägbiten. Han la armen om henne och vaggade henne fram och tillbaka.

Nu ska vi se, sa han och tog upp tunna plasthandskar ur fickan och drog dem på sig. Han satte sig på huk vid gropen och drog upp de ben som syntes.

Överarmsben, sa han.

Är det en människa?

Javisst. Här är handen och underarmens båda ben. Dom hänger ihop rätt fint. Men det var inte varsamt grävt precis.Vem är det som jobbar här?

Brandberg.

Per Ola? Ja, då ska det gå undan. Gå och sätt dig i bilen om det känns bättre. Jag ska bara försöka få ordning på det här och se om det är mer än en. Förresten, du kan hämta spaden. Jag la den i bak.

Det här är gammalt, sa han när hon kom tillbaka. Det finns inte spår av nån kista. Allting är bortmultnat. Du ska inte vara ledsen. Den här renskötarn eller getbonden eller skinnjägarn har legat här länge. Det var en karl. Jag har hittat bäckenet. Hursomhelst har han fått vara ifred otroligt lång tid. Var inte så olycklig Ingefrid. Det är bara ben. Allting är förresten nästan intakt neråt. Bröstkorgen har Per Ola lyckats hugga sönder med skopan. Nu ska vi bara finna skallen, så vi kan avlysa det här och åka hem. Sen får Elonsson fara hit i morgon och gräva en riktig grav. Och så gör du väl nåt litet hyss för den här gamle ekorrjägarn. Läser nånting fint över honom. Så blir det bra igen.

Vi kan inte lämna det så här, sa Ingefrid. Brandberg åker direkt hem och berättar. Folk kommer att åka hit. Jag tror dom kommer redan i natt. Det är ju så ljust, dom sover inte.

Jag tänkte på det, sa Birger. Men ser du jag arrenderar småviltsjakten på prästbolet, så jag har nyckel till bommen. Nu är den låst och ingen kommer in på basvägen. Jag kan lägga ihop allting fint här och gräva över jord, om du känner dig lugnare då. Gå nu och sätt dig i bilen medan jag grejar det. Jag måste få tag på kraniet innan vi kan åka.

Hon gick och satte sig på trappan till kapellet och frös eländigt. När Birger sakta kom gående skakade hon.

Kan vi åka nu?

Vi blir väl tvungna, sa han.

Vad är det för fel?

Jag kan inte hitta huvet.

Inget te, ingen sprit kunde värma henne när de kom tillbaka till byn. Hon var bottenfrusen och när hon grät var det som det börjat sippra ur en sten. Han sa att hon inte skulle ta så illa vid sig av gamla ben. Men han förstod inte. Hon försökte förklara för honom. Hade han inte hört om skallmätningarna?

Jodå, det hade han. Det var väl nåra urspårade kollegor till mig som ville mäta samernas skallar och se om dom var brakycefaler och inte dolikocefaler som den överlägsna rasen. Jag minns att farsan sa att underlägsna raser har långa hälar också.

Dom var antropologer snarare, sa Ingefrid. Så det är mycket möjligt att dom här människorna har fått sina gravar skändade och deras förfäder har blivit stympade som lik. Det hände att präster hjälpte dom att få tag på – ja material antar jag dom kallade det. För att belägga rasteorier. Du inser väl hur hemskt det blir för samerna om dom får den misstanken. Dom kommer att kräva att hela begravningsplatsen grävs upp.

Under mittnytts kameror.

Skoja inte.

Nej, det var dumt, sa Birger och klappade henne på kinden. Men jag tror inte det händer. Varför skulle dom få reda på det här? Det är bara du och jag som vet att skallen fattas.

Sven Elonsson måste hit och gräva en riktig grav. Han kommer att se det.

Måste det vara så riktigt? Kan jag inte bara ta spaden och gräva ett djupare hål?

Nej.

Men vännen min, sa han, är det så tokigt om det kommer i dagen då? Det har ju gått till så här. Det är historia. Ska vi inte ta reda på den?

Vad är historia egentligen? sa hon och torkade sitt uppsvullna ansikte med en pappersnäsduk. Annat än argument för krig och förföljelser och elände. Har du nånsin hört om människor som lärt sig nånting av historien? Det här kommer bara att göra allting värre. Det finns gamla skamligheter som jag tycker det vore bäst om man kunde glömma. Om dom bara försvann. Slukades av nåt svart hål i tiden.

Nästa dag åkte hon ut till kapellet med Elonsson. Han hade sin lilla grävmaskin på flaket och försäkrade att han aldrig förstört nånting med den när han grävde en grav. Han kallade maskinen för hon och sa att hon grävde nätt och fint som en skeräll. Efter en del diskuterande kom de fram till att han menade näbbmus.

Först tog han en spade och blottlade de ben som Birger hade lagt jord över. Ingefrid hade satt sig på kapelltrappan. Nu var trät varmt i solen. Hon väntade tills han sa att han hade funnit allting utom kraniet.

Det finns inte, sa hon. Det är ett gammalt lik. Huvet kan ha flutit bort med nån ström.

Inte här inte, sa Elonsson som kände underjorden och dess strömmar väl.

I alla fall så finns det inte. Gräv nu så lägger vi igen sen.

Hon hade tagit en vit gardin med sig och den bredde hon ut på ljungen och mossan. Sen tog hon på sig gummihandskar och plockade över benen på gardinen. De var mörkt gulbruna och på en del ställen svartnade. Elonsson väsnades med maskinen, men inte mycket. Han mätte och grävde lite till. Det var bara djupet han behövde hålla.

Till slut samlade hon ihop gardintyget till ett knyte som blev buckligt av den halvt krossade revbenskorgen och sänkte ner det i graven. Hon knäppte händerna och tänkte be tyst, men hon såg på Elonsson att han väntade sig några ord. Så hon sa dem.

Herre, ge stoftet efter denna människa din frid.

Han började lägga igen det lilla fyrkantiga hålet. Först lät han maskinen skjuta ner jorden över knytet, sen tog han spaden. Den rasslade i sten.

Pinnmo, sa han.

Hon hörde vågsorlet mot stenarna nere vid stranden. Inga trastar sjöng nu på förmiddagen. Men det blänkte till innanför granslyt som bildade bård mot det yttersta av udden där kapellet låg. Det var en rörelse också. Det måste vara ett djur. Men Elonssons spade väsnades och skrämde bort det. Hon såg rörelsen i grenarna. Sen var det som förut.

Hon gick upp till kapellet medan hon väntade. När hon skulle åka från prästgården hade hon inte kunnat finna nyckeln, så hon kunde inte komma in i det. Hon vandrade neråt stranden i stället och såg sig om efter något som kunde vara Ingir Kari Larssons grav. Men alla upphöjningar såg naturliga ut. Det var nog ingenting annat än underjordisk sten som höjde ljungtovorna och blåbärsriset.

Då hörde hon ett ljud och när hon gick mot det fick hon syn på båten. Den låg förtöjd med kedjan runt en klen tallstam och den högg mot sten när vinden friskade i. Inga åror, bara snurran. Det var ingen tvekan om att det var kyrkans båt. I aktern låg Anands jeansjacka.

Hon sprang upp till det ställe där hon hade sett rörelsen bland smågranarna.

Anand! ropade hon. Kom fram!

Inte en rörelse. Men när hon ropat ett tag hörde hon:

Arrulaaa!

Tyst med dig. Kom fram nu.

När han visade sig var han pajasen Anand. Skuttade. Grinade.

Hon anade hur de fröknar han förbrukat i skolan hade känt sig.

Arrula! Hooo! Hooo!

Tyst med det där. Kom hit.

Hoohoohooo! Lägg döda flädermöss på mitt huvud! Giv mig svartnade ben att knapra på!

Vad gör du här!

Du ser ut som Raksha demonen! Jag är bara en människounge, o vargmor.

Sluta med det där. Du är stor nu Anand. Tala om vad du har för dig härute.

Letar efter fjädrar, sa han lite osäkert och hon trodde att hon skulle få kontakt med honom. Men så länge de inte var ensamma gick det inte. Han sprattlade med armarna, studsade jämfota och sprang ut i skogen och tjoade sitt hoohooo och arrula och kom tillbaka igen för att se vad han gjort för intryck.

Elonsson såg brydd ut som han skulle ha sagt själv. Hans mun stod öppen när han tittade efter den skuttande Anand.

Du kan fara hem utan mig, sa Ingefrid. Vi tar båten.

När de kommit ombord lät hon inte Anand köra.

Jag kan ju, Mats har lärt mig.

Det var mig han lärde, sa Ingefrid. Du får bara använda båten när nån vuxen är med. Och då ska årorna vara med. Och flytväst ska man ha på sig. Var har du den? Är den i påsen där?

Nej, det är fjädrar.

Men hon såg att det var något annat.

Vad är det i påsen?

En döskalle, sa han och höll hårt om den.

Först när de kom i land kunde hon ta ifrån honom plastpåsen och titta i den. Skallen låg bland fågelfjädrar. Den var mörk och svartfläckig men såg intakt ut. Anand stack kvickt ner en brun hand och glappade lite med underkäken.

Han hade dåliga tänder, sa han.

Var har du hittat den här? Vi har letat efter den.

Den låg under en stor gran.

Den måste ha rullat ner. Hon kände sig dum. Att vi aldrig tänkte på att titta där. Jag var nog hysterisk. Kunde inte tänka.

Du får ta upp graven igen, sa hon när hon ringde till Elonsson. Anand har hittat kraniet.

Det var stört omöjligt att åka nånstans utan att få en massa frågor. Ett jävla tjat. Va ska du därute å göra? Ä dä inte bra sent på kvälln? Å bommen ä inte öpen.

Jodå, sa Anand. Dom hade den bara låst när dom höll på med den där graven.

Ta du deg fram då Elias? tjatade Reine.

Ja ä inte ofärdi.

Men dom säg att vägen aller vorte färdi.

Åk.

De blev inte av med honom när de kom fram heller. Han körde en bit in på den knaggliga och ogrusade vägen och sa att han kunde backa tillbaka. Och att han skulle vänta på dem.

Nej, du ska inte vänta!

Anand var så upphetsad att han pep.

Det här tar lång tid.

Kom tebaks om två timmar, sa Elis men Anand sa tre. Reine tyckte inte att det kunde finnas så mycket att titta på därute att det tog tre timmar och Anand halvskrek att det var solen det berodde på. Solen!

Åk nu för fan, sa Elis. Du ha väl taxirörelse i alla fall. Vi ska inte behöva stå här å dividér. Kom tebaks om tre timmar. Å ge fan i å åka in te Kristin Klementsen å surra om oss.

Om dom lås bommen ä ni fast, sa Reine surt. Då få ni bli här i natt. Men han åkte. De stod och lyssnade så länge de kunde höra dieselmotorn. När det blev tyst i skogen började de gå.

Elis hade inte varit i nån skog på länge. Den var säkert full av rop och prat. Han vilade lite på käppen och lyssnade. Det brukade knäppa också och prassla och låta som en kvist gneds mot en annan fast det var vindstilla.

Hör du nåt? frågade han. Och Anand hörde. Han sa att det var *dom andra.* Över alltihop låg en sötsyrlig doft av blåbärsblom. Elis minne visste om den också och ett tag var den så levande att han trodde han fått tillbaka luktsinnet.

Det var inte mycket att se, det hade Reine rätt i. När de kom fram låg udden mager och mossig och med piriga granar och en och annan ruska björksly. Jorden lyste rödbrun över en nyuppgrävd fyrkant. Där låg väl liket som det varit så mycket prat om. Det var en rödlyster i barr och löv. Märkbar som en avglans i stenarnas hud av lavar. Solknippen stretade genom en tallkrona; Eldbjörg hade sagt att Dostojevskij älskade dem så högt. Det här var verkliga strålar av rödgyllene ljus. Han kunde höra henne säga *aftonsolens sneda strålar.* Rösten var inte verklig, den var som lukten av blåbärsblommen.

Sätt dig på trappan, sa Anand. Jag måste greja lite därinne. Vi har gott om tid. Jag menar för solen.

Skulle nån vilja gifta sig här? frågade Elis. På det här stället.

Ja, Maria Bontas ska gifta sig med en kille från Åsele. En renskötare. Mamma ska viga dom.

Han tog opp nyckeln ur jackfickan. Elis hörde honom låsa opp och öppna och det kom en frän stank av blötlagda hudar ur hans minne.

Dä hänn ställe va faleint. Vi sa så.

Har du varit här förut? frågade Anand.

När jag var pojke var jag här med kohudar. Det var garveri då. Det lukta ont.

Nu är det fint, sa Anand. Och på lördag är bröllopet.

Hinner du få bort allting till dess?

Ta bort! pep han. Är du inte riktigt klok.

Han leker, tänkte Elis.

*

Det kom för honom hur de hade lekt. Fast han varit stora pojken, nästan fullvärdig arbetskarl. I alla fall lika gammal som Anand nu.

Hon och jag. Vi lekte å grassér som småbarna.

Hon hade kommit när mamma var sjuk. I början hade de hjälpts åt. Sen la sig mamma och kom inte opp mer. Ibland vart det blod på en trasa. Hon var rädd att hosta men måste. Febern härjade i hennes kropp, den torrbrände henne. Hon var som papper på kinderna och rynkig. Han hade varit rädd för att se på henne nära. Så länge hon kunde prata sa hon till Serine vad hon skulle göra. Hon hade kommit från Skuruvatn och hon sa moster åt mamma.

Mamma dog en höst. Det var långt till sommarn och till getningen på andra sidan sjön då de skulle få leka ifred. Men det fanns små hål och gömmen också i arbetsdagarna om vintern. Han hade inte klart för sig riktigt när det hade börjat, men det måste ha varit med hans hand på hennes eller armen om det smala livet. Det tunna. För att stödja kanske när hon halkade ut med grishinkarna? Eller snuddade händerna vid varandra inomhus? Det var nog inte möjligt. Där rådde gubben.

Farsan bleknade bort i minnet. Det var länge sen han började försvinna. Men gubben var där, stabbig och kort med sitt onda humör. Pojkarna Eriksson kom inte från ett ställe där man blev förvånad över ett slag. Ett kok stryk tog man som regnet och kölden. Man väntade ut skuren av ondska. Han hade väl tänkt likadant de första åren i Tyskland. Att det hörde till världsordningen. Men nu visste han att om det fanns något gott i honom, något ofegt och varsamt om en annan människa, så var det hon som hade väckt det. Hennes lilla kropp bland de storvuxna. Barnet som var på väg att bli som mamma. Hon fick små bröst som syntes under linnet när hon kröp opp i sängen. Flätade håret så fint och slog ut det om söndagarna. Då var det vågkrusigt och i solljus hade det samma färg som getternas glimmande ögon. Hon hade nog hoppats hon skulle få gå i kapellet. Men dit vart det ingen skjuts.

Jävla skitholkar.

De var så nära. Han tyckte han kunde sträcka ut handen efter dem. Röra vid Lubbagubbens skinnmössa och åtminstone tänka: Je ska kasta'na åt hällvitte. I dyngkasen. Peta te farsans stövlar så di far omkull. Helst i pisse.

Han hade som en skorv i mun av svordomar och tillmälen som aldrig kom ut. I skolan hade han och bröderna flinat åt skylten på väggen.

Att svärja är fult,
rått och obildat.

Det dröjde länge innan han förstod att han till allt annat var språkligt under isen. Hade inte många ord och de bästa vågade han inte uttala. Det var inte på sanatoriet han hade upptäckt det. Deras finspråk lät bara som om de försökte göra sig till och bli marskvardia. Som fjällvandrarturisterna hemma. Nej, det var Serine. Hon kunde en saga. Hon sa den på sitt mål, den nordtröndska som talades i Jolet och oppe i Skuruvatn och som hans mamma hade talat. Den var om en pojke som lurat djävulen och fått in honom genom maskhålet i en nöt. Vad de gonade sig åt den nöten.

Men varför skulle pojken gå till smeden och få den sönderslagen. Han kunde ha haft den kvar. När smeden slog till med släggan, for en kvast av eld och rök och gnister opp i skorsten.

Jeg mener fanden var i nøtta jeg, sa smeden.

Ja, han var så, sa gutten.

Visst var det roligt. Men om han i stället hade haft djävulen kvar. Instängd och liten och ofarlig bakom det stenhårda nötskalet. De dividerade mycket om nöten. Sen visade det sig att hon kunde två sagor till och en sång.

De var hos fåren. De andra var ute, kanske på ett hygge. Han skulle nog skovla ut dynga. Men de kröp opp i höet och boade åt sig. Han gjorde som det stod i sången. Serines läppar var som myltans blomblad, de var mjuka och verkade tunna och innanför hade hon som en våt mussla. Det luktade sommar, tät och fin. De letade ut blommor som torkat och försökte gissa vilka det varit: kragaman, rösmälla och sötkulla, skravagräse och ursöta och inmålken. Hon hade andra namn. Det var mycket namn och ord och lukter. De vart snurriga i huvet.

När det blev försommar och ploppen blommade nere vid stranden och hölusen började få skärbruna knoppar då färjade han och farsan över getterna och korna till andra sidan sjön. Alla hade egen fäbod nu, laga skifte hade varit och lämnat gubben gallbitter. Serine var hos djuren, de hade moster Bäret hemma. Hon rodde över på morgnar och kvällar för att hjälpa Serine mjölka och det var moster som gjorde osten i kokhuset.

Den sommaren getade Elis Eriksson hästarna åt byn. Det var ett stort ansvar och fast han inte var konfirmerad ansågs han kunna ta på sig det. Han såg vuxen ut. Men han kände sig som en killing, en hundvalp och en granoxe som kilar oppför trädstammar. En sjängelmy med långa ben. En feril som svävfladdrade över buvallen, en surrhumla, en tjarakall som skuttade över avgrunder i gräsvallen. Serine skrattade åt alla hans ord och han visste själv inte längre var han fick dem ifrån. De hade övervintrat nånstans, som flugor och fjärilar överlever i smutsiga fönsterspringor, som fråsk i en halvmultnad lövhög.

Varje dag tog han hästarna ner till buan. Deras hovslag dånade i den torra marken. Hade gubben vetat att de fick beta i en eller ett par timmar där så hade han klått opp honom. Det som växte på vallen var åt hans egna kor och getter, inte åt byns hästar. Men gubben var långt borta, på andra sidan sjön, och Serine och han gömde sig i gräset som växte dem över huvudet i soldagar och genomlysta nätter.

Djupt nere var de i buvallens surrande sötma. Gräset ångade av markens värme. De var bland gräshoppor och näbbmöss så lätta att de kunde springa på ett strå. De hittade bon under storgranarna, där de värmde sig när det regnade och blåste.

Bo i backe hette leken. De stal timmarna ifrån de allvarsamma. Egentligen var de ju arbetsök redan, men de hade ännu lek i kroppen. Som harungar.

Sen blev det slåttanna och moster var ensam ute i buan för både Serine och Elis stackade hö på lägdorna. När det hade torkat – det var en förunderlig sommar att vara vänlig mot människor, djur och hö – körde Elis in det och lastade opp det på gälln med brödernas hjälp. Om hösten lekte de därinne när de kom åt, han och Serine. De gjorde hålor och kröp in och öppnade sina kläder och huden blossade av iver och värme. Tjänn på meg... tjänn hännen då. Så goslein du ä. Varm å lein. Ja, han hade ord för allt, han var inte skovig och otäck i mun längre och inte hård i nyporna som han varit förr. Och höet luktade sommarblomst och de visste av ingenting. Det var ju så korta stunder. Man vågade knappt titta på varann sen. Men en annan dag var det lika lent och varmt igen. Sötkulla, va du lokta gott. Tjänn hännen nu då. Den harongen han spritt, han vill opp te deg, han vill du ska ta i'n. Du ä så goslein, goslein...

Ja, vi lekte och grassér. Förstog allri när dä vorte allvare.

Det hade ju ingenting haft att göra med det där som det var så mycket prat om. Karlarnas stånkande. Stårsens illtjut och fnitter och fläckarna på deras kjolar. Det här var nånting annat. Om han hade vetat om ordet förtjusning då så skulle han nog ha använt det. De var förtjusade. Förtrollade. Bortlekta.

Men det blev allvar. Bara några droppar räckte.

Han visste inte när hon förstod att det gått galet. Men blek vart hon, glåmig och tyst. Hon verkade lite avig, när han kom åt att prata med henne ensam. Då sa han att de skulle rymma. Han skulle ta opp pärlor, det hade han sett två värmlänningar göra. En hel pilsnerflaska full. De skulle rymma med pärlorna och sälja dem och resa långt bort för pengarna. Hon log knappt och såg mest ut som hon lyssnat till barnprat.

Den hösten letade han som besatt efter en enda pärla, för att bevisa för henne att det var möjligt och att de skulle kunna ta sig därifrån. Han hittade en också. Det var i oktober när rumpan gick. Han hade rensat i Svartvassån. Där låg den i sitt öppnade skal och musslan såg mjuk och våt och goslein ut den också. Han fick en sorts vilt hopp.

Men det hjälpte inte att han hittat den. Serine hade ju redan sin pärla växande inom sig.

Vakna. Fast vaknar han? Absenser har han alltid haft. Då är han i det som är oåtkomligt för andra. Om han inte lyckas göra nån sorts språk av det. Fan va allting ska vara språk: drev han en luftbubbla genom glas för femtio år sen, så kallar man det för språk nu. Man lever i en civilisation som spottar ord, som kräker dem och sen mal i sig alltihop igen och tuggar det till makulatur. Det gäller att rädda nånting över i en verkligare värld. Men numera sjunker han djupare och han vet var han har varit när han kommer opp igen. Beror möjligen på att han alltid är där, mer eller mindre. Kan man ha en fot i dödsriket?

Vansinnet tycks inte bo på det stället, kamperar ej ihop med döden. Det var en vanföreställning, en uppdrivning i språk. Att sjunka så här är alltså inte att dö, inte i dag i alla fall.

Döden.

Vilket ord för utplåning. Ett tillstånd som heter döden finns inte. Kött processas genom upplösning eller eld till nånting mycket likgiltigt eller bara ovetbart. Det som är jag finns inte, bara rörelsen, sjunkandet. Man sjunker inte i minnet, för det existerar inte. En sån körtel finns inte i hjärnan, inget sammanhållet ställe som är tätt av bilder.

Minne är bara ett ord.

Det finns bilder. Eller fragment av dem i alla fall. Som knuffar till och tänder varandra. Kemiskt förstås. Allting är visst kemiskt. Och fysikaliskt. Vätskans stigande i hårfina kärl som håller bladen saftutspända. Kuken som reser sig och blir självständig, blir åtskilligt handlingskraftigare än man själv och drar med sig den bleka kroppen, händerna och munnen. Hjärnan som arbetar. Det kallas så, det kemiska knuffandet och tändningarna. Som hos en gammal karl kanske avtar eller är fläckvis utplånat.

Men inte alldeles.

Minne är upptändning och rörelse. Luften driver genom glaset. Det är svårt att få den att stanna därinne, händer sällan. Om de visste hur svårt det var att hejda den rörelsen.

Vi lekte å grassér
hu va så goslein
så fin

vi förstog allri
bere lekte
förstog allri när dä vorte allvare

så kan man driva luft genom glas och få den att stanna om man är mycket skicklig, om man är diktare, då håller man fast, då tätar man det flyende, det som processas.

Men rår över det gör man inte. Man sjunker och ser en karlkropp, ja, en karl är han fast han är fjorton och inte riktigt utväxt. Han är redan hård och förgrovad av arbete. Man ser kroppen, knäna, kuken. Man ser det grova tränga sig på det fina, känner hur det bräcker det tunna. Man känner brunsten, rålukten. Inte droppar utan sörjiga flöden. Gång på gång ser man kuken tränga in i en kropp som inte kunde bära, som var för liten, som hade trångt. Flödena ser man. Det var inte som fjärilar, det var inte ekorrsprång. Det var inte sötkullan som doftade, det var kåtlukt och det var *säd*. Vilket bonnord. Vi hade värre ord också, fulare och sannare

där stå hu
på fämte dygne
hu gör bot å straffes

straffas för att hon var tunn och len, straffas med den ena köraren efter den andra, hårda nog för ett ök och inte att hålla ut med för en så tunn kropp. Men säger inget. Kvider ibland. Svetten strömmar. Om en stund går man dit igen och tittar, då är hon kallblek. Straffas straffas och har inget gjort.

Sen när man vill sjunka vidare, när man vågar göra det, då går det inte längre. Det blir inte tätt. Det löser opp sig, för nu är det bara det kvar som man kallade för döden och vansinnet. Man hade inga andra ord.

Men man fick en sorts språk. Man drev luft genom glas. Den stannade där och var en sanning, så fattig som mänskliga sanningar är. Det finns ingen annan heller. Ingen tät och levande. Vi processas genom det vi föreställer oss.

Gubevare dig pojke. Du leker nu men mer än hälften av ditt liv måste du hålla till i vakenheten.

Gud bevare dig när du leker.

*

Nu fick det vara dags. Solen hade sjunkit, skuggor och kyla djupnade. Men stiga opp är också en konst. Han nådde inget annat stöd för käppen än trappsteget under och när han skulle häva sig opp for käppen iväg långt utåt backen. Ropade på Anand som inte hörde eller var för ivrig med sitt därinne. Till slut kom han av sig själv.

Nu får du titta, sa han. Solen är precis där den ska vara.

Han hämtade opp käppen och tog tag i en armbåge och Elis lyfte sig. Knäna hade stelnat alldeles och var obrukbara, han fick hänga sig på pojken men kom till slut opp. Sen var det en långsam vändning och käpptag för käpptag oppför de två återstående trappstegen. Anand svängde opp dörren, han såg febrig ut. Hans mun stod öppen och var fuktig som på ett litet barn, iris förstorad och svart innanför vitans blänk som stötte i blått. Han hade snott ihop håret och fäst det med en gummisnodd i nacken. Så fort Elis såg in i kapellet begrep han varför; han hade varit rädd att nudda någon ömtålighet, skada en balans med sina långa hårlänkar.

Det första han såg och begrep var solljuset, det röda. Det gick som ett spjut genom glas som hängde på en lång linje och rörde sig i draget från dörren. Anand stegrade rörelsen genom att fläkta med den ena dörrhalvan. Glasen blixtrade. Det var blänk i mässingstråden också. Flera mässingstrådar, en ring av tråd där de ojämna och vassa glasbitarna hängde så tätt att de klingade mot varandra. Han kunde inte ta in alltihop med blicken utan blundade några sekunder. Det svävade, han visste inte riktigt om det berodde på förskjutningar i hans synskärpa. Det var likadant när han tittade igen: fjädrar rörde sig och silkespappersflagor skälvde till efter en lång linje. Han såg inte trådarna men det var väl tunn sytråd, för annars skulle han ha märkt dem. Nu var det som om fjädrarna lagt sig på en linje och ville flyga men hade stannat opp i ögonblicket. De bildade ett tecken i riktningen från solen, in i mörka skogen på andra sidan. Anand föste in honom i en bänk och satte sig själv bredvid.

Nu snart, sa han.

Kunde det hända mer? Anand höll sig fast med de smala bruna händerna i ryggstödet på bänken framför, väntade. Kapellets inre var vitmålat med blå strimmor och stänk. Det flög solkatter i prismats färger på väggarna. En var djupblå, stötte mot grönt och stod stilla på väggen ovanför altaret. Det fanns ett enkelt träkors där, lite stabbigt tyckte Elis, kunde ha varit stramare och elegantare i den här lilla smyckeasken till kyrkorum. Här där hudarna stank, där karen stod och hårfällarna löstes opp. Där grova träbottnade stövlar klaskade i sörjan. Här.

Nu!

Och så kom glöden och tände opp ännu flera glas. Skärvornas färger djupnade, Anand kved lite. Elis kände igen det där ögonblicket – när det *blir*. Det var inte bara ett igenkännande, han kände det själv. Nu. Och att solen gjorde så här visste han från sitt köksfönster: flammade till i ett sista utbrott innan fjället svalde glöden.

Sen var det slocket. Och tyst. Anand lutade huvudet och stödde det mot handryggarna på bänken framför. Han såg ut som han sov, men inte lugnt. Den smala ryggen rörde sig när han andades och det var en snabb andning.

Nu kunde Elis titta nogare. Och lugnare. Grabben hade varit högt oppe under taket och fäst sina trådar. Obegripligt hur. Han såg tanken, han hittade skärningspunkterna och linjerna som strävade utåt. Det fanns en centralpunkt, det var ringen av mässingstråd med silkespappersflagor i gult. Den låg strax till vänster om altaret. Han hade också andra punkter där trådar löpte ihop och särades igen. Glaset var på vandring, fjädrarna lekte. Deras banor var obeständigare, minsta vindfläkt fick dem att rubbas. Han såg nu att fönstren var öppna och det blev ett litet drag ibland när kvällsluften rörde sig därute.

Vad tyckte du? sa Anand. Han ville veta, naturligt nog.

Jo, det var fint.

Så man frös?

Ja, det måste man nog säga att jag gjorde. Och det är format på det här. Det är inte så dumt att jobba stort. Har du gjort det här förr?

Nej, jag har bara gjort det hemma i vardagsrummet i Gröndal. Och en gång i köket. Men det här blev bäst.

Det var nog svårt tror jag. Hur har du kunnat fästa trådar oppe i taket?

Jag tog med mig en stege i båten. Det fanns en i vaktmästarns förråd.

Det vet han inte om förstås.

Nej. Inte mamma heller. Men hon får se på lördag.

Men då är ju bröllopet.

Ja, det ska vara då.

Är det nån som vet om det? frågade Elis.

Bara du.

Han visste inte hur han skulle säga det åt honom. Förklara att de andra kanske inte skulle se det som han. De skulle se trådar härs och tvärs och trasigt glas och sånt som ligger i skogen, fjädrar och dun. Och papperstussar. En massa rat var vad de skulle se. Han kände dem. Och därför gick det inte att säga på annat vis än som det var:

Dom kommer att städa undan det.

Nej, det gör dom inte. Inte när dom får se det. För det blir så fint.

Han hade en orubblig tillförsikt. Elis kände sig för trött för att argumentera. Om han fick vila skulle han orka förklara och få honom att förstå. Han måste dämpa den besvikelse som måste komma. Men just nu visste han inte hur.

Du och jag ser det här på vårat vis, sa han. Med ljuset och färgerna och hur det rör sig. Men jag tror inte alla kan se det. Dom behöver vänja sig först.

Du hade inte vänjt dig. Du såg ju att det var fint.

Elis var så trött att huvudet hängde. Han fick stöda hakan mot käppkryckan.

Nu får du gå ut, sa Anand. För jag ska greja lite. Det är inte färdigt ser du. Det blir en sak till. Det här var med solen. Nu blir det med mera mörker liksom.

Gör det som du har tänkt då, men sen ska du plocka ihop dina grejer. En sån här sak ser man bara en gång. Sen plockar man ihop den. Det blir bara värre om dom andra gör det. Då förstör dom grejerna för dig.

Jag ska inte plocka ihop!

Gör det nu i alla fall. Jag går inte ut. Jag sitter här och vilar mig och väntar på dig.

Han vaknade så häftigt att han ryckte till och tappade käppen när Anand ropade.

Sov inte mer nu. Det är färdigt!

Det flämtade i glasen. Fjädrar och silkespapper skälvde. Det måste vara tiotals ljuslågor, nej fler, många fler. Det var små eldslågor över hela koret som fick skärvorna att glittra. Han hade dem i koppar på golvet och på altaret och på de främsta bänkarnas ryggstöd. Under ringen av mässingstråd hade han byggt upp ett stativ, som höll något som såg ut som ett fat. I gropar i fatet satt det värmeljus som fick pappersflagorna att dansa.

Det är en navkapsel! sa Anand. Kolla. Jag har satt ljus i alla hålen. Tänk om man hade kunnat få den att snurra. Sakta bara... sakta. Och titta på korset.

Ljus på armarna, ljus på stammen högst opp. Där dansade ett stort dun.

Ser du? Titta nu på silkespappret därborta, småsegel vet du, dom seglar i väg. Kolla när det rör sig!

Anand satte sig framför den första bänkraden på höger sida och sysslade med nånting som Elis inte kunde se. Men han såg ett silkespapperssegel långt ute till vänster bli brunt och falla ihop. Sen steg en smal rökstrimma rakt opp och så kom flamman.

Anand!

Då hade kvällsbrisen från sjön nått fönstret och fångade i koret ett vinddrag från den öppna dörren. Lågan dansade från det ena seglet till det andra och gjorde små bruna strutar av dem. En svart rökstrimma steg lodrätt opp och fick en grå plym i toppen som blev ett lätt moln. Så slog en flamma opp och ett litet regn av sotflagor dalade mot golvet. Elis försökte komma opp, böjde sig ner för att få tag på käppen och ropade åt Anand att han skulle släcka.

Ta jackan och lägg över!

Men Anand stod upprätt med händerna hängande efter sidorna. Elddansen var slut, trådarna hade bränts av och silkespapperseglen brann på golvet och i bänkarna tillsammans med dun och fjädrar.

Lägg över jackan! Jag kommer inte ut ur bänken! Hjälp mig ut för fan!

Anand snodde runt och kvick som en småvessla var han inne i bänken och tog tag i Elis arm.

Käppen, ge mig käppen.

Anand kröp efter den och Elis högg tag i den när han kom opp från golvet och stakade sig ut och var på väg fram i koret. Då såg han att det var försent. Det brann friskt i Anands ljusstativ. Det torra trät sprakade. Sen kom en rökpust mot dem och de förblindades några ögonblick. Anand tog ansatsen till ett steg framåt, men Elis som fått tag på en bänkrygg att stödja sig mot krokade tag om halsen på honom med käppkryckan.

Mina glas! skrek Anand.

Elis ryckte till och fick honom åt sig. Röken kom vällande och elden sprakade till när en syrerik bris fick lågorna att flamma högt framme i koret.

Ut! skrek Elis.

Mina glas!

Ge fan i glaset! Ut bara! Ut!

Han drämde till honom med käppen och lyckades få honom framför sig och föste. Sen kom en tjock vit rök som smakade fränt och rev långt nere i bronkerna och fick dem båda att hosta. Då snubblade Anand äntligen frivilligt mot dörren, men när han fick röst igen väsnades han fortfarande om glasen. Det brann på framsidan av hans jacka. Han slog med händerna, brände sig och tjöt. Elis tog tag med käppen igen, fångade opp honom och tryckte honom intill sig. När han vågade släppa, hade fläcken på Anands jacka slocknat och var svart.

Det var mitt märke, sa han. Det brann opp.

Han tog på det och blev kletig och svart om fingrarna av nersmält syntettyg. Han såg ut som om han inte förstod det som hände. Elis tog tag i hans arm och började mödosamt ta sig ner trappsteg för trappsteg. Det knastrade bakom dem och då och då kom en rökvåg som fick dem att hosta. När de tagit sig utom räckhåll för röken ville Elis ingenting annat än sätta sig. Benen bar inte, han kände sig kraftlös. Till slut kom han ner på en sten som var så låg att han tänkte: Jag kommer aldrig opp igen.

Mitt vargmärke, sa Anand. Och glaset. Allting blir förstört.

Nej, glasbitarna håller. Dom tål mer hetta än det här. Men kapellet går åt helvete.

Nu låg udden i frän rök och kapellet brann dånande. Det blev hett och de måste flytta sig längre ner mot stranden. Anand försökte dra opp honom, det krånglade i de låsta knäna. Han satte ett käpphugg i mossmarken och drog sig opp och stod och svajade. När de hade kommit en bit bort hittade han en bra hög stubbe där han kunde sätta sig igen. Anand satt som en groda på marken och stirrade på elden som slog ut ur fönstren på kapellet. Han grät.

Det blir ett jävla liv, sa Elis. Men egentligen är det inget att vara ledsen för. Det här kapellet var inget bra ställe. Det har det aldrig varit.

Ända sen Ingefrid kom till oss och sa att hon var dotter åt Myrten, har jag plockat mycket med det som varit. Först satt jag vid köksbordet för det är ju lättast att hålla varmt i köket, när nätterna är kalla. Nu om sommaren sitter jag för det mesta vid klaffen eller vid salsbordet. Gammal smärta stiger alltför ofta opp ur papper och brev. Den ilar väl inte så ont som den gjorde när den var ny, men gud ska veta att jag ändå inte vill ha den. Det finns annat tänker jag och så går jag och sätter på radion. Här ska inte jag sitta och sucka som ett trasigt dragspel. Men jag dras alltid tillbaka till pappren.

Världen är spräcklig som en hackspett skrev Anund Larsson till sin syster Ingir Kari på sanatoriet i Strömsund. Han hade inte glömt sin syster fast han åkte ifrån henne. Långt bortifrån skrev han till henne på bokspråk om hur stor och brokig världen var.

> *Jag har varit bort i Ishavet och gått med sillskutorna. Vi ha gått långt ovanför Lofoten. Jag skriver detta brev till Dig från en matservering i Tore Hunds gate i Andenes. Vi vänta här ut en storm.*

Till mig skrev han långt senare:

> *Att jag förut var i gruvan vet Du. Men det kunde jag inte hålla ut. Inte heller höll jag ut vid dammbygget när jag såg kraftbolaget spränga och dämma. De dämde bort den stora fisksjön, som så många ha haft sin bärgning ur, och kalvningslandet satte de under vatten, så att vajorna ingenstans ha att ta vägen när de skola kalva. Folk, som hade haft sina renar där, fingo ge sig av med dem. Du kan lätt tänka Dig, hur välkomna de voro*

på andra ställen. En gång när dammluckorna ha sprängts av isen och de elektriska ledningarna ha fallit ner och rostat sönder, kommer ett folk som ingen känner och tar deras gamla betesland åt sina hjordar. Men först tog dessa tjuvar det.

De brev som han skrev när jag ännu bodde hemma hos Hillevi och Trond, dem sände han till Aagot för att hon skulle ge dem till mig. Jag tror inte han riktigt litade på Hillevi. Genom breven kunde jag höra hans röst och jag hör den än. *Flickorna rodna som hjortron på myren,* skrev han. *Jag tänkte att en av dem skulle bli min.* Men det var ingen stårs som riktigt fäste sig för jyöne Anund. Han träffade för många när han spelade och sjöng, det vart inget allvar. Fattig var han också.

Inga renar har jag fast jag har eget märke. Flickorna äro förståndiga, de vilja ha rika karlar. Jag ska säga Dig, mitt lilla dun, att mitt hjärta låge i graven om Du ej fanns. Det låge hos min syster Ingir Kari. Fin var hon som skogsliljan. Döden tar de bästa. Men först var det en annan tjuv hos henne. Han kom från den brokiga världen.

Han talade mycket om tjuvarna. Hans egen mamma hade berättat att hennes far försökte mota bort tjuvarna med ord. Han gjorde många vuelieh mot dem men de hjälpte inte. Han hade andra medel också, som han brukade lika vanmäktigt. Han dog på det första året av det nya århundradet. Då var han alldeles frisk, fast gammal förstås. Han ville inte vara med längre trodde Anunds mamma som var min mormor. Hon kom från den norska sidan och hon sa om sin far:

Han brukte runebommen. Han slo på ei tromme av skinn.

Nej, runebommen hjälpte honom inte och orden i hans vuelieh kunde inte fördriva tjuvarna.

Vet du lilla Risten vad som hände? sa jyöne Anund till mig innan jag ens var stor nog att förstå. Tjuvarna tog orden. De tog själva orden också.

Jag glömde inte vad han sagt.

Ja, man trevar i det gamla. Försöker finna en mening. När Ingefrid kom tillbaka för tredje gången och började vikariera som präst i Röbäcks församling, ville jag hjälpa henne att finna det hon letade efter. Om man kan kalla det leta, för så enkelt är det nog inte. I breven står det ingenting om barnet som Myrten lämnade bort. Men det fattas brev. Jag vet att hon kände en sjuksyster i Stockholm och att de skrev till varandra. Jag har inte sagt nånting åt Ingefrid om sjuksystern. Lever hon så tror jag nog hon vet. Men jag har inte reda på hennes namn.

Myrten själv har blivit så främmande för mig. Det är som om hon har dragit sig tillbaka. Hon står långt bakom mig i stället för nära. När jag plockar i breven och läser i dem känns hon sträng.

Den där gamla olyckan som ska vara Ingefrids far vill jag helst inte tänka på. Och om det är rätt att tiga eller att tala om honom, det vet jag inte.

Ingefrid har pratat och frågat om mycket denna vår och sommar – men inte om Myrten. Jag vet att hon har varit till Byvången och tittat på villan som Dag Bonde Karlsson lät bygga när de skulle gifta sig. Det är en timrad kåk av ansenliga mått med pelare av kvistknotigt timmer på verandan och blyinfattade fönster. Det är rena medeltiden och det var underligt att Myrten alls lyckades sälja den. Ingefrid har träffat Roland Fjellström förstås, han som blev Myrtens styvson när han var ung pojke. Han tyckte om sin styvmor. Men hans systrar var avoga och hörde aldrig mer av sig när deras far hade dött. Ändå fick de ärva bra. Roland satte in sina pengar i en hotellrörelse här och den går runt, mest för att han är så uppfinningsrik. Han flänger omkring med hundspann och han ordnar småviltsjakt och fjällvandringar åt turister och så härbärgerar han konferenser och kurser. Ingefrid sa att han ville att hon skulle bli konferenspräst hos honom och ha kurser i personlighetsutveckling och ledarskap och konfliktlösning. Han ville erbjuda kärlekssemestrar åt par som var nära skilsmässan och Ingefrid skulle ha samtal med dem. Och så skulle hon förstås viga paren i hans paketbröllop. Han kallade det att hon skulle frilansa. Hon sa att han var rar, men att han nog inte riktigt förstod vad det var att vara präst. Men jag skulle inte bli förvånad om han till slut fick en präst till det där. Jag har sett en del exemplar.

Ingefrid har förstås sett Myrtens grav på Röbäcks kyrkogård och andra gången hon var här frågade hon mig varför hon inte blev begravd bredvid sin man i Byvången. På det kunde jag inte svara annat än att Myrten själv hade velat ha det så här. Jag undrar om inte det var sista gången hon frågade mig nånting om henne. Men om sin mormor Hillevi vill hon ha reda på så mycket som jag vet och om hennes Uppsalasläkt och om Tronds släkt i Fagerli. Hon har varit till både Fagerli och Lakahögen.

Folk har förstås varit nyfikna på henne och i början var det nog några som gick i kyrkan bara för att få titta ordentligt på henne. Jag tror hon blev omtyckt. Hon skötte fåren åt mig när jag var sjuk och då kändes hon nära. Hon bodde kvar här ett par veckor sen jag kommit hem från sjukhemmet och då pratade vi mycket om Hillevi och hennes tid. Så hade vi det. Tills kapellet brann.

I tidningarna stod det förstås mycket om branden. De kallade händelsen för kyrkobranden i Röbäck och bredde ut sig om församlingens sorg. Att det varit garveri där stod det ingenting om och inte heller att kåken inte på årtionden hade använts som kapell, förrän Roland Fjellström började med sina paketbröllop. Folkpratet var ännu förskräckligare. Det fanns de som trodde att Anand var satanist, en av de heliga i syföreningen hade sagt att han sökt sig till djävulsdyrkare på nätet. Hon skulle själv ha sett det på församlingens dator. I skolan sa de att han hade skrutit med att ha bränt ner en lekskola när han var liten. Jag kunde väl lägga ett och annat till rätta, men prat är prat. Det hasar på buken som ormen gör och tar sig fram överallt.

Jag läste lusen av den gamla galningen som tagit med Anand till kapellet och låtit honom tända ljus för öppna fönster. Honom har jag inte sett sen dess. Han får väl leva på välling.

Ingefrid blev inte sig själv efteråt. Hon var här på natten och satt och höll om Anand som hade somnat i hennes knä. Då viskade hon till mig att hon inte förmådde känna tacksamhet. Sen talade hon inte om det mer, men jag tror att hon blev fången i det som kunde ha hänt. Jag såg henne inte på en tid, jag tror ingen gjorde det. Hon tjänstgjorde inte som präst men bodde kvar i prästgården.

Man kan ju säga att antingen händer en sak eller också händer den inte.

Kapellet brann ner, Anand levde över. Han brände bara jackan framtill. Det förfärliga hände aldrig.

Men så enkelt är det inte.

Jag minns den natten hon satt med pojken i soffan. Han hade sitt huvud och sin överkropp i hennes knä och hon höll om honom. Till mig viskade hon att hon inte kände nån lättnad eller tacksamhet.

Jag är bara rädd. Jag är så hemskt rädd, sa hon.

*

I juli 1971 hände det något här som ingenting kan göra ogjort. Det var en vanlig sommarkväll, en vardag. Jag stod i matsalsfönstret på pensionatet och såg efter om bussen hade kommit, så man kunde hämta tidningen. Jag minns så väl hur jag såg den komma knagglande i kurvan innan långa backen och hur en bil dök opp bakom den och körde om mitt i kröken. Sen försvann den ur sikte ett tag men jag höll ögonen på den, för man ville ju veta vem det var som körde på det vansinniga viset. Jag hade mina aningar.

Bilen dök opp igen och blåste förbi affärn. När den kom under oss på vägen, såg jag att det var Tores ljusgröna Volvo. Han körde själv och Bertil Annersa satt bredvid honom i framsätet.

Nu är han på tur, sa Els-Britt som hjälpte mig i köket på den tiden. Hon stod bredvid mig och väntade på bussen. Dom ska väl ut och fiska.

Bara dom inte har ihjäl varandra, sa jag.

Efteråt kändes det som om mina ord hade fått en kraft som jag inte velat ge dem. Jag var ju rädd för att de skulle börja slåss. Tore var alltid fridsam, men Annersa hade varit en avgrundsande i yngre dar.

Han kunde fortfarande ge sig på folk när han var på fyllan.

Det var en så varm och vacker sommarkväll. Helikopterljudet slog sönder den. En polisbil körde förbi i full fart. Handlarn ringde. Jag vet inte riktigt i vilken ordning dessa händelser kom. Men jag minns att handlarn sa:

Du må gå ner till Hillevi. Dom ha dräge opp Tore.

Han trodde väl jag visste, för vid det laget var mycket folk på väg ut mot Tangen. Helikoptern hade gått ner på plan utanför Föreningshuset.

Hillevi fick jag inte tag på. Hon hade redan åkt med nån ner till båtlänningen där Tore hade båten. Jag for med Högboms och vi sa inte ett ljud på hela vägen. När vi steg ur bilen längst ut, så långt man kunde åka på Tangen, såg vi en karl som stod och kräktes. Det var han som hade funnit Tore i vattnet.

Allting kommer tillbaka. Hur Myrten sen sa att det var hennes fel, för hon var den som hade skickat Tore till Amerika. Där gick det inte bra för honom. Myrtens farbror Halvdan hade ordnat så att han fick komma till en släkting på Tronds sida. Fadern hade emigrerat till Minnesota och nu hade sonen ett snickeriföretag. Men Tore skötte sig inte. När han fick sluta försökte han göra egna affärer med det han fått ut av sitt farsarv. Till slut söp han sig fast på ett hotell i Minneapolis och släkten fick lösa ut honom. Myrten måste skicka pengar till hemresan. Han ville hem.

Hillevi sa alltid att hennes barn var som duvor; de vände tillbaka till hemmet var de än hade hamnat i världen. Var Tore en duva när han kom från Amerika, så var det en som var mycket illa faren. Myrten försökte nog sysselsätta honom i skogsbruket, men det vart inte mycket av för honom längre. Han hade perioder då han söp med de fyra, fem karlar i byn som sysslade med det på heltid. Men mycket satt han för sig själv och då drack han bara kaffe och åt mediciner.

Bertil Annersa hade överlevt. Det var nån som sa, jag tror det var Kalle Högbom, att det vore bättre om fan tog hem de sina. Men det sker sällan. Det vart hat kring Annersa. Tore var ju en snäll karl fast han var förkommen. Nu fick Annersa ut för alltihop, att båten stjälpt och att Tore drunknat. Han satt med ryggen mot båthuset och var genomblöt och skakade. Räddningstjänstens karlar hade lagt en filt om honom, men den hade fallit ner på marken. Han satt och sa:

Han skulle bere pisse.

Gång på gång sa han det. Det var ju lätt att se framför sig hur det gått till när den store och tunge Tore reste sig opp i båten. Men folk var inte säkra på att Annersa sa sanningen. De som hade sett olyckan ske, var så långt borta med sin båt att de inte kunde urskilja vem det var som hade rest sig.

Hillevi fann jag alldeles nere i strandkanten. Hon satt på marken med utsträckta ben. I sin famn hade hon Tore. Hur hon fått opp den stora karlns överkropp i sitt knä förstår jag inte. Hon satt och höll om honom och såg ner i hans ansikte.

Vi som stod bredvid vände oss fort nog bort. Men synen lämnade oss inte. Vi såg ansiktet som var uppsvällt och hade en blågrå färg som börjat svartna. Han grinade med uppdragna läppar och den gråaktiga valken som vällde fram ur mun var hans tunga. Kroppen var slapp och övertung i dyblöta kläder.

Jag tror Hillevi såg något annat än det vi såg. Hon såg sitt barn.

Långt efteråt, när hon började kunna tala, sa hon till mig att sjön var Tores dödsrum och att hon hade fått veta det när han var barn. Men då hade hon inte förstått det.

*

Till slut stötte jag på Elias i alla fall. Det var förstås i affärn. Han stod i farstun med en kasse. Jag tyckte han såg blek ut, han liksom vitnar hela tiden.

Jaha du, sa han. Du ser ut å må bra.

Dä fattas inga fel, sa jag.

Å Ingefrid, ser du till henne nånting?

Jag sa som det var att hon hade hållt sig för sig själv, men att hon hade varit inom för ett par dar sen. Jag berättade för honom att hon skulle flytta tillbaka till Stockholm.

Jaha, sa han. Dä vart inte mer då.

Dä begriper du väl att en människa som hon mä utbildning å allting inte kan bo här.

Sen gick jag in och handlade. Jag hade egentligen bara tänkt köpa mjölk och en ostbit, men hur det var så fick Doris skära opp en ordentlig fläskbit åt mig. Jag köpte ett par rödlökar också, till sås. När jag kom ut stod Elias i farstun precis som jag hade trott. Det fanns ingenting att sitta på därute. Stolen som stod där förut hade åkt ut när handlarn satte in en ölburksautomat.

Väntar du på Reine? sa jag.

Ja, han skulle köra mig hem. Men han hade en körning emellan.

Du ser ut som du skulle behöva vila bena, så du får väl följa mä hem då, sa jag.

Vänta ett tag, sa han och så gick han in i affärn igen. När vi kom hem och hade fått av oss kläderna satte han sig i kökssoffan. Han höll händerna över varandra på käppkryckan som han brukar och satt och tittade framför sig utan att se nånting. Ögonen rann. Förr hade han det besvärligt när det blåste, nu rinner de visst hela tiden.

Hördu du, sa jag. Nu må vi ringa till Reine å säga att du äter här. Så får han komma senare.

Stekt fläsk med löksås gjord på mjölk, det vet jag att Elias tycker om.

Han hade fyra trisslotter med sig. Det var nog dem han varit inne och köpt när vi skulle gå. Bara åt sig själv skulle han aldrig köpa en lott.

Ha du vunni nåt sista tia? frågade han.

Ja ha inte köpt nå lotter. Dä ä ingen íde. I alla fall inte å skrapa ensam.

Sen skrapade vi ihop hundratjugofem kronor sammanlagt. Det var en riktigt bra gång.

Ja, hur gör vi nu då? sa Elias.

Jag visste vad han ville att jag skulle säga, så jag sa det: Vi köper nya för pengarna.

Jag höll på att slå opp mer kaffe åt oss när vi fick se Ingefrids bil stanna oppe vid vägen.

Nu kommer hon i alla fall, sa Elias.

Men jag sa att hon antagligen bara skulle handla. Det var riktigt också. Hon försvann bort mot affärn.

Hon har bråttom, sa jag och så berättade jag att hon skulle börja arbeta i Stockholm den första september. Hon hade sagt att hon skulle komma tillbaka och hälsa på. Men det blir aldrig detsamma tänkte jag och jag tror att Elias tänkte likadant.

Ingefrid hade sagt att hon var orolig för hur det skulle gå för mig med fåren. Jag får ju inte ta ner hö, för det är inte bra att arbeta med armarna högt när man har haft åt hjärtat. Och orken är väl inte densamma heller. Jag förstår ju att jag måste slakta ut så småningom. Men jag gör det inte än. Det skulle bli tomt i vinter utan liv i fårhuset och utan funderingar på lammen som ska komma. Så jag skaffar nog bagge i år också. Mats har lovat hjälpa mig i fårhuset. Han har det ju ganska lugnt på pensionatet om vintern. För lugnt kan man nog säga. Men den här varghistorien har gjort honom arg. Han tänker gå tillbaka till renskötseln igen, ihop med Klemens. Han har ju sitt renmärke och ska väl ha rätt till betesmarker han också. Men jag vet inte hur det ska gå.

Vi undrade förstås om Ingefrid skulle komma ner till oss när hon hade handlat. Jag kan nog säga att vi väntade på det. Vi tog inte ögonen från bilen. Till slut kom hon. Men det syntes att hon inte tänkte gå ner.

Hon har nog nåt möte, sa Elias och jag lät honom tro det. Men Ingefrid arbetar ju inte längre som präst här. I stället för att gå ner till oss blev hon stående på vägkanten med sina kassar. Hon tittade rakt in genom köksfönstret och jag tror inte hon förstod att vi såg henne. Jag vet ju själv hur ljuset ligger på från sjön och suddar ut det mesta. Hon såg nog bara två kroppar och två huven.

Då sa Elias:

Titta ett ögonblick på denna dekoration. Vi ska aldrig se den mer.

Jag sa ingenting förrän Ingefrid vänt vid affärn och åkt sin väg. Men då frågade jag vad han menat.

Det var ur en bok, sa han.

Ja, dä förstog ja väl. Men va va meningen?

Trodde han att Ingefrid aldrig skulle komma tillbaka? Elias låtsades inte om vad jag frågat utan sa att det var en bok av en som hette Hedberg.

Ditt dumma gamla nöt tänkte jag. Du tror att vi är alldeles bakom här. Men vi har bokbussen.

Olle Hedberg, honom läste Myrten och jag mycket.

Min hustru läste den här boken, sa han. Hon tyckte om Hedbergs romaner.

Min hustru! Nu ska man höra. Nu ska man äntligen höra.

Jaså, sa jag. Du har haft en hustru. Å hu las boka. Hur kan dä komma seg att du minns va dä stog där då?

Jag läste för henne, sa han. Hon blev trött av bladvändningen. Skötte den med kinden.

Nu vart jag riktigt brydd, men jag sa inget. Det kommer nog så småningom tänkte jag. I stället tog jag mod till mig och sa:

Du ska tala ve Ingefrid, Elias.

Tycker du?

Ja, hu ha rätt å få veta.

Det får hon väl ändå. Här pratas hör jag.

Nej, dä gör dä inte. Dä ä bere doktor Torbjörnsson å ja som vet. Vi ha läst i Hillevis bok.

Va ä dä för jävla bok, sa han.

Anand levde. Han skuttade upp och ner för trappan i prästgården. Cyklade den långa vägen runt sjöarna och kom hem sotig med glasbitar i en kartong. Han tvättade dem och lämnade tvättstället med fetsvarta ränder av sot och tvål. Han skulle inte få närma sig brandplatsen för polisen. De hade spärrat av den med plastband. Men han åkte antagligen ut dit så fort hon lämnade huset. De kunde inte vakta de svarta resterna av kapellet och Anand ville ha tillbaka alla sina glasbitar, även dem som polisen tagit i den första undersökningen. De brydde sig inte om dem, när de hade fått en förklaring. Tolkningen överlämnades åt det som Risten kallade folkpratet. Anand ville att Ingefrid skulle ringa polisen och begära att få igen de glasbitar som fattades. Han hade noga räkning på dem.

Han levde. Hon ville tacka Gud för det, men hon kunde inte.

Att han levde och sprang i trappan och flängde runt Rössjön och Boteln på sin cykel var verklighet. Men den var inte stark. Om natten vek den.

Hon hade inte kunnat sova sen branden. När hon dåsade bort drömde hon att Anand stod långt nere i trappan. Hon stod däruppe. Det var i prästgården fast ändå inte riktigt likt trappan där. Räcket gav efter. Det var som att ta i ruttet kött. Därnere stod Anand och hon vågade inte gå ner till honom, inte ens förbi honom, för hon visste att han var död. Hon svajade och försökte hålla sig fast i det halvt upplösta trappräcket.

Vaknade. Nattlinnet var fuktigt, hon var våt av svett men frös. Snubblade ur sängen och for in i Anands rum. Han sov på rygg med håret i trassliga svarta slingor på kudden. Munnen var halvöppen. Han såg ut som det barn han var. Ett sovande barn.

Efter dessa uppvaknanden försökte hon inte ens sova. Hon bryggde kaffe och lät dagen börja fast det ännu inte var gryning. Att dåsa bort och börja drömma igen stod hon inte ut med. Drömmarna hade alltid samma innehåll. En natt stod Anand i trappan, en annan satt han hopkrupen under köksbordet. Men död var han.

Hur skulle hon kunna tacka Gud för att han levde, när han lika gärna kunde vara död.

Utmattad tog hon kyrknyckeln och gick in i kyrkan i gryningen. Hon ställde sig inte på prästens plats vid altaret utan kröp ihop i en bänk långt bak. Därifrån försökte hon tala till den stumme.

> *Jag vill tacka dig Gud. Jag vill det. Jag vill tacka dig av hela mitt hjärta. Men jag kan inte. Jag förstår inte. Jag förlorade ju inte Anand. När jag är vaken vet jag det. Men han kunde lika gärna vara död. Är det inte så?*

Lika gärna var två otäcka ord. De skrämde henne mer än drömmarna. Lika gärna. Lika bra. Likgiltigt vilket lik.

Den fanns, denna lika giltighet som hon inte kunde tala till. En stumhet som aldrig skulle ge svar.

Om hon nu varken kunde sova eller vara i tjänst, så kunde hon i alla fall städa. Med mopp, trasor och dammsugare tog hon sig genom huset som hon snart skulle lämna. Hon putsade fönster och gjorde rent i garderober som hon aldrig använt. Anand rörde till igen, men röran låg på ytan. Den skulle hon ta hand om sista dagen. Det var i alla fall en lättnad att få lämna det stora grå femtiotalshuset. Det var länge sen en stojande familj med prästfrun som kakbakerska, trösterska och ledande fru i bygden uppfyllde det. Huttrande ensamma präster skulle sitta här på genomgångstjänster. Om tjänsten någonsin fick en sökande igen.

Hon städade också den lilla expeditionen i församlingshemmet och kontrollerade att både världslig och kyrklig bokföring var i ordning. Men det arbetet gjorde hon på kvällar och förnätter, då hon var säker på att inte träffa någon. Till högmässorna kom en ung kvinnlig präst från Byvången åkande i en liten vit Saab. Hon kom aldrig upp till prästgården. Lika bra var det. Ingefrid skulle ha gömt sig och inte svarat på knackningarna. Men hon tyckte att ersätterskan anlände bra sent. Det verkade som om hon bara klädde om sig och rusade in. Behövde människan inte be?

Var det bara en ångestriden mamma som behövde det?

Hon hade elaka tankar.

Inte heller hade hon så bra ordning som hon trott. Det fattades en låda i arkivet och det var både pinsamt och oroande. Kapellet nerbränt och en låda med arkivalier försvunnen.

En eftermiddag då hon dåsade under en filt på soffan i det stora kyliga vardagsrummet, mindes hon att Birger Torbjörnsson lämnat tillbaka en låda. Han hade sagt att den innehöll medicinhistoriskt material och skulle stå på vinden i den gamla skolbyggnaden. Hon hade letat fram en nyckel åt honom, så han hade väl burit upp den dit. Men det var fel såg hon i katalogen. Den skulle stå i ett låst utrymme innanför expeditionen.

Hon hittade den på vinden i den lilla röda byggnaden tvärsöver vägen. Den var lätt att känna igen för det stod Pellerins Margarin på den. Men hon kunde inte kontrollera innehållet för den var igenspikad.

Hon önskade att hon hittat denna vind tidigare. Det var varmt däruppe för solen låg på mot plåttaket hela dagarna. Men om kvällen när hon satte korsdrag kändes luften bara vänlig mot henne. I pappkartonger på golvet fann hon spår av liv som levts för länge sen. Där låg årgång efter årgång av Norrländsk Tidskrift, de flesta inbundna, andra i gulnade pappband som hade rämnat. I varje nummer stod det *Carl E. Norfjell* med bläck på försättsbladet. Hon letade på honom i matrikeln och fann att han hade haft tjänst i Byvångens pastorat från 1884 till 1916. Han hade bott i den prästgård som nu var riven. Hon hade blivit nyfiken på honom när hon funnit flera anteckningsböcker fyllda av hans regelbundna handstil med långa spetsiga staplar. Det var alltsammans anteckningar om samernas liv. Han kallade dem förstås för lappar och han skrev med starka och upprörda ord om deras fattigdom. Men på handstilen syntes det aldrig att han varit uppskakad av den misär han fann när han gjorde sina vandringar och skidturer uppåt fjället. Han kallade det inte Björnfjället utan Giela. Det som hette Getkölen på kartan benämnde han Gaula.

Pastor Norfjell hade antagligen haft koncept innan han skrev in sina anteckningar i böckerna, som var vanliga brunstrimmade kontorsböcker. I kartongerna hittade hon koncept eller kanske färdiga manuskript till predikningar. Men ofta hade de överstrykningar och bläckplumpar, så hon trodde att det hade funnits renskrivna versioner. Han hade haft så gott om tid. När han levde hade människor haft mer tid än hon någonsin kunde föreställa sig att hennes liv kunde inrymma.

Ur dessa kartonger och ur pappfoldrarna ombundna med bomullssnören, vars knutar ingen tycktes ha löst upp på mycket länge, steg känslan av tid att vila i. Att skriva i. Att samtala i. Vinterkvällar då kölden fick timret att knäppa och knaka. Förmiddagar då snön föll och föll och det blev torn och mössor av snö på grindstolpar och smågranar. Höstaftnar då blåsten råmade i kakelugnspiporna och ljuslågan fladdrade i draget från otäta fönster. Tid som nu hade runnit ut i världen.

Hon läste en sockenbeskrivning från pastoratet, skriven i början av 1800-talet. Kyrkoherden som hette Ludwig Hermann Toft skrev till Höglofliga Kungliga Lanthushållssällskapet och redogjorde för det han kallade *mitt innehavda fjäll- och lappmarkspastorat*. Hon tänkte på honom som en kung över dessa vidsträcktheter av skog och myr. Fast de var tjugo, kanske trettio gånger större än den hävdade marken, utgjorde de ändå bara en liten del av hans rike. Tre fjärdedelar av pastoratet var fjäll och fjällhedar. Då som nu, tänkte hon.

Hon letade efter Röbäck i hans berättelse och fann att han haft en kapellpredikant där. Det stack henne i hjärtat att läsa om lappkapellet som då hade varit i bruk. Till Svartvattnet som tydligen redan då var ett av världens köldhål, fanns ingen väg på Tofts tid. Inte heller till Skinnarviken. Han berättade att han kände *ålderdomens följder i anseende till så kropps som sinneskrafters aftagande* och därför måste anlita sin hjälppräst för de långa resorna dit upp. För det mesta for man över sjöarna om vintern, men vid vårmässan i slutet av juni skulle Skinnarviken ha besök av präst. Då blev den lilla församlingens räkenskaper reviderade efter muntliga uppgifter från förtroendemännen. De kunde inte skriva.

Det var en värld där det spirande kornet brändes av frosten i juni och där det aldrig mognade till utsäde. I början av augusti var det köldgrader igen. Då som nu tänkte hon och såg ut genom fönstret och tyckte att tiden inte var en utsträckning eller ett flöde, utan att den låg som en kupa över Byvångens pastorat.

På 1850-talet hade en pastor i Röbäck skrivit till domkapitlet och anfört de svårigheter som utbrytandet av ett prästboställe i denna socken skulle medföra. Kom han till ingenting? Hon undrade var han bott den första tiden och letade efter fler brevutkast av hans hand men hittade bara en bouppteckning. Han hade inte haft mycket bohag men massor av fisknät. Det anmärktes att de var väl knutna och lagade av pastorn själv.

Bland koncepten hittade hon predikningar, eller utkast till dem, som hade gjorts av en präst som imponerade på henne. Han hade tydligen träffat på berättelser (eller bara antydningar?) om ockulta upplevelser. Men han varken dundrade mot dem eller dömde ut dem. Han kallade dem för *utomordentliga erfarenheter*. Mycket subtilt gick han tillrätta med övertron och ställde den mystiska erfarenheten mot den. *Dess väsen är skådande och salighet*, skrev han, *men vi äro vanligtvis hänvisade till den tro och förtröstan, som utan att lyfta oss till hänryckningens höjder, ändå utgör den fasta grunden för vårt kristna lif.* Han varnade för de risker ett religiöst liv i extas och hänryckning kunde innebära. Ingefrid undrade om hans lilla härdiga och tystlåtna församling av bönder med hustrur, pigor och drängar verkligen riskerat något i den vägen. Men sen såg hon i församlingens matrikel att denne gode teolog och omsorgsfulle homiletiker, vars namn varit Edvard Nolin, hade tjänstgjort i Röbäck i tio månader mellan våren 1916 och vintern 1917. På den tiden kunde hänryckningens frestelse mycket väl ha nått församlingen i pingstväckelsens form.

Hon tyckte att det skulle ha varit intressant att tala med honom. Men antagligen skulle han ha gjort henne skygg. Om barnaskapet hos Gud skrev han visserligen inlevelsefullt, men han hade mycket vuxna krav på sin församling. Hur mycket hade de egentligen förstått när han skrev: *Är det då ett nedsättande av Guds majestät och människans själva värdighet att göra den inskränkning i det kristna lifvet, som eliminerandet av såväl panteism som metafysik skulle innebära? Kunna vi lyfta oss till den andliga kontemplationens höjder utan att förlora vårt sinne för de distinktioner som gälla i vårt dagliga kristna liv?*

Hon tänkte på Brita när hon läste denna predikan, som av datum att döma varit Edvard Nolins avsked till församlingen. Brita var lika god teolog och hon var lika luthersk i sin syn på ett kristet liv som ett liv bland människor och för människor. Hon var strängare mot svärmerier och extas än den lärde och välformulerade Edvard Nolin hade varit. I varje fall om de var jagcentrerade och känslosamma. Brita ansåg att pietismen hade förstört lutherdomen i Sverige. Den hade sentimentaliserat religionen och gjort den till ett känslomoras och en oansvarighet.

Brita gjorde Ingefrid skygg. Hon hade velat dra sig undan från hennes förälskelse, eftersom hon inte visste vad hon skulle ta sig till med den. Hon var rädd för henne på ett annat sätt också. Hon hade ett rum som Brita inte hade tillträde till. Om hon fick det skulle hon inte kalla det för barnaskap hos Gud utan omogenhet. Brita tyckte inte om omogen och svärmisk religiositet. Hon hade rätt. Man måste arbeta för att komma närmare Gud. Utvecklas. Bli en vuxen kristen människa bland andra människor.

Min tro är barnslig, tänkte Ingefrid. Nu sviktar den. Men det är inte den barnsliga delen av den som gått sönder. Den bor kanske ännu hos mig, men i ett mycket litet rum.

Barnet känner mycket väl det som är ont. Det förstår hunger och smärta. Övervåld vet det om. Men det kallar inte dessa ting för ondska. Det förstår sig inte på abstraktioner. Världssvälten är ett ord som det inte kan omfatta. Det ser i stället ett annat barn med såriga mungipor. Det ser djur som stelnat och en mamma med tomma bröst. Det kan inte skydda sig med ord. Men det har Gud.

Ibland rör Gud vid barnet som jag omsluter, utan att jag förstår vad som hänt. Jag tänker på naturen eller sömnen. På musiken. Men inte på Gud. Inte på den yttersta orsaken.

Barnet förstår bättre.

Kanske har jag fortfarande förbindelse med rummet där barnet finns. Jag vet inte.

Jag vill tillbaka.

Jag minns den oresonliga ömheten. Hur omsluten jag var.

Ofta tänkte jag på de gamla barnafromma. De oironiska och osofistikerade som finns i vårt förflutna. Ibland är de mig nära, fast Brita inte skulle gilla det. I ett mycket litet rum sjunger de Moses och Lambsens visor. När jag har det svårt viskar de till mig i största hemlighet: *Ty jag håller det så före, att denna tidsens vedermöda är icke lika emot den härlighet, som på oss uppenbaras skall.*

Man ska inte tysta barnet med ett slag på munnen när det vill sjunga. Man ska inte straffa det och stänga in det i ett mörkt rum utan öppning, för att det inte förstår vår världsbild.

Hon mindes den första natt hon tillbringat i Svartvattnet. Det hade aldrig fallit henne in att hon skulle tacka Gud för vad hon upplevt i den mörka natten. Hon hade försökt springa ifrån det.

Nu var hon rädd om nätterna. Lika rädd som i det utkylda pensionatet. Då hade själva huset skrämt henne. Det var materia. Det var död. Hon hade varit rädd för den stenfot som det vilade på. Den var sammansatt av bumlingar om vilka det var meningslöst att säga att de är uråldriga för de hade kommit till utanför tiden. Hon var rädd för det som var dött och som var utanför tiden.

Hon mindes hur hon gått och gått den natten för att komma ifrån rädslan.

Nej, hon mindes fel. Först hade hon satt sig i bilen för att åka ifrån den. Men motorn hade stannat. Hon kunde lika gärna ha kommit ihåg att fylla bensintanken. Lika gärna ha åkt vidare. Lika gärna aldrig kommit tillbaka.

Men hon hade gått. I timmar.

Kroppen gick och gick. Den drog in den köldvassa luften och stötte ut värme. Hon hängde fortfarande samman. Men kroppen läckte värme och gick mot utmattning.

Syner hade hon. Men till slut inga tankar. Syner av gråhetsmörker, av is och bark och sten.

Gå gå gå.

Jag var en kropp som gick. På båda sidor om mig var skogen.

Vad är skogen?

Djur, träd, stenar trodde jag väl. Men skogen var mörker och mörker är ingenting. Jag vandrade på gränsen till ingenting. Kropp. Ben. Rörde sig.

Rädd för ingenting. Rädd så att jag fick kväljningar. Det var då. Det var i mörkret och kölden. De kväljde kroppen.

Där gick det mänskliga. Utanför det mänskliga är det omänskliga. Det var där. Nära. Man tror att det är ute i rymden nånstans. Bortom galaxerna och det någorlunda begripliga. Men det är alldeles nära och där finns inte en enda idé. Inte en tanke.

Det omänskliga är ingenting.

Är det Gud?

Varför var jag skräckslagen om det är Gud? Är Gud inte det goda?

Gud var inte där, för Gud är i det mänskliga. Det omänskliga omsluter Gud och människan.

Jag har en skugga under mig, en skugga som vandrar nere i jorden. Den stannar när jag stannar. Där gör den samma rörelser som jag. Den vandrar i det omänskliga.

Hon ville inte börja med sömntabletterna igen. Hade inte använt dem sen hon flyttade hit. Så hon beslöt sig för att gå på nätterna. Hon skulle gå sig till utmattning som hon gjort den gången. Sen måste hon kunna sova. Utan drömmar. Hon mindes hur hon sovit efter den första frukosten som Mats gjort åt henne i pensionatet. Kroppen hade varit tung av kraftuttömningen och sömnen utan drömmar.

Rädd för mörkret var hon inte längre. Det som inte hade hänt var värre.

Klockan två den första natten efter beslutet gav hon upp illusionen om att kunna somna och steg upp. Hon klädde sig varmt i en täckkappa hon köpt i Östersund när hon kom tillbaka för att vikariera. Det var augusti nu och frostnätterna hade kommit. *Lång winter, sen vår, stackot och kall sommar, utom få weckors wärma merendels i Julii månad* hade hon läst i sockenberättelsen från de första åren på 1800-talet. Ingenting hade ändrat sig i den vägen. I sin självvalda ensamhet umgicks hon nu med präster i Röbäcks församling som för länge sen hade dött.

Vandringen på ett grått vägband i en mörk skog hade ingen verkan de första nätterna. Hon sov inte utan fick vänta ut resten av natten genom att läsa. Hon lånade romaner på bokbussen men slutade alltid med Psaltaren. Den var trösterik därför att människor för mer än tvåtusen år sedan hade legat med upptorkad gom och svidande ögon och frågat efter sin Gud. Hon var åtminstone inte ensam.

Mitt hjärta är förbränt såsom gräs och förvissnat;
ty jag förgäter att äta mitt bröd.
För min högljudda suckans skull
tränga benen i min kropp ut till huden.

Jag är lik en pelikan i öknen,
jag är såsom en uggla bland ruiner.
Jag får ingen sömn och har blivit lik
en ensam fågel på taket.

En natt beslöt hon sig för att gå längre än hon gjort förut, hon skulle inte vända förrän hon gått över bron vid Tullströmmen. När hon började få ont i den brutna tån som hon trodde hade läkt ut, blev hon ängslig för att inte kunna ta sig tillbaka. Men hon vände inte fast det gjorde ont. Till slut stod hon vid Svartvattnets östra ände som hon hade tänkt. Sjön hade skrämt henne i novembernatten. Då hade hon tänkt att den som först kom till dessa trakter hade dött av svält och köld. Nu kom en vass vind över sjön, en förgrynings rysning ända bort från fjällsluttningarna på norska sidan. Men skogen var omkring henne när hon vände och skogen är fattigmans kappa.

Vem sa så?

Ved hade man väl tänkt på. Ved och skydd för vassa vindar. Skogen var mörk och tyst och levande och hon gick på ett vägband inuti den. Bland granarna stod varelser och sov. Andra låg hopkurade eller kloade sig fast. Solitärer. Ensamma i sin skog. En och en och en. Bara när de brunstade eller ville dia drogs de till varandra. De visste mycket om svält men ingenting om döden. Varför kändes de så vänliga mot henne?

Ugglor i ruinerna, pelikaner på taken, kanske är ni inte så eländiga ändå. Bara stränga och allvarsamma.

Jag går allvarsamt. Jag ser allvarsamt. Granmörkret fyller mig till brädden. Där sover en sjö. En fågel rör sig, byter kanske nattkvist.

Jag blir talad till.

Vem sa *skogen är fattigmans kappa*?

Kanske är vi blinda för det mirakulösa därför att det är ögonblickligt. Det kortsluter medvetandet för en sekund eller mindre och sen tänds de vanliga ljusen igen. Hon hade länge haft en misstanke att det rörde sig om så korta tidsrymder – om det alls är fråga om tid – att de flesta vande sig av med att observera dem. Miraklen inträffar, kortsluter, glimmar. Men inget medvetande känns vid dem. Vi är ju inte barn längre.

Att gå så här i tiden. Gå i en skål som håller tiden som ett mått vatten. Sakta rinner den ut när ben och fötter rör sig. Hela min kropp rör sig. Det måste den. Den kanske är gången, rörelsen. När timmen runnit ut fylls skålen igen. En ny timme börjar rinna bort, sakta. Men miraklet har hänt. Ögonen är tvättade i det klaraste vatten. Jag är där jag hör hemma.

Det kom till slut en bil. Hon förstod det på ljuset som blossade upp långt innan motorljudet hördes. Nu kunde hon få åka. Men hon gick ner i diket och kavade upp igen på andra sidan och tog sig in bland träden. Hon var inte alls i panik utan gjorde detta vaksamt och försiktigt och hon kände sig mycket nöjd när hon stod bakom en gran och visste att hon var osynlig från vägen. Återigen kom hon att tänka på djuren inne i skogen. Vart och ett av dem skulle ha gjort så.

Bilen for förbi med ett oerhört dån i natten. Det låg kvar i vågor av chock och späddes bara sakta ut med tystnad. När det var över tog hon sig tillbaka upp på vägen igen. Först då började hon fundera på varför hon gömt sig. Men hon tyckte nog att det var ganska förnuftigt, för hon visste ju ingenting om den som satt i bilen. Men rädd hade hon inte varit.

Mörkret var inte så mörkt. Sjön hade tagit ljus från himlen. I sin tunga nattliga färglöshet måste den ändå hålla ljuset i sig som mossa håller vatten. Hon såg granar teckna sig som spretiga taggmönster mot den. Det var på höjderna där de sträckte sig mot det ännu osynliga ljuset.

Till slut kom den lilla husklungan i Röbäck, utlagd som av lekande barn: stuga, lagård, uthus, dass, församlingshus, gammal skola, stor prästgård. Men alldeles nersläckt och mörkt.

När hon lagt sig för att vänta in gryningen då hon lovat sig själv kaffe, tänkte hon på *skogen är fattigmans kappa* igen. Nu mindes hon att det var hennes farmor som sagt det. Ibland hade de hälsat på henne. Men det hände inte ofta. Kalle och Linnea hade lämnat landsbygden bakom sig och de hade ingen hemkänsla där.

Kalles pappa hade varit torpare under en sörmländsk herrgård. Han och farmor hade varit vad man då kallade enkla människor. Kalle och Linnea erkände ingen samhällsklass som sin egen. Sina vänner och bekanta hade de bland småfolk, men de var inte proletärer. Deras vänner lagade instrument, klippte hår, spelade på danslokaler och sålde cigarretter och tidningar i en kiosk. De var utan utbildning men smarta nog att undgå hårt kroppsarbete och monotona verkstadsjobb. När hon tittade på fotografierna från sin barndom, bilder där vännerna var samlade till valborgsmässofirande eller kräftskiva, var det påfallande välklädda människor hon såg. Kvinnornas hår sköttes på damfrisering, männen hade vita skjortor och sidenflugor under hakan. Hon märkte när hon kom upp i tonåren att det var en järnridå mellan dessa människors vuxna liv och deras barndom. Föräldrarna hade för det mesta arbetat grovt. Några av dem tillhörde den landsortsbefolkning som stått i sina egna kök och hört Lubbe Nordström tala in i radions inspelningsapparat om råtthål, nerkissade madrasser, ruttna golvbräder och grisiga sophinkar. De var skammens folk i Lortsverige och vågade inte ens vägra honom tillträde.

Kalle Mingus och hans vänner hade alla flytt det grova och smutsiga, det sjuka och vanvårdade. De tackade inte socialdemokratin för att deras föräldrar till slut fått vatten, avlopp och folkpension. Hon hade aldrig hört ett politiskt uttalande under hela sin ungdom. Annat än i negerad form: Äsch, han är ju organiserad. Han är politruk. Den där hon sitter och harpar på fackföreningsmöten.

Kalle gick varje år i första majtåg med barytonsax eller trombon. Men det var ett jobb. Han hade betalt för att spela Internationalen. Under talet på Gärdet sov han i gräset med hatten över ansiktet. Han brukade vara utmattad och bakfull efter en genomvakad valborgsnatt med gökotta.

Inga som fick utbildning hade tyckt att det var hennes skyldighet att stå på proletariatets sida. Kunde man annat när man fått veta hur det gick till? Skulle man acceptera utsugning och förtryck och världssvält? Att Kalle och Linnea gjorde det trodde hon berodde på att de aldrig fått läsa om hur det stod till i världen. Men när hon blev äldre såg hon hur flinka de var att avvisa all insikt av det slag som kunde rubba jämvikten i deras liv.

Hon hade haft en period av rasande förakt för deras gökottor och femtioårskalas och Mallorcaresor. Då krävde hon av dem att de skulle fira jul utan julklappar och i stället skänka pengarna till Rädda Barnen. Själv tänkte hon fira alternativ jul tillsammans med hemlösa och hon bad Kalle komma till lokalen och spela för dem. Linnea satte stopp för det. Jul firar man med sin familj, sa hon. Hon köpte julklappar som vanligt och satte in en summa på Rädda Barnens postgiro. När hon gav Inga kvittot sa hon att hon var välkommen hem när hon hade klarat av uteliggarna. Dom går väl och lägger sig tidigt, sa hon dunkelt.

Ingefrid vaknade när klockan var över nio på morgonen. Hon hade sovit utan drömmar. Sänglampan lyste blekt och romanen låg utfläkt på golvet med ryggen upp. Hon mindes sina tankar om farmor och Kalle och Linnea, om vännerna kring bordet, spetsglasen, brännvinsflaskan, pilsnerbuteljerna, gitarren, sången. Och hon mindes hur hon fått dem: *skogen är fattigmans kappa.*

Därute var den. När hon drog upp rullgardinen såg hon den granallvarsam och vattenblänkande. Vind och tankar drog igenom den. Den hade befriat henne i natt och skulle kanske göra det fler nätter. Hon öppnade mot lukten av våta mossor och frostbiten skvattram och stod en stund i fönstret. Hennes ögon rann lite och hon visste inte om det var vinden eller lättnaden som drev upp tårar i det förtorkade.

Hon tog med sig den stora kaffekoppen och ostsmörgåsarna tillbaka till sängen och letade bland Psaltarens hundrafemtio psalmer tills hon fann den som diktats av någon vars inre varit djupköld och aska.

Åter sänder han sitt ord, då smälter det frusna;
sin vind låter han blåsa, då strömmar vatten.

Mot kvällen kom Birger Torbjörnsson farande och körde upp mot prästgården. Han hade inte ringt i förväg. Hon hade inte trott att någon skulle våga komma utan att höra efter om hon verkligen ville ha besök. De ville väl inte själva heller. I affärn verkade de generade efter branden och ingen sa fler ord än nödvändigt till henne.

Nu gick han till bakluckan på Volvon och började baxa ut en stor fyrkantig låda inlindad i en filt och ombunden med ett rep som höll kvar filten. Hon la märke till att han var mycket försiktig om den. När han fått ner den på marken såg han sig omkring och sen gick han med bestämda steg mot redskapsskjulet. När han kom ut med skottkärran tänkte hon: Han har varit här förut. Det är klart. Doktorn umgås med prästen. Så har det alltid varit. Hon tänkte några ögonblick på sina döda föregångare, hur de levat då doktorn hade bott en dagsresa bort, kanske två med häst. Hade de någon att spela schack med? Någon som kunde resonera om en bok de läste.

Birger hade fått upp lådan i skottkärran och närmade sig huset utan att titta upp mot fönstren. Hon gick ut och öppnade åt honom.

Det var en grammofon. En stor mörkröd mahognylåda med grammofonverk och skivväxlare. En antikvitet. Linnea hade sålt ett par såna.

Du ville ju spela din pappas skivor, sa han. Jag satte in en radannons. Den här har tillhört en gammal tant som bor i Lit. Hon gav mig sina skivor på köpet. Konvaljens avsked och lite av varje. Hon hör inget längre.

Men Birger, du vet ju att jag ska flytta.

Ja, det var därför jag köpte den här. Jag fick flera svar men den här var störst. Jag tänkte det skulle bli så besvärligt för dig att flytta med den här jätteapparaten. Och så har du ju flygeln. Så jag tänkte du skulle bli tvungen att stanna kvar.

Det blev tyst för hon visste inte vad hon skulle säga.

Äsch, sa Birger till slut. Vi kan väl spela ett par av din farsas skivor

i alla fall. Och så tog jag med mig den här.
Han hade en vinflaska i portföljen med skivorna.
Präster brukar bjuda på kaffe, sa han. Men nuförtiden sover jag inte om jag dricker kaffe på kvällen. Sover du nånting?
Han frågade liksom i förbigående men han måste ha förstått hur hon haft det.
I morse sov jag, sa hon.
Det är en gåva.
Hon tittade snabbt på honom, rädd att han skulle märka hur gärna hon ville veta: Menar han det? Är han ändå en som vet. Eller säger han bara sånt man säger.
Anand kom springande uppifrån. Skosulorna slappade i trappan. Hon stirrade på trappräcket. Det såg fast och stadigt ut och blänkte av grå oljefärg.
Hej Birger. Vet du att man kan göra pizza hemma? Mamma gör det. Hon ska göra en jättestor. Det är en deg som jäser.
Han åt förstås pizza med dem och Ingefrid var lite generad för att den var gjord med korvslantar. Hon bad honom peta så att han fick fram skinkbitarna. Oliverna låg på ena sidan för Anand tyckte inte om dem. Sen drack de resten av vinet och spelade den gamla damens skivor. Men när Jussi Björling fyllde huset med Till havs, till havs! flydde Anand upp på övervåningen. Då gick Ingefrid efter Kalle Mingus lackskivor.
Stars fell on Alabama.
De lyssnade tysta. Smoke gets in your eyes. Birger sa att det var fan och Ingefrid rodnade av stolthet. Den gamla grammofonens mekanik fungerade mönstergillt, den växlade högtidligt till Stardust. Då reste han sig.
Ockelbo nittonhundrafyrtisju eller så, sa han. Sommarnatt, sista dansen. Men jag stod vid räcket.
Så fel.
Ja. Kom.

Sometimes I wonder why I spend
the lonely night
dreaming of a song.
A melody
haunts my reverie
and I am once again with you
when our love was new
and each kiss an inspiration...

Hon kände hans stora mage när de dansade. Det gick inte att komma riktigt nära, inte nertill. Han märkte det också för han kavade lite med magen. Men han gav sig inte utan la kinden mot hennes.

Jag skulle vilja be dig att stanna, sa han. Men det går väl inte.

Hon hade ingenting att svara.

Jag är inte mycket att ha, sa han i hennes öra som blev lite blött.

Du! Du är ju... jag vet ju vad jag har hört om dig som läkare här.

Som karl menar jag.

De dansade tysta. Han är nog lika generad som jag tänkte hon. Privatmark. Sällan man är där. Han tycktes i alla fall hämta mod någonstans för han sa:

Förr var det inget större fel på den saken. Men nu. Det är väl anginan. Medicinerna. Va fan vet jag. Jag tror inte jag får till det. Om jag ska vara uppriktig.

Jag är inte heller... jag menar det är ingen stor sak för mig.

De började skratta och han dråsade ner i soffan med henne.

Man kan väl vara hos varann, sa Ingefrid. I alla fall.

Hon var nära hans stora ansikte.

Det blir lite svårt när du flyttar.

Hon kunde ingenting svara så hon drog upp honom på golvet igen. De dansade tysta till framsidorna på alla Kalle Mingus 78:or. Sen vände Birger på traven och Ingefrid slog upp det sista av vinet. Det var så lite att hon gick efter en flaska till. De satt i soffan och lyssnade till resten. När skivarmen gick tillbaka för sista gången och la sig i viloläge, sa Ingefrid att det var som en dörr stängdes.

Jag tänkte på pappa och mamma i natt när jag kom hem.

Hade du varit borta?

Nej, jag går på nätterna för att bli riktigt trött. Som första natten här. Då gick jag i över tre timmar. Men då var det för att jag hade fått bensinstopp. Men det var nånting den natten, nånting som jag bara snuddade vid och inte vågade komma nära. Jag mindes det i alla fall. Som nån sorts... minne. Längtan kan man ju inte säga för jag var ju så rädd för det.

Vad var det?

Att Gud hör ihop med det mänskliga. Att vi förverkligar honom.

Det låter inte så skrämmande.

Nej, det gör det inte. Men det andra då? Utanför.

Birger hade tagit upp en av den gamla döva Litdamens skivor och la den på tallriken. En stilla lagun. De började skratta. Jag är salongsberusad, tänkte Ingefrid. Det är skönt. Jag kommer att sova. Kanske inte på en gång. Men förr eller senare börjar tankarna vandra fritt och dörrar öppnas. Jag är inte instängd i nuet och inte i mina mardrömmar. Jag vandrar. Och så somnar jag.

En stilla lagun
förförande blänker.

Vet du, jag tror min mormor var på spåret.

Din mamma Linneas morsa?

Nej nej. Mormor Hillevi. Hon skriver om Gud på ett ställe.

Pärlfiskarn ler
därnere han ser
de musslor som locka...

Nu stänger jag av det här tramset. Läser du hennes böcker?

Ja, du bar upp dom på gamla skolvinden. Men lådan ska inte alls stå där. Jag tycker det verkar som du ville gömma den. Var du rädd för att nån annan forskare skulle hitta den?

Nej det var jag inte, sa han och tittade ner i mattan.

Jag håller i alla fall på att ordna upp efter mig nu. Lådan ska vara i vårt arkiv. Det är mycket värdefulla böcker.

Det vet jag väl, sa Birger. Jag har ju använt dom. Det är rena medicinhistorien.

Inte bara det. Hillevi skriver om Guds barmhärtighet.

Det har inte jag sett. Man hoppar lätt över såna passager. Dom behöver ju inte betyda så mycket.

Men det var inte nån allmänt gudlig suck! Hon hade tänkt igenom det här. Det står på ett ställe att ett fem månader gammalt gossebarn dött av undernäring och vanvård. Hon vet att hon borde ha gått dit, men det hade hon inte gjort. Hon hade skrämts av att folket var så avvisande. Rent ut fientliga. Nu tycker hon att hon skulle ha tagit sig in där ändå. Hon har ett HM i kanten också. Du har väl förstått vad det betyder.

Jag har sett det på flera ställen och jag har tolkat det som misshandel. Hon misstänkte att hustrun och barnen for illa.

När hon får veta att gossen dött skriver hon att Gud inte är barmhärtig mot barn som föds i såna familjer. Hon skriver det med stor bitterhet. Sen skriver hon: Det är vi som måste vara det.

Det tycker jag stämmer bättre med vad jag hört om Hillevi Halvarsson. Jag tror inte hon var religiös.

Ändå tror jag som hon.

Att Gud inte är barmhärtig?

Att vi och bara vi har möjlighet att förverkliga Guds barmhärtighet. Vi har blivit skapade för det.

De satt tysta en stund och han mumsade i sig det som var kvar av en chokladkaka hon lagt fram. Men han var inte utan tankar, fast han inte hade dem på Freia Sjokolade. Till slut sa han:

Du läser alltså Hillevis böcker.

Ja, om du inte hade varit dum nog att bära upp dom på skolvinden hade jag läst dom för länge sen. Men på sätt och vis var det bra, för jag har hittat annat material däruppe. Brevkoncept och anteckningar av mina föregångare. Gamla böcker som dom har lämnat kvar eller dött ifrån och som ingen ville ha.

Har du läst alla Hillevis böcker? Ända ner i botten på lådan.

Nej, jag har läst tre och håller på med den fjärde.

Svarta böcker. Med vaxdukspärmar?

Ja.

Ingefrid, sa han. Jag vet inte om det är rätt eller fel att säga det. Jag vet faktiskt inte. Men jag gör det i alla fall. Du borde nog titta längst ner i lådan, under gråpappret.

När Ingefrid hade läst den understa av Hillevi Halvarssons böcker två gånger ville hon inte lägga tillbaka den i lådan. Den tillhör mig, tänkte hon. Det som står i den har min mormor skrivit.

Den hade pärmar av djuplila sammet och var inte alls medfaren av tiden. I sammeten var ett mönster av liljor nerpressat. Pappret på insidan av pärmen var grått och vattrat som moaré. Boken hade guldsnitt. På den första sidan stod ingenting annat än:

Till vår kära Hillevi den 19 september 1915
med önskan om Lycka i livet.
Faster Eugénie och Farbror Carl

Det var skrivet med kvinnlig handstil. Vad betydde Lycka för kvinnan som skrivit det? Kärlek förstås. Tur? Kanske förmögna förhållanden. Duktiga och vackra barn. Guds närhet?

Hillevi Klarin hade aldrig skrivit någonting i den. Men till slut gjorde Hillevi Halvarsson det. Riktigt när gick inte att fastställa. Men det hade skett någon gång efter augusti 1945. Först tycktes hon ha skrivit av ett brev som hon haft liggande. Sen gjorde hon en lång, ibland avbruten berättelse och till slut kortare anteckningar. Antagligen med långa mellanrum och av handstilen att döma hade hon gjort de sista ännu när hon hade de första symptomen av sin Parkinson. Den runda handstilen som från början varit så kraftfull blev till slut spretig och vacklande.

Först hade tanken på att kopiera det som stod i boken farit genom Ingefrids huvud. Hon insåg att hon måste läsa det som Hillevi skrivit många gånger. Om hon lämnade boken ifrån sig skulle hon alltid undra vad som egentligen stått i den.

Men att fara till Byvången och kopiera den på pastorsexpeditionen kändes inte rätt. Att fläka upp den i en fotoapparat. Sammeten. Det sidenliknande pappret på pärmarnas insida. Om hon gjorde det skulle hon ändå inte ha mer än en kopia. Snart har vi bara kopia av allting tänkte hon. Elektroniska eller på filmremsor. Trista fotostatblad med svarta ramkanter. Sånt som mals ner och försvinner.

Den hade legat under ett två gånger vikt gråpappersark. Hon tänkte att det fanns en chans att den inte var registrerad. Men när hon tittade efter i förteckningen av arkivalier, såg hon att den hade räknats in.

Hon ville inte lägga ner den i lådan igen. Varför skulle främmande människor få fingra på de styva bladen och läsa det som stod på dem?

Birger skulle säga att det var historia. Men vad är historia?

Det här är gammal smärta. Har vilken präst som än kommer hit efter mig rätt att blotta den? Den där upptågsmakerskan som var före mig. Församlingsbor som skriver lokalhistoria. Har de rätt att döma om handlingen och avhölja skammen?

Det här är min bok.

Om min mormor hade vetat om mig skulle hon aldrig ha velat att den hamnade i ett arkiv. Min mamma nämns i den. Och den som kan vara min far.

När hon beslutat sig för att ta boken kände hon sig lugnare. Det var inte troligt att någon skulle komma på henne i första taget. Hon hade gjort en kvittering åt Birger där det stod att han lämnat tillbaka samtliga Hillevis anteckningsböcker. Hennes signatur stod i förteckningen, så ingen skulle kunna anklaga Birger för slarv eller stöld.

Jag säger att jag tog den för att läsa i den och att den har kommit bort. Som så mycket gör. Det mesta antagligen.

Hon tänkte på den gamle mannen som hetat någonting annat än Elias Elv. Någonting på E. Hon kunde fråga Risten. Hon hade säkert läst boken, för det var hon som hade lämnat in den till arkivet. Det fanns det en anteckning om. Men hon hade ingenting sagt.

Ingefrid kände att hon inte ville prata med Risten om det. Inte med

Birger heller. Hon ville inte tala med någon annan än den som Hillevi kallat för E.E.

*

Huset låg högt uppe i den branta sluttningen på andra sidan vägen. Hon parkerade vid affären och gick in och handlade några småsaker. Bilen fick stå medan hon spankulerade bort mot bensinpumparna och stod och tittade ut över sjön. Sen gick hon som av en händelse över landsvägen och började vandra uppåt. Hon ville att det skulle se ut som om hon tog sig en promenad. Att Risten hade sett henne från sitt köksfönster var hon tämligen säker på.

Det var ett omålat timmerhus. Kanske hade det varit tjärat en gång, för stockarna skiftade i brunt på en del ställen. De såg svedda ut. Birger hade sagt att det var mycket gammalt. Under kriget hade det haft en förfallsperiod. Då hade militären haft förläggning där.

Det var ett strängt hus. Inga gardiner eller krukväxter syntes i fönstren. Hon väntade när som helst att hunden skulle komma farande och skälla. Men han var tyst. Det hördes heller ingenting när hon knackade på dörren. Till slut öppnade hon och gick in. Hon stod i en liten farstu där en käpp lutade mot väggen och ett par slitna mockaboots stod på dörrmattan. Den ena hade trasig dragkedja. Det var ett stort hack i den. Hon knackade på innerdörren men fick inget svar nu heller, så hon öppnade den och kikade in.

Elias Elv satt i en gungstol vid fönstret och såg ut som om han sov. Han hade tidningen i knät och vid hans fötter sov hunden som tydligen var lika döv som han. Hon bultade på dörren och stampade i golvet. Då for hunden upp och hon fick ångra att hon väckt honom. Han vrålade och Elias röt:

Tyst din drångel!

Tänkte han vara jämte idag? Eller var det norska? Hon hade inte tänkt så mycket på hans förvandlingar förut. Men nu undrade hon om han inte haft samma syfte med dem som Proteus; han ville inte bli utfrågad. Nu fortsatte han i alla fall på det språk de hade gemensamt och sa:

Kommer Ingefrid! Det var då roligt.

Han såg faktiskt glad ut och han började mixtra med hörapparaten och sätta in snäckorna. Anand hade varit här många gånger, men själv hade hon aldrig kommit längre än till farstun. Hon hade haft en känsla av att Elias Elv inte hörde till de åldringar som gärna tog emot besök av prästen.

Fast kanske bara för att säga adjö? sa han. Jag hörde att Ingefrid flyttar ifrån oss för gott nu.

Ja, det gör jag förstås. Men jag ska komma upp när jag har semester.

Det blir inte samma sak.

Han var den tredje som sa det och det träffade henne i hjärtat. Han måste veta, tänkte hon. Men varför säger han inget?

Det var inte stökigt i hans kök, snarare rådde en sträng ordning som berodde på att han hade så få saker. I varje fall stod inte många framme. Men han såg nog illa. Det var smulor och fläckar på duken och det hade luktat lite konstigt när hon gick förbi diskbänken. Han sov tydligen i kökssoffan, för där var det bäddat. Eller i alla fall hopdraget. Kudden såg grå ut. Han hade eld i köksspisen och nu reste han sig mödosamt med hjälp av den käpp han använde inomhus. Risten hade sagt att det egentligen inte var så stora fel på honom men att knäna var slut.

Jag får väl sätta på en kopp kaffe? sa han.

Om det passar Elias säger jag inte nej.

Det gick långsamt, mycket tack vare käppen som han skulle manövrera och ställa ifrån sig. Han hade ett långt snöre om kryckan. Den andra änden var bunden om hans handled. Han var tydligen rädd för att tappa käppen när han var ensam. Han la upp chokladkex och två mazariner i cellofan. Hon ville hela tiden fråga om han hade någon hjälp men undertryckte det för att inte verka beskäftig. Att släppa ut hunden tyckte hon i alla fall att hon kunde hjälpa honom med. Hon hörde honom därute sen. Han skällde rätt håglöst mot byn.

När de druckit kaffe och pratat om hennes arbete i Stockholm och om Ristens hälsa och om hur Anand skulle trivas i Stockholm, om han mot förmodan skulle trivas alls, greps hon av panik. Hon kunde inte dra ut längre på detta samtal som bara rörde sig på ytan. Men hon saknade mod att fråga honom om det hon kommit för. Du kunde göra det lite lättare för mig, tänkte hon. Om du ville. Men sen tänkte hon på vad Hillevi berättat i brevet som inledde hennes skriverier om E.E. och hon tyckte att hon förstod honom. Proteus.

Nu kände hon inte längre den stränga lukten av en gammal mans kläder, sängkläder och matrester. Lukten av kaffe och söta kakor hade tagit över.

Har du fått tillbaka dina glasföremål efter utställningen? frågade hon.

Ja, det gick bra den här gången med. Dom kan packa. Det är ju inte träull nuförtiden utan frigolitbitar. Jag fick dom på golvena förstås. Överallt.

Men du har väl nån som hjälper dig att städa? fick hon in.

Jodå, det kommer en tant och rör till här.

Jag skulle så gärna vilja se dina glas. Får jag det?

Han svarade inte. Inte tittade han på henne heller. Han satt och småhackade med käppen i golvet, som han brukade göra när han var upprörd. Men det syntes ingenting i hans ansikte.

Utställningen var ju en stor framgång, sa hon.

Ja. Och det blev mycket skriverier, sa han och tittade vasst på henne.

Ja, jag vet. Men jag skulle i alla fall vilja se glasen. Föremålen.

Tror inte Ingefrid på det som står i tidningen? sa han spefullt. Det är nämligen sant. Alltihop.

Ja, det kanske det är. Men om Elias menar det om Tysklandstiden så kan det förmodligen berättas på fler sätt.

Knappast, sa han.

Jag hade velat gå på utställningen. Dom skrev att dom där glasskulpturerna var Elias bästa verk.

Jo, man var som en ild og en fakkel, sa han. Då.

Var det nån som skrev så?

Ja, i Första Konungabok.

Hon måste tänka efter en stund. Det här är en quest tänkte hon. Men jag kanske närmar mig.

Det är profeten Elia, eller hur? När han får elden att brinna på altaret.

Jo. Fast skulpturer är det inte, sa han. Det är en annan teknik. Det tog mig över ett år innan jag fick till den.

Får jag se glasen?

Det hjälpte tydligen att smickra honom för nu stolpade han före henne in genom ett litet rum, som var vackert möblerat men kyligt och tydligen sällan använt.

Det här är efter min hustru, sa han och nickade åt en byrå och en sittgrupp som kunde ha stått i en salong i förra seklet. Hennes hem. Hon var norska från början.

Sen öppnade han dörren till ett stort rum. Det kom ett kalldrag därifrån. Mitt på golvet stod en omfångsrik möbel med svarvade ben. Hon tänkte först på en flygel. Men det var ett bord.

Det är en biljard, sa han. Efter min svärfar.

Den hade upphöjda kanter och innanför dem var ytan klädd med grön filt som hade små hål och brännmärken. Där hade han ställt glasföremålen hon läst om. Men hon hade nog inte förstått vad hon hade läst. Eller också var det svårt att beskriva dem.

De var stora. Oregelbundna. Men inte oformliga klumpar. Var och en hade sin egen form. Det fanns också något gemensamt. Inne i glasen var det ett barn. Inte mer utvecklat än ett fullt utbildat foster. I två av de stora glasen syntes bara huvudet. Det löstes upp. Det var en dimma eller en snö av glas kring bakhuvudet.

Hon skymtade en hylla med vaser i starka färger men kunde inte ta in dem. Hon såg bara vad som fanns på biljardbordet och sen ville hon därifrån. Vad hon skulle säga visste hon inte. Hon mådde inte så bra. Det hon hade läst om dessa glasföremål som fått så mycket beröm verkade nu tunt och abstrakt. De som skrev hade inte förstått vad de såg. Och hur skulle de ha kunnat göra det, tänkte hon.

Hon sa adjö när de kom tillbaka till köket. Orkade inte mer. I det sista tänkte hon att han kanske skulle säga något. Men det gjorde han inte. Ingenting annat än att hon var välkommen tillbaka.

Men det dröjer väl, sa han. Nu när Ingefrid flyttar.

De tog varandra i hand. Det var hon som sträckte fram handen eftersom det var ett avsked för lång tid. Kanske för alltid tänkte hon, när hon kände benen i hans hand.

Hon gick ner till Risten efteråt men hade svårt att prata. Risten såg underligt på henne när hon satt och virkade på en av sina eviga stjärnor. De gjordes av beigefärgat bomullsgarn och skulle sys ihop till ett sängtäcke när hon fått ihop tillräckligt många. Ingefrid skulle få täcket som en försenad femtioårspresent. Hon var ledsen att det inte hade blivit färdigt sa hon.

Men ja visste ju inte att du skulle färe så snart. Du skulle egentligen ha haft'et på födelsedan.

Då låg du på sjukhemmet, sa Ingefrid. Det här blir så bra.

Han kunde ha sagt lite tidigare att du fyllde femti.

Vem?

Elias, sa hon.

Visste han datum?

Risten tittade upp men hon svarade inte.

Nu mindes Ingefrid att hon fått en blomma från blomsterhandeln i Byvången. En sån som man kallar morsdagsros. Den hade kommit med bussen och det hade inte varit något kort med. Hon hade trott att den var från Birger men inte varit så säker att hon vågat tacka för den.

Jag åker nu, sa hon. Inget kaffe, tack snälla du.

Du har mycke ikring dig nu när du ska iväg.

Ja.

Den här gången tog hon bilen upp till Elias Elvs hus. Det blev ungefär samma procedur med dörrbultning och hunden som alldeles försent började skälla. Men nu kom han runt husknuten och efter honom kom Elias med hatt och kavaj på sig. Han hade hatten lite på sned och kavajen hade han knäppt fel. När hon var barn hade de kallat det för att knäppa brännvin. Hon tänkte på hur orörligt hans ansikte brukade vara. Men i dag hade han visat glädje. Och nu häpnad.

Jag måste få fråga dig om en sak, sa hon.

Han visade henne fram till ett järnbord med två kaféstolar som stod längst ut på grästunet. De satte sig och han stupade hatten framåt en smula för att inte få solen i ögonen. Eller ville han inte visa ansiktet?

Hur kunde du ha reda på min födelsedag? sa hon.

Det stod i brevet från advokaten som du hade med dig. Födelsenumret.

Och så skickade du en blomma på min födelsedag?

Kanhända det.

Hon visste inte vad hon skulle säga härnäst. Det kändes som om hon inte skulle orka titta på det där halvt dolda gammelmansansiktet länge till. Dess stelhet.

Du kände ju Myrten.

Ja, sa han. Det gjorde jag. Vi var tillsammans.

Jag vet det. Jag har läst om det. Hillevi skrev minnesanteckningar.

Risten sa det. Där står det väl. Alltihop.

Hon var tvungen att ta ögonen från honom. Det var olidligt att bara se munnen, en bit av näsan och de torra veckiga kinderna med vit skäggstubb. Nu såg hon vilken utsikt han hade häruppifrån. Den hade hon inte lagt märke till när hon kom första gången. Hon hade bara stirrat på huset, på fönstren där ingenting rörde sig. Härifrån såg man sjön och skogsåsarna och de blåa fjällen som hade vita snöfläckar.

När gjorde du de där glas... de där sakerna med barnet?

Jag börja med dom fyrtiofem på hösten, sa han.

Visste du om mig då?

Han skakade på huvudet.

Visste du ingenting om mig?

Nej.

Men det var du?

Då såg han riktigt vass ut. Och han ville tydligen att hon skulle märka det för han sköt hatten upp i pannan och sa:

Myrten gick inte från den ene till den andre. Det här var vår tid.

Hur länge varade den?

Några veckor. Från midsommar och en bit in i augusti.

Jag får ingen bild av henne, sa Ingefrid. Det är så svårt. Jag vet inte varför hon lämnade bort mig. Om hon inte ville ha mig eller om hon inte klarade av det. Om hon var falsk eller...

Nej, sa han. Det var hon inte. Myrten tog allting allvarligt.

Kan du komma ihåg henne efter så lång tid? Jag menar annat än att hon var mycket vacker.

Jag minns henne. Det har jag alltid gjort.

Men det var ju bara några veckor?

En bit liv, sa han och sköt ner hatten igen. Som kom tillbaka. Det gjorde det ibland.

Han hade vänt bort huvudet nu och satt och såg ut över sitt panorama. Men hon tänkte: Han är ingen vanlig sommargäst. Det är inte utsikten som fått honom att stanna här.

Bitar och bitar, sa han. Inget liv hänger ihop. Bildar inget. Det blir ingenting.

Nu tog han blicken från sjön och fjällen och såg verkligen på henne. Denne vuxne man som äntligen hade rest sig ur gubbskrotten. Ur det falska norskeriet och ur jämtklurigheten.

Men här sitter du, sa han.

Ja?

Han satt och såg rakt på henne och han log inte.

Går det ihop? frågade hon.

Ja, det gör det. Du är lik min mamma.

Nej, jag vet att jag mest är lik Hillevi Halvarssons pappa. Han hade sån här näsa. Och korta ben.

Nej, du är lik min mamma, sa han. Det har inget att göra med hur du ser ut.

De satt tysta länge och hörde en motorsåg nere i byn och en hund som skällde. Hon tänkte på hans dagar. Ännu var det rätt varmt när solen lyste. Han kunde sitta ute på sin järnstol och titta ut över byn, lyssna till ljuden. Om han hörde dem. Nu hade han hörsnäckorna kvar i öronen, men antagligen tog han ur dem när han gick här ensam.

Vad heter du? sa hon.

Jag heter Elis Eriksson. Det är mitt rätta namn.

Hon var så trött att hon inte orkade säga mer. När hon kom hem skulle hon packa och städa men det kändes omöjligt. Det kom för henne att Elias måste vara lika trött, lika genombråkad.

Hon tänkte på saker som hade flugit för henne, men som hon inte vågat säga högt. Som när de stod vid de förfärliga glassakerna som konstkritikerna hade skrivit så invecklat om. Hon skulle vilja säga till honom: Jag lever i en värld där det finns förlåtelse.

Sånt kan man inte rusa fram och säga till en människa. Man måste lära känna varandra först. Men det fanns ingen tid för det. Nästa gång hon kom hit, nästa sommar antagligen, kunde han vara död. Det var till och med högst troligt att han var det.

Risten som var femton år yngre hade varit mycket dålig. Hon skulle inte orka med fåren och huset och matlagningen i längden. Och hur skulle det gå för Elias utan Risten? Hur skulle det till slut lukta i hans hus? Han kunde bli undernärd. Han kanske skulle sluta i misär och i svår depression.

Elias, sa hon. Vill du inte följa med mig när jag åker?

Han log och skakade på huvudet. Som åt ett barn.

Jag menar det, sa hon.

Det förstår jag att du gör, Ingefrid. Men jag ska bo kvar här. Åk nu hem och läs om Barsillaj som var kung Davids vän. Jag tror du hittar honom i Andra Samuelsbok.

Barsillaj från Gilead hade kommit ner från Rogelim och följt kungen till Jordan för att ta avsked av honom när han gick över floden. Barsillaj var mycket gammal, åttio år. Det var han som hade sörjt för kungens uppehälle i Machanajim; han var nämligen mycket förmögen.

Kungen sade till honom: Följ med mig till Jerusalem, så skall jag sörja för dig där. Men han svarade: Jag är alldeles för gammal för att gå med dig upp till Jerusalem. Jag är åttio år nu och kan inte längre skilja på bättre och sämre. Inte känner jag smaken på mat och dryck, och inte heller har jag någon glädje av sångare och sångerskor längre. Varför skulle jag då ligga min herre och konung till last i fortsättningen? Jag hade gärna följt med dig över Jordan, men någon belöning skall du inte ge mig. Låt mig vända tillbaka, så att jag får dö i min hemstad, där min far och mor ligger begravda. Men här är din tjänare Kimham, låt honom följa med dig, min herre och konung, och gör för honom vad du finner bäst.

Kimham får följa med mig, sade kungen. Och vad du finner bäst skall jag göra för honom. Jag gör vad du än begär av mig.

Så gick folket över Jordan. Kungen dröjde kvar och kysste Barsillaj och tog farväl av honom. Barsillaj återvände hem, medan kungen for över till Gilgal tillsammans med Kimham.

En gammal gubbe har mycket att stå i. Det är revor i minnet. Stora hål rakt ner i intigheten. Man får täta och laga för att det ska hänga ihop som bara är trasor.

Det är november igen. Förvinter och gles snö. Ljuset är magert. Men det känns inte så oävet. Fötterna är bra. Knäna hänger med. Det var till och med sol en stund på förmiddan.

Tro nu inte att döden drar sig undan för det. Han väntar bakom granarna. Står där och överväger om han ska hugga gubbfan med yxa eller sänka honom i feber. Men han kanske väntar ett tag till.

Nu går Elis förbi fårhuset hos Kristin Klementsen. Han är på väg ner till henne. Dörren står öppen och det kommer en lukt av hö och ull därinifrån. Då väller rakt ur den ljussnåla förvintern en godlukt opp. Den kommer ur sommarn fast det är en sommar för länge sen. Fårfeta, äggula och grankåda har smultit samman i den lukten. Och nu löser den allt möjligt annat: barnröster, klöverblom och knuffen av en hästmule.

Mamma kokar salva som vi kallar för koplåstre.

Koan ha je fått hämte ur en gran som blör gult och trögt. Ägge ha je treve fram ur halmen å fette ha mamma täge ur fårkroppn som häng på gälln. Så dä ä väl oktober och frost.

Koplåstre smälter ihop allting. Höst som vinter. Bråda våren och sommarn.

Döden som står bakom granarna är ingen karl.

Döden hon väntar.

Det blåser hårt och kallt idag som det kan göra i november. Sjön har inte lagt sig än. Den ser svart ut. Det låg ett tunt lager snö på marken i morse, inte mer än som pudersocker på en kaka. Men det har förstås blåst bort. Det kändes så ruggigt att jag tog pälsen när jag gick till affärn. När jag stoppade ner händerna i fickorna var det hö där och smulor av betfor och kornkross. Ingefrid hade haft den förstås. Ja, hon trodde väl den var hennes, som allting efter Myrten egentligen är.

Birger var inom med en orrtupp som hade hängt lagom sa han. Jag ska laga den på söndag. Elias och jag äter inte så mycket, så den räcker nog åt Ingefrid och honom med. Vi ska åka till kyrkan, för jag tänker lägga vitmossekransar på mina gravar. Folk tänder ljus nuförtiden men jag har inte kommit mig för med det. Jag tycker det är ängsligt att tänka på de där ensamma ljuslågorna, att de står och flämtar i mörkret när alla har åkt hem.

Ingefrid har fortfarande bara halv tjänst. Hon vill inte arbeta mer säger hon, för då blir hon tvungen att fara till Byvången flera gånger i veckan och hon är rädd för väglaget om vintern. Hon bor i prästgården nu, men så ska det inte bli i fortsättningen. Där kan ju ingen människa trivas. Hon tänker låta sätta opp en monteringsfärdig stuga i hägnet bakom fårhuset. Den ska hon ha till arbetsrum och så tänker hon sova där. Anand ska bo hos mig, i Myrtens rum.

Jag blev brydd när Ingefrid hade åkt till Stockholm och kom tillbaka redan efter fjorton dar. Birger vart arg när hon hade åkt. Egentligen tror jag han var ledsen för att hon inte hade sagt adjö riktigt. Men när hon kom tillbaka förstod vi ju varför. Hon hade hyrt ut lägenheten i Gröndal och sökt tjänsten i Röbäck.

Halva i alla fall, sa hon. Kyrkoherden får nog hålla till godo med mig fast Anand och Elias lyckades bränna ner kapellet. Det är inga andra sökande i år heller.

Ett tag hade hon för sig att hon skulle bekosta en återuppbyggnad av kapellet. Men det tog jag ur henne. Ingefrid är kvick att ge bort vad hon äger, om hon tycker att nån ser ut att behöva det. Kyrkan har inget behov av hennes pengar. För det första var kapellet försäkrat. För det andra är det inte nån bra plats därute på udden. Nåt riktigt ont är det väl inte, eftersom Anand överlevde. Men jag talade om vad gubben som hette Ante hade sjungit när han jojkade kapellet innan det ens var påtänkt.

Det blir blod i kyrkan
blod och hår
aj aj jaja blod blir det och hår
och sist brinner hon
ja sist brinner kyrkan
aj aj aj jaaa
brinner gör hon...

Dä kan gå samma väg igen om dom bygger opp'et, sa jag. Så hon avstod från den tanken. Tjänsten fick hon ju ändå och hon stannar hos oss.

Hon vill inte åka ifrån Elias.

När Birger var inne i dag frågade han om jag ville följa med till Jolet. Men jag sa att det inte var nån íde för det är så dyrt för oss i Norge nu. Han tyckte att jag kunde köpa lomper i alla fall och rømme. Själv åker han till Jolet för att få tag på ammunition till sina jaktvapen. Tur var det i alla fall att jag inte for med. Eller hur man ska säga.

Jag satt vid köksbordet på eftermiddan när det började skymma. Då såg jag att det kom en bil och stannade på landsvägen ovanför gårn. Det var en polisbil, vit med blåa bokstäver på. Jaha, tänkte jag. Nu får dom nånting å mala om igen.

Jag såg genom fönstret att det var Wennerskog, han som de kallar för Sista polisen. Han bar nånting inslaget i brunt papper. När han kom in sa han att de höll på att rymma ut polisstation i Byvången. Den är ju stängd nu och kommunen ska hyra ut lokalen. Han sa att två tanter som gör troll och buketter med torkade blommor skulle ha den.

Här ä skinne, sa han och la paketet på bordet.

Jaha ja, sa jag. Dä tog tid. Ha ni täge DNA-prov?

Han var bra generad.

Dä vart liggande i ett skåp, sa han. Egentligen syntes dä väl på en gång att dä va ett gammalt skinn. Örona ä ju avklippta, för skottpengan. Men dom som va här va väl lite heta.

Tror ja dä. Vargens beskyddare. Dä vore bättre om vi hade nån polis åt folk här.

Jag bjöd honom inte på kaffe för jag kände mig inte på humör. Och så ville jag inte att han skulle vara länge inne hos mig. Käftarna slapprade på alla som såg polisbilen utanför.

När han åkt blev det lugnt. Det var den där stunden på eftermiddan då det sällan kommer en bil och stannar vid affärn. Folk väntar tills bussen kommer.

Vintern är på väg, tänkte jag då jag satt och såg ut över sjön. Det kom små kallblåststötar med vassa snökorn i. Talgoxarna har börjat svärma kring huset nu. Skogsmössen söker sig in till fåren och i holkarna sitter fåglar på nätterna. Antagligen är det fullsatt under takplåten också. De värmer varandra. Hur sover en hackspett? Kloar han sig fast rättvänd eller opp och ner?

När det skymmer tycker jag att skogen på andra sidan sjön blir svart. Jag känner djurens orörlighet, deras sömndvala. Älgarnas mörka berg. Räven hoprullad i grytet.

Nu är det kväll och mörkt över sjön. Jag sitter med det här gamla vargskinnet. Fast hon är avfallen och maläten tycker jag att hon är mer än ett skinn.

Klipp örona av mig tänker jag. Jag hör ändå vinden gå i granarna.

Sting ut mina ögonstenar.

Nog kikar jag ur springorna.

Ta bort fostren ur min buk och låt tungan torka in.

Nog slickar jag mina barn.